WOLFGANG HOHLBEIN

Enwor 7

Buch

Schwer haben Menschen und Quorrl gekämpft, um die scheinbar unbezwingbare Festung einzunehmen – es war ihr erster Sieg gegen die Sterngeborenen. Doch ihre Feinde haben eine grausame und heimtückische Waffe zurückgelassen: Eine Waffe, die bewirkt, dass sich Quorrl und Menschen, die endlich zusammen kämpfen, wieder entzweien und erneut gegeneinander zum Kampf antreten.

Autor

Wolfgang Hohlbein, geboren 1955 in Weimar, ist der beliebteste deutsche Autor auf dem Gebiet der Fantasy. Seit er 1982 mit dem ersten Enwor-Roman »Der wandernde Wald« bekannt wurde, hat er schnell ein Millionenpublikum gewonnen. Er lebt bei Neuss.

Von Wolfgang Hohlbein lieferbar:

DIE ENWOR-SAGA: 1. Der wandernde Wald (24947), 2. Die brennende Stadt [= Stein der Macht I] (24948), 3. Das tote Land [= Stein der Macht II] (24949), 4. Der steinerne Wolf [= Stein der Macht III] (24950), 5. Das schwarze Schiff (24951), 6. Die Rückkehr der Götter (24952), 7. Das schweigende Netz (24953), 8. Der flüsternde Turm (24954), 9. Das vergessene Heer (24955), 10. Die verbotenen Inseln (24956), 11. Das Elfte Buch (24957)

GARTH UND TORIAN: Die Saga von Garth und Torian, Band I. Drei Romane in einem Band (23682), Die Saga von Garth und Torian, Band II. Drei Romane in einem Band (24702)

DAS HERZ DES WALDES: Gwenderon. Cavin. Megidda. Drei Romane in einem Band (24592)

Magog. Roman (9724)

Weitere Bände sind in Vorbereitung.

Wolfgang Hohlbein

Das schweigende Netz

Enwor 7

Roman

BLANVALET

Umwelthinweis:
Alle bedruckten Materialien dieses Taschenbuches
sind chlorfrei und umweltschonend.

Der Blanvalet Verlag ist ein
Unternehmen der Verlagsgruppe Random House.

3. Auflage
Deutsche Taschenbuchausgabe 8/2001

Umschlaggestaltung: Design Team München
Umschlagillustration: Agt. Schlück/Kelly
Druck: GGP Media GmbH, Pößneck
Titelnummer: 24953
V. B. · Herstellung: Peter Papenbrok
Printed in Germany
ISBN 3-442-24953-8
www.blanvalet-verlag.de

Manchmal hatte er das Gefühl, ihn zu sehen. Er wußte, daß es nicht wahr war; bloß eine Illusion, mit der ihn ein Teil seines Bewußtseins terrorisierte, seit er hierhergekommen war, und vielleicht schon länger, aber manchmal war das Gefühl übermächtig. Er hatte etwas falsch gemacht; etwas übersehen, etwas vergessen, etwas falsch gedeutet – irgend etwas, von dem er nicht wußte, was es war, das ihn aber quälte; wie ein nicht näher lokalisierbarer Schmerz immer da war, gleich, ob er wachte oder schlief. Und der *Daij-Djan* war gekommen, um ihn an diesen Fehler zu erinnern. Selbst jetzt brauchte er nur die Augen halb zu schließen und sich vollkommen zu entspannen, bis seine Sehschärfe nachließ, um ihn wahrnehmen zu können: eine winzige, schlanke Gestalt von der Farbe der Nacht, die auf der anderen Seite des Flusses auf einem Felsen stand und ihm zuzuwinken schien. Er war nicht *wirklich* da – Skar hätte ihn nicht einmal sehen können, hätte er dort gestanden, denn jener Felsen war viel zu weit entfernt, um mehr als ein vereistes Funkeln im Sternenlicht zu sein, aber ein Teil von ihm sorgte dafür, daß er die Schimäre sah, immer und immer und immer wieder. Manchmal hörte er auch seine Stimme: *All diese Toten, Satai. All diese ausgelöschten Leben. Und du hast noch nicht einmal richtig begonnen. Willst du die ganze Welt ausrotten?*

Er verscheuchte den Gedanken, beugte sich ein wenig über die Brüstung und zwang sich, den Felsen auf der anderen Seite des Flusses als das zu sehen, was er war: ein mannshoher Steinklotz, den der Winter mit einem Eispanzer umhüllt hatte, und *mehr nicht!* und blickte dann nach links. Die Feuer brannten noch immer, und selbst über große Entfernung – es mußte eine Meile sein oder mehr – war ihr Licht so grell, daß es in den Augen schmerzte.

Dels Satai hatten die letzten Toten aus der Burg geschafft, hinunter auf den großen Platz am Ufer des Flusses, wo sie verbrannt wurden. Die Scheiterhaufen brannten seit zwei Tagen, und sie würden weitere zwei – mindestens zwei, wenn nicht mehr – Tage brennen, ehe die letzten Spuren der Schlacht getilgt waren. Vor einer Stunde, genau mit dem Untergang der Sonne, hatte der Wind gedreht, und die Böen trugen den fettigen schwarzen Qualm jetzt nicht mehr hinaus in die Ebene, sondern direkt hierher, hinauf zu den Zinnen von Drasks Trutzburg, wo er wie übelriechender Nebel durch jede Spalte und jeden Ritz kroch und das Atmen zur Qual werden ließ. Der Gestank war entsetzlich, und auf allem, was dieser schreckliche schwarze Qualm berührte, hinterließ er eine unsichtbare, fettige Schicht, die einem das Gefühl gab, durch flüssigen Leim zu waten. Alles schien klebrig zu sein, und auf eine unangenehme Art warm. Die Rache der Toten, dachte Skar, die ihren Mördern nicht als Gespenster im Schlaf erschienen, sondern als übelriechender Qualm, der ihnen den Geschmack an jedem Essen und jedem Schluck Wasser vergällte. Und hier im Freien war es besonders schlimm.

Trotzdem war Skar hier oben geblieben. Mit dem Abend war es – absurd genug – spürbar wärmer geworden, und manchmal trug der Wind außer Gestank und Qualm und dem unablässigen Prasseln des Feuers auch ein schweres, dumpfes Splittern und Knirschen mit sich. Die dichten Rauchwolken über der Burg nahmen Skar die Sicht auf den Fluß, aber er wußte, was diese Laute bedeuteten: Die mächtigen Schollen, die zwei Drittel der Fahrrinne noch immer blockiert hatten und an denen ihr ganzer Angriff um ein Haar gescheitert wäre, zerbrachen jetzt endgültig unter den Hammerschlägen des Frühlings.

In einer, längstens zwei Wochen war der Fluß eisfrei. Das neue Jahr stieß das Tor nach Osten für sie auf.

Er dachte diesen Gedanken völlig kalt. Er spürte keine Erleichterung, keine Zufriedenheit, keine Furcht – all dies hätte er fühlen sollen, denn eine schnelle Verbindung nach Osten war Grundvoraussetzung für das Gelingen ihres Invasionsplanes –, aber sie bedeutete auch, daß er in wenig mehr als zwei Wochen an der Spitze von Dels Heer in eine apokalyptische Schlacht ziehen würde, von der keiner von ihnen wußte, ob er sie überlebte. Aber er empfand gar nichts.

Wie so oft in letzter Zeit.

Manchmal – und diese Momente häuften sich – fragte er sich allen Ernstes, ob etwas in ihm gestorben war, als Bradburn das *Sai-Tan* vorgenommen hatte. Er hatte geglaubt, etwas bekommen – etwas *zurückgewonnen* – zu haben, aber vielleicht stimmte das gar nicht. Etwas war in ihm, etwas Neues und zugleich auf schreckliche Art Bekanntes und Altes, aber manchmal kam er sich vor, als stürbe er innerlich; sehr langsam, so daß er es selbst kaum merkte, aber unaufhaltsam. Selbst vor zwei Tagen, als sie Drasks Burg genommen hatten – er versuchte sich daran zu erinnern, aber es gelang ihm nicht; er besann sich nur auf Dinge, die er getan hatte, auf Handlungen und Worte, nicht auf das, was er *gefühlt* hatte –, hatte er nichts empfunden. Im wahrsten Sinne des Wortes *nichts*. Aber er hatte erst hinterher begriffen, daß es nicht die Kälte und Gelassenheit des Kampfes war, die er gespürt – oder vielmehr gerade *nicht* gespürt hatte, sondern die berechnende Gefühllosigkeit einer Maschine, die auf Kämpfen und Töten programmiert war und diese Aufgabe perfekt erfüllte.

Ja, dachte er; Del hatte recht. Er *hatte* sich verändert, seit er vor drei Monaten im Tempel der Gesichtslosen Prediger tief unter den Bergen erwacht war. Er wußte noch nicht, was diese Veränderung in ihm bewirkte und was sie verursacht hatte, aber er hatte das Gefühl, daß es kein Wandel zum Guten war.

Ein Geräusch irgendwo hinter ihm rief ihn in die Wirklichkeit zurück. Skar sah auf, identifizierte den Laut als das Öffnen der niedrigen Tür, die vom Treppenturm aus auf die Plattform des Turmes hinausführte, und drehte sich ohne spürbare Hast um. Auch dies war ein Luxus, den er seit langer Zeit zum ersten Mal wieder genoß: einen Laut hinter sich zu hören und sich umzuwenden, ohne Angst haben zu müssen oder gar – noch vor Monatsfrist unvorstellbar! – einfach stehenzubleiben. Er lächelte, als er den verwirrten Ausdruck auf den Zügen des jungen Satai-Schülers sah, der den Grund dieses Lächelns natürlich nicht wissen konnte und dadurch noch ein bißchen verwirrter wurde.

»Herr?«

Skar schluckte die scharfe Antwort hinunter, die ihm dieses Wort abverlangen wollte. Er hatte es aufgegeben, den Novizen immer und immer wieder zu sagen, daß sie ihn nicht *Herr* nennen sollten; vor allem, seit Del ihm nunmehr auch offiziell das Kommando über die Satai gegeben hatte. Er hatte es nicht gewollt, aber es war das kleinere von zwei Übeln gewesen – die Satai oder die Quorrl. Etwas in ihm hatte aufgeschrien wie ein getretener Hund, allein bei dem Gedanken, an der Spitze eines Heeres vierzigtausend fischgesichtiger *Quorrl* zu stehen.

Nun, dachte er spöttisch, jetzt stand er an der Spitze eines Heeres von fünfhundert *Satai*, wenngleich die meisten von ihnen noch kaum mehr als Kinder waren, wie dieser Bursche, der jetzt unter der Tür verharrte und linkisch von einem Fuß auf den anderen trat, unentschlossen, wie er auf Skars Schweigen reagieren sollte, Skars, des Halbgottes, der lebenden Legende, des Unbesiegbaren, des Satai schlechthin. Unentschlossen und auch ein bißchen ängstlich, wie es sich gehörte, wenn man einem Gott unter die Augen kam; einem Gott, der auch ein bißchen von einem Dämon an sich hatte. Aber vielleicht hatten das alle Götter.

Skar schätzte den Burschen auf sechzehn Jahre, allerhöchstens siebzehn. Er war so groß wie er und fast so breitschultrig wie Del, aber sein Gesicht war das eines Knaben. Es würde noch lange dauern, ehe sich der erste Bart auf seinen Wangen zeigte.

Skar wurde sich der Tatsache bewußt, daß er dastand und den Novizen anstarrte, was dem armen Burschen wahrscheinlich Höllenqualen bereitete. Er versuchte, sein Lächeln ein wenig freundlicher aussehen zu lassen, und trat von der Brüstung zurück. Der Wind drehte sich ein wenig und wehte eine schwarze, fettige Qualmwolke über die Zinnen, die ihn für Momente einhüllte wie ein Mantel aus geronnener Nacht. Skar fühlte sich leicht angeekelt, als er die Berührung des schwarzen Qualmes wie die einer klebrigen Hand auf der Haut spürte. Aber auf dem Gesicht des jungen Satai spiegelten sich ganz andere Empfindungen, und Skar begriff, wie der Anblick auf ihn wirken mußte.

Ein Sandkorn mehr, um das Gebirge aus Legenden und Furcht, auf das sie ihn gestellt hatten, noch höher zu machen. *Ihr Götter,* dachte er, *was ist aus Enwor geworden? Was geschieht mit uns?*

Laut sagte er: »Bitte?«

Der Junge fuhr zusammen wie unter einem Hieb. Von einer Sekunde auf die andere war er nervös, als wäre sein Schweigen eine letzte Barriere gewesen, hinter der er sich verkrochen hatte, um nicht durch Skars bloßes Dasein zu verbrennen. »Er ... er will Euch sprechen, Herr«, stotterte er.

»Del?«

»Der Hohe Satai?« Der Novize schüttelte den Kopf, aber erst nach einer Sekunde des Schweigens, fast als müsse er diesen Namen erst mit dem sieben Fuß großen Riesen in der schwarzgoldenen Robe des Kriegsherren der Satai verbinden. Skar rief sich in Erinnerung zurück, daß kaum jemand Dels Namen kannte.

»Nein«, fuhr der Junge schließlich fort. »Drask. Er ... er verlangt nach Euch, Herr.«

»Drask?« Skar war überrascht, aber nur für einen Moment, und auch ein ganz kleines bißchen beunruhigt; ohne indes genau sagen zu können, warum. Es war nicht so, daß er die Begegnung mit dem Magier fürchtete. Im Gegenteil – früher oder später wäre er ohnehin zu ihm gegangen. Es überraschte ihn nur ein wenig, daß Drask von sich aus den Wunsch geäußert hatte, ihn zu sehen. Nach allem, was er ihm angetan hatte, mußte er damit rechnen, daß Skar ihn kurzerhand tötete, im gleichen Moment, in dem –

Aber nein, verbesserte er sich in Gedanken. Jeder *normale* Mensch hätte damit gerechnet. Drask nicht. Er war nicht *normal*, wenn diese Einschätzung auch keineswegs im Sinne von geistesgestört oder gar verrückt zu bewerten war. Aber ein *normaler* Mensch war er ganz sicher nicht. Vielleicht war er nicht einmal ein Mensch.

Er nickte, trat aus dem Mantel aus schwarzem Rauch heraus und schlug auch den zweiten, wirklichen Mantel aus ebenfalls schwarzem Stoff zurück, der seine Schultern umgab. Der Blick des Novizen huschte mit einer Mischung aus Ehrfurcht und Bewunderung über den schwarzen Zeremonienmantel, als er an ihm vorüberging.

Skar unterdrückte ein Lächeln. Er verstand den Jungen, wahrscheinlich viel besser, als dieser ahnte. Auch er war einmal so jung wie er gewesen, und auch er hatte einmal mit klopfendem Herzen und angehaltenem Atem dagestanden und den schwarzen Mantel eines Hohen Satai angestarrt; und auch er hatte sich nichts mehr gewünscht, als ihn eines Tages selbst zu tragen.

Aber damals hatte er noch nicht gewußt, wie schwer er war.

Er verscheuchte auch diesen Gedanken, eilte die gewundene Treppe hinunter und trat sechs Stockwerke tiefer auf den Hof der Festung hinaus.

Die Illusion, allein zu sein, zerplatzte wie eine Seifenblase, kaum daß er den ersten Schritt aus der Tür getan hatte. Für einen Augenblick wurde er zu einem Gleichen unter Gleichen, denn der Hof war voller Krieger, weit über hundert Männer, die fast alle die schwarzen Mäntel der Satai trugen, und darüber hinaus eine nicht einmal zu schätzende Anzahl schuppiger, großer Gestalten, von denen keine der anderen glich.

Wie immer, wenn Skar sich zwischen den Quorrl bewegte, überkam ihn ein sonderbares Gefühl der Unruhe, das er sich selber nicht ganz erklären konnte. Es war mehr, weit mehr als die instinktive Abneigung, welche die meisten Menschen beim Anblick der schuppigen Giganten aus dem Norden empfanden, mehr als die angeborene Scheu, einem denkenden Individuum gegenüberzustehen, das kein Mensch war, und doch sehr viel mehr als ein Tier. Mehr als die Verunsicherung, die jeden überfiel beim Anblick der flachen Fischgesichter, die unfähig waren, Gefühle und Empfindungen widerzuspiegeln. Was er spürte, während er mit raschen Schritten über den zum Heerlager umfunktionierten Hof eilte, wobei ihn die völlig willkürliche Art, in der das Lager der Quorrl-Krieger angelegt war, zu einem absurden Zickzack zwang, das war zu einem Gutteil Schuld, das dumpfe Wissen, in der Vergangenheit zahllose dieser Kreaturen getötet zu haben, ohne dabei mehr zu empfinden als ... ja, als eigentlich gar nichts. Er hatte auch Menschen getötet, sehr viele Menschen, denn letztendlich war er ein Krieger, vielleicht der größte Krieger dieses Planeten überhaupt, und er hatte das Leben eines Kriegers geführt, aber das war etwas anderes gewesen.

Was er spürte, was ihm sofort und unabwendbar das Gefühl des In-die-Enge-getrieben-seins gab, war nichts anderes als ein ganz profanes schlechtes Gewissen, obwohl ihm dieses Wort fast zu banal erschien, um seine Empfindungen wirklich auszudrükken. Er hatte Menschen getötet, und Quorrl, aber da *war* ein Unterschied gewesen. Er hatte die Quorrl stets als Tiere gesehen – o ja, als sehr kluge Tiere, Tiere, die sprachen, die aufrecht gingen und Werkzeuge und vor allem Waffen zu handhaben wußten, als verschlagene und sehr gefährliche Gegner, aber letztendlich doch als *Tiere*.

Aber das waren sie nicht.

Sie waren nicht einmal ihre Feinde.

Alles ist falsch, dachte er. Seit er im unterirdischen Tempel der Gesichtslosen Prediger aufgewacht war, hatte sich die Welt verändert, auf eine entsetzliche, angstmachende Weise. Aus Gut war Schlecht geworden, aus Freund Feind, aus Schlecht Gut und aus Feind Freund. Die alten Werte galten nicht mehr, und sie hatten vielleicht niemals wirklich gegolten. Aber er hatte erst sterben und nach fast einem Menschenleben wieder auferstehen müssen, um das zu begreifen. Möglicherweise war *er* es auch, der sich verändert hatte, viel tiefer, als er jetzt schon spürte.

Er verscheuchte auch diesen Gedanken – das, dachte er voller bitterem Spott, war etwas, was er wirklich gelernt hatte, in den letzten Wochen und Monaten: die Augen vor der Wahrheit zu verschließen und sie einfach wegzulügen –, gelangte auf der anderen Seite des Hofes wieder in die Festung und näherte sich Drasks Quartier.

Die beiden Satai, die vor der massiven Eisentür des fensterlosen Raumes Wache hielten, traten respektvoll beiseite, als sie ihn erkannten, und wieder spürte Skar einen raschen, schmerzhaften Stich in der Brust, als er ihre Blicke bemerkte. Es war nur Respekt, den er in den Augen der Männer las. Und Furcht.

Furcht vor seinem schwarzen Mantel mit dem verschlungenen fünfzackigen Stern auf dem Rücken und dem rubingeschmückten *Tschekal* an seiner Seite. Auch diese Männer waren keine Satai mehr, dachte er, so wenig, wie der Novize, der ihn hier heruntergerufen hatte. Sie waren es nie geworden, und er würde es nie werden.

Skar betrat den Raum hinter der Eisentür und fand sich in einer sehr kleinen, von einer einzelnen Fackel nur düster erhellten Kammer wieder. Auch hier gab es Wächter – einen weiteren Satai, und bei ihm den größten und muskulösesten Quorrl, den er jemals gesehen hatte: ein Gigant von mehr als acht Fuß Höhe und einer Schulterbreite, die schlichtweg absurd erschien. Gemessen an der Art, in der Del Drask bewachen ließ, dachte Skar, mußte er noch immer gehörigen Respekt vor dem Magier haben.

Er nickte dem Quorrl grüßend zu, wandte sich – noch immer, ohne ein Wort zu sagen – an den Satai und gab ihm mit einem Handzeichen zu verstehen, die Tür zu Drasks eigentlichem Verlies zu öffnen. Der Satai gehorchte, aber er tat es ohne irgendwelche Hast; seine Bewegungen waren von jener nachlässigen Selbstverständlichkeit, die den wirklichen Krieger verriet, kein dummer Junge, wie der Novize, und auch kein viel zu eilig ausgebildeter Raufbold, wie die beiden, die vor der Tür Wache standen. Ein absurdes Gefühl von Stolz überkam Skar, als er zusah, wie er einen großen Schlüssel von seinem Gürtel löste und damit nacheinander die drei Schlösser entriegelte, welche die Tür zu Drasks eigentlichem Gefängnis sicherten.

Gebückt trat er hindurch, wartete, bis sich die Tür hinter ihm wieder geschlossen und das Klicken der drei Schlösser verraten hatte, daß er nun ebenfalls gefangen war, und wandte sich dann zu Drask um.

Der Magier saß vornübergebeugt auf einem Stuhl, die Arme auf den Knien aufgestützt und mit dünnen Ketten aus unzerreißbarem Sternenstahl gebunden. Neben ihm hockte ein Quorrl-Krieger, der in der Schlacht das Augenlicht verloren hatte. Er war angekettet wie Drask, und er würde sterben wie Drask, sobald sie diese Festung verließen, vielleicht schon eher, sollte der Magier seinen Verletzungen vorher erliegen, was wahrscheinlich war. Zwischen seinen Knien stand eine Schale mit einer farblosen Flüssigkeit, von der er Drask alle zwei oder drei Stunden einige Schlucke einflößte. Eine Anzahl blauer Flecke und Quetschungen im Gesicht des alten Magiers bewies, daß dies nicht immer freiwillig geschah. Skar empfand weder Mitleid noch Triumph bei diesem Anblick.

Er räusperte sich lautstark, um Drasks Aufmerksamkeit zu erregen. Es dauerte eine Weile, bis der alte Mann aufsah, und dann noch einmal Sekunden, ehe in seinen trüb gewordenen Augen so etwas wie Erkennen aufglomm.

Auch das blinde Gesicht des Quorrl wandte sich Skar zu; eine vierfingrige Schuppenhand tastete nach dem Schwert, das von seiner Hüfte hing. Skar nannte seinen Namen, und der Quorrl entspannte sich wieder.

»Du bist gekommen«, murmelte Drask. »Das ist gut. Ich danke dir, Satai.«

Etwas in seiner Stimme ließ Skar schaudern. Drasks Stimme war niemals angenehm gewesen, so wie nichts an ihm jemals *angenehm* gewesen war. Skar hatte ihn nur als bösen, unerbittlichen alten Mann in Erinnerung, dem jegliche menschliche Regung abging und der nicht einmal wirklich grausam, sondern einfach nur gefühllos wie eine Maschine war, und das war er wohl auch noch immer.

Aber die Droge, die seinen Geist verwirrte und die entsetzliche Macht seiner Augen brach, hatte noch mehr bewirkt. Skar fragte sich, warum Drask ihm im ersten Moment so gealtert und schwach vorgekommen war, aber er fand die Antwort fast augenblicklich. Ihm fehlte jetzt die faszinierende Größe, die das wirklich Böse kennzeichnete.

»Du hast mich rufen lassen«, antwortete er mit einiger Verspätung. »Was willst du?«

Er machte einen weiteren Schritt auf Drask zu, und wieder kroch die Schuppenhand des blinden Wächters zum Schwert. Skar blieb abermals stehen. Der Quorrl hatte Befehl, jeden zu töten, der sich Drask auf mehr als drei Schritte näherte, ausnahmslos jeden, und er würde es tun. Daß Skar all diese Vorsichtsmaßnahmen, die Del und Bradburn befohlen hatten, für lächerlich übertrieben hielt, änderte daran gar nichts.

»Was willst du von mir?« fragte er noch einmal, als Drask nicht antwortete, sondern ihn nur weiter aus seinen verschleierten Augen anblickte.

»Ich wollte dich noch einmal sehen«, antwortete Drask, sehr leise, aber mit plötzlich wieder kräftiger Stimme. »Ich sterbe.«

»Ich weiß«, antwortete Skar kalt. Es gelang ihm nicht einmal mehr, Haß auf Drask zu empfinden. Irgendwie war Drask nun für ihn zu einem Quorrl geworden – jemand, nein: *etwas*, – das man fürchtete und respektierte, aber so wenig hassen konnte wie den Blitz, der einen erschlug.

Drask versuchte, den Kopf zu schütteln, aber selbst zu dieser kleinen Bewegung fehlte ihm beinahe die Kraft. »Du verstehst nicht«, sagte er. »Ich sterbe *jetzt*. Ich spüre es.«

Skar bezweifelte seine Worte nicht. Drask war ein Magier, und Magiern standen andere Sinne zur Verfügung als normalen Menschen. Es war ohnehin ein Wunder, daß er noch lebte, nach den Verletzungen, die er davongetragen hatte.

»Ich dachte, es würde dir Freude bereiten, dabei zuzusehen.«

»Du kannst mich nicht mehr verletzen, alter Mann«, erwiderte Skar ruhig; nicht nur äußerlich, sondern wirklich ruhig, ohne eine Spur von Zorn. »Was willst du?«

Drask schwieg eine Weile, und der Quorrl zu seinen Füßen wandte ihm das blinde Gesicht zu. Er legte den Kopf auf die Seite, wie ein Mensch, der gebannt auf etwas lauschte, und für wenige Augenblicke war Skar zweifelsfrei davon überzeugt, daß diese beiden ungleichen sterbenden Wesen wirklich auf irgendeine Art miteinander redeten.

»Warum bist du geblieben?« fragte er plötzlich. Das war etwas, was ihn beschäftigte, seit sie diese Festung vor zwei Tagen genommen hatten, nicht die einzige, wohl aber die wichtigste Frage, auf die er noch keine Antwort gefunden hatte. »Warum bist du nicht geflohen, du Narr? Hast du wirklich geglaubt, du könntest diese lächerliche Burg halten?« *Gib mir hundert Satai, Drask, und ich nehme deine Burg in einer Nacht.* Das waren seine Worte gewesen. Er erinnerte sich gut daran, und auch an den Schrecken, den sie auf Drasks Gesicht ausgelöst hatten.

»Geflohen?« Drasks Blick war wieder klar. »Aber wohin denn? Und wozu?«

»Wozu?« Skar war verwirrt. »Um dein Leben zu retten, zum Beispiel.«

Drask lachte leise. »Mein Leben? Die wenigen Jahre, die mir noch blieben?«

Er hob anklagend die gefesselten Hände und streckte sie Skar entgegen. »Das hier macht mir Angst, Satai, und es bereitet mir Schmerzen. Aber der Tod schreckt mich nicht. Er ist eine Erlösung für jemanden, der so alt geworden ist wie ich, und jemanden, der sich mit Mächten eingelassen hat, wie ich es tat.«

»Bedauerst du es?« Skar spürte, daß Drasks Worte ernst gemeint waren, so billig und abgedroschen sie klangen. Drask schüttelte den Kopf.

»Bedauerst du, Satai zu sein? Die *Sternengeborenen* verlangen einen hohen Preis für die Macht, die sie mir verliehen haben, Skar. Du wärest entsetzt, wenn du wüßtest, *wie* hoch er ist. Aber ich bedaure es nicht, so wenig, wie ein Satai bedauert, nicht das Leben eines Bauern zu führen. Man bekommt, und man gibt dafür.« Er lachte ein dünnes, meckerndes Altmännerlachen, in dem sogar eine Spur seiner früheren Bosheit mitschwang, und hob abermals die Hände.

»Warum nimmst du sie mir nicht ab, Skar? Sie tun weh.«

»Ich kann es nicht.« Skar deutete auf den blinden Quorrl. »Er würde mich töten, wenn ich es versuchte. Das weißt du.«

Drask sah eine Weile auf den Quorrl-Krieger hinab, als müsse er sich durch eigenen Augenschein davon überzeugen, daß Skar wirklich recht hatte. Er seufzte. »Weiß dein Freund Del, wie närrisch das alles hier ist?« fragte er. »Ein blinder Quorrl, dem mein böser Blick nichts anhaben kann?«

»Sei froh, daß es diesen blinden Krieger gibt«, antwortete Skar. »Del hätte dir die Augen ausstechen lassen ohne ihn.«

Das war wahr. Es hatte Skar große Überredungskunst gekostet, Del diesen Gedanken auszureden, und er war bis zuletzt nicht sicher gewesen, ob es überhaupt klug war. Schließlich hatten Dutzende von Männern gesehen, wie Drask ein halbes Dutzend Quorrl getötet hatte, einfach nur, indem er sie *ansah*.

»Fesseln aus Sternenstahl«, fuhr Drask fort, als hätte er Skars Worte gar nicht gehört. »Eine Droge, die meinen Geist betäubt, und eiserne Türen mit drei Schlössern.« Er blickte wieder zu Skar auf und schüttelte den Kopf. »Ihr habt sehr viel Angst vor einem einzelnen Mann. Und ihr begreift nichts. Ihr werdet verlieren, Skar.«

»So?« Skar machte eine zornige Bewegung, welche die ganze Festung einschloß. »Bisher sieht es eher so aus, als hättest *du* verloren. Deine famose Burg hat uns nicht sehr lange aufgehalten.« Er machte eine Geste nach oben und hinter sich. »Und das Eis auf dem Fluß bricht auf. In einer Woche überwinden wir die Berge. Was soll uns dann noch aufhalten? Das lächerliche Heer, das sich in Ikne sammelt?«

»Ihr werdet es besiegen, ich weiß«, antwortete Drask gleichmütig. »Aber gebt acht, daß ihr euch nicht totsiegt, Satai. Eine gewonnene Schlacht ist nicht alles.«

Skar sah den alten Magier scharf an. Drasks Gesicht war gezeichnet von Schmerz und Alter und vor allem dem Prozeß des Sterbens, der vor zwei Tagen begonnen hatte und nun bald zu Ende sein würde. Aber es strahlte auch gleichzeitig eine sonderbare Art von Kraft aus, jene innere Kraft, die unerschütterliche Überzeugung verriet, das Wissen um Dinge, die allen anderen Menschen verborgen waren. Trotz seiner erbärmlichen Erscheinung und seines Sterbens hatte Drask noch immer eine Art von Größe an sich, die Skar schaudern ließ.

»Du hast mich gefragt, warum ich dich rufen ließ, Satai«, fuhr Drask nach einer Weile fort. »Ich will es dir sagen. Ich erwarte nicht, daß du mir glaubst, aber ich bin jetzt frei. Die Macht der *Sternengeborenen* ist nicht mehr in mir. Ich bin wieder der, welcher ich war, ehe ich zu ihnen ging, und ich sehe die Dinge jetzt, wie sie wirklich sind.«

»Und du bereust alles und willst mich warnen, mit deinen

letzten Atemzügen.« Der böse Spott, den Skar in diese Worte hatte legen wollen, gelang ihm nicht. Sie klangen einfach nur so, wie sie waren: dumm.

»Nein«, widersprach ihm Drask. »Ich bereue nichts, und ich weiß jetzt mehr denn je, daß sie siegen werden. Frage mich nicht, wer sie sind, denn ich werde dir nicht antworten. Aber ihr werdet verlieren, Skar. Ihr werdet kämpfen und siegen und euch mit diesem Sieg selbst vernichten, denn sie können nicht besiegt werden. Ich warne dich, weil ich jetzt sehe, wie es kommen wird, sehr deutlich.«

»Du sprichst von ihnen, als wären sie Götter«, entgegnete Skar.

Drask nickte. »Das sind sie. Oh, nicht jene Art von Göttern, wie sie sich die Menschen selbst erschaffen haben, Satai. Diese Art von Göttern könnt ihr vernichten, denn sie haben immer nur so viel Macht, wie die, welche sie schufen, ihnen zugestehen. Die Götter sind sterblich, aber die *Sternengeborenen* nicht.«

»Wer sind sie?« fragte Skar, obgleich Drask ihm vor Augenblikken erst gesagt hatte, daß er diese Frage nicht beantworten würde. Drask lächelte auch nur schwach und schüttelte den Kopf. Aber er antwortete trotzdem:

»Wesen von unbeschreiblicher Macht, Skar. Nicht einmal die Alten konnten sie besiegen, obgleich auch ihre Macht der von Göttern gleichkam.«

»Das ist eine etwas vage Beschreibung, findest du nicht?« wandte Skar ein.

Drask lächelte. »Die einzige, die ich dir geben kann. Und die einzige, die ich dir geben will. Ich habe dich nicht gerufen, um alle meine Geheimnisse mit dir zu teilen, Satai. Ich will dich warnen.«

»Wovor?«

»Vor dem, was ihr vorhabt«, antwortete Drask ernst. »Ihr könnt uns besiegen – uns, die Zauberer, nicht die, für die wir arbeiten. Ich gebe zu, daß wir euch unterschätzt haben. Niemand hat damit gerechnet, daß die Satai so stark sein würden, und niemand von uns hat damit gerechnet, daß sie sich ausgerechnet mit den Quorrl zusammentun würden. Und niemand hat mit *dir* gerechnet. Ihr werdet uns schlagen, binnen eines Jahres. Jetzt, wo du wieder da bist, wird das Netz zerreißen, das meine Brüder und ich über Enwor gewoben haben. Aber ihr werdet alles nur noch schlimmer machen.«

»Gibt es etwas Schlimmeres, als eine ganze Welt zu versklaven?« fragte Skar.

»Ja«, antwortete Drask mit großem Ernst. »Eine ganze Welt zu vernichten, Skar. Ihr werdet uns schlagen, daran besteht kein Zweifel. Wir hätten euch besiegt, wir hätten die Veden besiegt, wir hätten die Sumpfleute besiegt und wir hätten vielleicht sogar die Quorrl besiegt. Aber alle zusammen seid ihr zu stark für uns. Ihr werdet siegen. Aber wenn ihr es getan habt, Skar, wenn ihr das Schwert senkt und der letzte von uns vernichtet ist, dann werdet ihr feststellen, daß ihr Enwor in einem Meer von Blut und Gewalt ertränkt habt. Du wirst die Welt, in der du geboren bist, nicht mehr wiedererkennen, wenn alles vorbei ist.«

Seine Worte machten Skar betroffen, aber auch gleichzeitig zornig. Ohne auf die drohende Gebärde des Quorrl zu achten, trat er einen weiteren Schritt auf Drask zu und beugte sich erregt vor. »Und was erwartest du von mir, alter Mann?« fragte er aufgebracht. »Daß ich hingehe und ihnen sage, sie sollen die Waffen senken und sich ergeben? Das ist lächerlich!«

»Natürlich«, erwiderte Drask. »Du würdest es nicht tun, und selbst, wenn du es tätest, würden sie nicht auf dich hören. Es waren Männer wie Del, die unserem Plan Aussicht auf Erfolg versprachen, vergiß das nicht. Aber du kannst etwas anderes tun, vielleicht als einziger. Etwas, wozu selbst meine Brüder und ich nicht in der Lage sind.«

»Und was?«

»Geh zu ihnen«, antwortete Drask. »Geh zu den *Sternengeborenen*, Skar. Du kannst es.«

Seine Worte trafen Skar wie ein Hieb ins Gesicht. Er hatte irgendeinen verrückten Vorschlag von Drask erwartet, vielleicht auch nur leere Drohungen, nicht einmal das Angebot, die Seiten zu wechseln und den *Sternengeborenen* den Sieg zu ermöglichen, um etwa damit den Menschen Enwors das Überleben zu garantieren, hätte ihn überrascht.

Aber das?!

»Du kannst es, Skar«, fuhr Drask fort, dem seine Erschütterung natürlich keineswegs entgangen war. »Vielleicht bist du der einzige Mensch auf dieser Welt, der es vermag, denn du bist zu einem Teil einer von ihnen.«

»Das ist ... lächerlich«, widersprach Skar. Er hatte Mühe zu sprechen. Hinter seiner Stirn tobte das Chaos, und er war nicht fähig, auch nur einen einzigen halbwegs klaren Gedanken zu fassen. Und das Entsetzlichste war, daß er es trotz allem irgendwie ... erwartet hatte.

»Etwas von ihnen ist in dir«, beharrte Drask. »Du weißt es. Du hast es immer gewußt, und du weißt es auch jetzt. Geh zu ihnen, Skar. Geh zu ihnen und versuche zu tun, was meinen Brüdern und mir nicht möglich war.«

»Und was soll das sein?« fragte Skar. Es fiel ihm noch immer schwer zu denken. Er antwortete rein automatisch, ohne wirklich zu wissen, was er sagte. Drasks Worte hatten ihn bis auf den Grund seiner Seele erschüttert. Verwirrt blickte er zwischen dem alten Mann und dem Quorrl hin und her, ohne einen von ihnen wirklich zu sehen. Alles drehte sich um ihn.

»Bitte sie um Frieden, Skar«, antwortete Drask. »Gib ihnen, was sie haben wollen.«

»Oh«, stieß Skar bitter hervor. »Mehr nicht? Du verlangst von mir, daß ich ihnen Enwor schenke?«

»Es ist eure einzige Chance«, versicherte Drask. »Nicht Enwor. Nur einen kleinen Teil. Gib ihnen einen Teil, um das Ganze zu retten. Wir können sie nicht besiegen. Niemand kann das. Aber wir können mit ihnen leben.«

»So wie die Alten?« fragte Skar böse.

Drask versuchte, eine abfällige Geste zu machen, was aber durch seine aneinandergeketteten Handgelenke kläglich mißlang. Der Kopf des blinden Quorrl ruckte drohend herum, als er das Klirren des silbernen Stahles vernahm. »Die Alten waren Narren«, antwortete Drask heftig. »Sie hatten die Macht von Göttern, aber sie waren Narren. Sie holten die *Sternengeborenen* vom

Himmel, aber sie begriffen nicht, daß man einem Volk nicht seine Welt nehmen kann, ohne ihm eine andere zu geben.«

»Vielleicht waren sie der Meinung, Enwor für sich selbst zu brauchen«, gab Skar sarkastisch zu bedenken, aber Drask schien seine Worte gar nicht zu hören.

»Als sie begriffen, was sie getan hatten, war es zu spät«, fuhr der Magier fort. »Sie versuchten, zusammen mit den *Sternengeborenen* zu leben, aber dieser Versuch scheiterte. Du weißt, was geschah.«

O ja, das wußte er. Er hatte Velas Worte nicht vergessen, obwohl es ihm unglaublich lange erschien, daß er sie vernommen hatte. Sie vernichteten sich gegenseitig: das Volk, dem diese Welt gehörte, und das mächtig genug geworden war, in gigantischen silbernen Schiffen zu den Sternen zu segeln, und all das, was es von diesen Sternen hierher holte. Und er hatte auch das andere nicht vergessen, was Vela ihm erzählt hatte: daß sie, als alles schon verloren schien, als Enwor bereits brannte und aus einer blühenden Welt eine Hölle wurde, einen letzten, verzweifelten Versuch unternahmen, eine Verbindung zu jenen Sternenwesen zu erschaffen, ein Ungeheuer, halb Mensch, halb Sternenkreatur, halb Gott und halb Teufel.

Ihn.

Oh, natürlich nicht ihn selbst, denn er war ein sterblicher Mensch, und das alles lag Tausende um Tausende von Jahren zurück, aber das *Etwas* in ihm, dieses finstere gestaltlose Ding, das er in Ermangelung eines besseren Namens stets seinen Dunklen Bruder genannt hatte, dies war ihr Erbe, der Nachkomme jenes entsetzlichen Gott-Teufel-Zwitters, den Männer wie Drask erschaffen hatten. Er hatte es immer gespürt, daß er etwas Besonderes war, daß ihn etwas von allen anderen Menschen unterschied. Aber verdammt, dachte er, von plötzlichem, rasendem Zorn erfüllt, niemand hatte ihn gefragt, ob er es auch wollte!

»Es wird wieder geschehen«, führte Drask weiter aus, mit sehr leiser, fast suggestiver Stimme. Er hatte die ganze Zeit geschwiegen, aber Skar war plötzlich sicher, daß er seine Gedanken gelesen hatte. »Du weißt es, Skar. Du hast den *Daij-Djan* gesehen, und du hast ihr Erwachen gespürt. Sie werden siegen. Enwor wird ein zweites Mal untergehen, wenn niemand diesen Krieg verhindert, und diesmal wird niemand mehr übrig bleiben, um es wieder aufzubauen.« Seine Worte waren fast ein Flüstern, aber von jenem zwingenden Klang, der es Skar einfach unmöglich machte, die Ohren davor zu verschließen. Mit einem letzten, klar gebliebenen Teil seines Verstandes begriff er, daß Drask all seine Erfahrung und jedes bißchen Macht, das ihm trotz der Drogen noch geblieben war, dazu einsetzte, ihn zu überzeugen, aber dieses Wissen nutzte nichts; vielleicht, weil er ebenso deutlich spürte, daß Drask trotz allem die *Wahrheit* sprach. Es lag in seiner Macht, vielleicht nicht den Krieg zu verhindern, aber es wenigstens zu versuchen.

»Und ... wo sind sie?« fragte Skar. Selbst das Sprechen fiel ihm schwer. Er war nicht sicher, daß er diese Frage wirklich hatte stellen wollen. Das Durcheinander hinter seiner Stirn entwirrte sich nicht, sondern schien im Gegenteil immer schlimmer zu werden.

»Ich weiß es nicht«, antwortete Drask leise. Seine Stimme verlor an Kraft, und Skar erkannte, daß er jetzt starb. Diese letzte Anstrengung war zu viel gewesen. Skar konnte regelrecht sehen, wie das Leben aus seinem Körper wich. Seine Augen verloren zusehends an Glanz, und etwas in ihm zerbrach. Ganz plötzlich sank er im Stuhl zurück. Sein Gesicht erschlaffte, und mit einem Male tat er Skar nur noch leid. »Irgendwo im Süden, Skar, vielleicht. Vielleicht sind sie schon hier, oder ... nirgendwo. Aber du bist der einzige, der sie finden kann. Such ... meine Brüder, und du ... du findest sie.«

Er bäumte sich auf. Ein Hustenanfall schüttelte seinen Körper, und Skar sah, wie eine der Wunden unter seinem Gewand wieder aufbrach, denn plötzlich zeigte sich auf seiner Brust ein feuchter dunkler Fleck, der rasch größer wurde. Aber er hob nur abwehrend die Hand, als Skar sich vorbeugen wollte, um ihm zu helfen.

»Kann ich dir trauen, alter Mann?« fragte Skar leise.

»Warum bin ich wohl hiergeblieben, du Narr?« stöhnte Drask. »Du hattest recht – ich hätte fliehen können, und ich hätte noch ein verdammt langes Leben vor mir gehabt. Ich bin geblieben, um mit ... mit dir zu sprechen.«

»Hast du mich deshalb gezwungen, meinen eigenen Sohn zu töten?« fragte Skar. In seiner Stimme war nicht einmal Vorwurf, ja, er suchte selbst in seinem Inneren vergebens nach einer Spur von Bitterkeit oder Zorn. Er verstand es nur nicht.

Drask machte eine Bewegung, die gleichzeitig ein Kopfschütteln wie ein Nicken war. »Ja«, antwortete er. »Es war der einzige Weg. Das Erbe der Götter wird im Fleisch weitergegeben. Vielleicht wäre der Sohn deines Sohnes wieder ein Mann wie du geworden, aber er war ... nicht der Richtige. Und uns bleibt keine Zeit mehr zu warten. Ich verlange nicht, daß du mir verzeihst, Skar, aber vielleicht verstehst du es. Du mußtest wieder der werden, der du einmal warst, bevor ... dieses unselige Kind geboren wurde. Diese Närrin Vela, was hat sie getan?«

Er versuchte die Hand zu heben und hatte nicht mehr die Kraft dazu. Ein neuer Hustenanfall schüttelte seinen Körper, und plötzlich war in seinem Atem ein schreckliches röchelndes Geräusch. Er starb.

»Geh«, brachte Drask mühsam hervor. »Geh und suche sie, Skar. Du bist der einzige Mensch auf dieser Welt, der es kann, denn du wurdest zu diesem Zweck erschaffen. Geh und suche die alten Götter.«

Der einzige, der ihn beachtete, als er wenig später den Kerker wieder verließ, war der riesenhafte Quorrl. Er blickte ihn auf eine sehr sonderbare Weise an, mit dem Mißtrauen, das so sehr zu seiner Natur gehörte wie die schuppige Haut und das fürchterliche Raubtiergebiß, aber auch ... *nachdenklich*?

Fast, dachte Skar schaudernd, als hätte er durch das fingerdicke Holz hindurch jedes Wort verstanden. Aber das war natürlich Unsinn.

Er verscheuchte den Gedanken und beeilte sich, wieder ins Freie zu kommen. Plötzlich hatte er das Gefühl, hier unten nicht mehr atmen zu können.

*

»Das ist nicht dein Ernst«, entrüstete sich Del. Die Fassungslosigkeit in seiner Stimme war nicht gespielt, und was Skar auf seinen Zügen las, das war ebenso echt. »Du willst gehen, nur weil ein sterbender alter Mann dir gesagt hat, daß du es tun sollst?! Was ist los mit dir? Hast du einen Schlag auf den Kopf bekommen, oder wirst du jetzt wirklich alt?«

Skar lächelte dünn, obwohl Del mit einem Ernst gesprochen hatte, der die Wahl seiner Worte Lügen strafte, und in einer Art, die Skar sich schuldiger vorkommen ließ, als wenn er ihm Vorwürfe gemacht hätte.

Sie saßen sich im Thronsaal der Burg gegenüber, und hinter dem bunten Bleiglas der Fenster wurde es wieder Tag. Skar hatte nicht geschlafen in dieser Nacht, sondern war ruhelos in der Festung auf und ab gewandert, wie ein in einem Käfig gefangenes Raubtier, das es nicht wagt, durch die offenstehende Tür zu schlüpfen. Die Nacht war endlos gewesen – vielleicht die längste seines Lebens, sicher aber die schwerste. Es war nicht einfach so, daß er eine Entscheidung zu fällen hatte, die sein gesamtes weiteres Leben beeinflussen mochte – *daran* hatte er sich allmählich gewöhnt, so absurd das klang. Aber zweierlei Dinge waren diesmal anders: Zum einen war es nicht nur *sein* Leben, über das er entschied, und zum anderen war es nicht nur *seine* Entscheidung. Vielleicht war sie es niemals gewesen. Drask hatte es nicht einmal angedeutet, und es gab nicht die Spur eines Beweises, daß es so war – aber in letzter Zeit plagte Skar immer häufiger der Gedanke, daß vielleicht nichts von alledem, was geschehen war, Zufall gewesen sein mochte. Was, wenn sie alle nichts als Figuren in einem Schachspiel der Götter waren, wenn alles geplant gewesen war? Wenn dieses zweite Leben, das er lebte, kein Geschenk war, sondern er es leben *sollte*, um etwas ganz Bestimmtes zu tun – möglicherweise nichts weniger, als Enwor zu retten. Oder zu vernichten.

Der Gedanke machte ihn zornig. Er hatte es stets gehaßt, Befehlen zu gehorchen. Die Vorstellung, sich wie eine Marionette an unsichtbaren Fäden zu bewegen, an deren Fäden eine gefühllose Macht vom anderen Ende der Zeit zerrte, machte ihn fast rasend. Aber welche Wahl blieb ihm schon? Er konnte sich wehren, konnte sich gegen das Schicksal auflehnen und –

und damit vielleicht gerade wieder das tun, was er tun sollte, dachte er bitter. Welchen Sinn hatte es zu kämpfen, wenn man nicht einmal wußte, auf welcher Seite man überhaupt stand?

»Ich hätte diesen Drask den Hunden zum Fraß vorwerfen sollen«, fuhr Del fort, als Skar nicht antwortete. »Ich hätte nicht auf dich hören sollen. Drask ist –«

»Drask ist tot«, unterbrach ihn Skar, bevor Del sich vollends in Rage reden konnte. »Und ich habe mir meinen Entschluß sehr genau überlegt, bevor ich hierhergekommen bin.« Er sprach schärfer, als er eigentlich beabsichtigt gehabt hatte. Es machte ihn wütend, sich vor Del rechtfertigen zu müssen, und er verspürte ein heftiges Gefühl von Schuld, als er an Drask zurückdachte. Der Magier war eine Stunde nach ihrem Gespräch gestorben, aber obwohl sein Entschluß zu diesem Zeitpunkt bereits feststand, hatte er bis jetzt gezögert, mit Del zu reden. Sich selbst gegenüber hatte er als Grund vorgeschoben, Del nicht wecken zu wollen, denn wie sie alle bekam er in den letzten Tagen viel zu wenig Schlaf. In Wahrheit war der Grund allerdings ein ganz anderer – nämlich der, daß er diese wenigen Stunden noch gewinnen wollte, ehe er die endgültige Entscheidung treffen mußte.

Del schlug so plötzlich und hart mit der Faust auf den Tisch, daß Skar zusammenfuhr. Erst dann begriff er, daß er länger als eine Minute an Del vorbei ins Leere gestarrt hatte, ohne ihn auch nur zu sehen.

»Was ist los mit dir, Skar?« fragte er aufgebracht. »Du kannst dich nicht einfach davonmachen und so tun, als ginge dich das alles hier nichts an. Wir brauchen dich!«

»Unsinn«, widersprach Skar. Er war müde. Seine Glieder fühlten sich an, als wären sie mit unsichtbaren Bleigewichten beschwert, und eine noch größere Last schien sich auf seine Gedanken zu legen. Eigentlich hatte er nicht einmal mehr Lust, mit Del zu reden. Er wollte sich nur hinlegen und ein paar Stunden schlafen. Und danach gehen.

Trotzdem fuhr er fort: »Ihr braucht mich jetzt so wenig, wie ihr mich vorher gebraucht habt.«

»Wir *hätten* dich gebraucht, Skar«, antwortete Del scharf. »Ich lasse nicht zu, daß du gehst. Die Männer brauchen dich. Das Heer braucht dich. *Ich* brauche dich.«

Von allem war der letzte Satz der einzige, der Skar wirklich traf. Eine Weile sah er Del beinahe traurig an, dann stand er auf, trat ans Fenster und blickte auf den Fluß hinab. In dem gewundenen weißen Band waren häßliche graubraune Flecke entstanden, ein Muster aus pockennarbigen Kratern und rasch zusammenwachsenden Spinnweben, das bald auch das letzte Eis verschlungen haben würde. Mit dem Morgen kam Nebel auf, ein deutliches Zeichen, daß die Tage nun wirklich wärmer wurden. Skar revidierte seine Schätzung vom vergangenen Abend. Sie würden längstens noch eine Woche hierbleiben.

Er hörte, wie Del hinter ihm ebenfalls aufstand, und knüpfte an das unterbrochene Gespräch an, ohne sich herumzudrehen. »Ihr braucht mich nicht, Del. Ein Schwert mehr oder weniger spielt keine Rolle. Ihr braucht das, was ihr in mir seht. Aber das bin ich nicht.«

»Selbst wenn es so wäre!« Del trat mit einem zornigen Schritt neben ihn und hob die Hand, wie um ihn an der Schulter herumzureißen. Skar nahm die Bewegung als verzerrte Spiegelung im farbigen Bleiglas des Fensters wahr. Und er sah auch, daß Del die Bewegung nicht zu Ende führte, als sich ihre Blicke in der Scheibe trafen.

»Selbst wenn es so wäre«, wiederholte Del noch einmal, »würde das nichts ändern. Du kannst nicht einfach *gehen*, Skar. Die Männer brauchen dich, das, was sie in dir sehen, ob es nun da ist oder nicht. Du kannst nicht einfach tun und lassen, was dir gefällt. Du bist ein Hoher Satai.«

»Das bin ich nicht!« Skar war selbst ein wenig überrascht, wie heftig er Del widersprach. Er fuhr herum, starrte ihm einen Moment zornig ins Gesicht und versuchte dann, seinen Worten ein wenig von ihrer Schärfe zu nehmen, indem er lächelte. »Allerhöchstens ein halber«, fügte er hinzu, »denn schließlich teilen wir uns deine Stellung, nicht wahr? Und selbst du bist es nicht wirklich. Die Satai haben niemals wirklich einen Kriegsherren gehabt.«

»Weil sie ihn niemals nötig hatten«, antwortete Del. »Sie waren –«

Jemand klopfte, und Del brach mitten im Wort ab und fuhr ärgerlich herum. Die Tür wurde aufgerissen, noch ehe er auch nur Gelegenheit fand, auf das Klopfen zu antworten, und ein junger Satai stürmte herein.

Er sah abgehetzt aus. Sein Gesicht und seine nackten Oberarme glänzten vor Schweiß, und sein Atem ging so schnell, daß er im ersten Moment Mühe hatte, überhaupt zu sprechen. Mit weit ausgreifenden Schritten eilte er auf Del zu und blieb in eindeutig demütiger Haltung stehen; ja, für einen Augenblick sah es fast so aus, als wolle er auf die Knie herabfallen, und Skar hatte das sehr sichere Gefühl, daß seine Anwesenheit der einzige Grund war, aus dem Del ihn daran hinderte.

»Was willst du?« fragte Del ungehalten. »Ich habe Befehl gegeben, unter keinen Umständen ge –«

»Jemand kommt, Herr«, unterbrach ihn der Satai. Sein Atem ging schnell und unregelmäßig. Er sprach keuchend und so schrill, daß Skar Mühe hatte, ihn überhaupt zu verstehen. »Jemand nähert sich der Burg.«

»Und?« Dels ärgerliches Stirnrunzeln vertiefte sich noch. »Zum Teufel, es kommen Hunderte hierher, jeden Tag!«

Der Satai versuchte zu antworten, aber er war einfach zu erschöpft dazu. Er keuchte, hob die Hand und bewegte die Lippen wie ein Fisch auf dem Trockenen, und wie ein solcher brachte er keinen Ton hervor.

Der Anblick vertiefte Skars Bestürzung noch, und er gab dem vagen Gefühl von Zweifel in seinem Inneren neue Nahrung. *Der Mann ist kein Satai*, dachte er bedrückt. Er kleidete sich wie ein Satai, er sprach wie ein Satai, und zweifellos – selbst in Gedanken dachte er diesen Satz mit einer Mischung aus Wut und abfälliger Herablassung – ganz zweifellos wußte er wie ein Satai zu kämpfen, aber er war es nicht, so wie die allermeisten, die er in den letzten Wochen getroffen hatte. Auch ein Satai hatte das Recht, erschöpft zu sein, natürlich; aber er hatte nicht das Recht, sich so gehen zu lassen.

Dels Gedanken schienen ähnliche Wege zu gehen, denn er machte eine wütende Handbewegung und fuhr den Mann an: »Sprich endlich! Wer kommt, und was ist so wichtig daran?!«

»Herr, es ist ... es ist eine *Errish*!« stieß der Satai keuchend hervor.

»Eine *Errish*?!« Del richtete sich kerzengerade auf. Für einen Moment sah er aus, als hätte er einen Schlag mit der flachen Hand ins Gesicht erhalten. Aber dann – Del wäre nicht Del gewesen, hätte er anders gehandelt – sprang er auf, trat mit einem einzigen Schritt auf den Satai zu und riß ihn grob an den Schultern in die Höhe.

»Bist du sicher?« fauchte er.

Skar unterdrückte ein Lächeln. Del war zwanzig Jahre älter geworden, aber er hatte sich kein bißchen verändert, seit sie sich das letzte Mal gesehen hatten. Unbeschadet dessen, was er selbst Skar noch vor Augenblicken vorgeworfen hatte, benahm er sich ganz und gar nicht so, wie es der schwarze Mantel um seine Schultern verlangte. Irgendwie beruhigte Skar dieser Gedanke.

»Sie reitet einen Drachen, Herr«, antwortete der Satai. »Die Kundschafter melden, daß sie verfolgt wird. Ich weiß nicht, von wem.«

»Wo?«

»Zehn Meilen von hier, vielleicht zwölf. Im Westen.«

»Hast du sie gesehen?« fragte Skar scharf.

Der Satai sah ihn einen Moment lang verwirrt an, dann schüttelte er den Kopf. »Es war eine Spiegelnachricht, Herr«, antwortete er. »Ich war draußen auf dem Vorkastell, als sie kam. Die Krie –«

Del ließ den Mann so abrupt los, daß er mitten im Wort abbrach und sich seinen Atem lieber dafür aufsparte, nicht das Gleichgewicht zu verlieren. Ohne ihn weiter zu beachten, fuhr Del herum, eilte zur Tür und riß sie auf. Skar konnte niemanden draußen auf dem Gang erkennen, aber Del schrie plötzlich so laut, daß seine Worte vermutlich noch unten auf dem Hof zu verstehen waren. »Laßt die Garde aufsitzen!« brüllte er mit vollem Stimmaufwand. »Und sattelt mein und Skars Pferd! Du begleitest mich doch, oder?« Den letzten Satz, den er zwar nicht mehr gebrüllt, aber immer noch sehr laut gesprochen hatte, richtete er an Skar.

Skar antwortete gar nicht. Aber weniger als fünf Minuten später verließen sie die Trutzburg bereits, begleitet von einem halben Hundert Satai und der dreifachen Anzahl Quorrl.

*

Es war nicht *ein* Drache; es waren vier – ein riesiges, langbeiniges, grünes Etwas, in dessen Nacken eine absurd kleine Gestalt hockte und sich mit Armen und Beinen festklammerte, und drei etwas kleinere, aber sehr viel massigere Echsenwesen, die das erste verfolgten, und in der Luft, eine halbe Meile über und zwei oder drei vor Skar und der kleinen Armee aus Satai und Quorrl, schwebten die dreieckigen Schatten zweier gewaltiger Daktylen, von denen mindestens eine einen Reiter trug. Die andere war zu hoch und bewegte sich zu schnell, als daß Skar sie deutlich erkennen konnte. Zweimal, seit sie den Felsgrat erreicht und angehalten hatten, war die Daktyle auf den flüchtenden Drachen heruntergestoßen, und jedesmal hatte die Gestalt in seinem Nakken die Hand gehoben, und ein fadendünner weißer Blitz hatte nach dem Drachenvogel geschlagen und ihn zurückgetrieben.

»Was zum Teufel geht dort vor?« murmelte Del neben ihm. Sein Pferd bewegte sich unruhig. Wie das Skars und die der anderen witterte es die Drachen, und wie fast alle Warmblüter machte es die Nähe der titanischen Echsenwesen rasend. Seine Hufe scharrten nervös in der dünnen Schneedecke, die den Fels hier oben bedeckte.

»Sie kämpfen.« Del beugte sich im Sattel vor und verengte die Augen zu schmalen Schlitzen, um mehr Einzelheiten erkennen zu können. Das grelle Licht der Morgensonne verwandelte sein Gesicht in eine Landschaft aus zerschrundenen Schatten und harten Linien, die Skar noch nie zuvor darin gesehen hatte. Zum allerersten Mal, seit sie sich wiedergesehen hatten, kam ihm Del so alt vor, wie er war. Skar schauderte. Es war nicht gut, die Zeit zu betrügen, dachte er. Er war plötzlich nicht einmal sicher, ob er dieses neue Leben überhaupt leben wollte.

»Drachen verfolgen Drachen!« Del schüttelte den Kopf, setzte sich wieder im Sattel auf und blickte ihn fast bestürzt an. »Was, verdammt noch mal, bedeutet das?!«

»Das finden wir bestimmt nicht heraus, wenn wir hier stehenbleiben und nur zusehen«, antwortete Skar.

Die Reaktion auf seine Worte war anders, als er erhofft hatte – Del nickte zwar, ganz automatisch und ohne ihn anzuschauen, aber weder er noch einer seiner Begleiter machten irgendwelche Anstalten, die Pferde anzutreiben und den Steilhang hinunterzureiten. Ein rasches, heftiges Gefühl von Zorn machte sich in Skar breit.

»Was ist los?« fragte er. »Worauf warten wir?«

»Es sind *Drachen*, Herr«, antwortete einer der Männer neben Del. »Und sie haben Scanner.«

Wie, um seine Worte zu bestätigen, züngelte in diesem Moment wieder ein dünner, grausam weißer Blitz aus der Hand der winzigen Gestalt im Nacken des flüchtenden Drachen und brannte eine Narbe aus grellem Licht in den Himmel. Skars Zorn verstärkte sich zu reiner Wut, aber da war auch ein Gefühl von … ja, beinahe Entsetzen, auf jeden Fall aber Erschrecken. Es war ein Satai, der diese Worte gesprochen hatte, und sie waren fast zweihundert!

Einen Moment lang starrte er den Mann voller unverhohlener Verachtung an, dann riß er sein Pferd ohne ein weiteres Wort herum und galoppierte los. Del rief ihm irgend etwas nach, das er nicht verstand, und er hörte, wie sich nun auch die anderen in Bewegung setzten, aber er sah sich nicht einmal um. Tief über den Hals seines Pferdes gebeugt, jagte er an der Felskante entlang, schlug einen engen, sehr riskanten Bogen um ein eisverkrustetes Stück Fels und preschte schließlich den schneebedeckten Hang hinunter, der sich dem Felsabbruch anschloß.

Für Minuten verlor er den grünen Drachen und seine Verfolger aus den Augen, denn er mußte seine ganze Konzentration dazu aufwenden, nicht aus dem Sattel geschleudert zu werden oder mitsamt dem Pferd zu stürzen. Der Hang war sehr steil, und die dünne Decke aus Pulverschnee verlieh ihm ein trügerisch falsches Aussehen: Unter dem flockigen Weiß verbargen sich Steine und Erdspalten und das Geäst erfrorener Büsche, die sein Pferd mehr als einmal zum Straucheln brachten. Der Hang war so steil, daß das Tier gegen seinen Willen immer schneller wurde. Der Augenblick war abzusehen, an dem es einfach so schnell wurde, daß es seine Bewegungen nicht mehr koordinieren konnte und über seine eigenen Beine stolperte, oder in eine der zahllosen Fallen unter dem Schnee trat und sich ein Bein brach.

Skar verschwendete kaum einen Gedanken daran. Er raste innerlich vor Zorn. Das Zögern des Satai (*Satai?* Etwas in ihm sträubte sich selbst dagegen, dieses Wort auf den Mann an Dels Seite anzuwenden, und wenn er tausendmal den fünfzackigen Stern der Kriegerkaste auf der Stirn trug!) hatte etwas in ihm zum Überkochen gebracht. Was er in seinen Augen gelesen hatte, war Angst, ein Gefühl, auf das er ein Recht hatte wie jeder Mensch, aber nicht in diesem Moment und nicht *so*, und dieser Ausdruck hatte das letzte bißchen Verbundenheit zerstört, das er noch zu Dels Männern empfunden hatte. Das Gefühl tat weh, entsetzlich weh, aber es kam nicht einmal unerwartet, und obwohl sich etwas in ihm wie ein getretener Wurm krümmte, ohne diesem entsetzlichen Schmerz dadurch irgendwie entgehen zu können, funktionierte ein anderer Teil seines Denkens gleichzeitig mit fast phantastischer Klarheit: Der Satai in ihm war erwacht, und er fragte ihn spöttisch, was um alles in der Welt er allein und so gut wie unbewaffnet gegen *drei Drachen* ausrichten wollte, und ob er denn sicher war, daß er sich auf der richtigen Seite in diesen Kampf einmischte, und wer dieser Reiter war, der da auf sie zufloh, und warum.

Er fand auf keine dieser Fragen eine Antwort, aber er zögerte trotzdem keine Sekunde, sondern trieb das Pferd eher noch zu größerer Eile an, als sie die Ebene erreichten und sich der Schwung ihres rasenden Hangrittes allmählich aufzehrte. Flüchtig blickte er über die Schulter zurück. Dels Satai waren ihm gefolgt, aber er hatte einen Vorsprung von gut drei-, vielleicht sogar vierhundert Pferdelängen, und er wuchs noch beständig, denn die Männer in den schwarzen Mänteln ritten nicht halb so selbstmörderisch, wie er es getan hatte. Zudem hatte sich das Heer geteilt, denn die Quorrl waren noch weiter zurückgefallen, was in ihrem Falle aber wohl eher an ihrem Gewicht und ihrer Klobigkeit lag, die sie ein Pferd schon in normalem Gelände kaum halb so schnell reiten ließen wie ein Mensch. Er suchte nach Del, aber er fand ihn nicht. Seltsamerweise verspürte er nicht einmal mehr wirkliche Enttäuschung. Der Moment, in dem sie Seite an Seite in einen Kampf vorwärts stürmten, würde nicht mehr kommen. Er war ein Kindertraum, und sie waren beide keine Kinder mehr.

Er wandte sich wieder um und sah nach vorne. Die Sonne war im Laufe der letzten halben Stunde auch über die Berge geklettert, und ihre schräg einfallenden Strahlen ließen die Schneedecke über der Ebene in blendendem Weiß aufleuchten, so daß er im ersten Moment fast geblendet war. Aber dann erblickte er sie – ein Stück weiter nördlich und eine gute Meile näher, als er erwartet hatte: der riesige grüne Drache und die drei kleineren grauen Verfolger, die sich in fast irrwitzigem Tempo den Bergen näherten. Der Reiter auf dem flüchtenden Drachen mußte wahnsinnig sein, dachte Skar, oder schlichtweg blind vor Angst. Drachen waren unglaublich schnelle Läufer, aber miserable Kletterer. Spätestens am Fuße des Steilhanges wäre seine Flucht so oder so zu Ende gewesen.

Aber er bezweifelte ohnehin, daß er ihn noch erreichte. Der Abstand zwischen den drei Panzerechsen und dem grünen Läufer schmolz jetzt zusehends, und die beiden Daktylen stießen immer öfter auf den Fliehenden herab. Skar erkannte nun, daß auch auf dem Rücken des zweiten Drachenvogels ein Reiter saß; groß und dunkel und irgendwie mißgestaltet, ohne daß er genau sagen konnte, was es war, das an seiner Erscheinung einfach nicht stimmte.

Er kam auch nicht dazu, weiter darüber nachzudenken, denn

in diesem Augenblick entdeckte ihn der Reiter der zweiten Daktyle – und Skar sah, wie er sein bizarres Reittier mit unglaublicher Schnelligkeit herumzerrte und die Daktyle erschrocken die Schwingen ausbreitete; eine fünfzehn Meter messende Pfeilspitze aus Lederhaut und Knochen, die mit einem wütenden Schrei auf ihn herabstieß. Etwas blitzte in der Hand des Drachenreiters auf, und obwohl Skar nicht erkennen konnte, was es war, reagierte er ganz instinktiv, und ganz instinktiv richtig. Mit einem Ruck, der sein Pferd vor Schmerz und Schrecken aufschreien ließ, riß er das Tier in vollem Galopp herum und zur Seite, eine Sekunde, bevor neben ihm eine grelle Lichtnadel in den Boden stach und unter dem Schnee einen Vulkan zur Explosion brachte. Eine weißorangene Feuersäule, nicht dicker als sein Oberschenkel, aber zwanzig Meter hoch und heiß wie die Hölle, versengte den Schnee und schleuderte geschmolzenes Gestein und Flammen in den Himmel. Die Hitze streifte Skar wie eine glühende Hand. Sein Pferd kreischte vor Schmerz und stolperte, stürzte aber nicht, sondern fand im letzten Moment wieder Tritt und raste wie von Furien gehetzt weiter. Einen Augenblick später strich ein ungeheuerlicher Schatten über ihn hinweg, so dicht, daß er den scharfen Reptiliengeruch des Drachen spürte. Skar duckte sich ganz automatisch tiefer über den Hals des Pferdes.

Wahrscheinlich war es diese Bewegung, die das Tier endgültig aus dem Gleichgewicht brachte. Es strauchelte, versuchte mit einem fast grotesken Hüpfer noch einmal auf die Beine zu kommen und stürzte vornüber. Skar wurde aus dem Sattel geschleudert; der Himmel und die weiße Ebene überschlugen sich drei-, vier-, fünfmal vor seinen Augen, ehe er selbst aufprallte und mit einem erstaunlich weichen Ruck zum Liegen kam.

Als er sich aufrichtete, waren die Drachen fast heran. Sie waren jetzt nahe genug, daß er das grüne Tier identifizieren konnte – einen Koloß von dreifacher Mannsgröße, der entfernt den schlanken Laufechsen ähnelte, die er bei seinem ersten Besuch in Elay kennengelernt hatte, nur daß er mehr als doppelt so gewaltig war. Mit seinen übergroßen, ungeheuer starken Hinterbeinen und dem lächerlich kleinen, runden Kopf, der auf einem meterlangen Schlangenhals pendelte, erinnerte er fast an einen Strauß, nur daß sein Leib von handgroßen grünen Schuppen bedeckt war und er keine Flügel hatte, dafür aber einen Schwanz, der fast so lang war wie sein ganzer Körper, und den er im Rennen steil erhoben hatte, um das Gleichgewicht zu halten. In seinem Nacken, die Beine hinter den winzigen Vorderärmchen des Drachen verhakt, saß eine Gestalt in einem erdbraunen Mantel. Skar konnte nur erkennen, daß es eine Frau war, deren langes blondes Haar von einem dünnen Stirnband zurückgehalten wurde, und daß sie von sehr schlankem, fast kindlichem Wuchs sein mußte.

Er sprang auf, zog sein Schwert (angesichts des heranrasenden Berges aus Fleisch und Panzerplatten kam er sich dabei selbst fast lächerlich vor) und opferte eine weitere Sekunde dazu, auch die drei anderen Tiere genauer in Augenschein zu nehmen. Es waren Drachen von einer Art, wie er sie niemals zuvor gesehen hatte – sehr viel kleiner als die Rennechse, aber ungeheuer massig, und von schwer zu definierender Form: Ihre grauen Panzerplatten waren zu klumpigen Stachelgebilden verwachsen, zwischen denen die Gestalten ihrer Reiter wie aufgespießte Riesenkäfer aussahen. Ihr Laufen hatte nichts mit dem eleganten Gleiten der Rennechse gemein. Sie wirkten wie lebende Mauerrammen, die einfach alles niederwalzten, was sich ihnen in den Weg stellte.

Über ihm erscholl ein krächzender Schrei, und der Laut riß ihn abrupt in die Wirklichkeit zurück. Er sah hoch, auf eine weitere Attacke gefaßt, aber diesmal war nicht er das Ziel des Angriffes. Die beiden Daktylen hatten sich geteilt – das Tier, das ihn gerade angegriffen hatte, schwenkte in einem engen Bogen herum und setzte zu einem neuen Sturzflug an, während der zweite Drachenvogel mit reglos ausgebreiteten Schwingen, aber sehr schnell, Dels Satai entgegenschoß. Hinter seinem häßlichen Hammerkopf blitzte es weiß und blendend auf, und ein dünnes Band aus Licht spannte sich für Sekundenbruchteile zwischen der Hand seines Reiters und einem Punkt irgendwo in dem heransprengenden Heer.

Er rannte los. Hinter ihm mischte sich orangeroter Feuerschein in das klare Licht des Morgens, und plötzlich übertönte ein ungeheures Dröhnen und Bersten das dumpfe Stakkato der Hufschläge; dann Schmerzens- und Angstschreie und der dumpfe Aufprall stürzender Körper. Skar widerstand der Versuchung, sich noch einmal umzusehen, und jagte im Zickzack auf die Laufechse zu. Auch die zweite Daktyle schoß jetzt wieder heran, aber Skar vermutete, daß er kein gutes Ziel bot: Er bewegte sich schnell und auf einem unberechenbaren Kurs, und Scanner waren zwar fürchterliche Waffen, aber schwer zu handhaben; vor allem vom Rücken eines bockenden Flugdrachen herab.

Der Abstand zwischen ihm und dem heranstampfenden Drachen schmolz jetzt rasend schnell, auch wenn das Tier viel von seiner natürlichen Eleganz verloren hatte; aus seinen federnden Sprüngen war ein ungeschicktes Hoppeln geworden, und bei jedem zweiten oder dritten Schritt taumelte es vor Erschöpfung. Seine Reiterin hatte Mühe, sich noch in seinem Nacken zu halten.

Skar lief schneller, riß sein Schwert in die Höhe und begann hektisch damit zu winken. »Hierher!« schrie er mit vollem Stimmaufwand. »Zu mir!«

Er bezweifelte, daß die *Errish* seine Worte überhaupt hörte, denn das Stampfen der Drachen auf der einen und der fast zweihundert Pferde auf der anderen Seite war mittlerweile zu einem wahren Orkan aus Lärm angeschwollen; aber sie schien seine Bewegung zu bemerken. Ihr Kopf ruckte herum, und für einen Moment durchfuhr Skar ein eisiger Schrecken, als er erkannte, wie jung sie war. *Großer Gott!* dachte er. *Das ist ein Kind!* Das Mädchen war sechzehn, allerhöchstens achtzehn Jahre alt. Im Nacken der riesigen Echse sah sie aus wie ein lebendiges Spielzeug.

»Hierher!« schrie er noch einmal. »Zu den Reitern! Sie helfen dir!« Gleichzeitig schlug er einen Haken nach rechts, hetzte mit weit ausgreifenden Schritten an der Laufechse vorbei und direkt auf den ersten Verfolger zu. Etwas in ihm übernahm die Kontrolle über sein Handeln, ohne daß es seines bewußten Zutuns bedurfte. Die Drachen waren nicht einmal die schlimmste Gefahr – trotz ihrer Größe waren sie plump und schwerfällig, nicht annähernd so wendig wie ein Reiter oder gar ein Mann zu Fuß.

Die Gefahr waren die Reiter, die auf ihren stacheligen Rücken saßen. Wenn sie mit denselben fürchterlichen Waffen ausgerüstet waren wie die Männer auf den Daktylen, konnte der nächste Schritt sein letzter sein ...

Der vorderste Drache walzte wie ein lebender Berg aus Stacheln und Panzerplatten auf ihn zu. Unter seinen gewaltigen Elefantenfüßen stob der Schnee in einer unablässigen Folge staubiger Explosionen in die Höhe, und Skar fühlte trotz der Entfernung den Boden unter seinen Füßen erzittern. Er versuchte, die Distanz abzuschätzen, die noch zwischen ihm und dem Ungeheuer lag, und die Zeit, die sie beide brauchten, um sie zu überwinden. Gleichzeitig sah er aus den Augenwinkeln, wie sich Dels Heer hinter ihm in Dutzende unterschiedlich großer Gruppen aufteilte, ein scheinbares Chaos, das trotzdem einem geordneten Plan folgte: Die Reiter bildeten eine gewaltige, doppelte Zange, die sich um die angreifenden Drachen schloß und gleichzeitig ihr Opfer von ihnen abschnitt. Vom Rücken der beiden Daktylen zuckten noch immer dünne weiße Fäden aus Licht herab, aber sie trafen jetzt kaum noch; es war ein Unterschied, blindlings in eine große Reitertruppe hineinzuhalten oder einen einzelnen, sich schnell bewegenden Mann zu treffen.

Dann war der Drache heran, zehnmal schneller, als er geglaubt hatte, und plötzlich kam er Skar gar nicht mehr klein und plump vor, sondern gigantisch, ein fünf Tonnen schwerer Koloß, der sich mit der Unaufhaltsamkeit einer Lawine heranwälzte und die Welt vor ihm von einem Ende zum anderen auszufüllen schien. Seine kleinen, pupillenlosen Augen musterten Skar voller stummer Wut, und darunter, absurd dicht darunter und absurd groß, klaffte plötzlich ein dunkelroter Schlitz in den Gewächsen aus Horn und Panzerplatten, in dem zwei Reihen gewaltiger Reißzähne blitzten. Skar begriff beinahe zu spät, daß dieses Ungeheuer kein stumpfsinniges Monster war, das nichts anderes konnte als Laufen und Niedertrampeln, sondern eine Bestie, die mindestens so intelligent wie ihre größeren Verwandten war, aber zehnmal so boshaft.

Im letzten Moment hechtete er zur Seite, überschlug sich

zwei-, dreimal hintereinander im Schnee und verbarg den Kopf zwischen den Armen, als der Drache vorüberstampfte. Ein horngepanzerter Gigantenfuß krachte neben ihm in den Schnee, nicht durch Zufall oder im rasenden Rhythmus der Schritte, sondern in einem gezielten Tritt, mit dem ihn das Monster zermalmen wollte wie ein lästiges Insekt. Er fuhr hoch und herum, sah den stacheligen Schwanz der Drachenbestie auf sich zupfeifen – einen Schwanz, der halb so dicht wie deren eigener Körper mit halbmeterlangen hornigen Dornen bewachsen war –, brachte sich mit einem verzweifelten Hechtsprung in Sicherheit und sprang abermals hoch. Weniger als einen Meter hinter ihm spritzten Schnee und Erdreich unter dem Hieb dieser lebendigen Keule auseinander, aber für eine Sekunde hatte er Luft, denn das Ungeheuer rannte, vom Schwung seiner eigenen Masse einfach vorwärtsgerissen, noch ein gutes Stück weiter, ehe es seine fünf Tonnen Körpergewicht in eine Drehung zwang. Wie eine blitzartige Vision aus einem Alptraum sah er ein halbes Dutzend Quorrl-Krieger vorüberpreschen, die mit angelegten Lanzen auf einen zweiten Drachen zurasten.

Skar wartete nicht, bis das Ungeheuer die Wendung vollendet hatte und wieder heranstampfte, um dieses Mal vielleicht ein bißchen besser zu zielen. Mit zwei, drei gewaltigen Sätzen hetzte er hinter der Panzerechse her, warf sich mit einem gewaltigen Sprung nach vorne und bekam einen der armlangen Stachelfortsätze zu fassen, die aus seiner Flanke wuchsen. Der Drache brüllte auf wie unter Schmerzen, warf sich zur Seite und wieder zurück und begann schließlich zu bocken wie ein zu groß geratenes Pferd, aber Skar klammerte sich mit aller Macht fest. Er wurde mitgeschleift. Spitze Steine und Dornen unter der Schneedecke zerrissen seine Hose und hinterließen blutige Kratzer in seiner Haut, aber er biß die Zähne zusammen, versuchte sich an der Flanke des tobenden Ungeheuers in die Höhe zu ziehen und betete darum, daß der Drache nicht auf die Idee kam, sich einfach auf die Seite fallen zu lassen und ihn unter sich zu zerquetschen.

So weit reichte die Intelligenz des Drachen denn doch nicht, aber dafür geschah etwas anderes: Über dem stacheligen Rücken des Ungeheuers erschien der gepanzerte Kopf seines Reiters, und plötzlich stieß eine lange eiserne Stange mit stumpfem Ende nach Skars Händen.

Der erste Hieb verfehlte ihn, aber er hinterließ einen langen, sehr tiefen Kratzer im eisenharten Horn des Drachenpanzers. Eine einzige, nur flüchtige Berührung dieser metallenen Stange mußte ihm einfach die Finger zerquetschen, das begriff Skar, und dann war es um ihn geschehen.

Er setzte alles auf eine Karte. Als die Stange das zweite Mal auf seine Hand herabstieß, versuchte er nicht, ihr auszuweichen, sondern griff im Gegenteil danach und zerrte mit aller Kraft daran.

Das Ergebnis überraschte ihn selbst. Er spürte nur für eine Sekunde Widerstand, dann erscholl über ihm ein halb verwunderter, halb zorniger Schrei, und plötzlich fiel die Eisenstange neben ihm in den Schnee; dicht gefolgt von ihrem Besitzer, der mit wild rudernden Armen einen grotesken Salto in der Luft schlug, ehe er in einer Explosion stiebenden Schnees verschwand.

Skar sparte sich die Mühe, ihm nachzublicken, sondern griff hastig kräftiger zu, fand endlich auch mit dem Fuß festen Halt auf den Stacheln und begann, an der Flanke des drei Meter hohen Ungetümes emporzuklettern. Er brauchte nur wenige Augenblicke dazu, aber sie kosteten ihn jedes bißchen Kraft, das er hatte, denn der Drache tobte wie ein durchgehendes Pferd. Trotzdem blieb ihm noch Zeit, einen Blick über die Schulter zurückzuwerfen. Was er sah, ließ ihn entsetzt aufstöhnen. Dels Angriff war gescheitert. Die Drachen hatten die dreifach gestaffelte Phalanx der Reiter einfach durchbrochen, wie eine Lawine einen Schutzzaun aus untauglichem Holz, und sie hatten einen entsetzlichen Blutzoll gefordert – Dutzende von toten oder verwundeten Kriegern lagen im Schnee oder flohen in heller Panik vor den tobenden Giganten, deren stahlharte Panzerung ihre Speere und Pfeile einfach abprallen ließ.

Dann hatte er die Krümmung des Drachenrückens erreicht und sah sich den anderen Reitern gegenüber.

Es waren zwei, wovon der eine mit weit gespreizten Beinen

im Nacken des Drachen stand und sich mit der Hand an den hornigen Fortsätzen seiner Panzerung festhielt, während er mit der anderen an einem Zügel zerrte, mit dem er das außer Rand und Band geratene Tier zu beruhigen versuchte. Der zweite kroch, auf den Knien und beide Hände erhoben, direkt auf Skar zu. In seiner rechten Hand schimmerte das silberne Metall eines Scanners.

Es war wie ein Schlag in den Magen. Der Drachenreiter sah Skar direkt an, und im allerersten Moment glaubte Skar, dem *Daij-Djan* gegenüberzustehen. Ein Gefühl ungläubigen, lähmenden Entsetzens durchfuhr ihn, ehe er seinen Irrtum erkannte: Es war nicht der *Daij-Djan*, sondern ein ganz normaler Mensch, der lediglich in einer Rüstung steckte, die dem Äußeren der Sternenbestie nachgemacht war. Der Mann war schlank und nicht besonders groß, und von Kopf bis Fuß in einen Panzer aus einem mattschwarzen Material gehüllt, aus dem nur seine Hände herausragten, schlanke, in schwarzen Handschuhen steckende Hände, die sonderbar unpassend zu seiner übrigen Erscheinung wirkten. Auch der Helm war dem Nicht-Gesicht der Sternenbestie nachempfunden, ein glattes schwarzes Oval ohne erkennbare Konturen, in das zwei haarfeine Risse geschnitten worden waren, durch die er sehen konnte. Zumindest die Augen hinter diesen Sehschlitzen waren menschlich.

Skar erwachte endlich aus seiner Erstarrung, zog sich mit einem kraftvollen Ruck vollends auf den Rücken des Drachen hinauf und schlug gleichzeitig zu. Der Hieb war ungeschickt gezielt und ohne wirkliche Kraft, aber er schmetterte die Waffenhand des Schwarzgekleideten zur Seite. Der Scanner entlud sich mit einem peitschenden Knall, aber der grelle Lichtblitz ging harmlos ins Leere, und Skar gab ihm keine Gelegenheit zu einem zweiten, besser gezielten Schuß. Sich mit der linken Hand und beiden Beinen auf dem Rücken des bockenden Ungetüms festklammernd, packte er mit der anderen zu und verdrehte das Handgelenk des Kriegers mit einem harten Ruck. Ein dumpfer Schmerzlaut drang unter dem Insektenhelm des Drachenreiters hervor. Keuchend ließ er seine Waffe fallen, warf sich herum und versuchte das Schwert aus dem Gürtel zu zerren.

Es war nicht einmal ein wirklicher Kampf. Der Mann hatte keine Chance. Skar entrang ihm das Schwert, noch ehe er es halb aus der Scheide gezogen hatte, drehte die Waffe blitzschnell herum und versetzte ihm einen Hieb mit der stumpfen Seite, der ihn in hohem Bogen vom Rücken des Drachen herunterstürzen ließ.

Er wollte sich aufrichten, führte die Bewegung aber nicht einmal zu Ende, denn der Drache tobte mittlerweile so sehr, daß er vermutlich schon nach dem ersten Schritt nach vorne geschleudert und wie ein übergroßer Schmetterling auf den armlangen Stacheln aufgespießt worden wäre. Eher zornig als alles andere kroch er die wenigen Schritte auf den Mann am Zügel los, hob das Schwert und schlug nach dessen Brustpanzer.

Der Mann sah die Bewegung im letzten Moment und wich ihr aus – und besiegelte damit sein eigenes Schicksal. Das nächste Bocken des Drachen brachte ihn vollends aus dem Gleichgewicht; er taumelte zurück, stand einen Moment lang in fast absurder Neigung da, nur noch von der Leine gehalten, die ihn mit dem Nacken des Riesentieres verband – und stürzte mit einem krächzenden Schrei nach hinten, als Skars Klinge ein zweites Mal hochzuckte und das fingerdicke Tau durchtrennte.

Mehrere Dinge geschahen gleichzeitig, und so schnell, daß Skar eigentlich erst hinterher begriff, was er getan hatte: Der Krieger stürzte, aber er hatte weniger Glück als seine Kameraden – gleich ein halbes Dutzend tödlicher Horndolche durchbohrten seinen Panzer und töteten ihn auf der Stelle, und im gleichen Augenblick glaubte er so etwas wie einen gedanklichen Todesschrei zu hören, ein lautloses Brüllen tief in seinem Inneren, wie von etwas ungeheuer Großem, ungeheuer Starkem, das sich unter Höllenqualen wand.

Und der Drache hörte auf zu toben. Der Gigant rannte noch ein paar Schritte weiter, ganz einfach, weil er zu plump und zu schwer war, um seine Masse sofort anzuhalten, aber seinen Bewegungen fehlte plötzlich die wütende Raserei, mit der er den winzigen Angreifer abzuschütteln versucht hatte, und schließlich blieb er gänzlich stehen. Ein tiefes, unruhiges Knurren drang aus seiner Brust, der stachelige Schwanz und die riesigen Tatzen scharrten im Schnee, und sein droschkengroßer Schädel bewegte sich verwirrt hin und her, als hätte er von einem Augenblick auf den anderen die Orientierung verloren.

Und genau das war es auch.

Ein Teil von Skar wußte sofort, was geschehen war, ohne daß dieses Verstehen seinem bewußten Denken im allerersten Moment schon zugänglich gewesen wäre. Verstört – und jeden Moment auf einen neuen, entsetzlichen Ruck gefaßt, der ihn vom Rücken des Drachen herunter und geradewegs unter seine Klauen schleudern würde – richtete er sich auf, blickte den toten Drachenreiter an und dann wieder das Ungeheuer, und endlich begriff er.

Mit einem Satz sprang er auf die Füße und bildete mit den Händen einen Trichter vor dem Mund. *»Die Reiter!«* schrie er. *»Greift die Reiter an!«*

Seine Stimme ging im Brüllen der Drachen und dem Lärm der bizarren Schlacht hoffnungslos unter, aber irgendwie schien das, was er sagte, doch verstanden zu werden; vielleicht hatte der eine oder andere Mann auch einfach beobachtet, was geschehen war, und die richtigen Schlüsse gezogen – so oder so änderten Dels Satai und die Quorrl jedenfalls ihre Taktik: Aus dem selbstmörderischen Anrennen gegen die beiden horngepanzerten Kolosse wurde ein rasend schneller Rückzug, und plötzlich flogen Pfeile und Speere zu den Rücken der Drachen hinauf. Deren Reiter fanden in dem Gewirr aus Stacheln und Panzerplatten zwar gute Deckung, aber Skar erkannte auch, wie gleich ein halbes Dutzend Quorrl seinem Beispiel zu folgen versuchte und an den Flanken der Riesentiere emporkletterte. Zwei, drei der schuppigen Riesenkrieger wurden abgeworfen und verschwanden unter den stampfenden Beinen der Drachen, aber die anderen kletterten verbissen weiter.

Skar sah nicht weiter zu. Jetzt, wo sie die Achillesferse der Angreifer gefunden hatten, war der Kampf praktisch schon entschieden. Es war nur eine Frage der Zeit, bis auch die beiden anderen Tiere unschädlich gemacht waren. Und die Opfer? wisperte eine Stimme hinter seiner Stirn. Aber es sind ja nur Quorrl, nicht wahr?

Er verscheuchte den Gedanken, richtete sich vorsichtig auf dem Rücken des Drachen auf und suchte nach der grünen Laufechse. Etwas stimmt nicht, flüsterte die Stimme in ihm. Du hast etwas vergessen, Bruder.

Skar ignorierte auch diesen Gedanken, sprang mit einem federnden Satz vom Rücken des Drachen herunter und glitt im Schnee aus. Hastig rappelte er sich wieder hoch, lief ein paar Schritte und blieb erneut stehen, als jemand seinen Namen rief. Er sah auf und erblickte Del, der auf ihn zugeprescht kam, ein zweites, reiterloses Pferd am Zügel mit sich führend. Ungeduldig wartete er, bis Del bei ihm angekommen war und die beiden Tiere zum Stehen gebracht hatte, dann schwang er sich in den Sattel, riß das Pferd herum und stürmte los.

Der grüne Drache war noch ein gutes Stück weitergerannt – was bei seiner enormen Körpergröße nicht weniger als eine gute Meile bedeutete –, ehe seine Reiterin ihn endlich zum Anhalten gebracht hatte. Skar konnte sie nur undeutlich erkennen, denn die Luft war voller hochgewirbeltem Schnee und Staub, und ihre Gestalt verbarg sich halb hinter dem muskulösen Hals des Riesentieres, aber er sah, daß sie vornübergesunken war, bewußtlos oder zumindest völlig erschöpft, und auch das Tier war am Ende seiner Kräfte. Seine Flanken zitterten, und der kleine, runde Kopf pendelte unablässig hin und her. Die dreifingrigen Pfoten an seinen kleinen Vorderläufen griffen haltsuchend hierhin und dorthin, sein Schwanz peitschte nervös. Die Muskeln in seinen riesigen Hinterläufen zuckten wie unter schnellen, unregelmäßig kommenden Krämpfen. Wenn er stürzte, dachte Skar erschrokken, würde er seine Reiterin einfach unter sich zermalmen.

Auch Dels Gedanken schienen ähnliche Wege zu gehen, denn er spornte sein Pferd zu noch schnellerer Gangart an. Nebeneinander sprengten sie auf die riesige Echse zu.

Trotzdem waren sie nicht schnell genug. Skar begriff, was er vergessen hatte, als es zu spät war.

Das Mädchen auf dem Drachen hob müde den Kopf, und für einen Augenblick begegneten sich ihre Blicke. Trotz der Entfernung sah Skar, wie in ihren Augen eine Mischung aus Erleichterung und abgrundtiefem Entsetzen aufglomm, aber er verstand dieses Erschrecken nicht – bis sie den Arm hob und er das silberne Funkeln in ihrer Hand sah.

Del und er reagierten gleichzeitig. Für Bruchteile von Sekunden waren sie wieder das perfekt aufeinander eingespielte Team, das sie vor einem Menschenalter einmal gewesen waren – Del riß sein Pferd nach links und ließ sich gleichzeitig aus dem Sattel kippen, nur noch mit einer Hand und einem Fuß an Zaumzeug und Steigbügel hängend und den Pferdeleib als Deckung zwischen sich und dem Mädchen, eine Taktik, die gegen eine Waffe wie einen Scanner reichlich lächerlich anmutete, aber einfach zu sehr in Fleisch und Blut übergegangen war, als daß er sie ändern konnte, und Skar tat das gleiche, während er in die entgegengesetzte Richtung auswich.

Aber er begriff auch fast im selben Moment, daß Del und er nicht das Ziel des Drachenmädchens waren.

Hinter ihnen jagten zwei monströse Schatten heran.

Die beiden Daktylen waren kaum mehr zehn Meter hoch, und sie flogen so dicht nebeneinander, daß sich ihre gewaltigen Schwingen fast zu berühren schienen. Der Luftzug der riesigen peitschenden Flügel wirbelte den Schnee auf und trieb eine gewaltige Bugwelle aus kochendem weißen Staub vor sich her. Die Reiter, die ihren Weg kreuzten, wurden schlichtweg aus den Sätteln gerissen oder mitsamt ihren Pferden zu Boden geworfen. Und auch in den Händen der beiden Daktylenreiter waren winzige silberweiße Funken zu erkennen.

Alles ging so ungeheuer schnell, daß Skar zwar registrierte, was geschah, aber nicht einmal mehr dazu gekommen wäre, irgend etwas zu unternehmen, wenn er es gekonnt hätte – was er nicht konnte.

Das Mädchen auf dem grünen Drachen feuerte seine Waffe ab, und eine der beiden Daktylen flammte plötzlich auf wie eine übergroße Motte, die dem Feuer zu nahe gekommen war. Für den Bruchteil einer Sekunde verwandelte sie sich in eine schwarze Silhouette, die in eine Kugel grausam hellen Lichtes getaucht war, dann schlugen Flammen aus ihren papierdünnen Flügeln, griffen in unglaublicher Schnelligkeit auf ihren Körper und den ihres Reiters über und rissen sie regelrecht in Stücke.

Fast im gleichen Augenblick schoß der Mann auf der zweiten Daktyle. Und auch er traf sein Ziel.

Eine dünne Nadel aus Licht bohrte sich in den Leib der grünen Echse, und plötzlich verschwand eines ihrer Hinterbeine in einer brodelnden Feuerwolke. Das Tier brüllte vor Schmerz und Angst, versuchte noch einen Schritt zu machen und brach zusammen.

Aber eine Sekunde vorher, während sich sein Körper noch wie eine gefällte Rieseneiche zur Seite neigte, griff das Höllenfeuer des Scanners auf die schmale Gestalt in seinem Nacken über und ließ ihren Mantel und ihr Haar wie trockenes Stroh aufflammen.

*

»Hshie lkhebth, Hhehrrr.« Der Quorrl sah hoch und versuchte, sein Schlangengesicht zu etwas wie einem Lächeln zu verziehen, was ihm allerdings nicht gelang; allenfalls, daß eine drohende Grimasse daraus wurde. »Hshie ihhsssst nhicht schwerrr verläzzzzt.«

Skar reagierte nicht gleich auf die Worte. Der Quorrl hatte einen Sprachfehler, der ihn unter anderen Umständen sicher zum Lachen gereizt hätte. Jetzt erschien er ihm ... ja, irgendwie fast *bedrohlich*; ein weiteres unheimliches Detail, das die Aberwitzigkeit ihrer Situation noch zu betonen schien.

Erst, als er selbst begriff, daß er den Quorrl nur anstarrte und dieser vergeblich seit einer guten Minute auf irgendeine Antwort wartete, rang er sich zu einem Nicken durch, gab dem schuppigen Riesen mit einer Geste zu verstehen, daß er wieder gehen und sich um die anderen Verwundeten kümmern konnte, und ließ sich neben dem Mädchen in den Schnee sinken.

Die *Errish – wenn* es sich um eine Ehrwürdige Frau handelte, Skar hatte trotz allem, was er gesehen hatte, noch Zweifel, denn dieses Kind erschien ihm einfach zu jung – hatte das Bewußtsein noch nicht wiedererlangt, aber die Diagnose des Quorrl-Heilers deckte sich ziemlich genau mit seinem eigenen ersten Eindruck, nachdem Del und er die Bewußtlose unter dem Körper der Echse hervorgezerrt hatten. Ihr Mantel und das einfache braune Kleid, das sie darunter trug, waren verkohlt, und ein Teil ihres hüftlangen blonden Haares war zu einem drahtigen Gespinst aus schwarzen Schlackefäden geworden. Ihr rechter Arm war gebrochen, und sie hatte Verbrennungen am Hals und an der Schulter, aber keine davon war so schlimm, daß sie als gefährlich einzustufen gewesen wäre.

Skar beugte sich vor und berührte das Gesicht des Mädchens. Ihre Haut fühlte sich kalt und sehr trocken an, und er hatte schon vorher bemerkt, daß sie leichte Erfrierungen an Finger- und Zehenspitzen hatte. Ihre Flucht hatte länger als nur ein paar Tage gedauert.

Wer mochte sie sein? dachte er. Woher war sie gekommen, und warum war sie ausgerechnet hierher geflohen? Und warum hätten ihre Verfolger sie lieber getötet, als sie in die Hände der Satai fallen zu lassen?

Er begriff, daß seine Überlegungen müßig waren – die Antwort auf all diese und eine Menge anderer Fragen würden sie bekommen, sobald das Mädchen aus seiner Bewußtlosigkeit erwacht war; also spätestens in zwei oder drei Stunden, sobald sie die Festung wieder erreicht hatten. Er hätte den Heiler bitten können, sie aufzuwecken; Del hatte ihm versichert, daß der Quorrl trotz seiner bizarren Erscheinung einer der besten Heilkundigen war, die ihre kleine Armee besaß, aber irgend etwas in ihm schreckte noch davor zurück. Außerdem war es schlichtweg einfacher, eine Bewußtlose mit zurückzunehmen und erst mit ihr zu sprechen, nachdem sie versorgt und alle ihre Wunden verbunden worden waren.

Er stand auf, als Del zurückkam. Das Gesicht des Hohen Satai wirkte verschlossen, auf jene Art ausdruckslos, die schon wieder eine ganze Menge über seine wirklichen Gefühle verriet. Skar fiel auf, daß sein Blick ein paarmal nach oben ging und den

Himmel absuchte, während sich seine Hand um das schimmernde Etwas schmiegte, das in seinem Gürtel steckte: der Scanner der *Errish*, den sie noch in der Hand gehabt hatte, als sie sie unter der brennenden Echse hervorzerrten. Skar bezweifelte, daß Del mit dieser Götterwaffe umgehen konnte – keiner von ihnen hatte auch nur eine Ahnung, wie man sie bediente – aber es gab ohnehin nichts, worauf er hätte schießen können.

Die zweite Daktyle war verschwunden, und Skar hoffte inständig, daß sie nicht wiederkam. Er bezweifelte, daß sie alle zusammen eine Chance gegen diese fliegende Bestie hatten; Dels Zauberwaffe hin oder her.

»Nun?« fragte er, als Del herangekommen und stehengeblieben war.

Dels Gesicht blieb unbewegt, aber in seinen Augen war plötzlich ein Funkeln von Zorn, wo Trauer oder Niedergeschlagenheit hätten sein müssen. »Siebzehn«, bemerkte er knapp.

»Oh.« Skar verbiß sich die Frage, ob es sich dabei nur um die Zahl der toten Satai oder ihre gesamten Verluste handelte. Er kannte die Antwort. Er hatte ihn beobachtet, während der Quorrl und er sich um das Mädchen kümmerten. Del war sehr langsam und sehr gründlich über das verwüstete Schlachtfeld gegangen, und er war neben jedem gestürzten Satai niedergekniet, um ihm Mut zuzusprechen oder ihm – je nachdem – die letzte Ehre zu erweisen. Neben jedem *Satai*. Die Quorrl hatte er nicht einmal beachtet. Aber er sagte nichts. Er hatte keine Lust, jetzt mit Del zu streiten, und er wußte, daß eine entsprechende Bemerkung darauf hinausgelaufen wäre. Del mochte älter geworden sein, und gesetzter; sicherlich klüger. Aber im Grunde war er noch immer der gleiche Hitzkopf, der er vor zwanzig Jahren gewesen war.

So oder so, dachte er, nur um sich abzulenken und seine Gedanken wieder in andere Bahnen zu zwingen, war der Kampf vorbei, und so oder so hatten sie einen entsetzlichen Preis für den Sieg bezahlt. Die Quorrl – er fragte sich nicht einmal, wie sie es geschafft hatten, – hatten eine der Panzerechsen getötet, die beiden anderen standen reglos und verwirrt da, nicht mehr als stumpfsinnige Fleischberge, die in ihren kleinen Hirnen jetzt vermutlich vergebens nach einer Antwort auf die Frage suchten, wie sie hierhergekommen waren, und warum.

Del blickte sehr lange und sehr nachdenklich auf das bewußtlose Mädchen hinab, aber er sagte kein Wort, stellte keine einzige Frage, sondern wandte sich nach einer Weile mit einem lautlosen Seufzer wieder um und deutete zurück in die Richtung, aus der er gekommen war. »Komm mit«, forderte er ihn auf. »Da ist etwas, was du dir ansehen solltest.«

Skar folgte ihm, aber nicht, ohne vorher seinen Mantel abzustreifen und ihn über das reglose Mädchen auszubreiten; weniger eine Geste des Mitleids als vielmehr Folge rein praktischer Überlegung – sie hatten nicht sehr viel Zeit. Das Mädchen war schon jetzt gefährlich unterkühlt, und es würde schlichtweg erfrieren, wenn es noch lange im Schnee lag.

Sie näherten sich einer der riesigen Panzerechsen, und obwohl Skar wußte, daß sie jetzt nicht mehr als stumpfsinnige Tiere waren, überkam ihn ein sehr ungutes Gefühl, nicht direkt Angst, aber doch etwas, das ihr sehr ähnlich war. Aufmerksam musterte er die Augen des Riesentieres. Vorhin waren sie ihm klein vorgekommen, aber das stimmte nicht – sie waren so groß wie Dels geballte Faust. Aber das satanische Feuer, der Funken boshafter Intelligenz und der unbändige Wille zu töten und zu vernichten waren daraus verschwunden. Das Wesen, dem er jetzt gegenüberstand, war keine unbesiegbare Killermaschine mehr, sondern nur noch eine ziemlich große und ziemlich dumme Masse von Fleisch und Knochenplatten, die gar nicht verstand, was all diese kleinen hektischen Wesen von ihr wollten – falls sie sie überhaupt zur Kenntnis nahm, hieß das. Trotzdem ertappte Skar sich dabei, einen respektvollen Bogen um den stacheligen Giganten zu schlagen, während er Del folgte. Der Drache befand sich eindeutig jenseits der Grenze von Körpergröße und Aussehen, vor der logisches Denken der Angst noch überlegen war.

Sie umrundeten die Panzerechse fast zur Gänze, ehe sie eine Gruppe von Satai und Quorrl erreichten, die einen reglosen Körper umstanden, der halb im Schnee begraben lag. Die Männer traten achtungsvoll zur Seite, als sie näher kamen, und Del machte eine ungeduldige Handbewegung, schneller zu gehen. Aus irgendeinem Grund war er nervös.

Es war einer der Drachenreiter. Er lag so da, wie er vom Rücken des riesigen Tieres heruntergestürzt war, mit verrenkten Gliedern und durchbohrter Rüstung, aus deren Seite noch der Schaft einer zersplitterten Lanze ragte, aber jemand hatte seinen Helm aufgebrochen, mit brutaler Kraft, so daß er nur noch seinen Hinterkopf und Nacken wie eine schwarze Schale mit gezackten Rändern umgab.

Skar erstarrte, als er das Gesicht sah, das darunter zum Vorschein gekommen war. Er blieb mitten im Schritt stehen, tauschte einen erschrockenen Blick mit Del und ging unsicher weiter, als dieser abermals eine auffordernde Bewegung mit der Hand machte.

Zögernd, so vorsichtig, als befürchte er ernsthaft, der Tote könne plötzlich die Augen aufschlagen und nach ihm greifen, ließ er sich neben der reglos daliegenden Gestalt auf ein Knie herabsinken und streckte die Hand aus.

Es war eine Frau. Sie war wesentlich älter als das Mädchen auf der grünen Echse, aber jünger als Del oder gar er – und es war eine *Errish*, wenn er jemals eine gesehen hatte. Ihre weit offenstehenden Augen waren von dem strahlenden, makellosen Weiß, das nur bei einer *Errish* zu sehen war, und auf ihrer rechten Schläfe befand sich eine winzige, hellviolette Tätowierung, die dem Kundigen ihren Rang in der Kaste der Drachenherrinnen verriet. Für einen ganz kurzen, aber schrecklichen Moment fragte er sich entsetzt, ob sie vielleicht dem Falschen geholfen hatten.

Aber trotzdem war es nicht das, was ihn so erschütterte. Was ihn traf und was die Ursache für das abgrundtiefe, mit Furcht gemischte Erschrecken in Dels Augen gewesen war, war ihr Gesicht.

Etwas ... bedeckte es.

Im allerersten Moment glaubte er, es wäre ein Muster aus geronnenem Blut, das auf ihren Zügen erstarrt war, aber das stimmte nicht. Es war ... ein Gespinst, dachte er angeekelt, etwas wie ein schwarzes, weitmaschiges Netz aus haardünnen glitzernden Fäden, schwarze Spinnweben, die einem Muster zu folgen schienen, das er nicht zu erkennen vermochte, das aber da war. Keiner der Fäden war dicker als ein Haar, aber sie erschienen Skar sehr fest, und irgendwie ... lebendig. Es war, als bewegten sie sich, so sacht und auf so sonderbar falsche, fremdartige Weise, daß er diese Bewegung nicht wirklich sehen konnte, aber sehr deutlich fühlte.

»Großer Gott, Del – was ist das?« murmelte er.

Del erwiderte nichts, aber er spürte sein Achselzucken und die Bedrückung, die der andere ebenso wie er empfand. Es war nicht einfach so, daß der Anblick allein furchterregend oder ekelhaft gewesen wäre – jeder von ihnen hatte Dinge zu Gesicht bekommen, die zehnmal erschreckender und hundertmal widerwärtiger waren – aber er war ... bedrohlich. Falsch, auf unmöglich in Worte zu fassende Art.

»Ich weiß es nicht«, antwortete Del schließlich doch. Mit zwei Schritten umrundete er den Leichnam der *Errish* und ging Skar gegenüber in die Hocke, hielt aber weitaus mehr Abstand zu der Toten ein, als nötig gewesen wäre. Er spürt es auch, dachte Skar. Selbst die Quorrl, die in kleinen Gruppen auf dem Schlachtfeld standen, hielten fast respektvollen Abstand zu den Toten. Skar fiel auf, daß niemand auch nur versuchte, die Leichen auszuplündern.

»Sie haben es alle.«

Skar sah auf, und Del machte eine erklärende Handbewegung. »Es sind alles *Errish*, Skar. Und sie haben alle dieses ... Ding.« Er schluckte. »Mach ihre Rüstung auf.«

Skar gehorchte, wobei ihm eine innere Stimme riet, es besser nicht zu tun, denn er mochte Dinge sehen, die er eigentlich gar nicht sehen wollte. Dessen ungeachtet beugte er sich vor, suchte mit den Fingern nach einer Lücke in der schwarzen Panzerung der *Errish* und zog mit einem kräftigen Ruck.

Der Brustharnisch der sonderbaren Rüstung zerbrach mit einem Laut wie zersplitterndes Glas, und Skar starrte verblüfft auf das, was er für geschwärztes Eisen gehalten hatte. Es war kein Metall. Es war *Horn*!

Verwirrt blickte er auf die scharfkantigen kleinen Scherben herab, die er plötzlich in der Hand hielt, ließ sie schließlich fallen und beugte sich wieder über die Tote.

Er hatte den Anblick erwartet, aber er erschreckte ihn trotzdem.

Das schwarze Gespinst beschränkte sich nicht nur auf ihr Gesicht, sondern erstreckte sich weiter. Wie ein Netz aus der Haut gequollener Adern zog es sich an ihrem Hals herab und verschwand im Ausschnitt des braunen Lederwamses, das sie unter der Rüstung trug, und Skar mußte seine Phantasie nicht sonderlich strapazieren, um sich vorzustellen, welcher Anblick sich ihm bieten würde, wenn er das Hemd aufschnitt.

Trotzdem tat er es.

Das Netz war hier weitmaschiger, und die Fäden dicker. Unter den Brüsten der Toten erreichten sie die Stärke eines Kinderfingers, und hier und da gewahrte er kleine, glitzernde Klümpchen des gleichen Materials, die sich an den Knotenstellen der Fäden gebildet hatten und sanft pulsierten, in unregelmäßigem, aber erkennbarem Rhythmus. Der Anblick erinnerte ihn an etwas. Er hatte etwas wie dies schon einmal gesehen, in anderer Form und anderem Zusammenhang, aber er wußte nicht mehr, wann und wo.

Fast behutsam breitete er das zerschnittene Wams wieder über dem Oberkörper der Toten aus und kroch ein kleines Stück von ihr fort. Wie Del war er plötzlich sehr darauf bedacht, diesem entsetzlichen Etwas nicht zu nahe zu kommen.

»Sie haben alle dieses ... dieses Netz, sagst du? Ihr habt sie alle untersucht?«

Statt einer direkten Antwort zog Del seinen Dolch aus dem Gürtel, beugte sich vor und verlängerte den Riß, den Skar in das Gewand der Toten geschnitten hatte. Skar erkannte, was er meinte, ohne daß es eines weiteren Wortes der Erklärung bedurft hätte.

Das schwarze Netz hüllte den Körper der toten *Errish* vollkommen ein, und in seiner Mitte, zwei Fingerbreit neben ihrer rechten

Hüfte, saß ein fast faustgroßer, pulsierender schwarzer Klumpen, wie eine beinlose glitzernde Spinne, ein widerliches Etwas ohne klar bestimmbare Form, das im gleichen, unheimlichen Rhythmus pulsierte wie die dünnen Nervenfäden, die von ihm ausgingen. In Skars Mund war plötzlich ein bitterer Geschmack. Übel schmeckender Speichel sammelte sich unter seiner Zunge, und er spürte selbst, wie sein Gesicht die Farbe verlor. Er mußte ein paarmal rasch hintereinander schlucken, um die Übelkeit zurückzudrängen. Dabei war es nicht einmal der Anblick selbst, der ihm so zusetzte; es war wie das Bild des schwarzen Netzes auf dem Gesicht der *Errish* – es war nicht sein Aussehen, es war das heftige Empfinden des auf fürchterliche Weise Fremden und Falschen, das davon ausging. Er wußte nicht, was dieses Netz war und was es bewirkte, aber er wußte mit unerschütterlicher Sicherheit, daß es etwas war, das nicht in diese Welt gehörte.

Del stand mit einer abrupten Bewegung auf und trat zurück. »Was ist das, Skar?« fragte er leise. Seine Stimme zitterte, und das, was Skar darin hörte, war pures Entsetzen.

Auch Skar erhob sich und trat ein paar Schritte zur Seite, auf absurde Weise froh, aus der unmittelbaren Nähe der Toten und ihres schrecklichen Parasiten zu entkommen. Er sah nicht einmal mehr in ihre Richtung, als er antwortete. »Ich weiß es nicht«, sagte er. »Aber ich habe das Gefühl –«

»– es schon einmal gesehen zu haben?« Del lächelte, sehr rasch und ohne die geringste Spur von echtem Humor, als er Skars überraschten Blick bemerkte. Dann nickte er. »Mir geht es genauso«, fuhr er fort. »Aber ich weiß nicht, wann und wo.« Er schüttelte den Kopf, biß sich nachdenklich auf die Unterlippe und sah einen Moment lang auf die Tote herab. »Etwas stimmt hier nicht, Skar. Das sind *Errish*, aber ... irgend etwas macht mir Angst.«

Diesmal war Skar ehrlich überrascht. Er kannte Del seit mehr als zwanzig Jahren, aber er hatte ihn in all dieser Zeit kaum ein halbes Dutzend mal gestehen hören, daß er Angst empfand. Aber die Worte waren nicht nur so dahergesagt – Del hatte Angst, ebenso wie er und alle anderen hier. Etwas ging von diesem schwarzen Fädengespinst aus, das ihre Seelen in Aufruhr brachte.

»Sind sie alle tot?« fragte er.

Del nickte und schüttelte gleich darauf den Kopf. »Eine lebt noch. Aber sie wird sterben, ehe die Sonne untergeht.« Seine Stimme klang fast erleichtert.

»Vielleicht kann Bradburn ihr helfen«, schlug Skar vor.

Del sah ihn vielsagend an. Weder er noch irgendeiner der anderen, das begriff Skar plötzlich, war besonders erpicht darauf, daß irgend jemand der verwundeten *Errish* half. Sie alle hatten Angst vor ihr – und viel mehr noch vor dem Ding, das sie bedeckte. Und wenn er ganz ehrlich zu sich selbst war, dann erging es ihm nicht anders. Allein der Gedanke, dieses lebendige schwarze Etwas mit in die Festung zu bringen, war ihm zuwider.

»Trotzdem«, fällte er seine Entscheidung. »Wir müssen sie mitnehmen. Sie kann uns wertvolle Informationen liefern.«

Del wollte widersprechen, aber Skar machte eine rasche, befehlende Geste und wandte sich an die Krieger: »Bereitet alles für den Rückmarsch vor«, gebot er laut. »Und begrabt die Toten. Alle.«

Einer der Männer deutete auf die riesige Panzerechse. »Die Tiere, Herr. Was machen wir mit ihnen?«

Skar überlegte einen Moment. Die Versuchung, die beiden überlebenden Drachen einfach mitzunehmen, um sie eventuell zu zähmen und in der bevorstehenden Schlacht einzusetzen, war verlockend. Aber er spielte nur für eine Sekunde mit diesem Gedanken – es war kein Zufall, daß auf ganz Enwor nur die *Errish* diese vorzeitlichen Kolosse zu reiten vermochten. Die Zahl der anderen, die es versucht hatten, war groß, aber keiner von ihnen lebte noch. Und Skar war trotz allem nicht sicher, daß die grauen Riesenigel endgültig zu den friedlichen Tieren geworden waren, als die sie sich ihnen im Moment darboten. Er konnte sich wahrhaft Lustigeres vorstellen, als diese beiden Kolosse in der Burg zu haben, falls sie sich plötzlich wieder daran erinnerten, daß sie eigentlich hierhergekommen waren, um Krieg zu führen ...

»Wir lassen sie hier«, entschied er. »Vielleicht finden sie den

Weg zurück.«

»Es wäre besser, wir würden sie töten«, widersprach Del.

Skar schüttelte heftig den Kopf. »Wozu?« fragte er, eine Spur lauter, als er eigentlich beabsichtigt hatte. Etwas in ihm sträubte sich dagegen, diese beiden Riesenkreaturen einfach sinnlos abzuschlachten. »Sie sind nicht mehr gefährlich.« Er unterstrich seine Worte mit einer neuerlichen, befehlenden Geste – die Del erstaunlicherweise hinnahm, obwohl doch eindeutig er es war, der hier irgend jemandem Befehle zu erteilen hatte. Und nach einer Weile drehte sich Skar ohne ein weiteres Wort um und ging, um sein Schwert zu suchen.

*

Die *Errish* überlebte den Tag nicht. Sie starb nicht an den Verletzungen, die sie im Kampf davongetragen hatte und die sich im nachhinein als viel weniger schwer herausstellten, als es im ersten Augenblick den Anschein gehabt hatte, sondern hörte einfach auf zu atmen, kaum eine Minute, nachdem sie das Bewußtsein wiedererlangt und begriffen hatte, wo sie war, und in welcher Lage. Niemand – Bradburn eingeschlossen, der all seine magische Kraft aufgewandt hatte, um genau das zu verhindern, was dann geschah – war sonderlich überrascht darüber. Die unglaubliche Gewalt, die eine Ehrwürdige Frau über ihren eigenen Körper hatte, war Legende; durch die pure Kraft ihres Willens kostete es eine *Errish* weniger Anstrengung, ihren Herzschlag zum Stehen zu bringen, als es Skar bereitet hätte, für wenige Minuten den Atem anzuhalten. Nein – was ihn erschreckte, das war die Schnelligkeit, mit der es geschah. Er war nicht dabei, aber Bradburn berichtete, daß sie nicht einmal versucht hatte zu fliehen – oder *irgend etwas* zu tun. Sie war erwacht, hatte begriffen, was geschehen war, und sich selbst getötet, sehr einfach, sehr schnell und sehr konsequent.

Del sagte kein Wort, als Bradburn mit der Nachricht vom Tode ihrer Gefangenen zu ihnen kam, sondern nickte nur, als wäre nur etwas eingetreten, was er mit aller Sicherheit erwartet hatte, und auch Skar verspürte eher Erleichterung als irgend etwas anderes; er bedauerte den Tod der *Errish*, aber sehr viel stärker war seine Genugtuung, mit ihr auch das entsetzliche schwarze Ding vernichtet zu wissen, das an ihr gehangen hatte. Bradburn hatte Befehl gegeben, die Tote zu verbrennen; zusammen mit allem, was mit ihr in Berührung gekommen war. Wie so vieles hielt Skar auch diese Vorsichtsmaßnahme für übertrieben, aber er widersprach nicht. Er war nicht mehr sicher, ob es wirklich richtig gewesen war, sie überhaupt hierher zu bringen.

»Es war das Netz«, erklärte Bradburn, nachdem er mit seinem Bericht zu Ende gekommen war und eine Zeitlang vergeblich auf irgendeine Reaktion Dels gewartet hatte. »Ich bin sicher, daß es ...« Er zuckte hilflos die Schultern. »... sie irgendwie beeinflußt hat.«

»Dann hättest du dieses verdammte Ding von ihr herunterschneiden sollen, ehe sie das Bewußtsein wiedererlangte«, bemerkte Del. Es war nur ein Gedanke, den er laut aussprach, kein Vorwurf. Und Bradburn lächelte auch nur milde.

»Dann wäre sie erst recht gestorben«, hielt er dagegen. »Ich bin überzeugt, daß es sie getötet hätte.« Er seufzte, ließ sich auf den freien Stuhl neben Del sinken und griff nach dem Weinkrug. Seine Bewegungen wirkten sehr müde, als er sich einige wenige Schlucke der goldfarbenen Flüssigkeit in einen Becher einschenkte und trank, und seine Finger zitterten. Daß er überhaupt Wein trank, überraschte Skar. Er konnte sich nicht erinnern, den Gesichtslosen Prediger jemals irgend etwas anderes als Wasser trinken gesehen zu haben.

»Was war es?« fragte er.

Bradburn leerte seinen Becher, griff abermals nach dem Krug und schreckte mitten in der Bewegung zurück, als würde ihm erst jetzt klar, was er da überhaupt tat. Sein Blick war sehr unsicher, als er Skar ansah. Er wirkte verlegen. »Das Netz?«

Skar nickte, und Bradburn fuhr nach einigen Sekunden des Überlegens fort: »Ich weiß es nicht. Eine Art ... Parasit, vermute ich.«

»So eine Art Laus, wie?« Dels Spott war ziemlich deplaciert, und Bradburns Blick machte dies auch klar.

»Ja«, entgegnete er und tippte sich mit dem Zeigefinger gegen die Stirn. »Aber eine, die hier sitzt.«

»Woher willst du das wissen, wenn du keine Ahnung hast, was es eigentlich war?« fragte Del scharf. Er war nervös, und wie es seine Art war, reagierte er mit Ungeduld und steigender Gereiztheit auf dieses Gefühl.

»Ich habe es gespürt«, antwortete Bradburn einfach. Dels scharfer Tonfall beeindruckte ihn nicht im mindesten, ebenso wie seine Gereiztheit einfach von ihm abzuprallen schien; obwohl er Del seit Jahren kannte und wissen mußte, daß er ihn damit nur noch mehr in Rage brachte.

»Gespürt, so?« fauchte Del. »Einfach so?«

»Einfach so.« Bradburn seufzte, warf Skar einen verzeihungheischenden Blick zu und griff abermals nach dem Weinkrug. Diesmal schenkte er sich den Becher randvoll. Skar unterdrückte ein Lächeln. »Und ich kann denken«, fuhr Bradburn nach einigen Schlucken fort, ohne den Becher abzusetzen. »Und zwei und zwei zusammenzählen.«

»So? Und worauf kommst du? Auf sieben?«

Bradburn ignorierte die Spitze. »Ihr hättet einen der Drachen mitbringen sollen«, sagte er.

»Das wollte ich«, gab Del ärgerlich zurück. »Aber er paßte nicht in meine Satteltaschen.«

»Es hätte vieles erleichtert, wenn ich ihn mir hätte ansehen können«, fuhr er unbeeindruckt fort.

»Wozu?« fragte Skar, ehe Del abermals auffahren konnte.

Bradburn zögerte einen Moment mit der Antwort. Dann zuckte er die Achseln. »Ich weiß es nicht«, gestand er. Plötzlich wurde er zornig. »Verdammt, auch ich kann nur raten, Del. Nichts ist mehr so, wie es sein sollte! Die *Errish* waren immer unsere Freunde, und plötzlich greifen sie uns an!« Er deutete mit einer fast angewiderten Geste auf den silberfarbenen Scanner, der vor Del auf dem Tisch lag. »Sie haben diese Teufelswaffen niemals gegen Menschen eingesetzt, Del, *niemals!* Und ich habe niemals gehört, daß sie ihre Drachen in den Kampf geführt hätten, außer um sich zu verteidigen! Was soll ich noch glauben?

Was ... was gilt noch, von den alten Werten, Del?«

»Vielleicht stehen sie auf der Seite der *Sternengeborenen*«, mutmaßte Del.

Bradburn schnaubte. »Unmöglich! Nicht die *Errish*!«

»Warum haben wir dann seit zwei Jahren keine von ihnen mehr gesehen?« fragte Del. Er beugte sich vor und funkelte Bradburn fast feindselig an. »Warum dringt seit zwei Jahren kein Wort mehr über die Grenzen des Drachenlandes? Warum ist keiner der Boten und Kundschafter zurückgekommen, die wir nach Elay geschickt haben? Warum –«

Er brach mitten im Satz ab, sah Bradburn betroffen an und ballte schließlich die Faust. Er tat es mit solchem Zorn, daß seine Muskeln dabei wie dicke Stricke durch die Haut traten, und trotzdem wirkte die Geste mehr als alles andere kraft- und hilflos. »Vielleicht haben Drasks Brüder sie auch schon in ihrer Gewalt«, murmelte er schließlich.

Bradburn lachte leise. »Die Zauberpriester? Unmöglich, Del. Sie haben es nicht geschafft, die Satai zu unterwandern; nicht einmal die Veden, obgleich sie ein abergläubisches Volk sind, das dafür bekannt ist, jeden Unsinn zu glauben. Denkst du wirklich, einer von ihnen hätte auch nur einen Fuß nach Elay hineinsetzen können, ohne daß die *Errish* nicht sofort gewußt hätten, was er wirklich will?«

»Nein«, gestand Del übellaunig. »Das glaube ich nicht. Aber verdammt noch mal, was ist dann in Elay geschehen? Wo sind die *Errish* und ihre Drachen?«

»Das Mädchen wird uns diese Fragen beantworten«, war sich Skar sicher. »Sobald es erwacht ist.« Er sah Bradburn an. »Wann?«

»Wann immer ihr wollt«, antwortete der Prediger. »Ich habe ihr einen Trank gegeben, der sie schlafen läßt, bis ich sie aufwecke. Sie ist nicht schwer verwundet, aber völlig entkräftet. Ihrem Zustand nach zu urteilen, muß sie lange unterwegs gewesen sein. Besser«, fügte er nach kurzem Zögern hinzu, »ihr laßt sie gründlich ausschlafen, ehe ihr sie befragt.«

»Es ist ein weiter Weg nach Elay«, stellte Del fest. »*Wenn* sie aus Elay kommt.«

Skar sah auf. »Das klingt, als hättest du Angst davor.«

»Du nicht?« Del schnaubte. Seine Augen wurden schmal, und plötzlich war er gar nicht mehr der herrische, stets ein wenig ungeduldige Heerführer, sondern nur noch ein sehr besorgter Mann. Vielleicht sah Skar ihn auch nur so, weil er ihn so sehen wollte.

»Wenn das alles stimmt, Skar, dann ist die Lage in Elay schlimmer, als ich befürchtet habe. Die *Errish* nicht auf unserer Seite zu haben, ist arg genug. Sie zu Feinden zu haben, wäre ... entsetzlich.«

Er stand auf, ging zum Fenster und blickte eine Weile wortlos auf den Hof hinab. Dann, ganz plötzlich, fuhr er herum und sah Bradburn an.

»Wir müssen mit diesem Mädchen reden«, erklärte er in einem Ton, der keinen Widerspruch mehr duldete. »Geh und wecke sie auf. Niemand soll mit ihr reden, bevor Skar und ich nicht bei ihr waren.«

Bradburn nickte. Sein Gesichtsausdruck verriet, daß er mit Dels Entscheidung nicht einverstanden war, aber er widersprach nicht. »Gebt mir eine halbe Stunde«, bat er. »Und verlangt nicht zu viel von ihr. Sie wird völlig verängstigt sein.«

»Sie machte mir keinen sehr ängstlichen Eindruck, als sie mit dem Ding da auf uns gezielt hat«, warf Del mit einer ärgerlichen Geste auf den Scanner ein, der wie ein silbernes Spielzeug neben seinem Becher lag.

Bradburn seufzte nur. Aber er sah wohl ein, daß es reine Zeitverschwendung war, sich weiter mit Del zu streiten, denn er wandte sich ohne ein weiteres Wort um und verließ den Raum. Del setzte sich wieder, gähnte ungeniert und legte die Füße auf den Tisch. Nachlässig griff er nach dem Scanner und drehte ihn versonnen in den Fingern. Zwischen seinen gewaltigen Pranken wirkte die Waffe jetzt wirklich wie ein Kinderspielzeug; es fiel Skar für einen Moment schwer, sich vorzustellen, welch entsetzliche Macht unter dem harmlos schimmernden Metall lauerte.

»Tu das weg«, sagte er.»Bitte.« Del zog die linke Augenbraue hoch und sah ihn an, und Skar fügte hinzu: »Es macht mich nervös.«

Del nickte, legte den Scanner aber nicht auf den Tisch zurück, wie Skar gehofft hatte, sondern schob ihn mit einer nachlässigen Geste unter den Gürtel. Skar runzelte mißbilligend die Stirn, verbiß sich aber eine entsprechende Bemerkung. Del wußte zehnmal besser als er, daß es gegen die Regeln der Satai verstieß, eine solche Waffe auch nur zu berühren. Aber er begriff auch, daß Dels so bewußt zur Schau gestellte Gelassenheit nur Maske war, und nicht einmal eine sehr gute. Hinter seinem abfälligen Grinsen brodelte es. Er wußte so gut wie Skar, daß das, was sie am Vormittag erlebt hatten, viel mehr als nur eine Episode in diesem Krieg war. Es war wichtig. Ungeheuer wichtig. Und es hatte irgend etwas mit dem zu tun, was Drask ihm hatte sagen wollen.

»Dieses Netz macht mir Angst«, gestand Del plötzlich. Er lächelte noch immer, aber in seinen Augen flackerte es, und seine Hände lagen ein wenig zu entspannt auf den Armlehnen des Stuhles. »Ich habe so etwas schon einmal gesehen, Skar. Aber ich weiß nicht mehr, wo.«

Skar nickte. Zum ersten Mal, seit sie in die Festung zurückgekommen waren, stimmte er vollkommen mit Del überein. Auch ihn beunruhigte die entsetzliche Veränderung, die mit den *Errish* vonstatten gegangen war, sehr viel mehr, als er zugeben wollte. Und es war nicht allein die Fremdartigkeit dieses sonderbaren – wie hatte Bradburn es genannt? – *Parasiten*, die ihn so erschreckte. Viel stärker quälte ihn der Gedanke, etwas ganz Ähnlichem schon einmal begegnet zu sein, vor sehr langer Zeit und unter keinen sehr guten Umständen.

Und das war nicht alles. Da waren die Drachen, Echsen einer Art, wie sie noch keiner von ihnen jemals zu Gesicht bekommen hatte, und die absonderlichen, erschreckenden Rüstungen der *Errish, Rüstungen*, die nicht nur dem Panzer menschengroßer Insekten nachempfunden, sondern auch aus dem entsprechenden Material gefertigt waren. Etwas in ihm wußte sehr wohl, was dieser Umstand bedeutete, aber er weigerte sich einfach, auch nur über die bloße Möglichkeit der Existenz *menschengroßer Insekten* nachzudenken.

»Willst du immer noch gehen?« fragte Del unvermittelt.

Die Frage überraschte Skar, denn nach allem hatte er damit jetzt zu allerletzt gerechnet. Er reagierte nicht, aber tief in sich wußte er die Antwort – er wollte, und er mußte gehen. Drask hatte recht gehabt, mit dem, was er sagte. Etwas war falsch, grundlegend falsch, an diesem ganzen Krieg. Nicht die Tatsache, daß sie ihn führten, denn sie hatten keine andere Wahl, wollten sie Enwor nicht der Herrschaft der Zauberpriester überlassen, und damit der *Sternengeborenen*, die unsichtbar hinter ihnen standen. Auch nicht die Art, wie sie ihn führten, denn sie hatten alle Vorteile auf ihrer Seite. Nach Drasks Tod und dem Fall der Trutzburg stand der Weg nach Osten für sie offen, und der Walze aus vierzigtausend Quorrl und fast zwanzigtausend Satai und Veden würde nichts widerstehen; ganz einfach, weil es auf ganz Enwor nichts gab, das dieser geballten Macht gewachsen wäre. Skar gab den Zauberpriestern und ihren Verbündeten drei Monate; vier, allerhöchstens.

Und doch: Dies alles mochte – logisch betrachtet – richtig sein, und trotzdem war es falsch. Sein Hiersein war falsch. Dieser Kampf war nicht mehr sein Kampf. Er war es niemals gewesen. Die Dinge, so weit er sie überhaupt jemals in der Hand gehabt hatte, begannen ihm zu entgleiten. Vom Kampf gegen Vela und den Dronte über sein Zusammentreffen mit dem *Daij-Djan* hin hatte sich eine Auseinandersetzung, die im Grunde nur ihn anging, zu einem Krieg entwickelt, der diese ganze Welt in Flammen zu setzen drohte. Aber es war falsch. Seine Rolle in diesem Spiel war eine andere; und er wußte sogar, welche.

Das Wissen darum war in ihm, tief in seinem Inneren verborgen, zwar seinem bewußten Zugriff noch entzogen, aber da. Es war immer dagewesen, so wie dieses entsetzliche dräuende Ding in ihm immer dagewesen war, dieses Etwas, das die meiste Zeit schlief und nur manchmal erwachte; und jedesmal schrecklicher und stärker war als vorher.

Er mußte an das denken, was Drask gesagt hatte. Er war sicher, daß der alte Mann ihn nicht belogen hatte, aber wenn es stimmte, daß dieses Etwas in ihm Teil der Welt der *Sternengeborenen* war

– war ein Zusammenleben mit ihnen dann überhaupt möglich?

Er fand keine Antwort auf diese Frage, aber sie hinterließ etwas wie einen schlechten Geschmack in seiner Seele. Er war mit diesem Fluch geboren und hatte wahrlich Zeit genug gehabt, sich daran zu gewöhnen, und doch war es ihm niemals gelungen, diese schreckliche destruktive Macht, die in einem verborgenen Winkel seiner Seele lauerte, als einen Teil von sich selbst zu akzeptieren. Im Gegenteil – seine Angst davor wuchs beständig, und er war überzeugt, den Verstand zu verlieren und wahrscheinlich zu sterben, wenn er seinem dunklen Bruder jemals erlaubte, *wirkliche* Gewalt über ihn zu erlangen.

»Warum antwortest du nicht?« fragte Del, der sein Schweigen vollkommen falsch deutete. »Kommen dir vielleicht Zweifel an Drasks Worten?«

Skar setzte zu einer ärgerlichen Entgegnung an, beließ es dann aber bei einem lautlosen Seufzen. Wie sollte er Del etwas erklären, was er selbst nicht verstand?

»Mir kommen Zweifel«, gab er zu, obwohl ihn eine innere Stimme warnte, überhaupt weiterzusprechen, »ob das alles hier richtig ist.«

Del blinzelte. Skar war sehr sicher, daß er jetzt auffahren würde, aber er starrte ihn nur für die Dauer eines Herzschlages lang verblüfft an und fragte dann: »Wie meinst du das?«

»Wir gehören nicht hierher«, antwortete Skar. »Ich nicht, und du nicht. Kein Satai sollte tun, was wir jetzt tun.«

»Was?« Del zog eine Grimasse. »Um die Freiheit Enwors kämpfen?«

Skar versuchte gleichzeitig zu nicken und den Kopf zu schütteln. »Nicht so«, sagte er. »Die Quorrl, ja. Die Krieger aus Kohon, die sich uns angeschlossen haben, und die Veden, vielleicht. Aber nicht wir.« Er atmete tief ein und zögerte noch einmal, ehe er fortfuhr. Dels Ruhe mochte täuschen. Aber er hatte sich schon zu weit vorgewagt, um jetzt noch zurück zu können. Und er wußte, daß er die Kraft für einen zweiten Anlauf nicht mehr aufbringen würde. »Diese Männer dort unten, Del«, behauptete er sehr ernst, »das sind keine Satai.«

Das war es. Er hatte es erst laut aussprechen müssen, um zu begreifen, was er im Grunde die ganze Zeit über schon gewußt hatte. Plötzlich hörte er noch einmal die Worte des Mannes, der an Dels Seite geritten war: *Es sind Drachen, Herr. Und sie haben Scanner.* Und mit einem Male wußte er, was falsch war. Der Mann hatte recht gehabt, tausendmal recht, und er hatte es auf die drastischste nur vorstellbare Weise demonstriert, indem er nämlich unter den Toten war, die sie zusammen mit den erschlagenen *Errish* auf der Ebene begraben hatten. Und trotzdem hätte Skar es spätestens in diesem Moment klar erkennen müssen.

»Wir hätten diesen Angriff niemals führen dürfen«, sagte er. Del schwieg, aber er sah ihn ohne Zorn und eindeutig auffordernd an, so daß er neuen Mut faßte und weitersprach: »Nicht so, Del. Satai reiten nicht in einem Heer, sie –«

»Tun das, was du getan hast«, unterbrach ihn Del. »Ich weiß. Du hast recht. Wir beide, du und ich, sind vielleicht die einzigen echten Satai, die es in dieser Festung gibt. Vielleicht die letzten überhaupt.«

Es dauerte lang, bis Skar bereit war zu glauben, was er da gerade gehört hatte. Dels Worte, obwohl – oder vielleicht gerade *weil* – er sie in ruhigem, ja fast beiläufigem Ton gesprochen hatte, trafen ihn wie ein eiskalter Wasserguß. Skar starrte ihn fassungslos an. »Aber –«

»Du weißt nichts, Skar«, fiel ihm Del abermals ins Wort. Plötzlich klang er doch zornig, aber es war ein Zorn, der nicht ihm galt, sondern wie etwas herausbrach, das schon lange Zeit in ihm brodelte. »Du hast nicht erlebt, was in den letzten Jahren geschehen ist!«

»Vielleicht bin ich deshalb der einzige, der noch sieht, was hier geschieht.«

»Was siehst du, Skar?« schnappte Del. »Ein Heer aus Quorrl und Satai, das sich anschickt, diese verfluchten Magierkönige dorthin zurückzujagen, wo sie hergekommen sind, und –«

»Ich sehe ein Heer, das es nicht geben dürfte«, unterbrach ihn Skar. »Die Satai sind keine Soldaten, die nach Belieben Heere aufstellen und diejenigen bestrafen, die ihnen nicht passen. Wir haben uns niemals in Dinge eingemischt, die uns nichts angehen.«

Del seufzte. Er war noch immer zornig, aber jetzt mischte sich auch so etwas wie Trauer in seinen Blick. »Du weißt nichts«, wiederholte er. »Du warst jahrelang verschwunden, Skar. Du ... du hast nicht erlebt, wie sie sich die Macht erschlichen haben, erst in einer Stadt hier und einer Festung da, dann in einem kleinen Land, dann ...« Er schwieg einen Moment und ballte die Fäuste, als wäre ihm allein die Erinnerung schon unerträglich.

»Wenn du gehen willst«, fuhr er schließlich fort, »dann reite nach Ikne. Geh nach Ikne oder Denwar oder Orkala oder in eine der anderen großen Städte und sieh dir an, was sie den Menschen dort angetan haben. Enwor war einmal frei. O ja, es war eine wilde Welt, eine, die dich schneller umbringen konnte, als du dir träumen läßt, aber sie war *frei*, Skar. Heute sind Besh-Ikne und die Länder, über welche die Zauberpriester herrschen, ein einziges Sklavenlager. Wir hatten keine Wahl. Glaubst du, es war *meine* Entscheidung?« Er sprang auf, versetzte seinem Stuhl einen wütenden Tritt und riß den schwarzen Umhang von seiner Schulter.

»Glaubst du, ich habe dieses Ding hier gewollt?« fragte er aufgebracht. »O nein, ganz bestimmt nicht. Aber ich mußte es nehmen. Ich mußte es nehmen, um Enwor zu retten. Um die Satai zu retten, Skar.« Er beugte sich erregt vor, stützte die Hände auf der Tischplatte ab und fuhr, fast schreiend, fort: »Sie hätten nicht an der Küste Halt gemacht. Früher oder später hätten sie uns vernichtet, so, wie sie wahrscheinlich schon die *Errish* vernichtet haben.«

»Und deshalb habt ihr euch zu einem Heer zusammengetan?« Das Wort ihr erschreckte ihn selbst, denn es verdeutlichte mehr als alles andere, daß er sich nicht einmal mehr mit den Männern in den schwarzen Mänteln der Satai identifizierte.

»Nein«, antwortete Del. »Oder ja, auch. Sicherlich.« Er seufzte, richtete sich wieder auf und begann, unruhig im Zimmer auf und ab zu gehen. Er wirkte verstört, und Skar begriff, daß er der Wahrheit näher gekommen war, als Del wahrhaben wollte.

»Natürlich auch deshalb«, wiederholte Del noch einmal, und

ohne ihn anzusehen. »Jedermann hat das Recht, um sein Überleben zu kämpfen, oder? Aber es war nicht der Hauptgrund. Ich ... war dabei, als die Entscheidung fiel, Skar. Ich war auf dem Berg der Götter. Glaube mir, wir hatten keine andere Wahl.«

»Und diese ... diese Söldner?« Skar gab sich nicht einmal Mühe, die Verachtung zu verhehlen, die er für die Männer empfand, die er hierher geführt hatte. Sein Gewissen meldete sich heftig zu Wort, denn schließlich waren sie es, die diese Burg für sie zurückerobert hatten, und trotzdem. Er verachtete sie, weil sie die Silbersterne der Satai trugen, das heilige Zeichen, das niemand, *niemand!* freveln durfte. Wäre es anders gewesen, hätten sie sich als das zu ihnen gesellt, was sie waren, nämlich bezahlte Krieger oder einfach nur Männer, die um die Freiheit ihres Landes kämpften, hätte er sich mit seinem Leben für jeden einzelnen von ihnen eingesetzt. So nicht.

»Was sollten wir tun?« fragte Del voller Wut. »Ein halbes Dutzend Männer losschicken und mit ihnen einen Krieg gewinnen?«

»Aber –«

»Verdammt, Skar, was glaubst du, wie viele Satai es noch gibt?« brüllte Del plötzlich. Sein Gesicht flammte vor Zorn und Schmerz. »Sie haben uns gejagt wie die Tiere! Sie haben uns abgeschlachtet, in den Jahren, in denen du fort warst. Sie haben Geldpreise auf unsere Köpfe gesetzt und uns für vogelfrei erklärt. Ich bin nicht aus Langeweile zu den Verbotenen Inseln gegangen, ich bin dorthin *geflohen*! Und ich war einer der letzten, dem es gelang«, fügte er etwas leiser hinzu.

Skar war erschüttert. In all den Wochen, die er jetzt zurück war, hatte Del nicht ein Wort von alledem erwähnt; weder er noch einer der anderen Satai oder Quorrl, mit denen er gesprochen hatte. Er versuchte sich vorzustellen, was Del ihm gerade erzählt hatte, aber es gelang ihm nicht.

»Wie viele?« fragte er mühsam. Seine Zunge war plötzlich trocken und weigerte sich fast, ihm zu gehorchen. Sein Herz hämmerte. »Wie viele von uns gibt es noch?«

»Ich weiß es nicht«, räumte Del düster ein. »Fünfzig, hundert, vielleicht auch nur noch dich und mich. Wir waren niemals viele, aber jetzt sind wir ...« Er breitete in einer hilflosen Geste die Hände aus. »Nichts mehr. Diese Männer dort draußen, dieses riesige Heer, das in wenigen Tagen zu uns stoßen wird, und diejenigen, welche Denwar und Kohon besetzt halten – du hast recht. Sie sind keine Satai. Es sind ... Krieger. Söldner. Einfache Männer, die unserem Ruf folgten, und ja, verdammt noch mal, auch eine Menge Raufbolde und Gesindel, die der Verlockung nicht widerstehen konnten. Wir haben versucht, die Schlimmsten wegzuschicken, aber auch wir machen Fehler. Wir brauchten sie.«

»Aber warum?« fragte Skar erschüttert. »Warum den heiligen Mantel der Satai, Del?! Warum habt ihr sie nicht einfach genommen und ausgebildet und in irgendeine Uniform gesteckt, und –« Plötzlich schrie auch er. »Weißt du, was passieren wird, wenn das alles hier vorüber ist? Die Satai werden nie wieder das sein, was sie einmal waren! Die Menschen hassen sie schon jetzt, und die meisten haben Angst vor uns!«

»Ich weiß«, antwortete Del leise. »Wir werden sie fortschicken, wenn alles vorüber ist. Der Kontrakt läuft zehn Jahre, und –«

»Und danach werden sie ihre Mäntel ablegen und vergessen, daß sie einmal Satai waren, wie?« höhnte Skar. »Stell dich nicht dumm. Ihr habt die Satai vernichtet, und das weißt du!«

Del starrte ihn an, aber Skar suchte vergeblich nach Zorn oder Vorwurf in seinem Blick. »Vielleicht hast du recht«, meinte er, sehr leise und voller Trauer und Niedergeschlagenheit. »Aber wenn wir Enwor damit retten, dann war es das Opfer wert.«

»Das glaubst du doch selbst nicht«, antwortete Skar wutentbrannt. »Das sind doch nur leere Sprüche, Del. Der Unsinn, den du vielleicht den anderen erzählen kannst, aber nicht mir. Das hier ist ...« Er hob die Hände, als versuche er nach den Worten zu greifen, die er nicht fand. »... nicht mehr Enwor«, stieß er schließlich hervor.

»Doch«, widersprach Del, sehr leise, sehr ernst und jetzt ohne die mindeste Spur von Zorn. »Du täuschst dich, Skar«, beschwor er ihn. »Diese Welt ist dieselbe geblieben. Du bist es, der sich verändert hat.«

»Habe ich das?«

Del nickte. In seinem Blick war etwas, das Skar nicht deuten konnte und das ihm Angst einjagte; nein – nicht Angst: eine sonderbare Mischung aus Trauer und Verzweiflung, das Gefühl, etwas verloren zu haben, von dem er bisher nicht einmal gewußt hatte, daß es da war.

»Wir waren einmal Freunde, Skar«, sagte Del. »Erinnerst du dich noch?«

»Sind wir das jetzt nicht mehr?«

Del antwortete nicht.

*

Sie sprachen kein Wort mehr miteinander, bis die halbe Stunde abgelaufen war, die Del Bradburn gegeben hatte, um das Mädchen aufzuwecken, aber Skar widerstand auch der Versuchung, wie ein störrisches Kind einfach aus dem Raum zu laufen und sich irgendwo zu verkriechen, um sich selbst leid zu tun.

Er war sehr erleichtert, als sie den Thronsaal endlich verließen und in den Trakt der Festung gingen, den Bradburn und die anderen Heiler für sich reserviert hatten – erschreckend in seinen Ausmaßen, in dem erschreckend viele verwundete Männer und noch mehr verletzte Quorrl lagen. Skar war nur ein einziges Mal hier gewesen, gleich am ersten Tag, fast unmittelbar, nachdem die Burg gefallen war, und was er gesehen hatte, hatte ihn so bestürzt, daß er seither einen großen Bogen um diesen Teil der Anlage geschlagen hatte. Selbst ihn hatte die Schnelligkeit getäuscht, mit der Drasks gewaltiges Bollwerk gefallen war. Aber immerhin war es kein kleines Heer gewesen, das Del und er hierhergeführt hatten, sondern eine Walze aus vierzigtausend Quorrl und fünfhundert Satai-Kriegern, die die wenigen Verteidiger einfach durch ihre bloße Übermacht erstickt hatte. Den gewaltigen Blutzoll, den sie – und wieder einmal vor allem die Quorrl – dafür bezahlen mußten, hatte keiner von ihnen so richtig begriffen. Und er weigerte sich selbst jetzt noch, die Anzahl der Verwundeten und Sterbenden zu schätzen, an denen sie auf dem Weg zu Bradburns Quartier vorbeikamen.

Das Mädchen war wach, als sie die kleine Kammer an der Ostseite der Festung betraten. Neben seinem Lager standen Bradburn und einer seiner Gehilfen, ein kleiner, ausgemergelt wirkender Quorrl, dessen Finger aussahen, als hätten sie die Gicht, aber trotzdem sehr geschickt zu sein schienen. Bradburn sah auf, als sie eintraten, und für einen Moment war Skar sehr sicher, daß der Prediger (*Prediger?* dachte er. Bradburn tat in ihrem Heer alles nur Denkbare, aber er hatte ihn niemals irgend etwas *predigen* hören. Er mußte sich bei Gelegenheit eine andere Bezeichnung für ihn einfallen lassen.) spürte, was zwischen Del und ihm vorgefallen war; es hätte Skar jedenfalls in keiner Weise überrascht, wenn man ihm die Verbitterung ansah, die dieses letzte Gespräch mit Del in ihm zurückgelassen hatte. Aber Bradburn sagte kein Wort dazu, sondern beschied seinem schuppigen Gehilfen nur mit einer knappen Geste, den Raum zu verlassen, und wandte sich dann ebenfalls um.

»Überanstrengt sie nicht«, riet er ihnen im Gehen, und so leise, daß das Mädchen die Worte nicht verstehen konnte. »Sie ist völlig erschöpft. Und sehr verwirrt.«

Del nickte knapp und wartete, bis sie allein waren. Dann versuchte er, sein Gesicht zu so etwas wie einem Lächeln zu zwingen, und trat mit zwei raschen Schritten an das Lager heran. Skar folgte ihm, etwas langsamer und in einigem Abstand.

Er erkannte das Mädchen kaum wieder. Bradburn hatte die Wunden verbunden und eine übelriechende, graue Salbe auf die Verbrennungen an Hals und Schulter aufgetragen, und jemand hatte ihm das Haar geschnitten, so daß es jetzt nur noch bis zu den Schultern reichte. Es sah jünger aus als am Morgen, als er es auf dem Rücken der Echse erblickt hatte, und sehr viel knabenhafter. Ein Kind.

Das Mädchen schaute einen Moment lang aufmerksam zu Del hoch – es schien sehr müde zu sein, aber sein Blick war klar und vollkommen wach –, drehte dann den Kopf und sah Skar an. »Bist du Skar?«

Skar nickte automatisch. Er war überrascht, und auch Del blickte verwirrt auf, trat dann aber wortlos zurück, damit Skar seinen Platz einnehmen konnte.

»Das bin ich«, bestätigte Skar, nachdem er es getan hatte. »Woher kennst du mich?«

»Ein Mann mit einer Narbe im Gesicht und brennenden Augen«, antwortete das Mädchen. »Die Beschreibung paßt.«

»Oh.« Skar hob ganz unbewußt die Hand und berührte die dünne weiße Linie, welche die linke Seite seines Gesichtes in zwei ungleichmäßige Hälften teilte. Er hatte diese Narbe schon so lange, daß er sie manchmal vergaß, obwohl sie es war, die ihm seinen Namen gegeben hatte. »Beschreibt man mich so?«

»*Man* nicht«, gab das Mädchen zur Antwort. »Meine Mutter. Sie hat mich hierhergeschickt. Zu dir. Ich bin Kiina.«

Diesmal war Skar mehr als nur ein wenig überrascht. »*Kiina?* Du bist –«

»Gowennas Tochter, ja.«

»Die Tochter der *Margoi*?!« fragte Del ungläubig. »Aber das kann nicht sein. *Errish* bekommen keine Kinder.«

»Manche schon«, berichtigte Kiina ruhig. »Sonst wäre ich nicht hier, oder?« Sie lachte ganz leise, versuchte sich aufzurichten und schüttelte heftig den Kopf, als Skar ihr helfen wollte.

Skar unterdrückte ein Lächeln. Zumindest die Sturheit schien sie von ihrer Mutter geerbt zu haben – *wenn* sie diejenige war, die zu sein sie vorgab. Aber irgendwie glaubte er ihr. Er sah Del an, ehe er weitersprach, aber er las auch in den Augen des anderen nur Verwirrung.

»Deine Mutter hat dich also geschickt«, fuhr er fort. »Zu mir?«

Kiina nickte und schüttelte fast in der gleichen Bewegung den Kopf. »Ja«, sagte sie, »und nein. Meine Mutter ist tot, schon seit drei Jahren. Aber sie hat oft von dir gesprochen. Du mußt sie ziemlich beeindruckt haben, Satai.« Sie maß Skar mit einem sehr langen, abschätzenden Blick; einem Blick von so unverschämt taxierender Art, wie ihn nur Kinder zustande bringen. Skar korrigierte seine Schätzung um ein paar Jahre nach unten, was ihr Alter betraf. »Ich verstehe zwar nicht ganz, wieso, aber ...«

»Sie ist tot?« Skar erschrak erst mit einiger Verspätung; vielleicht, weil er in letzter Zeit vom Tode so vieler gehört hatte, daß er es schon fast erwartete. »Gowenna ist tot, behauptest du?«

»Sie starb am Fieber«, antwortete Kiina. In ihrer Stimme war nicht die mindeste Spur von Trauer oder Mitgefühl. »*Errish* werden nicht sehr alt, wußtest du das nicht? Das Leben mit den Drachen läßt sie ausbrennen.« Sie sah ihn aus sehr großen, dunklen Augen an. »Es ist also wahr.«

Skar vermochte dem plötzlichen Gedankensprung nicht zu folgen; und er versuchte es auch gar nicht. Die Nachricht von Gowennas Tod erschütterte ihn, jetzt, nachdem er sie *wirklich* wahrgenommen hatte. Er hatte bisher nicht einmal an die Ehrwürdige Mutter der *Errish* gedacht, aber irgendwie hatte er ganz automatisch unterstellt, daß sie noch lebte; so, wie er nach seinem Erwachen im Tempel der Gesichtslosen Priester ohnehin geglaubt hatte, daß alles unverändert sei. Aber das stimmte nicht.

Alles war anders geworden, nicht nur er. Zwanzig Jahre gingen nicht so einfach an einer Welt vorüber, ohne daß die Dinge sich änderten.

»Du kommst aus Elay?« erkundigte sich Del, als Skar keinerlei Anstalten machte, dem Mädchen irgendeine Frage zu stellen, sondern sie nur weiter anstarrte.

»Aus dem Drachenland«, wich Kiina aus, womit sie seine Frage nicht direkt beantwortete. »Ich wollte eher zu euch stoßen, aber sie haben mich verfolgt, und ich mußte mich verstecken. Ich –« Sie brach ab, und auf ihrem Gesicht machte sich ein Ausdruck breit, als wäre ihr mit jähem Schrecken etwas sehr Wichtiges wieder eingefallen, das sie vergessen gehabt hatte. »Was ist mit Kaleigh?« fragte sie.

»Dein Drache?« Skar schüttelte bedauernd den Kopf. »Er ist tot.« Er wollte hinzufügen: *Es tut mir leid,* aber er verbiß sich die Worte im letzten Moment. Niemand, der nicht als *Errish* geboren und aufgewachsen war, konnte wirklich nachempfinden, wie eng sich die Ehrwürdigen Frauen mit ihren titanischen Reittieren verbunden fühlten. Sie waren viel mehr als Reittier und Herrin, viel mehr als Freunde – sie waren Teile eines Ganzen, das nicht auseinandergerissen werden konnte, ohne daß beide zu Schaden kamen. Er hatte *Errish* erlebt, die aus Kummer über den

Verlust ihrer Drachen gestorben waren. Und umgekehrt.

Ein heftiges Mitgefühl ergriff ihn. Er streckte die Hand aus und faßte nach Kiinas Schulter, aber wieder entzog sie sich seiner Berührung. In ihren Augen glitzerten Tränen. Trotzdem war ihre Stimme fest, als sie weitersprach. »Sie werden dafür bezahlen, Skar. Ich werde zurückgehen und jeden einzelnen von diesen Ungeheuern umbringen, das schwöre ich.«

Del seufzte. »Wie wäre es, wenn du uns statt dessen lieber erzählen würdest, warum du überhaupt gekommen bist«, forderte er sie ungeduldig auf. Skar warf ihm einen ärgerlichen Blick zu, aber Del ignorierte ihn, obwohl er ihn sehr wohl bemerkte. »Die Daktylen und die drei Panzerechsen, die dich verfolgten – wer waren sie, und warum wollten sie dich töten?«

»*Errish*«, antwortete Kiina. »Das, was die *Sternengeborenen* aus ihnen gemacht haben.«

»Sie sind alle so ... verändert?« fragte Skar zögernd.

Kiina antwortete wieder mit dieser Mischung aus gleichzeitigem Nicken und Kopfschütteln. »Die meisten«, sagte sie. »Ein paar konnten entkommen, aber sie haben uns die Drachen genommen. Elay ist fest in ihrer Hand, und niemand kann das Tal der Drachen betreten, ohne getötet zu werden.« Sie wich Skars Blick jetzt aus, aber irgend etwas war plötzlich in ihrer Stimme, das Skar warnte. Ihre Selbstbeherrschung begann zu zerbröckeln. Er begriff plötzlich, daß die Ruhe, die sie bisher an den Tag gelegt hatte, nicht echt war, sondern nur der Schock, den das Erlebte – und nicht zuletzt der Tod ihrer Reitechse – ihr bereitet hatte. Und der alarmierte Blick, den Del ihm insgeheim zuwarf, bewies, daß auch er es spürte: Das Mädchen würde zusammenbrechen, wenn sie nicht sehr behutsam vorgingen.

Ohne darauf zu achten, daß Kiina abermals ein Stück von ihm fortrückte, setzte er sich neben sie auf die Bettkante und legte den Arm um ihre Schultern. Im allerersten Moment versteifte sie sich, und er rechnete fest damit, daß sie seinen Arm abstreifen würde, aber dann entspannte sie sich, und er konnte direkt fühlen, wie ihr Widerstand zerbrach. Letztendlich war sie nur ein Kind, das zu viel durchgemacht hatte und den Schutz und die Nähe eines Erwachsenen suchte.

»Erzähle«, bat er leise. »Ruhig und von Anfang an. Wir haben viel Zeit.«

»Das habt ihr nicht«, antwortete Kiina.

»Was soll das heißen?« Dels Stimme war sehr scharf.

Statt einer direkten Antwort streifte Kiina Skars Arm jetzt doch ab, schleuderte die Decke beiseite und stand mit einem Ruck auf. Ohne auf Dels ärgerlichen Blick zu achten, bückte sie sich nach ihrem Kleid und streifte es über. Daß es an einer Seite verkohlt war und eine schmierige schwarze Spur auf ihrer Haut hinterließ, schien sie nicht besonders zu stören. Skar sah, daß ihre Bewegungen unsicher waren und ihre Hände ganz leicht zitterten. Aber sie war noch jung genug, um wirklich zu glauben, daß es ein Zeichen von Tapferkeit war, sich Schmerzen nicht anmerken zu lassen. Er lächelte verzeihend, als sie sich wieder zu Del und ihm herumdrehte; ein Lächeln, das neuen Zorn in Kiinas Augen auflodern ließ.

»Welcher Tag ist heute?« fragte sie.

Del sagte es ihr, und Kiina überlegte einen Moment angestrengt. »Dann sind es noch zwei Tage, bis das Heer aus Denwar hier ist«, erklärte sie. »Falls ihr euren Zeitplan einhaltet, heißt das.«

»Welches ... Heer?« fragte Del verblüfft; aber auch hörbar mißtrauisch.

Kiina verzog abfällig die Lippen. »Die zehntausend Satai und Veden, die ihr erwartet, um mit der Invasion Besh-Iknes zu beginnen«, erwiderte sie.

»Du weißt davon?« Del klang eher erschüttert als erschrocken.

»Die anderen wissen davon« antwortete Kiina triumphierend. Sie war noch jung genug, um den Moment in all seiner Dramatik auszukosten, und Skar sah, wie sich Dels Stirn abermals umwölkte. Geduld hatte noch nie zu seinen Stärken gehört.

»Was soll das heißen?« fragte er scharf. »Von wem sprichst du?«

»Du hast sie doch gesehen, Satai«, gab Kiina zur Antwort. »Die, welche mich verfolgt haben. Diese Burg hier –« Sie machte eine weit ausholende Geste und schloß in der gleichen Bewegung die silberne Spange, die ihr Kleid über der Schulter hielt. »– ist eine einzige Falle. Sie wurde nur zu dem Zweck erbaut, euch hierherzulocken. Und ihr seid ja auch gekommen, oder?«

»Zum Teufel, was soll das heißen?« brauste Del auf. »Wer wollte uns hierherlocken, und warum? Und woher willst du das alles wissen?!« Skar machte eine warnende Handbewegung, aber Del ignorierte ihn einfach, trat mit einem wütenden Schritt auf Kiina zu und riß sie an der Schulter herum. Das Mädchen stieß einen erschrockenen kleinen Schrei aus und versuchte sich loszureißen, aber Dels Griff war viel zu fest. »Sprich endlich!«

»Laß sie los«, gebot Skar scharf.

Er hatte selbst nicht damit gerechnet, aber Del gehorchte tatsächlich – allerdings nur, um gleich darauf einen weiteren, drohenden Schritt auf Kiina zuzumachen und sie abermals anzufahren: »Also – was soll das bedeuten?«

Kiina warf Skar einen beistandheischenden Blick zu, aber er reagierte nicht. Er mißbilligte die Art, auf die Del mit ihr sprach, aber er verstand ihn. Für Kiina schien dies alles hier nichts als ein einziges großes Spiel zu sein, ein Spiel, bei dem der Einsatz durchaus ihr Leben sein konnte, aber trotzdem ein Spiel. Es wurde Zeit, daß ihr jemand klarmachte, was es wirklich war.

»Es ... es ist so, wie ich gesagt habe«, antwortete sie, als sie begriff, daß Skar ihr nicht helfen würde. »Es ist eine Falle, für euch und das Heer. Sie wollen euch alle zusammen vernichten, und alle auf einmal.«

»Wer?« wollte Del erfahren. »Und wie?«

»Wie, weiß ich nicht«, erwiderte Kiina, jetzt nicht mehr aggressiv, sondern nur noch trotzig. »Und wer, weißt du so gut wie ich, Satai. Die Zauberpriester.«

»Drasks Brüder?« Del lachte abfällig. »Du bist verrückt, Kindchen. Sie haben es versucht, aber sie haben uns nicht einmal daran hindern können, ihnen ihre famose Burg wegzunehmen. Und wir waren kaum halb so viele, wie wir sein werden, wenn das Eis aufbricht und wir losmarschieren. Was sollten sie uns tun?«

»Dasselbe, was sie uns angetan haben, Satai«, antwortete Kiina leise, und ganz plötzlich, von einem Atemzug auf den anderen, fiel jede Kindlichkeit und jeder Trotz von ihr ab. Der Ernst, den Skar plötzlich in ihrer Stimme hörte, war nicht mehr gespielt.

Er stand auf, trat an Dels Seite und legte ihm beruhigend die Hand auf den Arm, ehe er wieder auffahren und Kiina vollends einschüchtern konnte. Er hatte Bradburns Worte nicht vergessen. Das Mädchen hatte eine womöglich wochenlange Flucht und endlose Leiden hinter sich. Wenn sie ihr zu sehr zusetzten, konnte es gut sein, daß sie einfach zusammenbrach und sie gar nichts mehr von ihr erfuhren.

»Was ist passiert?« fragte er.

Der Ausdruck von Schmerz auf Kiinas Gesicht wurde stärker. Ihre Mundwinkel zuckten, als hielte sie nur noch mit Mühe ihre Beherrschung aufrecht. Aber sie weinte nicht. »Dasselbe wie hier«, berichtete sie leise. »Die Zauberpriester. Sie ... sie kamen vor drei Jahren, kurz, nachdem meine Mutter gestorben war. Die *Errish* –« Skar fiel abermals auf, daß sie *die Errish* sagte, und nicht *wir* – »wußten, was in Ikne und den anderen Städten geschehen war, und sie waren vorbereitet. Sie haben sie erwartet und besiegt.«

»Einfach so?« fragte Del.

Kiina schüttelte zornig den Kopf. »Nicht *einfach so*«, antwortete sie trotzig. »Der Kampf dauerte lange, und sie waren sehr viele. Aber am Ende wurden sie geschlagen und vertrieben. Sie kamen wieder, und sie wurden wieder geschlagen.« Sie sprach nicht weiter, und abermals änderte sich etwas in ihrem Blick. Ihre Augen schienen eine Spur dunkler und größer zu werden, und obwohl sie Skar direkt anblickte, hatte er das sichere Gefühl, daß sie ihn in Wahrheit gar nicht sah. Was sie erzählte, das weckte die Erinnerungen, und mit ihnen kam der Schmerz.

»Und?« drängte er. »Was geschah weiter?«

»Das, was euch passieren wird, Skar«, antwortete Kiina. Ihre Stimme schwankte, und ihre Art zu sprechen wurde immer schleppender, als sie nach Worten für Dinge suchte, die mit Worten nicht zu beschreiben waren. »Die *Errish* und ihre Drachen haben sie geschlagen, wo immer sie auf sie stießen, aber es ... es war, als würden sie mit jeder Niederlage stärker. Zahllose von ihnen fanden den Tod, aber sie kamen immer wieder.«

... als würden sie mit jeder Niederlage stärker. Skar schauderte. War es wirklich Zufall, daß sich Kiinas Worte so sehr nach dem anhörten, was auch Drask bei ihrem letzten Gespräch gesagt hatte: *Gib acht, daß ihr euch nicht totsiegt, Satai.*

»Und dann?« fragte Del ungeduldig, als Kiina abermals in dumpfes Schweigen verfiel.

»Etwas ... geschah«, fuhr Kiina stockend fort. »Ich weiß nicht, was. Niemand wußte es. Die ... die Angriffe hörten auf, aber plötzlich war alles anders geworden. Ein paar *Errish* verloren den Kontakt zu ihren Drachen. Andere ... wurden von ihren eigenen Tieren angegriffen und getötet, und einige ... brachten sich gegenseitig um.«

Del runzelte ungläubig die Stirn, und auch Skar fiel es schwer, diesen Teil von Kiinas Bericht zu glauben. *Errish*, die sich gegenseitig töteten? *Unvorstellbar!*

So unvorstellbar wie Satai, die plündernd und brandschatzend durch das Land ziehen, nicht wahr? wisperte eine Stimme hinter seiner Stirn.

»Es war entsetzlich«, berichtete Kiina weiter. »Elay ist ... nicht mehr das, was es einmal war. Haß und Mißtrauen waren alles, was die *Errish* noch füreinander empfanden. Es kam zu Kämpfen unter ihnen. Manche versuchten zu fliehen, aber die anderen hielten sie zurück oder töteten sie. Vor einem Jahr schließlich rief die neue *Margoi* alle *Errish* zurück zu einer großen Beratung nach Elay. Als sie vorüber war, da ... da hatten sie sich verändert.«

»Verändert? Wie?«

Kiina sah Skar aus Augen an, die groß und dunkel vor Angst geworden waren. »Ihr habt sie gesehen, Skar. Diese ... diese Frauen, die mich verfolgt haben. Das waren *Errish*. Das, was aus ihnen geworden ist, nach diesem entsetzlichen Tag.«

»Aber was ist geschehen?« fragte Del verwirrt. »Dieses ... dieses Ding, das an ihnen haftet –«

»Der Wächter.«

»Nennen sie es so?« fragte Skar. »Dieses Netz?«

»Sie hatten es alle, nachdem sie Elay wieder verließen«, sagte Kiina. »Und nicht nur sie. Es war plötzlich da, und es ... breitete sich aus. Es wuchs, und es wächst noch immer. Niemand kann sich dagegen schützen.«

»Niemand?« Dels Augen verengten sich mißtrauisch. »Du schon. Und dein Drache auch, oder?«

»Nein«, antwortete Kiina. »Es wollte mich nicht.« Sie verzog die Lippen zu einem schmerzlichen Lächeln. »Ich war nicht wichtig genug. Es ist gigantisch, Satai. Es ... es hat Elay überwuchert wie ein Geschwür und ... und Tausende verschlungen. Aber nicht alle. Ich habe in der Burg gearbeitet, als Dienstmagd und in den Ställen, und später als Zofe der neuen *Margoi*. Ich habe vieles erfahren, und vieles gesehen. Nicht alle sind mit dem Netz verbunden. Nur die Mächtigen und die Krieger. Es tötet seine Träger, manche in Tagen, andere in Monaten oder Jahren, aber es tötet sie. Vielleicht frißt es sie innerlich auf – ich weiß es nicht. Aber es ist wählerisch. Es beherrscht uns, aber es braucht uns auch.«

»Das ist eine ziemlich phantastische Geschichte, findest du nicht?« äußerte Del zweifelnd. Er hob die Hand und machte eine herrische Bewegung, als Kiina auffahren wollte. »Ich habe dieses Ding gesehen, und ich glaube dir, aber ... es fällt mir nicht leicht. Wieso hat niemand etwas davon erfahren, wenn das alles wirklich so passiert ist?«

»Ihr hattet genug damit zu tun, Krieg zu führen, oder?« fragte Kiina böse. »Und sie haben die Grenzen hermetisch abgeriegelt.«

»Das ist vollkommen unmöglich«, widersprach Del. »Niemand kann –«

»Niemand, aber *etwas*«, fiel ihm Kiina ins Wort. »Das Drachenland ist eine natürliche Festung, Satai. Es gibt nur ein halbes Dutzend Pässe über die Berge, die nicht schwer zu bewachen sind. Sie haben zahllose eurer Männer abgefangen und getötet, die versuchten, ins Land zu kommen. Ist einer davon zurückgekehrt?«

Del antwortete nicht, aber sein Mißtrauen war keineswegs

besänftigt. Er suchte nur weiter nach irgendeinem Fehler in Kiinas Geschichte, einem Widerspruch, wo er einhaken und sie als die Lüge darstellen konnte, als die er sie gerne sehen würde.

»Aber das ergibt keinen Sinn«, erklärte er schließlich. »Selbst wenn du die Wahrheit sagst – warum sollten sie es tun? Nicht einmal die *Errish* mit ihren Drachen könnten uns vernichten. Wir sind einfach zu viele, selbst für euch!«

»Es gibt keine *Errish* mehr, Satai«, korrigierte Kiina ihn bitter. »Die Drachen haben uns verlassen. Das Netz tötet sie, und es macht es den *Errish* unmöglich, sie zu reiten.«

»Und diese drei Ungeheuer, die dich verfolgt haben?« fragte Skar.

Kiina verzog beinahe angeekelt die Lippen. »Das waren keine Drachen«, entgegnete sie heftig. »Es sind *Skorr*, dumme plumpe Tiere, die im Tal der Drachen leben und zu nichts nutze sind. Keine Drachen wie unsere Echsen. Sie können nur töten, sonst nichts. Und nicht einmal das besonders gut.«

»Und wie bist du entkommen?« fragte Del. »Wie konntest du das Land verlassen, wenn sie die Pässe doch so scharf bewachen?«

»Auf dem einzigen Weg, den sie nicht gesperrt haben«, antwortete Kiina. »Durch das Tal der Drachen.«

»Gut«, schloß Del. »Ich weiß nicht, ob ich dir glaube, aber im Moment belassen wir es dabei. Du hast also gehört, was geschehen wird, und bist gekommen, um uns zu warnen.«

Kiina starrte ihn an, als zweifele sie an seinem Verstand. »Nein«, sagte sie. »Nicht nur deshalb.«

»Nein?« Del blinzelte. »Warum dann?«

»Ich bin gekommen, weil ich eure Hilfe brauche, Satai«, erklärte Kiina ernst. »Ihr seid die einzigen, die Elay befreien können.«

Für die Dauer von zwei, drei endlosen Atemzügen starrte Del das Mädchen aus ungläubig aufgerissenen Augen an.

Dann begann er schallend zu lachen.

*

Sie hatten noch lange mit Kiina gesprochen, denn jede Antwort, die sie von ihr erhielten, zog ein Dutzend neuer Fragen nach sich, und Skar war sich bis zum Schluß selbst nicht darüber klar geworden, ob er ihr nun glaubte oder nicht.

Schließlich war genau das passiert, was Bradburn ihnen prophezeit hatte – die Anstrengung war einfach über Kiinas Kräfte gegangen, und sie war in Skars Armen zusammengesunken und hatte das Bewußtsein verloren. Sie hatten das Mädchen in Bradburns Obhut zurückgelassen.

Del schien ganz selbstverständlich anzunehmen, daß Skar ihn wieder hinauf in den Thronsaal begleiten würde, um über das Gehörte zu sprechen – und es wäre ja auch nur vernünftig gewesen. Aber Skar wollte nicht mehr reden. Nicht jetzt, nicht mit Del und vielleicht überhaupt nicht mehr. Er wollte keine endlosen Gespräche mehr über Dinge führen, die sie doch nicht ändern konnten und an deren Ende doch nichts anderes herauskommen würde als der unvermeidliche Streit mit Del. Er wollte ...

Es war absurd: Er wollte – *mußte* – etwas tun, von dem er nicht einmal wußte, was es war. Kiinas Worte, so unglaublich und verwirrend sie gewesen sein mochten, hatten auch noch den letzten Zweifel in ihm beseitigt: Er würde gehen, vielleicht nicht heute, denn Kiinas Warnung war zu ernst, um sie zu ignorieren, aber bald. Und er würde jetzt *ganz bestimmt* nicht mit Del diskutieren.

Er ließ Del einfach stehen, indem er auf der Treppe plötzlich schneller ging und seinen überraschten Ausruf einfach ignorierte, schlug den dem Thronsaal entgegengesetzten Weg ein und trat auf den Festungshof hinaus. Der Geruch von Menschen und Quorrl schlug ihm entgegen; zu vieler Menschen und Quorrl, die zu lange auf zu engem Raum zusammengedrängt gelebt hatten. Aber auch Wärme, denn die Sonne hatte jetzt schon Kraft, und die Festungsmauern hielten den eisigen Wind zurück. Einen Moment lang verharrte er, ließ seinen Blick über das bunte Durcheinander von Menschen und Quorrl und Hunden und Pferden streifen, das den Hof erfüllte, und wandte sich dann nach rechts; eigentlich ziellos, und wenn überhaupt, dann nur aus dem Grund, von der Tür wegzukommen, falls Del etwa auf die Idee verfallen sollte, ihm nachzueilen.

Er hatte kaum ein paar Schritte gemacht, als ihm eine hochgewachsene, schuppige Gestalt mit einem Schlangengesicht den Weg vertrat. Skar wollte ganz automatisch die Hand heben und den Quorrl vertreiben, wie er es sich in den letzten Tagen sowohl mit Menschen als auch den reptilienhaften Barbaren aus dem Norden angewöhnt hatte – er ließ keine Gelegenheit aus zu betonen, wie zuwider es ihm war, als etwas Besonderes behandelt zu werden, aber das änderte nichts daran, daß er begonnen hatte, die Privilegien einer solchen Rolle zu genießen – aber dann erkannte er den Quorrl. Es war der Heiler, dem er am Morgen nach dem Kampf gegen die Drachen begegnet war. Der Quorrl mit dem Sprachfehler.

»Was willst du?« fragte er grob. »Ich habe keine Zeit.«

»Esssh ihsst whichthig, Hehrrr«, krächzte der Quorrl. »Khhhooomt.« Er hob die Hand, wie um Skar beim Arm zu ergreifen, aber er führte die Bewegung nicht zu Ende. Trotzdem reichte allein diese angefangene Geste aus, Skar davon zu überzeugen, daß sein Anliegen *wirklich* wichtig sein mußte – sein Verstehen der Quorrl war noch immer jämmerlich, aber er hatte in den letzten Tagen und Wochen gelernt, daß es einem Quorrl mindestens so zuwider war, einen Menschen zu berühren, wie es diesem umgekehrt Unbehagen bereitete, die glatte kalte Reptilienhaut eines Quorrl anzufassen.

»Wichtig?« vergewisserte er sich überflüssigerweise.

Der Quorrl nickte; zumindest versuchte er es, aber es mißlang kläglich, weil zu einem menschlichen Nicken ein menschlicher Hals gehörte, und er hatte keinen. »Was willst du?«

Der Blick der dunklen geschlitzten Schlangenaugen suchte, ehe er antwortete, die Tür, aus der Skar herausgetreten war. *Fast,* dachte Skar verwirrt, *als müsse er sich erst davon überzeugen, daß sie auch wirklich allein waren, bevor er sprach.* Wovor hatte er Angst?

»Ihhch mhhuuuß mit Euch hrheden, Hehhhrr«, sagte der Quorrl schwerfällig. Skar sah erst jetzt, daß es gar kein Sprachfehler war, der ihn zu dieser lächerlichen Art des Redens zwang. Irgendwann, vor langer Zeit einmal, hatte jemand versucht, das Kinn des Quorrl zu spalten; wie es aussah, mit einer Axt oder einem sehr wuchtigen Schwert.

»Dann tu es«, forderte Skar ihn unfreundlich auf. »Was gibt es für Probleme? Habt ihr zu wenig Beute gemacht, oder fehlt euch rohes Fleisch zum Essen?«

Der Quorrl reagierte nicht auf seine grundlose Aggressivität, und vielleicht war gerade das der Grund, aus dem Skar seine Worte fast im gleichen Moment schon bedauerte.

»Dhie Kchrrieger, Hehhrr«, antwortete der Quorrl. »Ssssie schtherben.«

»Sterben?« Skar sah den Quorrl verständnislos an. Auf dem Hof waren sehr viele Quorrl. *Lebende* Quorrl, so weit er erkennen konnte. »Was meinst du damit?«

Der Quorrl beantwortete diese Frage nicht, sondern drehte sich wortlos und mit der nur scheinbaren Schwerfälligkeit seines Volkes herum und deutete auf die Tür, durch die Skar gerade erst gekommen war. »Fhooolgt mir, Hehhrr.«

Er ließ Skar keine Zeit zu widersprechen, sondern setzte sich in Bewegung, und Skar mußte ihm folgen, ob er wollte oder nicht. Sie schlugen wieder den Weg zu Bradburns Quartier ein, und schon nach ein paar Schritten begriff Skar, wohin ihn der Quorrl führte – in eines der guten halben Dutzend unterirdischer Gewölbe, in dem sie die Verwundeten und Kranken untergebracht hatten. Natürlich – er war ein Heiler.

Er hörte das Stöhnen der Sterbenden schon von weitem, und der Geruch war unverkennbar – es stank nach Reptilien und Krankheit, nach schlechtem Wasser und Abfällen. *Es war,* dachte Skar, *als würden sie sich einem Schlangenstall nähern.*

Er ging ein wenig schneller, um zu dem Quorrl aufzuschließen, streckte den Arm aus und hielt ihn grob an der Schulter zurück. Der Barbar ging einfach weiter, und bei seinem Gewicht von über dreihundert Pfund war es Skar auch unmöglich, ihn zum Stehenbleiben zu zwingen. »Was soll das?« fragte er ärgerlich. »Ich weiß, wie es hier aussieht.«

»Nheihhhn, Hehhhrr«, widersprach der Quorrl mühsam. »Dhas wißßßßt Hihr hniccccht. Khooommt.« Fast sanft streifte er Skars Hand ab, brachte ihn aber gleichzeitig dazu, schneller weiterzugehen, bis sie das improvisierte Lazarett erreicht hatten.

Skar erschrak. Das Gewölbe war groß, sicherlich dreißig auf hundert Schritte, wenn nicht mehr, aber es kam ihm trotzdem mit einem Male winzig vor, denn es quoll schier über vor grün- und graugeschuppten Gestalten, die auf einfachen Lagern, auf Fellbündeln und zerschlissenen Decken oder auch nur auf dem nackten Steinboden lagen. Und es waren entsetzlich *viele*. Gestern, als er das letzte Mal bewußt hier unten gewesen war, hatte er ihre Zahl ganz beiläufig auf hundert geschätzt; vielleicht ein paar mehr oder weniger.

Jetzt schien sie sich glattweg verdoppelt zu haben.

Verwirrt und erschrocken zugleich sah er den Quorrl an. »Was ist passiert?«

»Die Krrriehger, hdhie Eucccccch uuhnd den Hhhhohhhen Ssssathai heute mhoorgen beghleitet habhheeen, Herr«, flüsterte der Quorrl. »Hshie schtherben.«

»Alle?«

»Die meisten«, antwortete der Quorrl nach kurzem Überlegen. »Ehtwas thööóthet sssie. Sheeeht ssshelbhst.« Er winkte auffordernd mit einer plumpen, dreifingrigen Hand, kniete neben einer der reglosen Schuppengestalten nieder und forderte Skar mit einer neuerlichen Geste auf, zu ihm zu treten.

Skar zögerte. Plötzlich wollte er gar nicht mehr sehen, was hier *wirklich* geschah. Trotzdem ließ er sich gehorsam neben dem Quorrl in die Hocke sinken und blickte auf das breitflächige Gesicht des Barbarenkriegers herab.

Im ersten Moment fiel ihm nichts Außergewöhnliches auf. Der Quorrl schien das Bewußtsein verloren zu haben, und er fieberte. Die Krallen seiner linken Hand fuhren immer wieder über den Stein, auf dem er lag, und verursachten dabei ein scharrendes, regelmäßiges Geräusch, das Skar schaudern ließ. Er sah keine Wunden, keine sichtbaren Verletzungen, nicht einmal einen Kratzer. Trotzdem hätte der Quorrl ihm nicht einmal sagen müssen, daß der Krieger im Sterben lag. Skar *wußte* es einfach.

»Was ist geschehen?« fragte er.

Er wartete vergeblich auf eine Antwort, schaute verärgert hoch – und blickte in das breitflächige Gesicht eines zweiten, sehr viel größeren Quorrl, der neben ihn und den Heiler getreten war, ohne daß er es auch nur bemerkt hätte. In seinen Augen blitzte Zorn.

Vielleicht war es gerade dieser Blick, an dem Skar ihn auf der Stelle wiedererkannte – er war fast ein wenig erstaunt über sich selbst, denn für Menschenaugen glich kein Quorrl einem anderen, und trotzdem sahen sie alle irgendwie gleich aus, so daß es schwer war, sie auseinanderzuhalten. Aber dann erinnerte er sich, daß Del ihm den Quorrl eigens vorgestellt hatte; und er erinnerte sich auch, daß Titch der Bruder von Trash war, dem Quorrl-Krieger, den er getötet hatte. Nicht, daß das etwas bedeutete – Quorrl konnten Hunderte von Brüdern haben, soviel er wußte. Plötzlich begriff er – wieder einmal – wie erbärmlich wenig sie alle von dem Volk wußten, das fast die Hälfte ihrer Welt sein Eigen nannte.

»Was tust du hier?« fragte Titch.

Skar deutete verwirrt auf den Kranken, dann auf den Heiler, der ihn hergebracht hatte. »Irgend etwas ist hier –«

»Hier ist nichts geschehen«, unterbrach ihn Titch, so laut und so grob, daß es schon fast einer Brüskierung gleichkam. »Nichts, was dich interessieren müßte, Satai.«

Skar stand auf und sah den Quorrl scharf an. Er war eher überrascht als verärgert – aber er hatte auch keine Lust, sich von einem fischgesichtigen Quorrl anknurren zu lassen wie einen Hund.

»Es interessiert mich schon, wenn unsere Krieger ohne ersichtlichen Grund krank werden und sterben, Quorrl«, antwortete er betont. »Das ist doch richtig, oder?«

Titch zuckte mit den Schultern; eine Geste, die er den Menschen abgesehen hatte und die seine Andersartigkeit nur noch betonte. »Ich weiß es nicht«, antwortete er. »Wenn Kahshan es sagt, wird es wohl seine Richtigkeit haben. Er ist der Heilkundige, nicht ich. Es scheint, als würden alle krank, die am Morgen dabei waren.« Er zögerte eine Sekunde, dann verbesserte er sich: »Fast alle.«

»Fast?« Skar sah auf. Die Art, in der Titch das Wort *fast* betont hatte, gefiel ihm nicht.

»Alle, die gekämpft haben«, erklärte der Quorrl.

»Du meinst, jeder, der die Drachen berührt hat«, vermutete Skar.

»Oder ihre Reiter.« Titch nickte und warf dem neben ihm stehenden Kahshan einen eindeutig zornigen Blick zu. »Ja, so ist es wohl. Etwas tötet sie. Vielleicht der Fluch der *Sternengeborenen.*«

»Unsinn!« widersprach Skar. Titchs Worte machten ihn zornig; mehr, als er im ersten Moment selbst begriff. »So etwas gibt es nicht«, fügte er hinzu, nachdem er sich ebenfalls erhoben hatte. Zwei, drei flache Schlangengesichter wandten sich ihm und Titch zu, und er begriff, daß er laut genug gesprochen hatte, seine Worte überall verständlich zu machen.

»Das ist Unsinn, Titch«, wiederholte er noch einmal, sehr viel leiser, aber in beinahe noch schärferem Ton. »So etwas gibt es nicht, Titch. Die *Sternengeborenen* sind unsere Feinde, aber sie sind keine Zauberer.«

Titch antwortete nicht sofort, aber Skar spürte vielleicht gerade deshalb, wie wenig seine Worte bewirkten. Quorrl waren ein abergläubisches Volk, schlimmer noch als die Veden. Manchmal fragte er sich, wie sie so mächtig hatten werden können, bei dem Gespinst von Traditionen und undurchschaubaren Regeln und Verhaltensweisen, das ihre Kultur ausmachte.

Er ergriff Titch am Arm, drehte ihn mit sanfter Gewalt herum und deutete auf eine Nische neben dem Eingang, einen der wenigen freien Flecken in dieser Katakombe des Todes. Titch verstand. Er schwieg, bis sie außer Hörweite der anderen waren, und als er weitersprach, dämpfte er seine Stimme zu dem, was die Quorrl unter einem Flüstern verstehen mochten.

»Sie *sind* Zauberer, Satai«, widersprach er. »Sie werden uns töten. Auch euch.«

»Vielleicht«, antwortete Skar zornig. »Aber wenn, dann mit dem Schwert, oder mit den Klauen ihrer Drachen, nicht mit Magie.« Seine Stimme wurde fast beschwörend. »Hör auf, solchen Unsinn zu erzählen, Titch! Wir werden eine Erklärung für das alles hier finden, aber wenn du anfängst, das Gerücht zu verbreiten, daß sie uns nur mit einem *Fluch* töten können, dann haben wir diesen Krieg verloren, ehe er begonnen hat!«

»Meine Männer sind nicht blind«, beharrte Titch ausdruckslos. »Sie sehen, was geschieht. Und deine Sorgen sind unbegründet, Satai. Ich habe dich hierhergebracht, um dich zu warnen. Nicht mehr. Etwas geschieht hier, das ist richtig. Ich weiß nicht, was, und auch das ist richtig. Aber das ist ganz allein unser Problem.«

»Bradburn könnte euch helfen.«

Titch machte ein unanständiges Geräusch. Er hatte wirklich eine Menge von den Menschen gelernt, dachte Skar finster. »Bradburn? Euer Priester?« Er lachte. »*Unsere* Heiler sind es, die *ihm* helfen«, sagte er betont. »Und es ist nicht nötig. Meine Krieger fürchten das Sterben nicht. Keiner von ihnen. Die hier sind, sind bereits tot.«

»Was soll das heißen – sie *sind bereits tot*?« fragte Skar.

Titch setzte zu einer Antwort an, überlegte es sich aber dann anders und starrte an Skar vorbei ins Leere. Es fiel Skar – wie jedem Menschen – schwer, im Gesicht eines Quorrl zu lesen, aber er war plötzlich sehr sicher, daß Titch bereits bedauerte, diese Worte überhaupt ausgesprochen zu haben.

»Weiß Bradburn überhaupt, was hier passiert?« fragte er.

»Ja. Aber er kann nichts tun.« Titch zögerte einen Moment. »Er glaubt, daß die Drachen krank waren. Vielleicht hat er recht.« Aber das glaubte er nicht wirklich. Skar spürte ganz genau, daß der Quorrl eigentlich etwas ganz anderes hatte sagen wollen. Aber er spürte auch, daß er ihm nicht antworten würde, sollte er ihn darauf ansprechen. Titch verwirrte ihn mehr und mehr.

»Aber dann müßte es auch uns treffen«, folgerte er. »Del und mich und die Satai, die dabeigewesen sind.«

»Vielleicht«, antwortete Titch. »Vielleicht auch nicht. Die Drachen sind uns mehr verwandt als euch. Vielleicht sterbt ihr später, vielleicht gar nicht.« Er machte eine komplizierte Geste mit beiden Händen, deren Bedeutung Skar nicht klar wurde. »Aber ich bin nicht hergekommen, um über euren Tod zu reden«, fuhr er fort. »Etwas geschieht, Satai. Ich weiß nicht was, und ich weiß nicht, warum und wie, aber ... etwas ändert sich.«

Skar war die kleine Pause in seinen Worten nicht entgangen; ebensowenig wie die Tatsache, daß sie mehr bedeuten mochte als das, was der Quorrl *sagte*. Er war verwirrt. Das alles war kein Zufall mehr. Drask, dann Kiina und jetzt Titch – die sonderbare Unruhe, die ihn selbst schon seit Tagen ergriffen hatte, nicht einmal berücksichtigt. Vielleicht, überlegte er, war es gar nicht so, daß nur *er* sich verändert hatte. Vielleicht veränderte sich alles, und nur er und dieser Quorrl spürten es. Unsicher sah er sich nach dem Quorrl um, der ihn hier heruntergebracht hatte, nicht nur ohne Titchs Wissen, sondern, wie ihm plötzlich klar wurde, sogar ganz und gar *gegen* seinen ausgesprochenen Willen. Er konnte ihn nirgends mehr entdecken; wahrscheinlich hatte er die Gelegenheit genutzt, sich klammheimlich aus dem Staub zu machen, dachte Skar. Er wandte sich wieder an Titch.

»Was willst du damit andeuten?« fragte er.

Titch zögerte. Es fiel ihm sichtlich schwer, die richtigen Worte zu finden; nicht, weil er die Sprache nicht beherrschte. Der Quorrl beherrschte die Hochsprache Enwors besser und fließender als so mancher Mensch, dem Skar in seinem Leben begegnet war. Aber er redete über Dinge, über die er wohl noch nie geredet hatte; vielleicht nicht einmal nachgedacht.

»Ich ... weiß es nicht«, sagte der Quorrl nach einer Weile. Irgendwie sah er plötzlich hilflos aus, trotz seiner enormen Größe und des Zornes, der noch immer in seinem Blick loderte. »Etwas ist nicht gut.«

»Krieg ist niemals gut«, entgegnete Skar, aber Titch machte nur eine wegwerfende Handbewegung. Er wandte sich um und begann, die Treppe wieder hinaufzugehen, und Skar folgte ihm. Zwei Satai, die ihnen entgegenkamen, wichen im letzten Moment respektvoll zur Seite, als sie erkannten, *wer* den Quorrl begleitete.

Skar fragte sich unwillkürlich, ob sie es auch getan hätten, wenn Titch allein gewesen wäre. Er wußte, daß Titch so etwas wie der Befehlshaber des Quorrl-Heeres war, in seinem Rang durchaus Del und ihm vergleichbar. Trotzdem war er für die meisten dieser sogenannten Satai noch immer nicht mehr als ein Tier.

»Ich meine nicht den Krieg«, knüpfte Titch an das unterbrochene Gespräch an, als sie das Gebäude verlassen hatten und wieder auf den Hof hinaustraten. Gegen das ungewohnt grelle Sonnenlicht kam er Skar plötzlich noch gigantischer und massiger vor, als er ohnehin war. Er fühlte sich wie ein Zwerg neben dem schuppigen Titanen. »Er ist nötig«, fuhr Titch fort. »Er gehört zum Leben wie die Geburt und die Liebe und der Tod. Aber etwas ... ist plötzlich falsch.«

Er sah Skar aus seinen schmalen Fischaugen an, und zum allerersten Mal, solange Skar die Quorrl kannte, glaubte er so etwas wie Furcht im Blick eines dieser gigantischen Wesen zu sehen. »Ich weiß nicht, was es ist, Satai«, führte er weiter aus. »Aber es macht mir Angst. Es macht uns allen Angst. Und ihr tätet auch gut daran, Angst zu haben. Vielleicht noch mehr als wir.«

Skar war nicht einmal überrascht. Ein Quorrl, der Angst hatte, das wäre noch vor Tagen eine ungefähr so logische Vorstellung wie ein ertrinkender Fisch für ihn gewesen. Aber er spürte es ja auch, ebenso wie Kiina und Bradburn, und wie auch Del, auch wenn dieser es nicht zugab. Etwas änderte sich. Etwas Schreckliches geschah.

Aber er ging nicht weiter auf Titchs Worte ein, sondern drehte sich wortlos weg und verließ endgültig die Festung.

*

Er wußte, daß Del und er wieder in Streit geraten würden, sobald er zurück war. Und vielleicht sogar mit Recht – er war nicht irgendwer, sondern einer der beiden Befehlshaber des Heeres, und vielleicht – auch wenn er es nicht wollte – der einzige, der diesen ganzen bunt zusammengewürfelten Haufen zu so etwas wie einer Armee vereinen konnte. Auf jeden Fall war er niemand, der einfach weglaufen konnte, wenn es ihm in den Kram paßte.

Aber das war ihm egal. Sein Entschluß, Del und das Heer zu verlassen, stand jetzt fester denn je; nur hatte er sich noch nicht entschieden, in welche Richtung er sich wenden sollte – nach Süden, in das namenlose Land jenseits der Straße von Pa'an, aus dem die Zauberpriester gekommen waren, wie Drask gesagt hatte, oder nach Westen, nach Elay und dem Drachenland, wie Kiina von ihm erwartete.

Es war nicht etwa so, daß Kiinas naiver Wunsch allein der Grund dazu gewesen wäre. Sie war ein Kind, ein dummes, romantisches Kind, und es fiel ihm nicht schwer, in Gedanken nachzuvollziehen, was in ihr vorgegangen war. Sie hatte mitansehen müssen, wie ihre Welt zugrundeging, wie alle, die sie gekannt und geliebt hatte, entweder getötet wurden oder sich auf entsetzliche Weise verwandelten – was lag da näher, als daß sie zu den einzigen ging, von denen sie sich Hilfe erwartete?

Skars Pferd schüttelte unruhig den Kopf, und die Bewegung riß ihn in die Wirklichkeit zurück; er spürte plötzlich, wie kalt es noch immer war, trotz der Sonne, die jetzt schon sehr warm vom Himmel schien und sich bemühte, auch den letzten Schnee zu schmelzen. Aber er stand unmittelbar am Fluß, sicherlich nicht durch Zufall unweit der Stelle, zu der er vor Monatsfrist das erste Mal gekommen war. Vom Wasser stieg ein eisiger Hauch empor, und dort, wo die Strahlen der Sonne nicht hinreichten, nistete noch immer Eis in den Schatten. Außerdem wurde er sich fast schmerzlich der Tatsache bewußt, daß man ihn von der Burg aus deutlich sehen konnte, und aus irgendeinem völlig widersinnigen Grund war ihm der Gedanke unangenehm, daß die Männer ihn beobachten konnten, wie er so am Flußufer stand und ins Leere starrte.

Fröstelnd zog er den Mantel enger um die Schultern, ohne daß er dem Wind dadurch auch nur ein wenig von seinem Biß nehmen konnte – der schwarze Mantel eines Hohen Satai war vielleicht sehr schwer, dachte er spöttisch, aber er wärmte kein bißchen –, ließ sein Pferd mit sanftem Schenkeldruck antraben und ritt ein Stückweit am Ufer entlang, ehe er im rechten Winkel davon abwich und sich einen Weg durch das Gewirr von Felsblökken und Findlingen suchte, das den Fluß säumte.

Er hatte kein bestimmtes Ziel; eigentlich ließ er sein Pferd sich seinen Weg selbst suchen und griff nur dann und wann behutsam ein, wenn es etwa kehrt machen wollte, um in die Wärme des Stalles zurückzukehren. Er wollte einfach nur allein sein, und er war sich dabei durchaus darüber im klaren, daß sein Verhalten nichts anderes als eine Flucht war. Vielleicht vor sich selbst.

Schließlich hatte er sich zwei oder drei Meilen von der Burg entfernt. Das Pferd erklomm einen flachen Hügel, so daß er das Ufer und den riesigen, der Burg vorgelagerten Platz gut überblikken konnte. Die doppelt mannshohe Mauer, die ihn einst an drei Seiten gesäumt hatte, war fast vollkommen verschwunden, und das gewaltige Areal, noch vor weniger als einer Woche Lagerplatz für mehr als hunderttausend Flüchtende, war jetzt verwaist; eine gewaltige Öde aus zertrampeltem braunschwarzen Boden, den das einsetzende Tauwetter mehr und mehr in einen Morast verwandelte. Es bereitete ihm immer noch Mühe, sich an den Gedanken zu gewöhnen, daß all diese Menschen in heller Panik vor ihnen geflohen waren, obgleich sie doch kamen, um sie zu befreien. Aber das Netz aus Intrige und Lügen, das die Zauberpriester gewoben hatten, war dicht. Immerhin dicht genug, daß auch er sich darin für eine Weile gefangen hatte. Er ließ das Pferd weitertraben, wieder zum Fluß hinunter und

– sah die Spur.

Im ersten Moment glitt sein Blick einfach darüber hinweg, ohne irgendein Interesse, denn obwohl er hier herausgekommen war, um allein zu sein, war eine Fußspur im Morast nun wirklich nichts Besonderes, in der Nähe eines Heeres, das mehr als vierzigtausend Köpfe zählte.

Aber irgend etwas an dieser Spur irritierte ihn, und etwas in ihm schrie alarmiert auf, ohne daß er das, was ihn so mißtrauisch machte, im ersten Moment bewußt wahrgenommen hätte.

Er zügelte sein Pferd, ritt ein kurzes Stück zurück und ließ sich mit einer geschmeidigen Bewegung aus dem Sattel gleiten.

Es war eine ganz normale Fußspur, nicht älter als zwei Stunden, die Spur eines nicht allzu großen, nicht allzu schweren Menschen, der vom Flußufer gekommen war und –

ja, *und was*?

Skar starrte verdutzt auf die beiden parallelen Reihen fingertiefer Abdrücke im Boden, die am Fluß begannen und nach zwei, drei Dutzend Metern im Nichts endeten.

Aber das war doch unmöglich! dachte er. Im Laufe einer einzigen Sekunde erwog er ein halbes Dutzend denkbarer und ebensovieler undenkbarer Erklärungen für das, was er da sah, und verwarf jede einzelne davon sofort wieder – angefangen von der, daß der Mann auf seiner eigenen Spur zurückgegangen war bis hin zu der Vorstellung, daß eine Daktyle gekommen und ihn davongetragen hatte. Das eine war so lächerlich wie das andere. Es war einfach nicht möglich, daß eine Spur so abrupt aufhörte!

Aber der schwarze Morast, in dem er niedergekniet war, bewies das Gegenteil. Die Spuren waren da, so deutlich, als hätte sie jemand eigens zu dem Zweck hinterlassen, daß er sie fand.

Für einen Moment erwog er auch diese Möglichkeit – es mochte eine Falle sein, die für ihn oder irgendeinen anderen Dummkopf aufgestellt worden war, der hierher kam. Aber er verwarf auch diesen Gedanken wieder; niemand – nicht einmal er selbst – hatte vor zwei Stunden gewußt, daß er sich gerade hierher begeben würde, und selbst wenn, dann war es sicherlich einfacher, ihm auf andere Weise eine Falle zu stellen ...

Er richtete sich auf, legte ganz unbewußt die Hand auf das Schwert an seiner Seite und sah sich aufmerksam um. Die Spur führte auf die Felsen zu, durch die er selbst gerade geritten war: ein Labyrinth aus kleinen Schluchten und Abgründen, in dem sich ein ganzes Heer verbergen konnte, aber sie erreichte sie nie, sondern hörte gut zehn Schritte vor dem ersten Fels einfach auf, so abrupt, als hätte sich der, welcher sie verursacht hatte, einfach in Luft aufgelöst. Oder wäre im Boden versunken.

Dann sah er die Bewegung.

Es war nur ein Huschen, das er aus den Augenwinkeln heraus wahrnahm; nicht mehr als das Flackern eines Schattens, von dem er nicht einmal ganz sicher war, ob er es wirklich gesehen hatte oder ob ihm seine überreizten Nerven einfach einen Streich spielten, aber er spürte einfach, daß es keine Täuschung war. Er war nicht allein. Irgend jemand – etwas – war da, ganz in seiner Nähe, und irgend jemand – etwas – belauerte ihn, sehr aufmerksam und voller böser Gedanken. Es war absurd, aber genau das war es, was er empfand.

Sekundenlang war Skar unschlüssig, was er tun sollte. Das Klügste wäre sicherlich gewesen, wieder auf das Pferd zu steigen und zur Festung zurückzureiten, um Del und vor allem Bradburn von seiner Entdeckung zu berichten. Bradburn war ein Magier, und das hier war etwas, was zumindest mit Skars Logik nicht mehr zu erklären war. Andererseits ...

Er wandte sich um, band die Vorderläufe des Pferdes mit einem der dünnen Lederriemen zusammen, die für diesen Zweck am Sattelgurt hingen, richtete sich wieder auf und ging auf die Felsen zu, aufrecht und ohne irgendwelche Hast. Wer immer dort war, hatte ihn längst gesehen. Wenn er versuchte, sich anzuschleichen, würde er sich nur lächerlich machen. Und wer weiß, versuchte er sich selbst zu beruhigen, vielleicht war es ja nur ein Irgendwer, einer der zahllosen Vertriebenen, die der Krieg wie lebendes Strandgut vor sich hertrieb und der ihn gesehen hatte und jetzt vor Angst beinahe starb.

Aber es war kein Flüchtling.

Es war überhaupt niemand.

Er erreichte die Felsen und blieb stehen, und das Gefühl, beobachtet, von Tausenden unsichtbarer Augen belauert zu werden, wurde übermächtig. Aber da war niemand.

Plötzlich hatte er Angst, eine Angst sehr sonderbarer, düsterer Art, die nichts mit irgendeiner körperlichen Bedrohung gemein hatte, sondern allein durch das Dasein dieses ... ihm fehlten selbst in Gedanken die Worte, das Gefühl wirklich zu beschreiben ... Etwas verursacht wurde.

Gebannt sah er sich um.

Er stand zwischen zwei gewaltigen Felsblöcken, ungleichen Teilen eines granitenen Riesenwürfels, der säuberlich wie von einem Axthieb gespalten war, und der Boden war so sauber und glatt, als hätte ihn jemand gefegt. Der Schnee war niemals hierhergekommen. Hier und da waren ein paar Schatten, aber sie waren nicht tief genug, um irgend etwas von nennenswerter Größe verbergen zu können. Trotzdem.

Seine Hand glitt zum Schwert, aber er führte die Bewegung nicht einmal halb zu Ende – wenn es wirklich jemand war, der sich nur vor ihm verbarg, weil er schlichtweg Angst hatte, würde er ihn mit dieser Waffe nur noch mehr einschüchtern; und war es etwas anderes ... nun, dann würde sie ihm wahrscheinlich nicht viel nutzen. Rasch, aber ohne Hast, ging er weiter.

Die Schatten des steinernen Labyrinths hüllten ihn ein, je tiefer er in das Gewirr von Felsen und bizarren steinernen Formen eindrang, und das Gefühl, beobachtet zu werden, nahm fast körperliche Intensität an.

Ein Schatten strich über ihn hinweg; ganz kurz nur, aber doch lange genug, ihn erkennen zu lassen, was es war – der Schatten einer niedrig fliegenden, sehr großen Daktyle!

Skar huschte blitzschnell zur Seite, preßte sich in den Schlagschatten der Felswand und blickte mit angehaltenem Atem nach oben. Aber da war nichts. Der Himmel war leer, nur bedeckt mit schweren, niedrig dahintreibenden Wolken, die mit fast unnatürlicher Schnelligkeit aufzogen, und er hörte auch nichts außer dem Rasen seines eigenen Herzens und den heulenden Geräuschen, mit denen sich der Wind an den Graten und Kanten des felsigen Labyrinths brach.

Aber er war sicher, sich nicht getäuscht zu haben. Gebannt blickte er in die Richtung, in die der jagende Schatten verschwunden war. Nicht weit vor ihm erhob sich ein kleines Felsplateau aus dem Gewirr steinerner Nadeln und Buckel, nicht sehr mächtig und nicht sehr steil, aber trotzdem groß und auch hoch genug, einer halbwegs geschickten Daktyle Platz zum Landen und – was wichtiger war – ausreichend Anlauf zum Start zu geben.

Skar warf noch einen sichernden Blick nach rechts und links, dann huschte er los. Der Weg war nicht sehr weit, aber schwierig, und zudem mußte er jeden Moment auf einen Angriff gefaßt sein. Daktylen sahen plump aus, aber sie hatten scharfe Sinne, und wenn sie nicht allein gekommen war, würde ihr Reiter auf der Hut sein, so nahe an der Festung.

Aber er hatte Glück. Unbehelligt erreichte er den Fuß des kleinen Felsbuckels, verhielt einen Moment, um Atem zu schöpfen, und machte sich dann an den Aufstieg.

Er war nicht sehr lang und auch nicht sehr anstrengend, aber Skar brauchte fast fünf Minuten, das knappe Dutzend Manneslängen zu überwinden, denn er bemühte sich, nicht das geringste Geräusch zu verursachen.

Die Daktyle hockte kaum eine Armeslänge vor ihm, als er die Felskante erreichte, ein großes, sehr altes Tier, dessen ledrige Schwingen von Grind und Narben zerfressen waren, aber sie blickte nicht in seine Richtung, und ihre kleinen trüben Augen waren halb geschlossen, als döse sie vor sich hin. Nicht weit von ihr entfernt stand eine hoch aufgerichtete, sehr schlanke Gestalt in einer schimmernden schwarzen Rüstung.

Skar schauderte. Es gehörte nicht viel Phantasie dazu, zu erraten, wen er vor sich hatte, und er hatte die *Errish* in den bizarren schwarzen Chitinpanzern ja schon gesehen, aber diese hier – sie stand noch dazu so, daß er sie gegen das Licht betrachtete und eigentlich nur einen harten schwarzen Umriß erkannte – sah wirklich wie ein riesiges zweibeiniges Insekt aus. Der Anblick hatte etwas Unwirkliches.

Skar schüttelte den Gedanken ab und zog sich ein winziges Stück weiter auf das Felsplateau hinauf, ohne die *Errish* und ihr schreckliches Reittier dabei auch nur eine Sekunde aus den Augen zu lassen. Er war sich sicher, daß er einer der beiden Drachenreiterinnen gegenüberstand, die Kiina verfolgt hatten. Trotzdem wollte er sie nicht töten. Es war sehr viel wichtiger, sie lebend in die Hände zu bekommen; schon, um zu erfahren, warum sie überhaupt hier war.

Aber er bezweifelte, daß es ihm gelingen würde.

Lautlos schob er sich vollends auf das Plateau hinauf, stemmte sich unendlich vorsichtig in die Hocke hoch und tastete nach dem *Tschekal*. Die Daktyle und ihre Reiterin rührten sich noch immer nicht.

Sein eigenes Glück wurde ihm fast selbst unheimlich. Er hatte kein Geräusch verursacht, aber er war lange genug Krieger, um zu wissen, daß die *Errish* seine Nähe einfach *spüren* mußte; und wenn schon nicht sie, dann ihr riesiger Drachenvogel. Aber keiner der beiden regte sich auch nur.

Und dann –

Es ging ganz schnell; lautlos; und der Schrecken, den er hätte empfinden sollen, kam nicht. In der einen Sekunde hatte die *Errish* noch reglos dagestanden und zu Drasks Burg hinaufgeblickt, dann drehte sie sich herum, und der *Daij-Djan* starrte ihn an. Die Sternenbestie, dieses kleine, böse, tötende Ding, das zu seinem Fluch geworden war. Es war wieder da, war – auch das begriff er voller Schrecken, aber ohne die mindeste Spur von Angst – vielleicht niemals weggewesen, sondern ihm immer gefolgt, auf Schritt und Tritt an seiner Seite gewesen wie ein mörderischer schwarzer Cherubim, und er glotzte ihn an, obwohl er keine Augen hatte, grinste höhnisch aus seinem flachen, völlig konturlosen Nicht-Gesicht zu ihm hoch und hob schließlich eine dürre Klauenhand, wie zu einem absurden Gruß.

Dann verschwand er, so lautlos und schnell wie ein Spuk.

Aber Skar starrte noch lange auf die Stelle, an der er gestanden hatte.

Er war da! Das war alles, was er denken konnte. *Er war da, er war immer dagewesen,* und er spürte seine Nähe auch jetzt noch, wie einen unsichtbaren dräuenden Schatten.

Mühsam, unendlich mühsam, mit Bewegungen, die ihm selbst wie die eines alten schwachen Mannes vorkamen und trotzdem seine letzte Kraft erforderten, wandte er sich um und blickte die Daktyle an. Sie hockte noch immer reglos da, den Kopf ein wenig gesenkt und auf die Seite gelegt und die Augen halb geschlossen, aber sie schlief nicht. Sie war tot. So tot wie die in zerborstenes schwarzes Chitin gehüllte Gestalt, die reglos in dem schmalen Sattel auf ihrem Rücken hing.

Beide mußten schon lange tot sein, Stunden, vielleicht einen Tag. Der gewaltige Blutfleck unter dem Körper des Drachenvogels war eingetrocknet und so dunkel, daß er ihn erst bemerkte, als der glattgeschliffene Fels unter seinen Füßen plötzlich rau wurde, und in der entsetzlichen Wunde in der Kehle der Daktyle hatten sich schon Maden eingenistet. Skar war plötzlich froh, die Verletzungen der *Errish* nicht sehen zu können. Ihr Panzer war dunkel von eingetrocknetem Blut und zerschmettert, wie von einem gewaltigen Hammer getroffen. Aber Skar wußte auch so, wie es darunter aussah. Er kannte die fürchterlichen Wunden, die der *Daij-Djan* schlug.

Mehr um seine außer Rand und Band zu geratende Phantasie abzulenken, denn aus irgendeinem anderen Grund trat er näher an die Tote heran und zwang sich, sie genauer anzusehen. Ihre rechte Hand hielt noch immer den Scanner, den sie in ihrer allerletzten Sekunde gezogen haben mußte, und eine dünne, schnurgerade Brandspur auf dem Felsen neben ihr bewies, daß sie die Waffe auch benutzt hatte.

Aber auch ihre andere Hand war nicht leer. Sie umklammerte etwas Kleines, Glitzerndes.

Zögernd streckte Skar den Arm aus, zwang sich, seinen Widerwillen zu ignorieren, und löste ihre erstarrten Finger; eine Aufgabe, die seine ganze Kraft erforderte.

Darunter kam eine fingerlange Phiole aus klarem Glas zum Vorschein, in der wenige Tropfen einer wasserklaren Flüssigkeit glänzten. Ein dünnes Geflecht aus Kupfer umgab sie wie ein Netz, wohl, um sie vor dem Zerbrechen zu schützen, und der Verschluß sah sehr kompliziert aus und stellte wohl die feinste Metallarbeit dar, die Skar jemals gesehen hatte.

Sehr vorsichtig nahm er die Phiole aus den Fingern der Toten, wog sie einen Moment unschlüssig in der Hand und verbarg sie dann in einer Tasche seines Gürtels.

Einen Moment lang überlegte er, ob er die Tote mitnehmen sollte, um ihr ein ehrenhaftes Begräbnis zu geben, verwarf den Gedanken aber fast sofort wieder. Es war einfach unmöglich, einen mehr als zentnerschweren Körper durch dieses Labyrinth von Felsen und Schluchten zu tragen, und mit einem Male wollte er es auch gar nicht mehr. Plötzlich war er von keinem anderen Wunsch so erfüllt als dem, so schnell wie nur möglich von diesem entsetzlichen Ort zu verschwinden.

Trotzdem zögerte er noch einmal, nachdem er sich umgewandt hatte und wieder zum Rand des Felsens gegangen war. Sein Blick huschte über die nachtschwarzen Schatten unter ihm, und für die Dauer eines Lidschlages glaubte er noch einmal, die Sternenbestie zu sehen.

Natürlich war sie nicht wirklich da. Diesmal war es nur ein Schatten. Aber Skar spürte ihre Nähe.

»Wer bist du?« flüsterte er. »Komm heraus und zeige dich, du Ungeheuer! Was willst du von mir?!«

Aber die Stille schwieg. Nur das verzerrte Echo seiner eigenen, schrill gewordenen Stimme antwortete ihm. In Skars Ohren klang es wie ein höhnisches Gelächter.

Und vielleicht war es das auch.

*

Er erzählte Del und Bradburn alles; alles mit Ausnahme seiner neuerlichen Begegnung mit dem *Daij-Djan*. Nicht einmal so sehr, weil ihn die bloße Erinnerung an die gesichtslose Sternenbestie mit nackter Angst erfüllte, sondern auch, weil er überzeugt war, daß sie für Del und Bradburn und all die anderen keinerlei Relevanz hatte. Was zwischen diesem Ding und ihm war, das ging nur sie beide etwas an. Er wußte noch nicht, was, und er wußte noch nicht, wann und wie, aber irgendwann – und es war nicht mehr sehr lange – würde er ihr endgültig gegenüberstehen und alles erfahren. In der Version, die er Del erzählte, war er auf einen Felsen hinaufgestiegen, um die nähere Umgebung überblikken zu können, und hatte dabei die tote *Errish* und ihren Drachenvogel entdeckt; eine Geschichte, die allemal glaubhaft genug klang. Vielleicht sogar überzeugender als die Wahrheit.

Er händigte Bradburn das kleine Glasröhrchen aus, der es sehr sorgfältig in ein Tuch einschlug und dann damit verschwand, um es zu untersuchen. Anschließend sprach er noch wenige Minuten mit Del. Aber es war wie die Male davor – sie spürten beide, daß ihre Unterhaltung wieder einmal auf einen Streit zusteuerte, obgleich sie sich beide alle Mühe gaben, sie auf rein sachliche

Belange zu beschränken. Zwischen ihnen war eine Gereiztheit, die so konstant und unabhängig von Sprache und Verhalten war wie ihre frühere Freundschaft. Skar war sehr froh, als Del nach einer Weile erklärte, daß er noch das eine oder andere mit seinen Unterführern zu besprechen hatte, und ging.

Trotzdem wollte er nicht allein sein, denn Einsamkeit war etwas, das er plötzlich so wenig ertrug wie Dels Gegenwart. Nach einer Weile verließ er den Thronsaal und schlug den Weg zum Hof hinunter ein. Aber schon auf halber Strecke machte er kehrt, ging ein Stück zurück und suchte schließlich das Gemach auf, in dem Kiina untergebracht war. Er mochte das Mädchen – nicht so sehr, daß er sich direkt zu ihm hingezogen fühlte, aber doch genug, um seine Gesellschaft der eines fischgesichtigen Quorrl vorzuziehen, oder eines Halsabschneiders, der sich einbildete, Satai zu sein.

Die Kammer war leer. Kiinas Bett war zerwühlt, aber kalt, und ihre Kleider lagen in einem unordentlichen Haufen auf dem Boden daneben, zusammen mit dem Scanner und dem zierlichen Schwert, das sie mitgebracht hatte. Skar hob kopfschüttelnd beides auf, warf das Spielzeugschwert auf das Bett und schob die tödliche Waffe unter seinen Gürtel. Sie war wirklich noch ein Kind, dachte er ärgerlich. Man ließ kein Ding einfach herumliegen, mit dem man eine halbe Stadt in Schutt und Asche legen konnte. Er würde ein ernstes Wort mit ihr reden müssen.

Aber dazu mußte er sie erst einmal finden. Unschlüssig sah er sich in der kleinen Kammer um, überlegte einen Moment, Bradburn nach Kiinas Verbleib zu fragen, verwarf aber diesen Gedanken dann wieder und trat schließlich ans Fenster.

Der Hof lag unendlich tief unter ihm, hundert oder mehr Manneslängen, und wieder einmal kam ihm fast unglaubhaft die zyklopische Größe dieser Festung zu Bewußtsein, zusammen mit einer gelinden Verwunderung, wie leicht es ihnen doch trotz allem gefallen war, sie zu erobern. Dann entdeckte er das Mädchen, und was er sah, verscheuchte jeglichen Gedanken an Drask und die Schlacht und die Magie der Zauberpriester und erfüllte ihn stattdessen mit Erstaunen, dann Ärger, schließlich Wut.

Es war eine kleine Gruppe von Satai, sechs oder sieben Mann, die am anderen Ende des Hofes standen und sich unterhielten, wobei ihre Worte von heftigem Gestikulieren und einem gelegentlichen Lachen begleitet wurden, das zu Skar hinaufwehte. Aber nicht alle waren Männer – eine der schwarzgekleideten Gestalten war deutlich kleiner als die anderen, und das lange blonde Haar gehörte eindeutig Gowennas Tochter.

Skar fuhr wütend herum, lief aus dem Zimmer und rannte die Treppe hinunter. Die Männer, denen er begegnete, machten ihm respektvoll Platz, und das Erschrecken auf dem einen oder anderen Gesicht sagte Skar, daß man ihm seinen Ärger deutlich ansehen mußte. Aber das war ihm egal. Wer waren sie schon, daß er es nötig hatte, sich zu verstellen?

Er erreichte die große Halle, stürmte auf den Hof hinaus und überquerte ihn mit schnellen, weit ausgreifenden Schritten. Die Unterhaltung der kleinen Gruppe kam ins Stocken, als er sich ihr näherte, und ein paar Gesichter wandten sich ihm zu. Auch die Kindergestalt mit dem langen blonden Haar drehte sich zu ihm um, und er erkannte jetzt, daß es wirklich Kiina war. Sie lächelte erfreut, als sie ihn erblickte.

»Skar!« begann sie. »Wie schön, dich –«

Skar schnitt ihr mit einer wütenden Bewegung das Wort ab. »Was tust du hier?« fragte er zornig. »Wer hat dir erlaubt, dein Zimmer zu verlassen? Und wer hat dir diese Kleider gegeben?« Ärgerlich streckte er die Hand aus und ergriff den schwarzen Mantel. Kiina wich ganz instinktiv ein Stück zurück, ohne daß seine Finger den schwarzen Seidenstoff losließen. Sie wirkte verwirrt. Ganz offensichtlich verstand sie seinen Ärger nicht.

»Niemand«, antwortete sie, was offensichtlich als Antwort auf beide Fragen gemeint war. »Aber ich fühle mich schon wieder wohl, und ... und meine alten Kleider waren zerrissen. Was habe ich denn getan?«

Skar verbiß sich im letzten Moment die wütende Antwort, die ihm auf der Zunge lag. Dies war nicht mehr das Enwor, das er kannte. Sie war Gowennas Tochter, die Tochter der *Margoi*, aber sie war in einer Welt aufgewachsen, die mit der, die er zu kennen glaubte, wenig mehr als den Namen gemein hatte. Mühsam rief er sich innerlich zur Ruhe.

Trotzdem klang seine Stimme noch immer scharf, als er antwortete:

»Du trägst Satai-Kleidung, Kind. Niemand, der nicht den Eid der Satai geschworen hat, besitzt das Recht dazu. Man kann dafür getötet werden.« Der letzte Satz hatte wie eine gutmütige Warnung klingen sollen, aber die Worte hallten selbst in seinen eigenen Ohren düster und drohend wider.

Kiina starrte ihn an, und für einen ganz kurzen Moment malte sich ein abgrundtiefer Schrecken auf ihren jugendlichen Zügen ab. Dann lachte sie, aber es klang gezwungen. »Unsinn«, sagte sie. »Ich stehe auf eurer Seite. Es ist nur ein Mantel.« Plötzlich hatte Skar Lust, ihr den schwarzen Mantel einfach herunterzureißen; und den ledernen Brustpanzer und die schwarzen Kniehosen dazu. Aber natürlich tat er es nicht.

»Zieh sie aus«, gebot er statt dessen nur.

Aus dem Erschrecken in Kiinas Gesicht wurde Trotz. »Jetzt gleich?« fragte sie spöttisch. »Und hier?«

Zwei, drei der anderen Satai lachten; und einer machte eine spöttische Bemerkung, die Skar nicht ganz verstand. Ganz langsam ließ er Kiinas Mantel los, trat einen halben Schritt zurück und nickte. »Warum eigentlich nicht?« Er machte eine auffordernde Handbewegung. »Bitte.«

Diesmal war Kiinas Lächeln wirklich nicht mehr echt. Sie erschrak, und sie erschrak ein zweites Mal und sehr viel tiefer, als sie in seine Augen sah und darin erkannte, wie ernst er seine Worte meinte. Langsam hob sie die Hand, löste die schmucklose Spange, die den Mantel über der Schulter zusammenhielt, und zögerte noch einmal. Ihr Blick wurde fast flehend.

»Worauf wartest du?« fragte Skar hart.

Ihre Blicke lieferten sich ein stummes Duell, das er natürlich gewann. Nach Sekunden wandte Kiina abrupt den Kopf zur Seite und streifte gleichzeitig den Mantel ab. Darunter trug sie nur den schwarzen Brustpanzer der Satai; noch dazu einen, der ihr viel zu groß war. Skar sah, daß die dünnen ledernen Riemen tief in ihre Haut einschnitten.

»Soll ich weitermachen?« fragte Kiina, herausfordernd, ja, fast trotzig, aber ohne ihn anzusehen.

Alles in ihm schrie danach, ja zu sagen, allein aus dem absurden Bedürfnis heraus, einem dummen Kind eine Lektion zu erteilen, die es nie wieder vergessen würde. Aber er begriff auch, daß er den Kampf verloren hätte, wenn er es wirklich dazu zwang. Außerdem hatte er genug Feinde; es war nicht nötig, sich noch mehr zu machen.

»Ich sollte darauf bestehen«, lenkte er ein. »Aber ich tue es nicht. Geh jetzt. Warte in deiner Kammer auf mich. Ich komme gleich nach.«

Für einen Moment regte sich noch einmal Trotz in ihrem Gesicht, und Skar begriff, daß selbst diese Antwort schon zu viel gewesen war. *Großer Gott, warum mußte alles, was er tat, falsch sein?* Hatte er denn die einfachsten Dinge vergessen?

Aber er gewann das stumme Blickduell wieder. Nach einer Sekunde senkte Kiina den Kopf, drehte sich abrupt um und stürmte wütend davon. Skar hoffte, daß sie auf dem Weg nach oben genug Türen fand, die sie hinter sich zuknallen konnte.

Er wartete, bis Kiina den Hof verlassen hatte, dann wandte er sich an die – *Satai*? Nein. Er brachte es jetzt nicht einmal mehr in Gedanken fertig, sie so zu nennen! – an die Männer vor sich und blickte sie der Reihe nach an. Und was er sah, das schürte seine Wut fast noch mehr als der Anblick Kiinas vorhin.

Respekt, natürlich. Furcht, auch das war zu erwarten gewesen, und auch ein wenig Trotz. Aber das allerschlimmste war das Erstaunen, das er in ihren Augen las. Sie *verstanden* nicht einmal, was er überhaupt von ihnen wollte!

Und vielleicht sind sie sogar im Recht, wisperte eine dünne böse Stimme hinter seiner Stirn. Woher nahm er die Arroganz, einer ganzen Welt seinen Willen aufzwingen zu wollen? Diese Männer waren keine Satai, ganz einfach, weil es keine wirklichen Satai mehr gab. Wie konnte er von ihnen verlangen, ihn zu verstehen? Vielleicht war er es, der nicht hierher gehörte, und nicht sie.

Er sprach nichts von alledem aus, was er hatte sagen wollen, sondern drehte sich nach einer Weile einfach um und folgte Kiina.

*

Sie war natürlich nicht in ihrer Kammer. Skar hörte ihre Stimme durch die Tür hindurch, als er auf dem Weg nach oben an der Thronkammer vorbeikam. Er konnte die Worte nicht verstehen, aber das war auch nicht nötig – der *Tonfall*, in dem sie sprach, sagte ihm genug. Ohne zu zögern, öffnete er die Tür und trat ein, und Kiina verstummte erschrocken mitten im Wort. Ihre Augen schossen kleine Zornpfeile in seine Richtung, und sie verschränkte trotzig die Arme vor der Brust, während Skar auf sie und Del zuging. Sie trug noch immer die schwarzen Kniehosen und den schweren Brustpanzer.

»Hat sie sich über mich beschwert?« fragte Skar.

Del nickte. Er wirkte erleichtert, gleichzeitig aber auch ganz leise amüsiert.

»Das hat sie. Ich habe ihr klargemacht, daß du im Recht bist.«

Kiina fuhr fast erschrocken herum und starrte ihn an, und Skar begriff, daß Del ihr dies vielleicht nicht unbedingt mit *diesen* Worten gesagt hatte. Er lächelte flüchtig.

»Ich war vielleicht etwas heftig zu dir«, räumte er ein. »Verzeih. Wir sind alle ein wenig gereizt hier. Aber du solltest diese Kleider nicht tragen, Kind.«

Kiinas Stirn umwölkte sich vor Zorn. »Ich bin kein *Kind*«, widersprach sie heftig. »Und diese Kleider waren das einzige, was ich gefunden habe, außer stinkenden Quorrl-Fetzen. Aber ich werde sie gerne dagegen eintauschen, wenn du Angst hast, daß ich sie entweihe.«

»Tu das«, sagte Skar gelassen. »Oder geh zu Bradburn und bitte ihn, dir saubere Kleider zu geben. Und wenn du schon einmal dort bist«, fügte er in unverändertem Tonfall hinzu, »dann könntest du ihn gleich fragen, ob er eine nutzbringende Beschäftigung für dich hat. Ich glaube, er kann zwei Hände mehr gut gebrauchen, unten bei den Kranken.«

Kiinas Gesicht verlor noch mehr Farbe. Einen Moment lang

funkelte sie ihn mit purer Wut an, dann fuhr sie so ungestüm herum, daß sie fast das Gleichgewicht verloren hätte, und rannte aus dem Zimmer.

Del sah ihr kopfschüttelnd nach. Dann wandte er sich an Skar: »Warum bist du so hart zu ihr?«

»Bin ich das?« fragte Skar, gab Del aber keine Zeit zu antworten, sondern machte nur eine rasche, ärgerliche Handbewegung. »Ich habe keine Lust, über störrische Kinder zu sprechen«, fuhr er fort. »Hat Bradburn etwas herausgefunden?«

»Über die Flasche?« Del schüttelte überrascht den Kopf. »Wie könnte er. Es ist gerade eine Stunde her, daß du sie gebracht hast. Ich glaube, er hat Angst, sie zu öffnen.« Er zögerte einen Moment. »Aber ich habe nachgedacht, Skar«, sprach er dann weiter, in merklich verändertem Tonfall.

»So?«

Del nickte. »Mir geht dieses ...« Er suchte nach Worten und hob schließlich nur die Schultern. »... dieses Netz nicht aus dem Kopf, Skar. Dieses *Ding*, das die *Errish* und ihre Drachen beherrscht.

»Du hast es schon einmal gesehen«, erinnerte ihn Skar.

Del blickte ihn überrascht an.

»Mir geht es ebenso«, sagte Skar erklärend. »Es ist nicht das erste Mal, daß ich so etwas sehe ... Aber ich weiß nicht mehr, wann und wo.«

Del ballte die rechte Hand zur Faust. »Wir müssen es herausfinden, Skar. Wenn wir jetzt auch noch die *Errish* gegen uns haben ...« Er sprach absichtlich nicht weiter, sondern blickte Skar an, als erwarte er eine ganz bestimmte Reaktion von ihm, aber Skar zuckte nur mit den Schultern.

»Du hast gehört, was Kiina behauptet hat. Sie haben ihre Drachen verloren. Und es tötet seine Träger. Ich glaube nicht, daß wir Angst davor haben müssen, morgen früh aufzuwachen und eine Armee von kriegerischen *Errish* vor dem Tor zu sehen. Aber wie dürfen dieses Netz nicht unterschätzen. Du weißt, daß es Quorrl tötet?«

Del wirkte überrascht, aber es dauerte einen Moment, bis Skar begriff, daß es weniger Überraschung über seine Worte war, sondern darüber, daß er es *wußte*. »Wer hat dir das gesagt?« fragte er scharf.

»Niemand«, antwortete Skar. »Aber, um mit deinen eigenen Worten zu sprechen: Ich werde vielleicht langsam alt, aber noch nicht senil. Alle Quorrl, die heute morgen dabei waren, sind tot oder sterben.« Er lächelte humorlos. »Gibt es sonst noch etwas, was ich *nicht* weiß?«

Del tat so, als überhöre er den letzten Satz. »Es bedeutet noch lange nicht, daß es das Netz war«, antwortete er. »Vielleicht waren die Drachen krank, oder ihr Fleisch vergiftet.« Er lächelte dünn, als er Skars Überraschung bemerkte. »Die Quorrl haben den toten Drachen geschlachtet und das Fleisch gegessen«, sagte er. »Wußtest du das nicht?«

Nein, das hatte er nicht gewußt. Aber irgendwie spürte er, daß es nicht so einfach war. Und er sprach diesen Gedanken laut aus: »Nein«, entgegnete er. »So einfach ist es nicht. Du weißt, daß das nicht stimmt.«

Del seufzte, bedeckte für einen Moment das Gesicht mit beiden Händen und seufzte noch einmal. Er wirkte sehr müde. »Du hast ja recht«, gab er zu. »Aber was glaubst du, soll ich tun? Die Quorrl zurückschicken?« Er lachte ganz leise und bitter. »Sie sind das Rückgrat unseres Heeres, Skar. Ohne sie wären wir nie so weit gekommen. Männer wie Drask und seine Brüder würden Enwor heute beherrschen, ohne die Quorrl. Wir würden diesen Krieg verlieren, ohne sie.«

»Vielleicht sollten wir das auch«, murmelte Skar.

Del sah ihn verstört an, erwiderte aber zu Skars Überraschung nichts darauf, sondern goß sich schweigend einen Becher Wein ein. Skar schüttelte den Kopf, als Del den Becher fragend in seine Richtung schwenkte.

Eine sonderbar unbehagliche Ruhe begann sich zwischen ihnen auszubreiten. Es hätte so viel zu bereden gegeben, so viele tausend Dinge, über die sie sprechen *mußten*, aber Del schien ebenso wie er zu spüren, wie sinnlos es gewesen wäre. Zwischen ihnen stand etwas, das tiefer war als die Kluft, die zwanzig verlorene Jahre aufgerissen hatten, und das mit Worten nicht zu überwinden war.

Del trank schweigend und sehr langsam und blickte ihn dabei über den Rand seines Bechers hinweg unentwegt an, und nach einer Weile trat Skar an ihm vorbei ans Fenster und sah auf den Innenhof herab, nicht weil ihn irgend etwas von dem interessierte, was es dort unten zu sehen gegeben hätte, sondern einzig, um Dels Blick auszuweichen.

»Was denkst du?« fragte Del nach einer Weile.

Skar antwortete nicht gleich, aber er lächelte, ohne daß Del es sehen konnte. Für einen ganz kurzen Moment glaubte er ein Echo der alten Wärme und Freundschaft zu fühlen, die sie einmal verbunden hatte. Aber er war nicht sicher, ob es wirklich da war oder ob er es nur fühlte, weil er es spüren *wollte*.

»Ich denke über Kiina nach«, antwortete er schließlich. »Sie meint, diese Burg sei eine Falle, eigens für uns aufgebaut.«

»Und?«

»Ich frage mich, ob sie vielleicht schon zugeschnappt ist«, antwortete Skar. Er blickte auf den Hof hinab, einen Hof, der voller Männer und Quorrl und vor allem *Waffen* war, und für den tausendsten Teil einer Sekunde glaubte er, einen schlanken, schwarzen Schatten aus glitzerndem Chitin zu sehen, der zwischen den Zelten stand und ihm spöttisch zuwinkte, er begriff im selben Augenblick, daß Del nicht verstehen würde, was er meinte.

Vielleicht war es das erste Mal, daß er sich *wirklich* in Del täuschte. »Möglicherweise ist sie es schon seit Jahren«, sagte er. Skar hörte, wie er seinen Becher abstellte und näherkam. »Vielleicht hätten wir diesen Krieg niemals führen dürfen.« Der schwarzhaarige Riese trat leise neben ihn, stützte beide Hände auf den Fenstersims und deutete auf das bunte Durcheinander auf dem Hof hinab. »Sie werden über Enwor herfallen wie ein Heuschreckenschwarm, wenn alles vorbei ist«, fuhr er fort. »Und ich weiß nicht einmal, ob wir sie aufhalten können.« Er schüttelte den Kopf, legte Skar die Hand auf die Schulter und zwang ihn mit sanfter Gewalt, sich herumzudrehen. Es war eine jener beiläufigen, vertrauten Gesten, wie sie vor einem Menschenalter zwischen ihnen üblich gewesen waren, und für einen Moment stand er nun *wirklich* dem alten Del gegenüber. Mit aller Macht mußte er gegen das Bedürfnis ankämpfen, Del einfach in die Arme zu schließen und an sich zu pressen. Hinterher fragte er sich vergeblich, warum er es nicht getan hatte.

Aber der Moment verstrich, und Del wurde wieder zum Kriegsherren der Satai, und plötzlich war die Kluft zwischen ihnen wieder da, tiefer, als sie je gewesen war.

Aus dem Vertrauen zwischen ihnen wurde Unbehagen. Del wich einen halben Schritt zurück und sah plötzlich fast verlegen aus, und Skar wandte sich wieder dem Fenster zu. Etwas in dem undurchschaubaren Muster aus Menschen und Quorrl dort unten hatte sich geändert, aber es dauerte eine Weile, bis er erkannte, was es war: Die Quorrl – aber auch ein Großteil der Satai – strebten einem Punkt auf dem Hof zu, der außerhalb von Skars Blickfeld lag; im toten Winkel direkt unter dem Fenster. Aufgeregte Stimmen wehten zu Skar empor; Gelächter und Rufe.

»Was geht da vor?« fragte er, nicht einmal wirklich aus Interesse, sondern nur, um auf ein anderes Thema zu kommen. Del antwortete nicht.

Skar beugte sich vor, ohne dadurch sehr viel mehr erkennen zu können. Die Unruhe auf dem Hof nahm zu, und jetzt zeichnete sich ein Muster in der quirlenden Bewegung ab: Ein gutes Hundert Quorrl, komplett in Rüstung und Waffen, hatte damit begonnen, den Burghof in zwei Hälften zu teilen und so eine Gasse zu schaffen, durch die eine weitere Gruppe der Schuppenkrieger schritt, angeführt von einem grüngrauen Giganten, der eine goldfarbene Rüstung trug.

»Das ist Titch«, stellte Skar stirnrunzelnd fest. »Was hat er vor, Del?«

»Ich weiß es nicht«, gab Del zurück, in einem Tonfall, der selbst einem Narren gesagt hätte, daß er es *sehr wohl* wußte. Er machte sich nicht einmal die Mühe, aus dem Fenster zu schauen, um seiner Lüge damit den Anschein von Glaubwürdigkeit zu verleihen.

Hinter Titch und dem guten Dutzend Quorrl, das ihn begleitete, erschienen jetzt weitere Barbarenkrieger. Einige von ihnen waren in Ketten.

Skar drehte sich abrupt vom Fenster weg und sah Del an. »Was bedeutet das?« fragte er.

Del wich seinem Blick aus. »Nichts«, sagte er. »Misch dich nicht ein, Skar. Das da geht uns nichts an.«

Skar starrte ihn noch einen Moment lang wütend an, dann verließ er ohne ein weiteres Wort den Saal und lief die Treppe hinunter. Als er die Hälfte des Weges hinter sich gebracht hatte, drang ein hundertstimmiges Johlen und Rufen zu ihm herein. Skar begann zu laufen. Er hatte plötzlich das ungute Gefühl zu *wissen*, was dort draußen vor sich ging.

Der Hof war so voller Menschen, daß Skar nach ein paar Schritten einfach in der Menge steckenblieb. Er versuchte, über die Köpfe der Männer hinweg zu erkennen, was auf der anderen Seite des Hofes vor sich ging, sah aber nichts außer einem Herd quirlender Bewegung, und noch ehe er die halbe Strecke überwunden hatte, erscholl wieder dieses beifällige, ordinäre Kreischen und Johlen. Einige Männer entblödeten sich nicht einmal, wirklich Beifall zu klatschen. Skar lief schneller, kämpfte sich rücksichtslos mit Fäusten und Ellbogen – und vor allem unter Zuhilfenahme seines schwarzen Mantels – durch die Menschenmenge und begann schließlich zu winken, um Titchs Aufmerksamkeit zu erregen. Der Quorrl blickte genau in seine Richtung, und mindestens einmal war Skar völlig sicher, daß er ihn auch erkannte; aber er tat einfach so, als sehe er ihn nicht. Und er weigerte sich auch, die Bedeutung von Skars hektischem Gestikulieren zu begreifen. In seinen Fäusten blitzte ein gewaltiges Zweihand-Schwert.

»Aufhören!« schrie Skar mit vollem Stimmaufwand. *»Sofort aufhören! Ich befehle es!«*

Er kam zu spät. Titchs Klinge sauste herab, und der Körper eines dritten Quorrl fiel enthauptet zu Boden, eine Sekunde, bevor Skar ihn erreichte und mit einer wütenden Bewegung an der Schulter herumriß.

»Was geht hier vor?!« schrie Skar, außer sich vor Wut. Erregt deutete er auf die drei enthaupteten Quorrl herab, dann auf die fünf anderen Schuppenkrieger, die in einer Reihe hinter Titch standen und mit steinernen Gesichtern auf ihre Hinrichtung warteten. »Ich verlange eine Erklärung.«

Titch streifte seine Hand beinahe sanft ab. »Das ist unsere Sache, Hoher Satai«, sagte er, leise, aber sehr bestimmt. »Mischt Euch nicht ein.«

»Eure Sache?« Skar mußte sich beherrschen, um den Quorrl nicht abermals anzuschreien. »Du täuschst dich, Titch«, sagte er. »Wenn hier Männer getötet werden, ist das nicht mehr *eure Sache*. Und schon gar nicht, wenn es sich um eine öffentliche Hinrichtung handelt!« Er trat einen Schritt zurück und ließ den Blick über die dichte Mauer aus Männern streifen, die Titch und ihn umgab. Eine Handvoll Quorrl-Krieger versuchte, eine lebende Kette zwischen ihm und Titch und den Delinquenten zu bilden, aber sie wurden unter dem Druck der Menge einfach zurückgedrängt. Skar fühlte sich plötzlich angewidert. Er blickte in Dutzende von Gesichtern, aber was er darin las, das war überall das gleiche: Blutdurst und eine morbide Begeisterung, und wenn überhaupt Erschrecken, dann allerhöchstens über die Tatsache seiner Einmischung. Und es waren nur Menschen, wie er voller plötzlichem Entsetzen erkannte. Kein einziger Quorrl war als *Zuschauer* zu der Hinrichtung gekommen.

»Was geht hier vor?« fragte er noch einmal. »Was haben diese Männer getan? Gestohlen? Jemanden getötet? Ich verlange eine Erklärung!«

Titch starrte ihn einen Moment fast trotzig an, aber dann schien er zu begreifen, daß Skar gar keine andere Wahl hatte, als auf einer Erklärung zu bestehen. Er konnte sich nicht einfach umdrehen und gehen, nach *diesem* Auftritt.

»Sie waren feige, Herr«, antwortete der Quorrl. »Und sie erleiden die Strafe, die Feiglingen droht.«

Skar setzte zu einer weiteren wütenden Antwort an – und dann dämmerte es ihm. »Es sind die Krieger, die heute morgen nicht gekämpft haben«, gab er seiner Vermutung Ausdruck.

Titch nickte.

»Aber ... aber das ist doch Wahnsinn!« entfuhr es Skar. »Du warst nicht einmal dabei! Woher willst du wissen, daß –«

»Alle anderen sind tot«, unterbrach ihn Titch. »Du hast es gesehen. Der Fluch der *Sternengeborenen* hat alle getroffen, die ihre Hand gegen die *Errish* erhoben haben. Diese hier nicht.«

»Aber das beweist doch gar nichts!« argumentierte Skar ungläubig. »Du willst sie töten, nur weil sie *leben*? Das ist doch verrückt!«

»Für dich vielleicht, Satai«, entgegnete Titch kalt. »Nicht für uns. Misch dich nicht ein. Wir leben nach unseren Regeln, und wir sterben danach. Willst du es uns verbieten?«

Für die Dauer eines Atemzuges war Skar nahe daran, *ja* zu sagen. Aber dann blickte er noch einmal in Titchs schmale Reptilienaugen, und plötzlich begriff er, daß er es nicht konnte. So wenig, wie er sich von Titch hätte wegschicken lassen können, ohne vor den Männern das Gesicht und damit seine Macht über sie zu verlieren, so wenig konnte Titch die Einmischung eines *Menschen* in seine ureigensten Angelegenheiten dulden. Skar wurde klar, daß er Titch würde töten müssen, um ihn an der Hinrichtung dieser Quorrl zu hindern.

»Nein«, sagte er. *Aber ich werde etwas anderes tun,* fügte er in Gedanken hinzu. Titch nickte ausdruckslos und legte auch die zweite Hand wieder auf den Griff seines gewaltigen Schwertes, aber Skar hielt ihn noch einmal zurück.

»Einen Moment noch«, bat er. Titch sah ihn fragend an, hielt aber gehorsam inne, und Skar drehte sich wieder zu der Zuschauermenge um. Erneut – und sehr viel mehr als das erste Mal – fühlte er sich angewidert, ja, beschämt, als er den Blutdurst und die Vorfreude auf das schreckliche Schauspiel in den Gesichtern der Männer ablas. Großer Gott, und er hatte diese Männer für *Satai* gehalten? Sie waren Tiere, dachte er, schlimmer als die Quorrl, denen man ihre animalische Herkunft wenigstens noch ansehen konnte. Er fragte sich, was Titch und die Quorrl empfinden mußten, bei diesem Anblick.

»Geht!« befahl er laut. »Alle. Die Vorstellung ist vorbei.«

Niemand rührte sich, aber Skar sah Verblüffung und Unmut in ihren Augen aufblitzen. »Geht!« wiederholte er noch einmal. »Verlaßt diesen Hof! Ich befehle es!«

Aus den betroffenen Blicken wurde ein unwilliges Murren. Jemand begann, schrill und protestierend zu pfeifen, und einer der Männer hob die Hand und machte einen Schritt in seine Richtung, um etwas zu sagen.

Skar packte den Mann grob bei der Schulter und stieß ihn so derb zurück, daß er zwei weitere Satai mit sich zu Boden riß. »Ich sage es kein drittes Mal!« rief er. »Geht in eure Quartiere zurück. Wer in zehn Minuten noch auf diesem Hof ist, der wird von *mir* vor ein Gericht gestellt!«

Er wäre nicht einmal überrascht gewesen, wenn sie sich einfach geweigert hätten. Aber für dieses Mal reichte seine Macht über die Männer in den schwarzen Mänteln noch. Zögernd, unwillig und murrend, aber gehorsam, begannen sich die Männer umzudrehen und den Hof zu verlassen. Aber Skar spürte, daß er sehr viel verloren hatte, mit diesem kleinen Sieg. Vielleicht würde er ihn noch bitter bereuen.

Aber was machte das schon?

Titchs Gesichtsausdruck war so undeutbar, wie der eines Quorrl nur sein konnte, als sich Skar wieder zu ihm herumdrehte. Aber in seinen Schlangenaugen war etwas, von dem Skar sich wenigstens einbildete, daß es Dankbarkeit war.

»Du wartest, bis sie weg sind«, verlangte er, laut und in eindeutig befehlendem Ton. »Danach kannst du tun, was du tun zu müssen glaubst. Und wenn es vorbei ist, erwarte ich dich in meinem Quartier. Hast du das verstanden, *Quorrl*?«

*

Er beobachtete vom Fenster seiner Kammer aus, wie sich der Hof leerte. Natürlich dauerte es länger als die zehn Minuten, die er den Männern gegeben hatte – der Hof war groß und besaß nur zwei Ausgänge, zog er die Tür ab, die zu den Quartieren der Quorrl führte, und von den gut fünfhundert Mann, aus denen sein Satai-Heer bestand, war der allergrößte Teil gekommen, um das barbarische Schauspiel nicht zu verpassen. Aber die Männer versuchten wenigstens, die Frist einzuhalten – woran sicherlich auch die Tatsache nicht ganz unschuldig war, daß Skar hoch aufgerichtet hinter dem Fenster stand und von unten aus gut sichtbar war. Trotzdem verging fast eine halbe Stunde, ehe auch der letzte Satai den Hof verlassen hatte und Titch mit seiner schrecklichen Arbeit fortfuhr. Skar wandte sich ab, als der Quorrl wieder sein Schwert hob. Er wollte es nicht sehen. Er hätte viel darum gegeben, es nicht einmal *wissen* zu müssen. Langsam drehte er sich um, durchmaß die kleine Kammer zwei-, dreimal hintereinander mit unruhigen, ziellosen Schritten und ließ sich schließlich auf sein Bett niedersinken. Er verschränkte die Hände hinter dem Kopf, starrte aus weit aufgerissenen Augen die Decke an und versuchte, sich über den Grund seines aufgewühlten Seelenzustandes klar zu werden; nicht zum erstenmal in den letzten Tagen und Wochen. Und nicht zum erstenmal gelang es ihm nicht. Etwas geschah mit ihm. In ihm. Er spürte es jetzt ganz deutlich. Es war eine Entwicklung, die irgendwann zwischen heute morgen und Bradburns *Sai-Tan* ihren Anfang genommen hatte und unweigerlich einem Höhepunkt zusteuerte – oder einem Tiefpunkt, je nachdem. Etwas würde geschehen, nicht einmal unbedingt nur mit ihm, und es würde nicht mehr allzulange dauern. In letzter Zeit hatte er immer öfter das Gefühl, sich auf einer dünner werdenden Kruste zu bewegen, unter der sich ein Vulkan zum Ausbruch fertig machte.

Jemand klopfte. Skar schrak aus seinen Gedanken hoch, schwang die Beine vom Bett und rief ein halblautes: »Herein«, noch während er sich aufsetzte. War Titch schon fertig damit, seine Brüder zu ermorden? dachte er böse.

Es war nicht der Quorrl, es war Del. Der schwarzhaarige Riese trat rasch ins Zimmer, schob die Tür hinter sich zu, ohne sie ganz ins Schloß zu drücken, und kam auf ihn zu, wobei er einen kleinen Umweg durch die Kammer machte, um einen Blick aus dem Fenster zu werfen.

»Das war nicht besonders klug von dir«, begann er übergangslos.

»Seit wann klopfst du an, wenn du ein fremdes Zimmer betrittst?« fragte Skar. »Früher hast du einfach die Tür eingeschlagen.«

Del machte eine ärgerliche Handbewegung, wie um Skars Worte fortzuwischen. »Warum hast du das getan?«

»Was?« fragte Skar, der ganz genau wußte, was Del meinte.

Del deutete verärgert zum Fenster. »Dein kleiner Auftritt gerade«, sagte er. »Das war sehr beeindruckend, wirklich. Mein Kompliment, Skar. Das hättest du zu deinen besten Zeiten nicht wirkungsvoller hinkriegen können. Falls es unter den Männern noch irgendeinen gegeben haben sollte, der dich *nicht* gehaßt hat, dann dürftest du ihn jetzt bekehrt haben. Bist du verrückt geworden?«

»Nein.« Skar stand auf. Er war ... fassungslos. Er hatte viel erwartet von Del – eigentlich alles, angefangen von Vorwürfen über Spott bis zu verletzendem Hohn, in dem er immer schon ein Meister gewesen war. Womit er nicht gerechnet hatte und was ihn so erschütterte, das war der vollkommene Ernst, mit dem Del diese Worte sprach. »Aber ich glaube, du bist es«, fuhr er nach einer Weile fort. »Seit wann amüsieren sich Satai damit, bei einer öffentlichen Hinrichtung zuzusehen?«

»Seit sie –«, begann Del, sprach dann aber nicht weiter, sondern machte nur eine abfällige, irgendwie resignierend wirkende Handbewegung. »Manchmal frage ich mich, ob du vielleicht recht hast«, vollendete er grollend den angefangenen Satz.

»Womit?«

»Mit deiner Idee zu gehen«, antwortete Del. »Du verstehst nichts mehr, Skar.«

»Dann erkläre es mir«, verlangte Skar. Seine Stimme war plötzlich ganz leise, aber es war jene gläserne Schärfe darin, die außer Del nur wenige Menschen jemals gehört hatten, ohne sich voller Schrecken für den Rest ihres Lebens daran zu erinnern. »Erkläre mir, wieso ich zulassen sollte, daß *Satai* sich wie dummes Bauernvolk benehmen.« Wütend ergriff er den Zipfel von Dels schwarzem Mantel und riß ihn in die Höhe. »Du hast mich gezwungen, diesen Mantel anzuziehen, Del – jetzt erkläre mir, warum ich mich vor irgend jemandem verantworten sollte, wenn ich meine Macht ausnutze!«

Del schlug wütend seine Hand beiseite. Seine Augen blitzten. »Du Narr!« schnappte er. »Ich spreche nicht von den Satai! Ich spreche von den Quorrl! Bist du verrückt geworden, Titch so zu demütigen, vor seinen Männern?«

»Demütigen?« Skars Wut schlug übergangslos in Verwirrung um. Er hatte den Zorn in Titchs Augen bemerkt, aber –

»Ja, demütigen!« schrie Del. »Was glaubst du, was du getan hast, du Narr! Titch ist nicht irgendwer! Er ist ein Fürst seines Volkes, so etwas wie...« Er suchte nach Worten und begann erregt im Zimmer auf und ab zu gehen. »So etwas wie du«, sagte er schließlich. »Oder ich! Sein Bruder und er waren die Kriegsherren von Quorrl! Seinen Bruder hast du erschlagen, und ihn demütigst du vor den Augen seiner Leibgarde! Verdammt, Skar, wie würdest du dich fühlen, wenn ein Quorrl käme und dir in aller Öffentlichkeit ins Gesicht spuckt?!«

»Das habe ich nicht«, versuchte Skar sich zu verteidigen, aber er kam sich hilflos und dumm bei diesen Worten vor. Natürlich hatte er es. Er hatte mehr getan.

»Weißt du, daß es ein Wunder ist, daß du überhaupt noch lebst?!« brüllte Del plötzlich. »Bei allen Göttern, Skar, ich dachte, mir würde das Herz stehenbleiben, als ich sah, was du tust. Es... hätte mich nicht gewundert, wenn Titch dich und alle dort unten auf dem Hof erschlagen und anschließend die gesamte Festung niedergebrannt hätte. *Dieser Quorrl ist so etwas wie ein Gott für sein Volk!«*

Skar blickte verwirrt zum Fenster, machte einen Schritt und blieb wieder stehen. »Aber ich dachte –«

»Das ist dein Problem, Skar«, unterbrach ihn Del höhnisch. »Du denkst. Du denkst zuviel und im falschen Moment.« Er packte ihn grob bei der Schulter, daß Skar schmerzhaft das Gesicht verzog. »Tu mir selbst und dir einen Gefallen, Skar«, forderte er. »Frage mich demnächst um Rat, bevor du *denkst.*«

Die Worte taten ihm im gleichen Moment schon wieder leid. Skar sah, wie er erschrak, und spürte, wie er betreten die Hand von seiner Schulter zog und zur Faust ballte. »Verzeih«, murmelte er. »Das wollte ich nicht sagen.«

»Doch«, behauptete Skar. »Das wolltest du. Und vielleicht hast du sogar recht. Es tut mir leid.« Er seufzte, aber dann, fast im selben Moment schon, machte sich Trotz in ihm breit.

»Warum hast du es mir nie gesagt?«

»Was? Das mit Titch?« Del zuckte die Achseln. »Ich weiß es nicht. Aus Dummheit, schätze ich. Vielleicht habe ich einfach angenommen, du wüßtest es. Bradburn will uns sehen«, fügte er unvermittelt hinzu. »Das ist auch der Grund, aus dem ich gekommen bin.« Abrupt wandte er sich zur Tür, stieß sie auf und wartete ungeduldig, daß Skar ihm folgte. Aber er ging schnell weiter, und er hielt auch ein winziges bißchen mehr Abstand, als nötig gewesen wäre. Gerade genug, um Skar begreifen zu lassen, daß er nicht mit ihm reden wollte.

Sie mußten den Hof überqueren, um zu den Räumen zu gelangen, die Bradburn für sich beanspruchte. Er war noch immer leer. Von den gut zweihundert Quorrl, die Titch eskortiert hatten, war keine Spur mehr zu sehen, und auch die Toten waren bereits weggeschafft worden. Trotzdem ertappte sich Skar dabei, fast krampfhaft überallhin zu blicken, nur nicht in die Richtung, in der die Exekution stattgefunden hatte. Sonderbar, dachte er. Er war doch früher nie so zart besaitet gewesen. Aber früher war ihm vielleicht auch noch nie alles so sinnlos vorgekommen. Er war Krieger, vom Tage seiner Geburt an, ein Mann, der das Töten kannte und selbst getötet hatte, so viele, daß er schon vor einem Menschenalter damit aufgehört hatte, sie zu zählen. Aber er hatte es nie genossen.

Sie betraten die Festung auf der anderen Seite des Hofes wieder, und Del führte ihn durch ein wahres Labyrinth von Treppenschächten und Gängen tiefer in den Berg hinein. Eine sonderbare, fast unangenehme Stille nahm sie auf, während sie gebückt durch die niedrigen Gänge eilten und Treppen hinuntergingen, deren Stufen gerade eine Winzigkeit zu niedrig ausgelegt waren, um sie wirklich bequem überwinden zu können. Bradburns Kammer lag tief im gewachsenen Fels, der das Fundament der Burg bildete; so tief, daß man meinte, das Gewicht der Tonnen um Tonnen von Gestein spüren zu können, die auf die Decke herabdrückten. Vielleicht erinnerte es ihn an seine Heimat, den unterirdischen Tempel in den Bergen, in dem er den größten Teil seines Lebens verbracht hatte. Wieder – und nicht zum ersten Mal erschien ihm dieser Gedanke wichtig, ohne daß er sagen konnte, warum – kam ihm die ungeheuerliche Größe von Drasks Trutzburg zu Bewußtsein. Obgleich der allergrößte Teil von Titchs Quorrl-Armee auf der Ebene vor der Festung lagerte, mußten sich mehr als zweitausend Personen in der Festung aufhalten. Aber das änderte nichts daran, daß man stundenlang durch ihre fensterlosen Stollen und Tunnel gehen konnte, ohne auch nur auf ein einziges lebendes Wesen zu treffen. Er fragte sich, wie Drask es geschafft hatte, diese zyklopische Burg in nur *zwei Jahren* aus dem Berg zu schneiden.

Er verscheuchte auch diesen Gedanken und konzentrierte sich darauf, mit Del Schritt zu halten. Nur ein weiteres Rätsel, das er vermutlich niemals lösen würde. Es war auch nicht wichtig.

Bradburn war nicht allein, und das Licht in seiner Kammer war so schwach, daß Skar im ersten Moment Mühe hatte, mehr als Schatten und verschwommene Umrisse zu erkennen. Immerhin sah er, daß Bradburn nicht allein war und daß seine Kammer eher dem Laboratorium eines Alchimisten glich als der Zelle eines *Predigers*. Sie war sehr groß, wirkte aber winzig, denn sie war vollgestopft mit Tischen und Truhen, und an den Wänden standen deckenhohe Regale voller säuberlich geordneter Schriftrollen und alter, ledergebundener Bücher. Skar fragte sich, wie um alles in der Welt Bradburn bei *dieser* Beleuchtung eine Schrift lesen wollte, die aus weniger als handgroßen Buchstaben bestand.

Der Prediger beantwortete die unausgesprochene Frage schon im nächsten Moment, indem er nämlich einen glühenden Span an den Docht einer fremdartig geformten Öllampe hielt, welche die Kammer mit erstaunlich intensiver Helligkeit erfüllte. Fast gleichzeitig machte er eine Handbewegung zu der Person, mit der er bei seinem und Dels Eintreten geredet hatte, und schickte sie damit fort. Skar, durch das plötzliche, ungewohnte Licht geblendet, erkannte sie erst, als sie an ihm vorüberging und eine Strähne ihres langen blonden Haares seinen Arm streifte. Verwirrt sah er Kiina nach. Aber er beherrschte sich im letzten Moment, sie anzufahren, was sie hier unten zu suchen hatte. Es ging ihn nichts an.

Stattdessen wandte er sich an Bradburn und versuchte wenigstens, sich zu so etwas wie einem Lächeln zu zwingen. Der Prediger erwiderte die Miene nicht, aber in seinen Augen war wie stets etwas von der alten Freundlichkeit und Güte. Vielleicht sah Skar sie auch nur, weil er sie sehen wollte. Außer Del war Bradburn der einzige Mensch, den er noch aus der alten Welt kannte; eines von zwei Verbindungsgliedern zwischen den beiden Leben, die er gelebt hatte.

»Du wolltest uns sprechen«, unterbrach Del das unbehaglich werdende Schweigen.

»Ja.« Bradburn nickte, kam mit kleinen, fast trippelnden Schritten näher und suchte etwas aus dem Durcheinander auf seinem Tisch heraus, das Skar erst nach einigen Augenblicken als die kleine Phiole wiedererkannte, die er der toten *Errish* abgenommen hatte. Einen Moment lang wog er sie in der Hand, als wisse er nicht genau, was er damit anfangen sollte, dann stellte er sie behutsam wieder zurück und deutete mit einer Kopfbewegung darauf.

»Ich habe die letzten Stunden darauf verwandt herauszufinden, was diese Flasche enthält«, begann er umständlich.

»Und?« Del beugte sich vor und nahm das kleine Glasgefäß seinerseits auf. In seinen gewaltigen Pranken wirkte es noch zerbrechlicher, als es ohnehin war. »Was ist drin? Ein Liebestrank der *Margoi*?«

Es sollte ein Scherz sein, aber Bradburn blieb ernst. »Nein«, antwortete er ungerührt. »Es ist Gift. Ich weiß nicht, welcher Art, und ich weiß nicht, wo es herkommt oder wie es genau wirkt. Aber es ist Gift.«

Del sah ihn ohne große Überraschung an. »Gift?«

»Die tödlichste Mixtur, die mir je untergekommen ist«, bestätigte Bradburn.

Del fuhr erschrocken zusammen und beeilte sich, die kleine, in Kupfer eingesponnene Flasche vorsichtig wieder auf den Tisch zurückzustellen, von dem er sie genommen hatte. Er sagte kein Wort, sondern schien darauf zu warten, daß der Gesichtslose Prediger weitersprach, und auch Skar zog es vor, zu dem Gehörten zuerst einmal zu schweigen und sich im übrigen über Dels plötzlich schreckensbleiches Gesicht zu amüsieren.

Er war nicht besonders überrascht; er wäre ganz im Gegenteil eher verwirrt gewesen, hätte die kleine Phiole irgend etwas anderes enthalten. Er verstand es nur nicht mehr. Er begriff einfach nicht, warum der *Daij-Djan* die *Errish* und ihren Drachenvogel getötet und sie somit vielleicht alle gerettet hatte.

»*Wie* tödlich?« fragte Del nach einer Weile.

Bradburn zuckte mit den Achseln. »Tödlich genug für uns«, sagte er. »Es gibt Quellen dort unten bei den Felsen. Soviel ich weiß, bezieht die Burg ihr Trinkwasser dorther.« Er wandte sich mit einem fragenden Blick an Skar. »Glaubst du, daß du die Stelle wiederfindest, an der du die *Errish* entdeckt hast?«

Skar nickte. »Sicher.«

»Dann solltest du es tun«, schlug Bradburn vor, »und nachsehen, ob sich in der Nähe eine Quelle befindet. Ein Bach, der im Boden verschwindet, ein kleiner See ...« Er breitete die Hände aus, um anzudeuten, daß es noch zahllose andere Möglichkeiten gab.

»Du glaubst, die *Errish* wollte unser Trinkwasser vergiften?« fragte Del zweifelnd.

Bradburn wiederholte die Handbewegung und zuckte dazu mit den Achseln. »Vielleicht hatte sie auch vor, es einfach über unseren Köpfen auszugießen oder in den Fluß zu schütten.« Er seufzte, bedachte das so harmlos aussehende Fläschchen mit einem fast ängstlichen Blick und fuhr sich müde mit den Händen durch das Gesicht. »Das eine ergibt so wenig Sinn wie das andere.«

»Wieso?« Del trat einen Schritt näher. »Gerade hast du gesagt, es wäre die tödlichste Mixtur, die du je gesehen hättest.«

Bradburn seufzte erneut, wandte sich zur Seite und angelte

einen halbgefüllten Becher von einem Regal, aus dem er einen gewaltigen Schluck nahm, ehe er antwortete. »Ja, das stimmt«, bestätigte er. »Ich bin kein Giftmischer, und auch kein Alchimist. Aber die *Errish* verstehen viel von den alten Künsten. Mehr als irgendeiner von uns.«

»Hast du deshalb mit Kiina gesprochen?« wollte Skar wissen.

Bradburn lächelte und brachte das Kunststück fertig, gleichzeitig mit dem Kopf zu schütteln und zu nicken. »Sie weiß viel über ihr Volk«, antwortete er. »Nicht so viel wie eine wirkliche *Errish*, natürlich, denn sie wurde niemals geweiht, aber sie war die Tochter der *Margoi.*«

Seine Worte versetzten Skar einen dünnen, aber spürbaren Stich ins Herz. Er dachte an Gowenna – Kiina, wie ihr wirklicher Name gewesen war, den sie an ihre Tochter weitergegeben hatte –, und ein sonderbares Gefühl von Sehnsucht machte sich in ihm breit. War das die Ursache für seine grundlose Aggressivität diesem Mädchen gegenüber? dachte er verstört. Feindete er es nur so an, weil er seine Mutter vielleicht doch geliebt hatte, ohne es bisher zu wissen?

Er schüttelte den Gedanken mühsam ab und deutete auf die Phiole. »Hast du es ausprobiert?«

Bradburn nickte und trank einen weiteren Schluck Wein. Das Zittern seiner Hände hörte allmählich auf. Er sah müde aus, fand Skar. Nicht körperlich, sondern auf schwer in Worte zu fassende Weise im ganzen. Wie ein Mann, der einfach zu lange gelebt hatte. »So gut ich konnte«, erklärte er mit einem neuerlichen Achselzucken. »Ich gab einen Tropfen davon in ein Gefäß mit Wasser. Anschließend habe ich einen der Hunde davon trinken lassen. Er fiel um wie vom Blitz getroffen, kaum daß er das Wasser *berührt* hatte. Und die beiden Männer, die mir geholfen haben, wurden krank.« Er machte eine beruhigende Handbewegung, als Del etwas sagen wollte. »Nicht schlimm«, fügte er hinzu. »Sie werden es überleben, aber die Symptome sind eindeutig – sie klagen über Kopfschmerz und Übelkeit, und sie haben Fieber bekommen. Es reicht offensichtlich schon, nur die Dämpfe einzuatmen.«

»Und das soll keinen Sinn ergeben?« fragte Del zweifelnd.

»Nein«, antwortete Skar an Bradburns Stelle. Er deutete auf das Giftfläschchen. »Das Zeug da im Brunnen hätte ein paar Dutzend von uns umgebracht. Schlimmstenfalls ein paar Hundert. Aber wir sind über vierzigtausend. Und wir werden *sechzigtausend* sein, wenn die Männer aus Denwar erst einmal eingetroffen sind.« Er zuckte mit den Achseln. »Vielleicht hatte sie wirklich vor, es vom Rücken ihrer Daktyle aus auf unsere Köpfe herabzuschütten.« Er glaubte selbst nicht an diese Möglichkeit, und Del und Bradburn machten sich nicht einmal die Mühe zu antworten.

»Wir müssen noch einmal dorthin«, entschied Bradburn nach einer Weile. »Zu den Felsen, zwischen denen du die *Errish* gefunden hast.«

»Wozu?« fragte Skar, ein kleines bißchen zu heftig, als daß Bradburn oder Del sein Erschrecken noch entgehen konnte. Er machte eine verlegene Handbewegung. »Ich meine – was versprichst du dir davon? Die *Errish* wird dir kaum noch irgendwelche Fragen beantworten können, weißt du?«

Bradburn starrte ihn an, und auch zwischen Dels Brauen entstand eine steile Falte, die mehr über seine Gedanken aussagte als das spöttische Lächeln, das auf seinen Lippen lag.

»Manchmal reden Tote noch«, erwiderte Bradburn schließlich. »Es wäre nützlich, zum Beispiel zu wissen, wie sie gestorben ist. Oder ihr Gepäck zu untersuchen.« Er machte eine flatternde Handbewegung zur Decke hinauf. »Wieso reiten wir nicht gleich jetzt?«

Diesmal schüttelte Skar zu Recht den Kopf. »Es ist zu spät«, stellte er fest. »Es wird dunkel, bis wir unten am Fluß sind. Und ich bin nicht sicher, ob ich die Stelle in der Nacht wiederfinde.«

»Außerdem ist das Gelände dort unten schwierig«, pflichtete ihm Del bei. »Wir haben nicht viel davon, wenn du mit einem gebrochenen Bein zurückkommst. Ich –«

Er sprach nicht weiter, denn in diesem Moment drangen vom Korridor schwere, stampfende Schritte herein, und der Schein einer Fackel huschte über die matt beleuchteten Wände, gefolgt von einem riesigen, verzerrten Schatten. *Ein Quorrl?* dachte Skar verblüfft. *Hier unten?* Das war sonderbar – er hatte selten Quorrl in den unterirdischen Teilen der Festung gesehen; sie mieden Bradburns Nähe, und dazu kam, daß sie geschlossene Räume und erst recht Höhlen so sehr verabscheuten, wie Bradburn sie zu lieben schien. Er tauschte einen raschen Blick mit dem Prediger und erkannte, daß auch Bradburn überrascht aussah; ja, beinahe ein bißchen erschrocken.

Seine Verwirrung wurde zu leiser Sorge, als er erkannte, *wer* der Quorrl war, der die Kammer betrat – niemand anderes als Titch nämlich, der jetzt zwar nicht mehr seine goldfarbene Prachtrüstung trug, aber kaum weniger barbarisch aussah als vorhin oben auf dem Hof. An seinem Gürtel hing noch immer das gewaltige Zweihand-Schwert, das so lang war, daß seine Spitze bei jedem Schritt des Quorrl den Boden berührte und regelmäßig hell klingende Laute von sich gab. Er hatte sich nicht einmal die Mühe gemacht, die Klinge zu säubern. Und auch an seinen Händen klebte noch Blut.

Del atmete scharf ein, als sich Skars und Titchs Blicke begegneten, und sie verstanden beide. Für einen Moment war es, als spränge ein Funke zwischen ihnen über, aber die Explosion kam nicht. Statt dessen sah Skar bloß zur Seite, und Titch verzog seinen fast lippenlosen Mund zur Karikatur eines menschlichen Lächelns.

Skar fing Dels beschwörenden Blick auf und wandte sich widerwillig an den Quorrl. »Titch?«

»Ihr verlangtet mich zu sehen, Hoher Satai«, antwortete Quorrl. »Ihr wart nicht in Eurem Quartier, aber es schien mir, als ob Euer Anliegen ... dringend sei. So habe ich Euch gesucht.«

Skar war nicht sicher, ob der verletzende Spott, den er in Titchs Stimme zu hören glaubte, wirklich da war. Er beschloß, wenigstens für den Moment anzunehmen, daß er ihn sich nur einbildete. »Es war ... nichts«, antwortete er unsicher. »Ein Mißverständnis. Ich wußte gewisse Dinge nicht. Meine Schuld, daß ich mich nicht informiert habe. Es tut mir leid.«

Titch schien verwirrt. Skar war plötzlich sehr sicher, daß der

Quorrl mit dem festen Vorsatz hierhergekommen war, ihn zur Rede zu stellen; allermindestens. Sein unerwartetes Nachgeben paßte nicht in Titchs Konzept. Der Gedanke erfüllte Skar mit einer gewissen Schadenfreude, mahnte ihn aber gleichzeitig auch zur Vorsicht. Titch war kein Gegner, den er unterschätzen sollte. Das war ein Quorrl nie, und *dieser* Quorrl schon gar nicht.

»Aber wir sollten über gewisse Dinge reden«, fügte er deshalb hinzu. »Bevor es wieder zu einem Mißverständnis kommt.«

Titchs Blick wurde lauernd. »Ihr meint den Tod der acht Feiglinge?« fragte er.

Skar nickte und schüttelte fast im gleichen Moment den Kopf. »Nein. Oder doch, ja. Du hattest recht, vorhin – es geht mich nichts an, was du mit deinen Leuten machst, und warum. Aber solange unsere beiden Heere zusammen sind, wäre ich dir dankbar, wenn du mich informierst, falls du weitere ... *Strafmaßnahmen* ergreifen mußt.«

Titch schwieg einen Moment. Er starrte ihn an, und Skar spürte, daß er zu einer wütenden Antwort ansetzte. Aber dann geschah etwas Sonderbares: Titchs Blick blieb an etwas hängen, das sich irgendwo hinter Skar befand. Seine Augen weiteten sich, ganz wie die eines Menschen, der irgend etwas Entsetzliches sieht, und etwas geschah mit seinem Gesicht, was vielleicht das quorrlsche Äquivalent eines menschlichen Erbleichens sein mochte. Sein schmaler, lippenloser Mund klaffte für die Dauer eines Atemzuges auf und gewährte Skar einen Blick auf die vierfache Reihe gegeneinandergesetzter Reißzähne, die darin bleckte, aber selbst in dieser Bewegung war nichts Drohendes. Nur Entsetzen.

»Was hast du?« fragte Del, dem Titchs jähes Erschrecken ebensowenig entgangen war wie Skar.

»Nichts«, antwortete Titch. »Es war ... nichts. Ein Irrtum.« Er machte eine Bewegung, als versuche er, eine unsichtbare Last abzuschütteln. »Ich dachte, ich hätte etwas gesehen. Aber es war wohl nur ein Schatten. Unsere Augen sind nicht gut für dieses Licht«, fügte er erklärend hinzu, und das war genauso gelogen wie seine Behauptung, sich getäuscht zu haben.

Aber Skar verbiß sich auch jetzt eine entsprechende Frage. Irgend etwas hatte den Quorrl bis ins Innerste erschreckt. Er würde nicht darüber reden, weder jetzt noch irgendwann. Aber Skar wußte plötzlich, daß es wichtig war; nicht nur für Titch, sondern auch für ihn, für Del – vielleicht für sie alle.

Vielleicht für ganz Enwor.

Vielleicht sah er aber auch nur Gespenster.

Er räusperte sich ein paarmal, um das unangenehm werdende Schweigen zu überspielen, und wandte sich wieder an Bradburn. »Du gibst Bescheid, sobald du irgend etwas Neues herausfindest.«

Bradburn nickte. »Ich erwarte dich, morgen bei Sonnenaufgang. Oben am Tor.«

Er sah stur an Titch vorbei, als er die Kammer verließ, aber er spürte, daß der Quorrl ihm nachstarrte. Und irgend etwas war an diesem Blick, das Skar schaudern ließ.

*

Die Sonne war untergegangen, während sie in Bradburns unterirdischem Refugium gewesen waren, und mit der Nacht war die Kälte wieder in die Burg gekrochen und erinnerte ihre Bewohner nachhaltig daran, daß außerhalb der zyklopischen Mauern noch immer Winter herrschte. Der Hof hatte sich wieder in das zurückverwandelt, was er seit einer guten Woche war: ein improvisiertes Heerlager, in dem Menschen und Quorrl in scheinbarer Eintracht miteinander lebten. Skar ging fröstelnd zwischen den Zelten und Lagerfeuern hindurch. Blicke trafen ihn und wurden hastig wieder abgewandt, wenn er sie erwiderte, und mindestens einmal war er sicher, seinen Namen in den geraunten Gesprächen der Männer zu hören. Eine riesige, schuppige Gestalt trat ihm in den Weg und wandte sich hastig wieder um, als sie ihn erkannte, und einer der schwarzen Kampfhunde lief ihm knurrend ein Stück nach und trollte sich, als Skar nach ihm schlug. Er mochte Hunde, Tiere überhaupt, aber er verabscheute *diese* Hunde. Es war noch nicht lange her, daß ihn eine dieser schwarzen Bestien um ein Haar umgebracht hätte. Das Lager war voll von ihnen – sie wurden von Menschen gezüchtet und aufgezogen, aber von

Quorrl abgerichtet, und das Ergebnis war eine Mischung aus menschlicher Heimtücke, animalischem Mut und quorrlscher Wildheit, die wahrscheinlich auf ganz Enwor ihr Ebenbild suchte. Aber irgendwie waren diese Hunde typisch für Dels zusammengewürfelte Armee aus Quorrl-Kriegern und menschlichem Abschaum, der sich Satai nannte.

Skar erschrak ein wenig über seine eigenen Gedanken. Sie waren – sachlich – richtig, aber er spürte auch die sonderbar befremdliche Wut, die sie in ihm auslösten. Warum war er so aggressiv?

Er atmete innerlich auf, als er den Hof überquert hatte und ihn die Dunkelheit und Wärme der Burg auf der anderen Seite wieder aufnahm. Der Posten neben der Tür nickte ihm grüßend zu und stützte sich wieder auf seinen Speer, um weiterzudösen, noch ehe er vorüber war. Skar erwiderte seinen Gruß, schlug den Mantel zurück und lief die Treppe zu seinem Quartier hinauf, wobei er immer zwei Stufen auf einmal nahm. Es war noch früh; trotz der zeitig hereingebrochenen Dunkelheit hatte der Abend nicht einmal richtig begonnen, aber er war müde, und er hatte keine Lust, über vieles nachzudenken. Zum Beispiel über die Frage, ob er am nächsten Morgen mit Bradburn zu den Felsen hinunterreiten oder die Burg vielleicht vorher verlassen sollte.

Eine Gestalt vertrat ihm den Weg, als er die Hand nach der Tür ausstreckte. Skar schrak zusammen, ehe er ihr langes, an einer Seite angesengtes blondes Haar und die spöttischen Augen erkannte, schalt sich selbst in Gedanken einen Narren und runzelte die Stirn.

»Du solltest einen Satai niemals erschrecken, Kind«, warnte er lächelnd. »Das könnte dein letzter Fehler sein, weißt du?«

Kiina machte eine ärgerliche Handbewegung, aber er merkte, daß sie dennoch ein wenig zusammenfuhr. »Ich möchte mit dir reden«, sagte sie. »Hast du einen Moment Zeit?«

»Nein«, antwortete Skar. »Aber komm trotzdem mit herein.« Er öffnete die Tür, machte eine einladende Geste und schüttelte ungeduldig den Kopf, als Kiina zögerte, seiner Aufforderung zu folgen. »Wir könenn die Tür offen lassen, wenn du Angst hast, daß ich dich auffresse«, beruhigte er sie spöttelnd. Ohne eine Antwort abzuwarten, trat er an ihr vorbei ins Zimmer, tastete sich im Dunkeln zum Tisch und suchte ungeduldig nach den Feuersteinen, die darauf lagen. Er fand sie nicht, aber dafür stieß er den Wasserkrug um, der vom Tisch rollte und klirrend zerbrach. Skar unterdrückte einen Fluch, bückte sich nach den Scherben und schnitt sich in den Daumen.

Hinter ihm erscholl ein leises Lachen, das Zorn aus seinem Ärger machte. Er fuhr hoch, setzte zu einer wütenden Antwort an – und blinzelte, als zwischen Kiinas Händen eine kleine, gelbe Flamme aufglomm, die sich rasch zum ruhigen Feuer der Öllampe vergrößerte. Verwirrt registrierte er, daß die Feuersteine ziemlich genau dort lagen, wo er sie mit seiner ungeschickten Bewegung gesucht hatte. Kiina hatte sie nicht einmal angerührt.

»Ein alter Trick der *Errish*«, erklärte sie, als sie seinen fragenden Blick sah. »Du wärst erstaunt, wenn du wüßtest, wie simpel er ist. Aber ich werde ihn dir nicht verraten.«

»Dann laß es«, knurrte Skar. Ärgerlich steckte er den Daumen in den Mund und sog so lange an der kleinen Wunde, bis sie zu bluten aufhörte. Kiina beobachtete ihn neugierig.

»Ist das die Art der Satai, Wunden zu heilen?« fragte sie.

»Nein«, fauchte Skar. Er nahm den Daumen aus dem Mund und wischte ihn an der Hose trocken. »Ich brauche ab und zu frisches Blut, weißt du? Hat man dir nicht gesagt, daß ich Blut trinke und am liebsten lebendes Fleisch esse?«

»Man hat mir berichtet, daß du ein sehr harter Mann bist, Satai«, antwortete Kiina ruhig. »Nicht, daß es dir Spaß macht, den Wilden zu spielen.«

»Da hat man dir etwas Falsches erzählt«, erwiderte Skar und versetzte den Tonscherben zu seinen Füßen einen Tritt, der sie im ganzen Zimmer herumfliegen ließ. Mit einem Male verspürte er eine geradezu unbändige Lust, irgend etwas zu packen und zu zerschlagen. »Was willst du von mir?« fuhr er Kiina an. »Bist du nur hierhergekommen, um dich über mich lustig zu machen?«

»Nein«, antwortete Kiina. Sie schob trotzig die Unterlippe vor und funkelte ihn an. »Ich bin eigentlich gekommen, um mich bei dir zu entschuldigen. Aber ich glaube, ich hätte mir den Weg sparen können. Verzeiht, daß ich Euch gestört habe, Herr.« Sie wandte sich brüsk um und wollte gehen, aber Skar hielt sie zurück.

»Warte«, sagte er. »Ich ... es tut mir leid. Bleib – bitte.« Er ließ ihren Arm los, lächelte entschuldigend und fuhr sich mit der anderen Hand über das Gesicht. Sein grober Ton tat ihm leid; er schämte sich, wenn auch mehr vor sich selbst als Kiina gegenüber. »Bleib«, bat er noch einmal.

Er hätte seine Bitte gar nicht zu wiederholen brauchen. Kiinas Zorn war so schnell verflogen, wie er gekommen war; sie schien nicht einmal mehr verärgert, sondern sah ihn nur noch mit einer Art vorsichtigem Interesse an – auf genau die Art, dachte Skar, auf die man ein Tier betrachten mochte, von dem man wußte, daß es gefährlich war, aber nicht angreifen würde, solange man es nicht provozierte.

»Es tut mir leid, daß ich so grob zu dir war«, entschuldigte er sich. »Heute nachmittag, meine ich.«

»Hehe«, entgegnete Kiina. »*Ich* bin es, die um Verzeihung bitten wollte. Verdirb mir doch nicht den ganzen Spaß, Satai.«

Skar blickte irritiert auf sie hinab, aber dann gewahrte er das spöttische Glitzern in ihren Augen, und plötzlich lachten sie beide. Aber Kiina wurde sehr rasch wieder ernst.

»Ich habe mit dem Hohen Satai gesprochen«, fuhr sie fort. »Und mit Bradburn. Ich ... habe mich ziemlich dumm benommen, glaube ich. Aber ich wußte nicht, daß den Satai ihre Kleider heilig sind.«

»Nicht ihre Kleider«, antwortete Skar. »Das, was sie symbolisieren.« Er machte eine bewußt übertrieben wegwerfende Handbewegung. »Aber du hast recht – du wußtest es nicht. Ich hätte es berücksichtigen müssen. Es tut mir leid.«

»Ja«, antwortete Kiina. »Und wenn wir damit fertig sind, uns unentwegt beieinander zu entschuldigen, dann können wir vielleicht damit anfangen, miteinander zu reden.«

Skar blieb ernst, obwohl Kiinas Blick ihn zu einem neuerlichen

Lachen herausforderte. »Ich kenne die Frage, die du mir stellen willst«, sagte er leise. »Und du die Antwort. Wir können nicht nach Elay gehen. Weder dieses Heer noch du und ich.«

Kiina schwieg eine Weile. Sie hatte sich gut in der Gewalt, stellte Skar anerkennend fest; gut genug, um zu verheimlichen, wie weh ihr seine Worte taten. Dabei mußte sie die Antwort so wie er gekannt haben, noch bevor sie hierher kam.

Aus einem plötzlichen Gefühl von Mitleid heraus trat Skar auf sie zu und legte ihr die Hand auf die Schulter, aber etwas Seltsames geschah. Skar hatte sie kaum berührt, als ihn Erinnerungen und Gefühle von selten gekannter Stärke überfluteten: Er spürte eine sonderbare, gleichzeitig unangenehme wie wohltuende Wärme, das viel, viel zu lange vermißte Empfinden, einem Menschen gegenüberzustehen, der nicht sein Feind war und der nichts weiter wollte als er selbst, nämlich ein wenig Verständnis und Freundschaft, aber zugleich glaubte er sich auch zurückversetzt in eine andere Zeit, aber denselben Ort. Es war mehr als nur ein Gefühl, viel mehr als bloße Erinnerung, sondern ein Empfinden von der Kraft und Eindringlichkeit einer Vision: Er hatte schon einmal in dieser Burg gestanden und ein Mädchen in den Armen gehalten, das dasselbe gewollt hatte wie Kiina. Es war ein anderes Zimmer gewesen, eine andere Zeit, und es geschah unter anderen Voraussetzungen, aber wenige Sekunden, nachdem er sie berührt hatte, war sie in seinen Armen gestorben, und er hatte sich nie so klar an das fassungslose Entsetzen jenes Augenblickes erinnert wie jetzt. Obwohl er mit aller Macht dagegen anzukämpfen versuchte, stieß er Kiina so grob von sich, daß sie das Gleichgewicht verlor und sich am Tisch festhalten mußte, um nicht zu stürzen. Skar griff blitzschnell zu und fing sie auf, zog die Hand aber sofort wieder zurück.

Kiina starrte ihn fassungslos an. »Was –?«

»Verzeih«, sagte er hastig. »Das ... das wollte ich nicht.«

»Warum hast du es dann getan?« fragte Kiina verstört.

Es war eine Frage, wie sie wohl nur ein Kind stellen konnte, und vielleicht traf sie ihn deshalb so sehr. Er suchte einen Moment vergeblich nach einer Antwort, zuckte schließlich fast hilflos mit den Schultern und sah weg. »Es galt nicht dir«, versicherte er. »Es tut mir leid. Ich bin nervös.«

Kiina legte den Kopf auf die Seite und blickte ihn sehr nachdenklich an. »Hast du Angst vor dem Quorrl?« fragte sie.

Skar war überrascht. Es dauerte Sekunden, bis er überhaupt begriff, was sie meinte. »Titch?«

»So heißt er wohl, ja«, erwiderte Kiina. »Du hattest Streit mit ihm. Ich ... habe gesehen, was passiert ist.«

»Wer hat das eigentlich nicht?« murmelte Skar. Lauter und als Antwort fügte er hinzu: »Es sah schlimmer aus, als es war. Titch ist ein Quorrl. Man kann einen Quorrl nicht beleidigen.«

»Bist du sicher?«

»Vollkommen«, antwortete Skar, und er meinte seine Worte in diesem Augenblick wirklich so, wie er sie sagte. »Ein Quorrl bringt dich entweder sofort um oder gar nicht. Es ist nicht Titch. Ich ... bin nervös, das ist alles.«

»Das scheinen hier alle zu sein«, seufzte Kiina. »Diese Burg macht mir Angst, Skar. Sie ist böse.«

Skar lächelte verständnisvoll. Kiina war ein Kind, das Kind einer *Errish* dazu, deren Lebensinhalt das Lindern und Heilen war, so wie der der Satai der Kampf. Was anderes als Furcht und Unbehagen sollte sie empfinden, an einem Ort wie diesem?

»Erzähl mir von deiner Mutter«, bat er – nicht nur deshalb, um sie auf andere Gedanken zu bringen, wie er sich selbst einzureden versuchte.

»Von ... meiner Mutter?« Für einen Moment war auch Kiina über sein Anliegen überrascht, und für einen noch kürzeren Augenblick – vielleicht lag es am Licht, vielleicht am Blickwinkel, vielleicht war es auch nur da, weil er es sehen wollte – schien sie ihrer Mutter zu gleichen wie eine zwanzig Jahre jüngere Zwillingsschwester: das gleiche sanfte und doch energische Gesicht, die gleichen verwundbaren Augen, die verletzend und spöttisch, aber auch liebenswert und hilflos zugleich blicken konnten, derselbe, energische Mund ... selbst die furchtbare Zweiteilung ihres Gesichtes war da, wenn es bei Kiina auch nur das Haar war, welches das Höllenfeuer des Scanners verbrannt hatte, und nicht

Gowennas Gesicht, vom Atem des Drachen berührt.

Dann war der Moment vorüber, Kiina bewegte sich und wurde wieder zu dem, was sie war, und Skar schalt sich in Gedanken einen romantischen Narren, der sich wohl immer noch weigerte zu begreifen, daß es die Welt, nach der er sich zurücksehnte, nicht mehr gab.

»Aber warum?« fragte sie.

Skar lächelte. »Bist du nicht hergekommen, um mit mir zu reden?«

»Doch«, antwortete Kiina. »Aber es gibt ... Wichtigeres.«

»Zum Beispiel?«

Kiina hob vage ihre Hände. »Der Krieg. Die Lage in Elay. Die Pläne der *Sternengeborenen* ...«

»Ich bin sicher, nach all diesen Dingen haben dich Del und Bradburn schon zur Genüge befragt«, antwortete Skar. »Sie hätten es mir gesagt, wären wirklich *wichtige* Neuigkeiten dabei.«

Kiina blickte ihn halb verwirrt, halb aber auch zornig an. »Ist die Vernichtung eures Heeres nicht wichtig genug?« fragte sie irritiert.

Skar machte eine wegwerfende Handbewegung. »Sie zu beschließen und dann auszuführen sind zwei verschiedene Dinge, weißt du?« Er ließ sich auf die Kante seines Bettes sinken, verschränkte die Hände hinter dem Nacken und deutete mit dem Fuß auf einen freien Stuhl. Kiina setzte sich gehorsam, wurde aber unter seinem Blick immer nervöser.

»Erzähl mir von ihr«, wiederholte Skar noch einmal seine Bitte.

»Da gibt es nicht viel zu erzählen«, antwortete Kiina zögernd. Das war halb die Wahrheit, halb aber auch nicht, wie Skar ganz genau spürte. Plötzlich war *er* es, der irritiert war. »Ich habe sie kaum gekannt, weißt du?« fügte sie mit einem fast entschuldigenden Lächeln hinzu.

»Du bist nicht von ihr erzogen worden«, vermutete Skar – natürlich: Gowenna war die *Margoi* der Ehrwürdigen Frauen gewesen, Königin, Mutter und – fast – Göttin in einer Person. Aber Kiina schüttelte den Kopf.

»Doch«, sagte sie. »Ich habe bei ihr gelebt, wenn du das meinst, und sie hat alle Zeit mit mir verbracht, die sie erübrigen konnte. Später habe ich erfahren, daß ihre Beraterinnen immer darauf gedrängt haben, mich fortzuschicken – nach Ikne oder Denwar, oder auch zum Berg der Götter, um mich von den Hohen Satai unterrichten zu lassen.«

Skar sah sie zweifelnd an. Kiina hatte keinen Grund zu lügen – aber eine *Frau* auf den Verbotenen Inseln? Das war unvorstellbar.

Er sprach seine Zweifel laut aus, und Kiina nickte zustimmend. »Ich weiß. Aber es gab den Plan, die Satai und die *Errish* zu vereinen. Nicht für lange Zeit, und auch nicht sehr ernsthaft, aber er wurde erwogen. Du weißt nichts davon?«

Skar schüttelte den Kopf. Es gab eine Menge Dinge, von denen er nichts wußte. »Deine Mutter bestand also darauf, daß du bei ihr bleibst«, nahm er den Faden auf, um an ihre unterbrochene Erzählung anzuknüpfen.

Kiina nickte. »Ja. Ich ... sie hat sich um mich gekümmert, wenn du das meinst. Sie hat alles getan, mir eine gute Mutter zu sein.« Sie starrte an ihm vorbei gegen die Wand, und etwas Neues, sehr Sonderbares trat in ihren Blick – ein Ausdruck irgendwo zwischen Trauer, Schmerz und verstehendem Vergeben, den Skar nicht genau einordnen konnte. Er war verwirrt, denn was er in Kiinas Augen zu lesen glaubte, das paßte nicht zu einem Kind von sechzehn oder siebzehn Jahren.

»Sie hat es versucht«, fuhr sie nach einer sehr langen Pause fort. »Aber Mutter und Göttin zugleich kann wohl niemand sein. Aber sie hat oft von dir gesprochen.« Sie sah ihn an, als erwarte sie eine ganz bestimmte Reaktion von ihm, und Skar tat ihr den Gefallen, fragend die Brauen zusammenzuziehen.

»Sie muß dich sehr geliebt haben«, erinnerte sich Kiina. »Sie hat es nie zugegeben, aber ich habe es gespürt, mit jedem Wort, das ich hörte. Ich glaube, du warst der einzige Mann, den sie je geliebt hat. Sie war nicht sehr glücklich.« Kiina seufzte, fuhr sich mit beiden Händen durch das Gesicht und begann, die Scherben des zerbrochenen Kruges aufzuheben, während sie weitersprach.

»Niemand, der das Amt der *Margoi* innehat, ist glücklich, Skar. Wußtest du das? Ich glaube, es ist die Verantwortung und all dieses Wissen, das sie auffrißt, innerlich. Wirklich glücklich war sie nur, wenn sie von dir gesprochen hat – und von den Abenteuern, die ihr zusammen erlebt habt.« Sie sah ihn an, und plötzlich war sie wieder ganz begeistertes Kind. Ihre Augen begannen zu leuchten. »Du mußt mir davon erzählen. Von eurem Kampf gegen Vela und den Dronte, und von eurer Reise über die Ebenen von Tuan.«

Skar lächelte. »Ich habe den Eindruck, daß du bereits alles weißt, was es darüber zu wissen gibt«, wich er aus.

»Sie hat mir alles erzählt, ja«, bestätigte Kiina aufgeregt. »Hundertmal. Wir haben ganze Nächte zusammengesessen, und ich habe ihren Worten gelauscht. Aber das war etwas anderes. Ich möchte es von dir hören. Mit deinen Worten.«

»Und du denkst, sie sind anders?«

»*Du* bist anders«, stellte Kiina richtig. »Anders, als ich dich mir vorgestellt habe.«

»So?« fragte Skar belustigt. »Wie hast du mich dir denn vorgestellt?«

»Älter«, antwortete Kiina. »Ruhiger.« Sie lächelte, plötzlich verlegen. »Oder eigentlich nicht. Wenn ... wenn meine Mutter von dir erzählt hat, dann habe ich dich manchmal vor mir gesehen, weißt du? Ganz genau so, wie du bist. Aber das ist über zwanzig Jahre her. Du mußt sehr jung gewesen sein, damals. Nicht viel älter, als ich heute bin.«

Skar schwieg ein paar Augenblicke. Kiina wußte nichts von seinem zwanzig Jahre dauernden Schlaf, so, wie die allerwenigsten wirklich davon Kenntnis hatten. Es gab Gerüchte, Vermutungen und wahrscheinlich bereits die haarsträubendsten Geschichten, aber für die allermeisten Menschen war er irgendwann vor zwanzig Jahren einfach verschwunden und vor wenigen Wochen wieder aufgetaucht. Del und er waren übereingekommen, es auch vorerst dabei zu belassen.

»Ich bin sehr viel älter, als du glaubst«, versicherte er ausweichend. »Ich habe mich gut gehalten, das ist alles.«

Kiinas Gesichtsausdruck machte deutlich, wie wenig sie sich mit dieser Antwort zufrieden gab, und Skar fuhr rasch fort: »Ein alter Satai-Trick. Du wärst erstaunt, wenn du wüßtest, wie einfach er ist. Aber ich werde ihn dir nicht verraten.«

Kiina lächelte pflichtschuldig, aber Skar gab ihr auch jetzt noch keine Gelegenheit, eine Frage zu stellen. »Wer war dein Vater?« erkundigte er sich.

Kiina zuckte mit den Achseln. »Ein Krieger«, antwortete sie. »Ein Satai, wie du – glaube ich. Ich habe ihn nie kennengelernt. Er wurde eines Tages nach Elay gebracht, mehr tot als lebendig, und meine Mutter und einige andere *Errish* pflegten ihn, bis er wieder gesund war.«

»Und in dieser Zeit hat er dich gezeugt?« fragte Skar zweifelnd.

Kiina zuckte abermals mit den Schultern. »Warum nicht? Auch *Errish* sind normale Frauen mit normalen Bedürfnissen, oder? Niemand verpflichtet sie zur Keuschheit. Habt ihr Satai ein entsprechendes Gelübde abgelegt?«

Skar lachte. »Nein. Aber Satai bekommen äußerst selten Kinder, weißt du?«

»So wie *Errish*«, bestätigte Kiina. »Die meisten von ihnen sind steril, durch den dauernden Umgang mit Drogen und den häufigen Kontakt mit ihren Drachen. Aber nicht alle. Etwas ist ... nicht richtig gewesen. Die Droge, die *Errish* normalerweise nehmen, um nicht schwanger zu werden, hat versagt – vielleicht hat meine Mutter auch vergessen, sie zu nehmen.« Sie lächelte schwach.»Das ist die offizielle Version. Aber ich glaube, daß sie mich wollte.«

»Hat sie dir das erzählt?«

»Nein. Aber als klar wurde, daß sie ein Kind erwartete, hat sie die Schwangerschaft nicht abgebrochen, wie es üblich gewesen wäre. Ich glaube, sie war die erste *Margoi* in der Geschichte Elays, die ein Kind bekam.«

Ihre Worte machten Skar betroffen, und plötzlich – so absurd es war –, bedauerte er nichts so sehr wie die Tatsache, daß nicht doch *er* ihr Vater war. Er begriff aus dem Wenigen, was er gehört hatte, daß Gowenna dieses Kind im Grunde seinetwegen bekommen hatte, und plötzlich war er auch sehr sicher, daß nicht einmal die Person ihres Vaters zufällig gewählt gewesen war. Der Mann mußte ihm sehr ähnlich gewesen sein.

»Aber jetzt bist du dran!« forderte Kiina aufgeregt. »Erzähl mir von euren Abenteuern, Skar. Erzähl mir von eurer Flucht vor dem Dronte, und wie ihr ihn schließlich doch besiegt habt.«

Skar warf einen Blick aus dem Fenster. Die Nacht war vollends hereingebrochen, aber es war noch zu früh, und er wußte, daß er trotz seiner Erschöpfung so oder so noch lange keinen Schlaf finden würde – warum also nicht? Und plötzlich *wollte* er es sogar.

Er ließ sich bequemer auf dem Bett zurücksinken, wartete, bis auch Kiina in eine angenehmere Position gerutscht war, und begann mit leiser Stimme zu erzählen ...

*

Von den Eisinseln des Dronte und aus einem Land, zwanzig Jahre und ein Menschenleben in der Vergangenheit gelegen, kehrte er zurück ins Hier und Jetzt, weil ihn zweierlei Dinge weckten: ein im ersten Moment undefinierbares Geräusch, das mit einer Ahnung von Gefahr verbunden war, und das gleichmäßige Streicheln warmer Atemzüge an seinem Hals. Erst danach spürte er die Berührung von seidenweichem Haar auf seinem Gesicht und die Wärme eines schlafenden Körpers an seiner rechten Seite.

Skar öffnete die Augen, blickte einen Moment lang irritiert auf das schlanke blonde Mädchen herab, das sich im Schlaf an ihn gekuschelt und den Arm über seine Brust gelegt hatte, und begriff erst mit einiger Verspätung, wo er sich befand und was geschehen war: Es war nichts weniger Harmloses als der einfache Umstand, daß er eingeschlafen war, irgendwann inmitten seiner Erzählung, und Kiina, müde und naiv, wie sie nun einmal mit ihren sechzehn Jahren war, hatte sich neben ihn gelegt – und warum auch nicht? Er hätte ihr Vater sein können, und auf einer schwer in Worte zu fassenden immateriellen Ebene war er es wohl auch, wenigstens ein bißchen. Und trotzdem war es ihm peinlich, so neben ihr aufzuwachen. Behutsam, um Kiina nicht zu wecken, nahm er ihren Arm von seiner Schulter, schob sich ein wenig zur Seite und knuffte mit der freien Hand sein Kissen zusammen, um es vorsichtig unter ihre Wange zu legen, dorthin, wo gerade noch sein Gesicht gewesen war. Kiina bewegte sich unruhig im Schlaf, und für einen Moment hatte er Angst, daß sie aufwachen könnte. Aber dann drehte sie sich nur herum, zerrte mit einer groben Bewegung die Decke heran und wickelte sich darin ein. Skar lächelte. Ein sonderbares Gefühl von Zärtlichkeit überkam ihn, und er mußte mit großer Kraft gegen den Impuls ankämpfen, die Hand zu heben und ihr über den Kopf zu streicheln.

Erst in diesem Moment fielen ihm die Geräusche wieder ein, die ihn geweckt hatten. Sie waren noch immer da, und wenn sie auch nach wie vor undeutlich und nicht zu identifizieren waren, so hatten sie doch nichts von ihrer Bedrohlichkeit verloren. Leise, aber sehr schnell stand er auf, trat ans Fenster und blickte auf den Hof hinab. Der Lärm nahm zu, und im gleichen Moment wußte er auch, was es gewesen war, das ihn so beunruhigt hatte.

Es mußte nach Mitternacht sein, seinem Gefühl nach, aber der Burghof unter ihm war in helles Licht getaucht. Zahllose Feuer brannten, und an einer Stelle unweit der gegenüberliegenden Mauer hatte sich ein großer Kreis blakender Fackeln gebildet, der in beständiger unruhiger Bewegung war. Schreie gellten zu Skar hinauf, unterbrochen von metallischem Klirren und dem wütenden Knurren und Bellen der Hunde. Skars Kammer lag gute hundert Meter über dem Hof, fast unter der Spitze des Turmes und entschieden zu hoch, ihn mehr als bloße Bewegung erkennen zu lassen. Aber er war lange genug Krieger gewesen, um zu wissen, was dort unten geschah.

Mit einem nur noch halb unterdrückten Fluch fuhr er herum, raffte im Vorbeigehen Mantel und Waffengurt vom Stuhl und band beides um, während er die Kammer verließ und auf die Treppe zuhastete. Er lief so schnell, daß er auf den Stufen ausglitt und sich gerade noch an der Wand abstützen konnte, um einen Sturz zu vermeiden. Trotzdem brauchte er endlose Minuten, um die gewendelte Treppe hinunterzustürmen und den Hof zu erreichen.

Der Lärm hatte sich in einen vielhundertstimmigen Chor aus Schreien und anfeuernden Rufen verwandelt, als er auf den Hof hinausrannte. Er hörte jetzt deutlich das Klirren von Stahl. Skar trat einen Schritt weit auf den Hof hinaus, blieb stehen und sah sich nach den Wächtern um, welche die Aufgabe hatten, für Ruhe und Ordnung zu sorgen.

Er entdeckte einen von ihnen – oder, genauer gesagt, das, was von ihm übrig war: Der Mann lag stöhnend in einer Nische neben der Tür, mit blutüberströmtem Gesicht und den zerbrochenen Resten seines Speeres in den Händen. Die Spitze samt einem halben Meter des Schaftes steckten in seinem Oberschenkel.

Skar kniete neben dem Mann nieder, überzeugte sich mit einem raschen Blick davon, daß die große Arterie in seinem Bein nicht verletzt war, und zog den Speer mit einem Ruck aus der Wunde. Der Mann schrie vor Schmerz auf, aber sein Blick war klar, als er zu Skar aufsah.

»Danke, Herr«, sagte er. »Ich –«

»Was ist passiert?« unterbrach ihn Skar. »Wer hat das getan?«

»Sie kämpfen, Herr«, antwortete der Mann mühsam. Sein Gesicht war grau vor Schmerz. Feiner, eiskalter Schweiß perlte von seiner Stirn und vermischte sich mit den Tränen, die aus seinen Augen liefen. »Unsere Leute gegen ... Quorrl. Ich ... weiß nicht, warum. Wir haben versucht, sie auseinanderzubringen, aber sie ... sie haben uns angegriffen.«

»Wer?« fragte Skar scharf.

Der Wächter antwortete nicht auf seine Frage. »Die anderen sind ... sind tot, Herr«, stöhnte er.

Skar warf einen weiteren besorgten Blick auf seine Wunde. Sie blutete stärker, jetzt, nachdem er die Klinge herausgezogen hatte. Aber sie war nicht lebensgefährlich. »Schaffst du es allein?« fragte er.

Der Mann nickte mit zusammengebissenen Zähnen, und Skar stand auf. »Laß dein Bein versorgen«, gebot er. »Ich rede später mit dir.« Rasch wandte er sich um und begann, sich auf den

Quell des Kampfgeräusches zuzubewegen. Aber obwohl er sich rücksichtslos durch die Menge drängte und schließlich sogar sein Schwert zog, um sich mit der stumpfen Seite der Klinge den Weg zu bahnen, brauchte er fast fünf Minuten, um den Kreis aus Fackelträgern zu erreichen, die den Kampfplatz umgaben.

Und was er sah, übertraf selbst seine schlimmsten Erwartungen – er hatte genug Erfahrung im Kriegshandwerk, um zu wissen, daß Auseinandersetzungen zum Alltag eines Heerlagers gehörten; aber was hier geschah, hatte nichts mehr mit einem normalen Kampf oder auch einer ordinären Schlägerei gemein.

Es war eine regelrechte Schlacht, bei der sich gut zwanzig Satai auf der einen und ein gehöriges Dutzend Quorrl auf der anderen Seite gegenüberstanden, verstärkt durch eine ganze Meute der schwarzen Kampfhunde, die knurrend und geifernd ihre jeweiligen Gegner angingen. Eine fast ebensogroße Anzahl regloser Gestalten am Boden bewies, daß der Kampf schon eine geraume Weile tobte.

Skar stand eine Sekunde wie erstarrt da und blickte auf das Durcheinander ringender Körper, dann stieß er den vor ihm stehenden Mann zur Seite, hob das *Tschekal* und sprang mit einem Satz unter die Kämpfenden. Seine Klinge schlug zwei ineinander verbissene Schwerter auseinander, zwang den Quorrl und seinen menschlichen Gegner gleichzeitig, ein Stück zurückzuweichen, und tötete noch in der gleichen Bewegung einen Hund, der sich in den Arm eines kleinwüchsigen Quorrl verbissen hatte. Ein Schatten sprang auf ihn zu, Metall blitzte. Skar wich der Klinge im letzten Moment aus, brachte den Angreifer mit einem blitzschnellen Tritt gegen das Knie aus dem Gleichgewicht und schlug ihm den Ellbogen gegen die Schläfe, als er neben ihm in die Knie sank. Der Quorrl kippte haltlos zur Seite und blieb stöhnend liegen.

»Aufhören!« schrie Skar. *»Sofort aufhören! Ich befehle es!«*

Er war sicher, daß seine Stimme gehört worden war – aber niemand reagierte. Neben ihm brach ein Satai schreiend zusammen und umklammerte die blutenden Stümpfe seiner Finger, die ihm einer der Hunde abgebissen hatte. Skar schlug dem Tier die flache Seite der Klinge über die Schnauze, erwehrte sich der blindwütigen Hiebe eines weiteren Quorrl und schrie noch einmal: *»Hört auf zu kämpfen! Ich lasse jeden hinrichten, der nicht sofort gehorcht!«*

Der Kampf ging zwar weiter, aber er begann zu erlahmen. Die anfeuernden Rufe aus der Menge waren schon lange verstummt, und ein paar der Männer, die in seiner unmittelbaren Nähe standen, lösten sich zögernd von ihren Gegnern und senkten ihre Waffen. Auf der anderen Seite der improvisierten Arena tobte das Gemetzel mit unverminderter Heftigkeit weiter.

Skar hob wütend sein Schwert, war mit zwei, drei raschen Schritten bei den Kämpfenden und warf sich zwischen zwei Satai und einen Quorrl, die verbissen aufeinander einschlugen. Mit einem gewaltigen Hieb schmetterte er dem Quorrl die Waffe aus der Hand und schleuderte ihn gleichzeitig zu Boden, dann fuhr er herum und parierte den Schwertstreich eines der beiden Satai. Der Mann taumelte zurück, holte zu einem weiteren Schlag aus – und erstarrte mitten in der Bewegung, als er ihn erkannte.

Sein Kamerad nicht. Skar war hundertprozentig sicher, daß auch er wissen mußte, wem er gegenüberstand – wenn schon nicht sein Gesicht, so war doch zumindest sein schwarzer Mantel jedem im Lager bekannt. Aber er senkte seine Waffe nicht, sondern griff Skar im Gegenteil mit einem drohenden Knurren an. Seine Klinge zuckte in einem geraden, sehr schnellen Stich nach Skars Gesicht; gleichzeitig versuchte er, ihm die Beine unter dem Leib wegzutreten.

Skar parierte den Schwerthieb nicht, sondern sprang ein Stück zur Seite und in die Höhe, war plötzlich neben und eine halbe Sekunde später hinter dem Mann und packte seinen Schwertarm. Ein unglaublicher Zorn machte sich in ihm breit. Mit einer einzigen, wütenden Bewegung brach er dem Mann den Arm, schleuderte seinen Gegner zu Boden und warf sich auf ihn. Seine linke Hand krallte sich in das Haar des Satai und riß seinen Kopf zurück, während er die rechte zum tödlichen Hieb gegen seine Kehle ballte.

Aber er schlug nicht zu.

Er wollte es. Alles in ihm schrie danach, den Satai zu töten, den Trotz und Zorn in dessen Blick mit einem einzigen Hieb zum Erlöschen zu bringen. Aber er tat es nicht. Skar erstarrte wie eine Puppe mitten in der Bewegung. Aus der Wut in den Augen des Satai wurde pure Angst, dann Entsetzen, aber der Anblick steigerte die schreckliche Mordlust in Skar nur noch. *Töte ihn!* schrie eine unhörbare Stimme in ihm. *Töte ihn! Er hat dich angegriffen! Er hat den Hohen Satai angegriffen! Du mußt ihn töten! TU ES!*

Skar stöhnte. Die Wut in seinem Inneren verrauchte, ganz ganz allmählich nur, aber er spürte, wie das böse verlockende Flüstern leiser wurde, und ganz langsam senkte er die Hand wieder. *Was war das?* dachte er entsetzt. Wirklich nur der Zorn über diesen unerhörten Angriff? Oder sein Dunkler Bruder, die Bestie in seinem Inneren, die nach zwei Jahrzehnten wieder Blut geschmeckt und zu neuer schrecklicher Präsenz erwacht war?

Er gewahrte, wie der Kampf rings um ihn herum endgültig aufhörte und alles ihn anstarrte, ließ auch das Haar des Satai los, murmelte ein Wort der Entschuldigung, das viel mehr ihm selbst als dem Krieger galt, und wollte aufstehen. Aber er kam nicht dazu.

Plötzlich erscholl hinter ihm ein tiefes, wütendes Knurren. Skar sah eine Bewegung aus den Augenwinkeln, hob instinktiv die Arme, um sein Gesicht und die Kehle zu schützen – und fiel rücklings über den Satai, als der Hund ihn wie eine lebendes Geschoß aus hundert Pfund Muskeln und Knochen ansprang. Fingerlange Zähne schnappten nach seiner Kehle und fetzten Blut und Haut aus seinen Händen, dann bohrte sich ein entsetzlicher Schmerz in seinen rechten Unterarm. Skar schrie auf und versuchte, die Beine an den Körper zu ziehen, um den Hund von sich wegzuschleudern, aber das Tier wich seiner Bewegung fast spielerisch aus. Es war diese Art des Kämpfens gewohnt; schließlich hatte man es sein Leben lang darauf trainiert, mit Gegnern wie ihm fertig zu werden.

Skar bog verzweifelt den Kopf zur Seite, als sich die Zähne des Kampfhundes aus seinem Arm lösten und nach seinem Gesicht schnappten. Blindlings schlug er zu, traf aber nur den harten Stirnknochen des Hundes; ein Hieb, der weh tat, die Wut des Tieres aber nur noch steigerte. Diesmal gruben sich die Zähne des Ungeheuers tief in seine rechte Schulter. Skar stürzte zum zweiten Mal nach hinten, und dieses Mal hatte er nicht mehr die Kraft, sich in die Höhe zu stemmen. Dutzende von Gestalten umgaben ihn, Menschen wie Quorrl, aber niemand machte auch nur den Versuch, ihm zu Hilfe zu kommen.

Der Hund fiel mit einem schrillen Heulen über ihn her, schnappte nach seiner Kehle und versuchte, ihn mit den Pfoten in die Augen zu treffen. Skar schlug ihm gegen die Schnauze, spürte, wie einer der langen, spitzgefeilten Reißzähne abbrach und bekam das Fell unter seinem Hals zu fassen. Mit aller Kraft zerrte er daran, brachte den Hund mit einem verzweifelten Ruck aus dem Gleichgewicht und tastete mit der freien Hand nach seinem Schwert.

Ein schwarzer Stiefel trat nach dem Griff des *Tschekal.* Die Waffe verschwand klappernd zwischen den Beinen der Zuschauer. Skar schrie vor Wut und Enttäuschung auf, war aber geistesgegenwärtig genug, auch mit der zweiten Hand zuzupakken, als der Hund seinen Griff zu sprengen drohte. Seine Finger gruben sich so tief in den Hals des mächtigen Tieres, daß Blut aus seinem Fell sickerte.

Trotzdem fühlte er, daß er den Kampf verlieren würde. Der Hund raste vor Mordlust, und seine Kraft war einfach größer als seine eigene. Skar trat zwei-, dreimal hintereinander mit dem Knie zu und spürte, wie eine Rippe des Hundes brach. Das Tier heulte schrill – und seine Fänge näherten sich weiter Skars Gesicht. Sein Atem war heiß und roch nach Blut und Verwesung.

Und plötzlich war ein zweiter, noch größerer Schatten über ihm. Eine schuppige Hand packte den Hund, riß ihn scheinbar mühelos von Skar herunter und brach ihm noch in der gleichen Bewegung das Genick.

Skar schloß aufatmend die Augen, blieb eine Sekunde reglos mit zitternden Gliedern liegen und begann sich dann sehr vorsichtig zu erheben. Eine riesige Krallenhand streckte sich ihm entgegen. Er ergriff sie, ließ sich von dem Quorrl in die Höhe ziehen und erkannte erst dann das flache, grüngeschuppte Gesicht des Barbarenkriegers, der ihn gerettet hatte.

»Titch!« rief er überrascht aus. »Du?«

»Jemand mußte dir ja helfen, nicht wahr?« spöttelte Titch. »Deine eigenen Leute wollten es ja offensichtlich nicht.« Er wurde übergangslos ernst, drehte sich herum und fuhr den erstbesten Quorrl an, den er sah: »Was ist hier geschehen?«

»K'scherian«, begann der Quorrl, *»essha –«*

»Sprich so, daß man dich versteht, Kerl!« unterbrach ihn Titch wutentbrannt, und noch immer in der Hochsprache Enwors. Skar begriff, daß Titch wollte, daß er jedes Wort verstand.

Der Krieger schrumpfte unter Titchs Blick sichtlich in sich zusammen. »Die Satai haben uns angegriffen, Herr, und –«

Titchs Schlag kam so schnell, daß nicht einmal Skar ihn sah. Der Quorrl keuchte, taumelte einen Schritt zurück und griff sich mit beiden Händen an den Hals. Dunkles Blut quoll zwischen seinen Fingern hervor. Er war tot, noch bevor er zur Seite fiel und auf dem Boden aufschlug.

»Nicht!« rief Skar erschrocken. Titch fuhr herum und funkelte ihn zornig an, und Skar fügte mit einem raschen Verziehen der Lippen hinzu: »Es geht mich nichts an, ich weiß – aber wir erfahren nicht, was passiert ist, wenn du deine Leute umbringst, ehe sie es uns sagen können.«

Titch antwortete nicht darauf, sondern blickte ihn nur weiter aufgebracht an, und Skar gewann ein paar Sekunden, indem er sich nach seinem Schwert bückte und es wieder in den Gürtel schob. Die Männer, denen er dabei nahe kam, wichen fast angstvoll vor ihm zurück. Er fragte sich, ob der dabei war, dem ein gewisser Stiefel gehörte.

Als er sich wieder aufrichtete und zu Titch umdrehte, bemerkte er, daß der Quorrl nicht allein gekommen war, sondern in Begleitung seiner Leibgarde, eines guten halben Hunderts Quorrl, die jetzt allerdings nicht mehr die prachtvollen Metallrüstungen vom Nachmittag trugen, sondern in schwarze Harnische aus Leder und eisenhartem Holz gehüllt waren. Dazu trugen sie dunkelrote

Mäntel, die bei der schlechten Beleuchtung aber ebenfalls schwarz aussahen, und flache, sehr wuchtige Helme, die ihre Gesichter fast vollständig verdeckten. Die Krieger hatten einen zweiten, undurchdringlichen Ring hinter dem Kreis aus Fackeln gebildet, und einige von ihnen begannen auf einen wortlosen Wink Titchs hin, jene Quorrl zusammenzutreiben, die an dem Kampf gegen die Satai beteiligt gewesen waren. Skar sah ihnen einen Moment dabei zu, ehe er sich an seine Leute wandte. »Also«, fragte er laut. »Wer war dabei?« Als niemand antwortete, wandte er sich an einen Mann, der mit schmerzverzerrtem Gesicht auf dem Boden hockte und seinen blutenden Arm umklammerte. »Du da! Soll ich dich gleich hier auf der Stelle erschlagen, oder nennst du mir die Namen der anderen?«

Der Mann starrte ihn an, aber der Ausdruck auf seinem Gesicht war eher Trotz als Respekt, so daß Skar sich daran machte, die Männer selbst zu identifizieren. Es war keine sehr schwere Aufgabe – kaum einer der Satai, die am Kampf gegen die Quorrl teilgenommen hatten, war gänzlich ohne Verletzungen davongekommen, und schon nach wenigen Augenblicken stand Skar eine Reihe von fast zwanzig Männern gegenüber. Er suchte vergeblich nach irgendeinem Zeichen von Einsicht oder Reue in den harten, schweißglänzenden Gesichtern.

»Ihr wißt, daß ich euch dafür töten lassen könnte«, eröffnete er ihnen. »Hier auf der Stelle, ohne ein weiteres Wort.«

»Es waren die Quorrl, die angefangen haben, Herr«, rief einer der Männer. »Wir haben uns nur verteidigt, und –«

Skar schlug ihm mit der flachen Hand über den Mund, und der Mann verstummte abrupt. In seinen Augen blitzte Zorn.

»Ich will nicht wissen, wer den Kampf begonnen hat«, sagte Skar laut. »Es interessiert mich auch nicht, was passiert ist.«

»Aber Herr!« protestierte ein anderer Satai. »Ihr könnt nicht –«

»Ich kann, und ich werde«, unterbrach ihn Skar hart. »Geht und laßt eure Wunden versorgen. Und danach erwarte ich euch in Dels Quartier. Alle, ohne Ausnahme.«

Er spürte, daß seine Worte nicht die Wirkung hatten, die sie hätten haben sollen. Sie erfüllten die Männer mit Furcht, auch mit Zorn, aber keiner von ihnen schien auch nur zu begreifen, was er getan hatte. Vielleicht, überlegte Skar, war er ungerecht. Womöglich war es wirklich nicht ihre Schuld gewesen. Er wußte, daß die Dinge manchmal ein Eigenleben entwickelten, gegen das man hilflos war. Trotzdem.

»Geht!« befahl er noch einmal, und sehr viel lauter. »Es sei denn, ihr legt Wert darauf, in Ketten abgeführt zu werden!«

Das wirkte. Die Männer setzten sich widerwillig in Bewegung, wobei die Unverletzten ihre verwundeten Kameraden stützten oder auch trugen. Zwei der Männer waren tot, wie Skar feststellte, einer von einem Axthieb fast in zwei Hälften gespalten, der andere offensichtlich von einem Hund zerfetzt.

Der Anblick erinnerte ihn wieder an sein eigenes Beinahe-Schicksal. Schaudernd wandte er sich um und schaute auf den Kadaver des Hundes herunter, dem Titch das Genick gebrochen hatte. Es war eine riesige Kreatur. Selbst im Tode strahlte sie noch etwas Bedrohliches aus.

»Ein herrliches Tier, nicht wahr?« ließ sich Titch neben ihm vernehmen. Skar blickte auf, sah einen Moment in die schmalen Augen des Quorrl und zog eine Grimasse.

»Mir kam es nicht ganz so herrlich vor«, antwortete er.

Titch lachte leise. »Was willst du? Es hat getan, wozu es ausgebildet wurde. Verachtest du das Schwert, das dich tötet, oder den Arm, der es führt?« Er hob die Hand, als Skar widersprechen wollte. »Du solltest dir Gedanken um deine Schulter machen, statt um einen toten Hund«, fügte er hinzu. »Sie blutet.«

Wie um seine Worte zu unterstreichen, meldeten sich die beiden Bißwunden in seinem Arm und der Schulter mit klopfenden Schmerzen zurück. Skar tastete mit spitzen Fingern danach und stellte fest, daß sie harmlos waren. Aber sie schmerzten heftig, und es würde ein paar Tage dauern, bis er die Schulter wieder uneingeschränkt bewegen konnte.

Titchs Blick war seiner Handbewegung gefolgt. Jetzt sah er kopfschüttelnd auf das Blut auf Skars Fingerspitzen herunter. »Mein Leibarzt wird sich um deine Verletzungen kümmern«, bot er an. »Wenn du es erlaubst, daß dich ein *Quorrl* anrührt, Satai.«

Skar schürzte ärgerlich die Lippen. Er hatte Titchs Anerbieten tatsächlich ablehnen wollen, aber das konnte er jetzt nicht mehr. Außerdem war es vielleicht eine gute Gelegenheit, mit dem Quorrl zu reden. Er hätte es längst tun sollen.

Nebeneinander verließen sie den Hof. Diesmal mußte Skar sich nicht mit Gewalt seinen Weg freikämpfen, denn Titchs Quorrl hatten eine Gasse für sie geschaffen, die niemand zu betreten wagte. Trotzdem hatten die wenigen Dutzend Schritte etwas von einem Spießrutenlauf an sich; Skar spürte die vorwurfsvollen, ja, feindseligen Blicke wie glühende Messer, und es gehörte nicht viel Phantasie dazu, sich auszumalen, was die Männer beim Anblick ihres Kommandierenden empfinden mochten, der neben einem *Quorrl* den Hof verließ – nachdem er zwei seiner eigenen Krieger niedergeschlagen und die andern schmählich gefangengenommen hatte. Manchmal beneidete er Titch um die sklavische Ergebenheit seiner Krieger.

Titch war einer der wenigen Quorrl, die ein Quartier in der Burg hatten: einen sehr großen, nach einer Seite zu einem der zahllosen Innenhöfe der Burg hin offenen Raum, der so spartanisch eingerichtet war, wie Skar es von einem Quorrl erwartet hatte. Die einzige Bequemlichkeit war ein weiches, sehr breites Bett, auf das er Skar fast mit Gewalt niederstieß, damit sich sein Leibarzt Skars Verletzungen ansehen konnte.

Die Prozedur war sehr schmerzhaft, denn der Quorrl mochte viel von der Heilkunst verstehen, aber er war Patienten gewohnt, die dreihundert Pfund wogen und eine Haut hatten, die kaum weniger fest als Eisen war. Trotzdem ließ Skar alles mit zusammengebissenen Zähnen und klaglos über sich ergehen, und als der Quorrl fertig war, fühlte er sich tatsächlich besser. Sein Arm und die Schulter waren mit einer grauen, übelriechenden Salbe beschmiert und anschließend so dick verbunden worden, daß er sie kaum noch bewegen konnte. Aber die Schmerzen waren verschwunden, und dafür hatte sich ein taubes Gefühl in seinen Gliedern breitgemacht.

Titch schickte den Arzt weg und goß Wein aus einem tönernen

Krug in zwei zierliche Becher, als Skar aufstand. Skar nahm das Getränk wortlos entgegen und kostete. Es war süß und sehr schwer; er würde nicht mehr als diesen einen Becher trinken dürfen, wollte er am nächsten Tag keinen schweren Kopf haben.

»Fühlst du dich besser?« fragte Titch. Die Frage kam Skar so überflüssig vor, daß er den Quorrl einen Augenblick lang verwirrt ansah, ehe er begriff, daß Titch nur nach einer Möglichkeit suchte, das Gespräch zu eröffnen. Er hatte nicht viel Übung in Konversation.

»Ja«, antwortete er. »Dein Mann hat ein kleines Wunder vollbracht.« Er lächelte unsicher. »Ich wußte gar nicht, daß ihr so gute Ärzte habt.«

»Wer viele Wunden schlägt, der weiß auch, sie zu heilen«, entgegnete Titch. Skar war sich nicht sicher, ob die Worte spöttisch oder ernst gemeint waren. Titch verwirrte ihn immer mehr. Je besser er ihn kennenzulernen glaubte, desto weniger verstand er ihn.

»Ich danke dir jedenfalls noch einmal, daß du mich gerettet hast«, sagte er. »Aber gestattest du mir eine Frage?«

Titch nickte, und Skar fuhr fort: »Warum hast du es getan?«

»Warum?«

Skar nippte an seinem Wein. Mit dem zweiten Schluck begann er besser zu schmecken, aber Skar spürte auch bereits ein leises Gefühl von Beschwipstheit. Der Wein mußte zu fast hundert Prozent aus Alkohol bestehen, dessen Geschmack nur verändert worden war. Behutsam stellte er den Becher auf den Tisch, ehe er weitersprach. »Wir waren bisher keine Freunde«, begann er vorsichtig. »Ich habe deinen Bruder getötet, und ich habe dich gedemütigt, vor deinen Leuten. Wäre es umgekehrt gewesen, hätte ich mir überlegt, ob es nicht eine bequeme Möglichkeit gewesen wäre, mich loszuwerden.«

»Und einen Krieg zwischen unseren Leuten zu riskieren?«

»Es war ein *Satai*, der den Hund auf mich gehetzt hat«, erinnerte Skar.

»Und es war ein Satai, der dein Schwert wegstieß«, fügte Titch ungerührt hinzu. »Ich weiß. Ich habe alles gesehen. Aber welchen

Unterschied hätte das gemacht? Wie hätte dein Freund darauf reagiert, der andere Hohe Satai, wenn man ihm berichtet hätte, daß du tot bist? Wenn er erfahren hätte, daß du dich in einen Kampf zwischen Quorrl und Satai eingemischt und dabei den Tod gefunden hast?« Er schüttelte heftig den Kopf. »Vielleicht werde ich dich eines Tages töten, Satai«, sagte er sehr ernst und ohne die mindeste Spur irgendeiner Drohung. Es war eine reine Feststellung. »Aber wenn, dann wird es ein Kampf nur zwischen uns beiden sein. Warum sollen zwei Völker untergehen, nur weil zwei *Männer* sich streiten?«

»Es ist wegen Trash, nicht wahr?« fragte Skar. »Er war dein Bruder.«

»Und mein Vater«, fügte Titch hinzu.

Skar blickte überrascht auf. »Wie –«

»Er war der Sohn meiner Mutter«, erklärte Titch. »Und zugleich mein Vater. Alles, was ich weiß, habe ich von ihm gelernt.« Er sah Skar plötzlich fast erwartungsvoll an. »Schockiert dich das, *Mensch*?« fragte er.

»Ein ... wenig«, gestand Skar. »Ich wußte nicht, daß –«

»Was?« unterbrach ihn Titch. »Was wußtest du nicht, Satai? Befremdet es dich etwa, daß der Sohn einer Quorrl mit ihr ein Kind zeugt? Das verstehe ich nicht. Ihr haltet uns doch für Tiere. Ihr laßt doch keine Gelegenheit aus, uns zu demonstrieren, wie barbarisch wir sind und wie zivilisiert und edel ihr.«

»Du bist verbittert«, warf Skar ein.

Titch leerte mit einer wütenden Bewegung seinen Becher und füllte ihn wieder auf. »Nein«, widersprach er heftig. »Du verstehst nichts, Satai, gar nichts. Für euch sind wir doch nur Barbaren, primitive Wilde, die ihr verachtet. Hätten wir weiches Fell statt Schuppen, würdet ihr uns streicheln und uns Ketten um die Hälse binden, damit eure Kinder auf uns reiten können.« Er leerte auch seinen zweiten Becher, streckte die Hand aus, um ihn wieder aufzufüllen, und zog sie dann wieder zurück. Ganz plötzlich wirkte er betroffen über seine eigene Entgleisung.

»Es ist spät«, sagte er plötzlich. »Du solltest gehen. Wir müssen morgen früh auf, und ich bin sicher, dein Freund Del hat noch mit dir zu reden.«

Das war nicht der wahre Grund. Titch bedauerte seine Worte, und er wollte, daß Skar ging, ehe er noch mehr sagen konnte, was ihm hinterher vielleicht leid täte. Trotzdem zögerte Skar nicht, seinen Mantel überzustreifen und sich zur Tür zu wenden. Aber er blieb noch einmal stehen, ehe er den Raum verließ.

»Da ist noch etwas, was mir nicht aus dem Kopf geht, Titch«, sprach er ihn nochmals an.

Der Quorrl wandte sich widerwillig zu ihm um. »Ja?«

»Etwas, das du heute morgen gesagt hast«, fuhr Skar fort. »Du hast geäußert, alle diese Krieger wären bereits tot. Was hast du damit gemeint?«

Titch zögerte, und Skar begriff, daß er abermals ein Thema angesprochen hatte, über das der Quorrl nicht gerne sprach. Aber dann antwortete er doch. »Nur ein Gefühl, Satai. Es war nur ein Gefühl. Keiner von uns wird zurückkehren.«

»Das glaubst du wirklich?« fragte Skar. »Keine besonders gute Voraussetzung, um einen Krieg zu gewinnen, oder?«

»Wir werden ihn gewinnen«, versicherte Titch. »Ich weiß es. Trotzdem wird keiner von uns seine Heimat wiedersehen. Sie –« Er stockte, starrte einen Moment an Skar vorbei ins Leere und machte dann eine vage Bewegung mit beiden Händen, deren Bedeutung Skar nicht verstand. »Du weißt nichts über unser Volk.«

»Nicht viel –«

»Nichts«, unterbrach ihn Titch heftig. »Du bist wie alle anderen, Skar. Du bist vielleicht ein wenig intelligenter, ein wenig älter, vielleicht sogar ein wenig weiser – was immer ihr Menschen darunter verstehen mögt. Aber du weißt so wenig über unser Volk wie diese Narren dort draußen, die du fast so sehr verachtest wie uns.« Er füllte nun doch seinen Weinbecher und trank einen weiteren gewaltigen Schluck. Er war nervös. Seine Hände zitterten, aber Skar hatte das sichere Gefühl, daß es nicht nur am Wein lag.

»All diese Männer dort draußen«, fuhr Titch mit einer Handbewegung zum Fenster hin fort, »haben Abschied von ihren

Familien genommen. Sie haben die Todesweihen bereits empfangen, Satai. Sie sind tot. Sie werden nicht zurückkehren, auch wenn sie den Krieg überleben sollten.«

»Gilt das ... auch für dich?« fragte Skar leise.

Titch lachte bitter. »O ja. Du stehst einem Toten gegenüber, Satai. Einem Toten, der eine Armee von Toten befehligt. Und du mußt keine Angst vor mir haben. Ich hasse dich nicht, weil du Trash erschlagen hast. Du hast einen Toten getötet! Sollte ich dir das übel nehmen?«

Skar schwieg. Betroffen blickte er Titch an. In den Augen des Quorrl war ein Schmerz, den er nicht einmal in Ansätzen nachzuempfinden vermochte. Und auch Zorn. Aber keines von beiden galt ihm, oder den Satai dort draußen. Etwas ging in dem Quorrl vor, das ihn erschreckte.

»Das wußte ich nicht«, sagte er mitfühlend. »Ich –«

»Jetzt weißt du es«, unterbrach ihn Titch zornig. »Und nun kannst du dir einbilden, alles über uns zu wissen. Du kannst zu deinen Freunden gehen und damit prahlen.«

»Ich werde es für mich behalten, Titch«, versprach Skar, »wenn es ein Geheimnis deines Volkes ist.«

»Ein Geheimnis?« Titch lachte böse. »Wir haben keine Geheimnisse, Skar. Nicht vor euch. Es ist uns gleich, was ihr über uns wißt und was nicht. Es spielt keine Rolle. Und nun geh.« Er machte eine ungeduldige Handbewegung. »Du kannst in Ruhe schlafen, ohne Angst vor mir oder meinen Männern haben zu müssen.«

Skar rührte sich nicht von der Stelle. »Warum bist du so bitter?« fragte er.

»Bitter?« Titch legte in einer bedrückend menschlichen Bewegung den Kopf auf die Seite und sah ihn an. »Ich bin nicht bitter, Skar«, versicherte er. »Ich bin –« Er brach ab, trank wieder aus seinem Becher und schüttelte bestimmt den Kopf. »Du würdest es nie verstehen.«

»Es gibt doch ein Geheimnis«, vermutete Skar ins Blaue hinein. »Oder zumindest etwas, was ich nicht weiß.«

»Ja«, antwortete Titch. »Und du wirst es nie erfahren. Es ist etwas, das dich nichts angeht, Mensch. Wüßtest du es, müßte ich dich töten. Deshalb ist es besser, du hörst auf, Fragen zu stellen.«

Skar sah ihn noch einen Moment lang sehr nachdenklich an. Aber dann wandte er sich endgültig um und ging.

*

Del hörte schweigend zu, während Skar und der verwundete Wächter berichteten, und auch hinterher verging lange Zeit, bis er endlich auf Skars herausfordernden Blick reagierte. Aber er tat es auf andere Art, als Skar erwartet hatte.

»Das ist … eine schlimme Geschichte«, sagte er langsam. Er richtete sich ein wenig in dem klobigen Thronsessel auf, in dem er Platz genommen hatte, und sah den verletzten Satai an. »Konntest du die Männer erkennen, die dich und deine Kameraden niedergeschlagen haben?« fragte er.

Der Mann schüttelte so schnell den Kopf, daß auch dem Dümmsten klar werden mußte, daß er log. »Es ging alles viel zu schnell, Herr«, antwortete er mit einem raschen, fast ängstlichen Blick auf Skar. »Wir … versuchten sie auseinanderzutreiben, aber sie fielen fast sofort über uns her.«

»Aber du konntest wenigstens erkennen, ob es Satai oder Quorrl waren?« fragte Skar scharf.

Der Mann blickte unsicher zu Boden. »Nein«, erwiderte er. »Nicht … richtig.«

Skar streckte wütend den Arm aus, um ihn an der Schulter herumzureißen, aber dann erinnerte er sich im letzten Augenblick daran, daß der Mann verwundet war und Mühe hatte, auf dem durchbohrten Bein zu stehen. »Was soll das heißen, nicht richtig?« fauchte er. »Du willst mir erzählen, jemand hat deine drei Kameraden erschlagen und dich niedergestochen, und du weißt nicht einmal, ob es Quorrl oder Satai waren?«

»Laß ihn, Skar«, bat Del. Skar sah überrascht und verärgert zugleich auf und wollte auch ihn anfahren, aber Del hob noch einmal die Hand und winkte beruhigend ab. *Laß uns nicht vor einem der Männer miteinander streiten*, signalisierte sein Blick. Laut entschied er. »Wir werden ihn morgen befragen, wenn er zur Ruhe gekommen ist. Du siehst doch, daß der arme Kerl kaum mehr auf den Beinen stehen kann.«

Skar schluckte die scharfe Entgegnung hinunter, die ihm auf der Zunge lag, und nickte nur. Wortlos wartete er, bis Del den Wächter entlassen hatte und sie allein waren.

»Was soll das bedeuten, Del?« fragte er dann. »Wieso fällst du mir in den Rücken? Du weißt so gut wie ich, daß es *Satai* waren, die ihn und seine Kameraden niedergeschlagen haben. *Unsere eigenen Leute!*«

»Ich weiß gar nichts«, antwortete Del ruhig. »Der Mann ist verletzt und hat Fieber, das ist es, was ich weiß. Wir reden morgen mit ihm.« Der Ton, in dem er diese Worte aussprach, machte klar, daß er das Thema damit für erledigt erklärte.

Skar nicht. »Dann nehme ich an, daß es dich auch nicht interessiert, was dort unten auf dem Hof passiert ist?« fragte er böse.

»Du täuschst dich, Skar«, antwortete Del, noch immer aufreizend ruhig. »Jemand hat versucht, dich umzubringen, und das interessiert mich sehr wohl. Konntest du erkennen, *wer* den Hund auf dich gehetzt hat?«

»Nein«, erwiderte Skar. »Ich –«

»Es könnte also genausogut ein Quorrl gewesen sein?« unterbrach ihn Del.

Es dauerte einige Sekunden, bis Skar begriff. »Das ist nicht dein Ernst«, sagte er. »Du ... du versuchst selbst jetzt noch –«

»Ich versuche«, schnitt ihm Del erneut und mit scharfer, deutlich erhobener Stimme das Wort ab, »die Wahrheit herauszufinden, Skar. Wenn es unter unseren Männern jemanden gibt, der seine Hand gegen den Hohen Satai erhebt, dann will ich das wissen. Du behauptest, einer unserer eigenen Männer hätte versucht, dich zu töten. Soll ich das mit einem Achselzucken und den Worten abtun: *Du lebst ja noch.*«

»Du hast völlig recht«, sagte Skar. »Ich lebe noch. Und das habe ich einem Quorrl zu verdanken, wenn du es genau wissen willst.«

Del nickte ungerührt. »Titch ist ein kluger Mann«, warf er ein.

»Er weiß, was geschehen wäre, hätte der Hund dich getötet.«

Skar sprang so wütend von seinem Stuhl auf, daß das Möbel polternd umfiel. *»Verdammt, rede ich so undeutlich, oder willst du mich nicht verstehen?!«* brüllte er. »Ich spreche nicht von dem Hund, oder dem Mann, der ihn auf mich gehetzt hat! Ich rede davon, daß sich zwanzig unserer Leute mit den Quorrl dort unten eine Schlacht geliefert haben! Was gedenkst du zu unternehmen, *Hoher Satai*?!«

Del ignorierte den verletzenden Ton, in dem er die beiden letzten Worte hervorgebracht hatte, und seufzte nur. Er schwieg.

»Nichts«, beantwortete Skar nach einer Weile seine eigene Frage. Sein Zorn verrauchte so schnell, wie er gekommen war. »Du wirst nichts tun, habe ich recht?«

»Was soll ich tun, deiner Meinung nach?« fragte Del leise. »Du hast es selbst gesagt – du weißt nicht, wer den Kampf begonnen hat, und warum. Ich werde die Männer befragen, und wenn sich herausstellen sollte, daß es einer von ihnen war, der den Streit provoziert hat, werde ich ihn natürlich bestrafen.«

Skar lachte böse. »Als ob es eine Rolle spielt, wer *angefangen* hat. Verdammt, Del, wir sind hier nicht im Kindergarten, und es geht nicht darum, daß einer mit dem Finger zeigt und ruft, der da hat angefangen.«

»Worum dann?« fragte Del.

»Es geht um –« Skar brach ab, ballte hilflos die Fäuste und versetzte schließlich dem Tisch einen Tritt. Del lächelte.

»Du willst also nichts unternehmen?« drängte Skar.

»Was soll ich tun? Die Männer öffentlich hinrichten lassen, wie Titch es mit seinen Quorrl getan hat?« Skar wollte antworten, aber Del unterbrach ihn abermals mit einer Handbewegung und fuhr fort: »Ich verstehe dich, Skar, aber du mußt auch mich verstehen. Wir brauchen diese Männer. Die Situation ist angespannt, und das Warten macht sie verrückt. Sie sind gute Krieger, aber sie sind keine Satai – nicht so wie du und ich. Und es waren nur Quorrl.«

Skar starrte ihn an. Del lächelte, aber sein Lächeln erlosch nach und nach, als er seinem Blick begegnete, und schließlich machte sich so etwas wie Betroffenheit auf seinen Zügen breit.

»Was ist nur mit dir geschehen, Del?« flüsterte Skar. »Warum bist du so hart?«

»Hast du mich nicht gelehrt, es zu sein?« fragte Del.

»Nicht so«, antwortete Skar. »Hart zu dir selbst, ja. Hart zu deinen Feinden, wenn es sein muß. Aber nicht so. Ich habe dir nie beigebracht, grausam zu sein.«

»Grausam?« Del klang ehrlich überrascht. Er schwieg einen Moment, als müsse er das Wort erst ein paarmal für sich wiederholen, um sich davon zu überzeugen, daß Skar es auch wirklich ausgesprochen hatte. »Ist es das, wofür du mich hältst?« fragte er dann. »Für *grausam*?«

»Weißt du ein anderes Wort?« begehrte Skar auf.

»Ich habe einen Krieg zu gewinnen, Skar«, bemerkte Del leise.

»So?« Skar machte ein angewidertes Gesicht. »Das hatten wir schon öfter, Del. Du und ich, wir haben in mehr als einem Krieg zusammen gekämpft. Aber niemals *so*!«

»Es gab auch noch niemals einen Krieg, der *so* war«, antwortete Del. »Es geht hier nicht um die Macht in einem Königreich. Es geht nicht um Schätze oder Landgewinn. Es geht nicht einmal mehr um Macht. Es geht um die Existenz unserer Welt. Willst du, daß sie von Männern wie Drask beherrscht wird?«

»Vielleicht ist das immer noch besser, als wenn sie von Männern wie *dir* beherrscht würde«, hielt ihm Skar entgegen.

Er erschrak über seine eigenen Worte, und auch Del fuhr wie unter einem Hieb zusammen. Skar begriff, daß er ihn zum allerersten Mal *wirklich* getroffen hatte, seit sie mit diesem endlosen Streit begonnen hatten. Seine Worte taten ihm leid. Aber er spürte auch gleichzeitig, daß sie die Wahrheit gewesen waren. Und daß sie das Wenige, was noch zwischen ihnen gewesen sein mochte, endgültig zerstört hatten.

Langsam, mit zitternden Händen, aber trotzdem sehr ruhigen Bewegungen, löste er den schwarzen Mantel des Hohen Satai von seinen Schultern und warf ihn vor Dels Thron zu Boden. Del versuchte nicht, ihn daran zu hindern.

*

Kiina schlief noch, als er in sein Zimmer zurückkam, aber er war laut genug, sie aufzuwecken. Während sie sich mühsam auf die Ellbogen hochstemmte und die Müdigkeit wegzublinzeln versuchte, machte er Licht und begann, die wenigen Habseligkeiten, die er mitgebracht hatte, in seine Satteltaschen zu stopfen; schnell und mit den übertrieben heftigen Bewegungen eines Mannes, dessen Handeln von schierer Wut bestimmt wird. Er war sich vollkommen darüber im klaren, daß er seinen Entschluß schon bald bereuen würde – aber vielleicht war gerade das der Grund, weshalb er keine weitere Minute mehr vergeuden wollte. Er hätte schon längst gehen sollen, schon vor Tagen, und er wußte, daß er in seiner Entscheidung abermals schwankend werden würde, wenn er es jetzt nicht *sofort* tat. Wenn die Sonne aufging, dann mußte er meilenweit weg sein von dieser verdammten Burg, und von diesem Krieg. Es hieß, daß man vor seinem Schicksal nicht davonlaufen konnte, aber verdammt, wer hatte je gesagt, daß es sein Schicksal sein mußte, in einem Krieg mitzukämpfen, der nicht *sein* Krieg war und dessen wirklichen Grund er nicht einmal kannte?

»Was tust du?« fragte Kiina verwirrt.

»Das siehst du doch!« knurrte Skar, ohne sich zu ihr umzudrehen. »Ich gehe.«

Kiina stand auf, machte einen Schritt und blinzelte benommen. Sie war offensichtlich noch nicht ganz wach; und ebenso offensichtlich begann sie erst allmählich zu begreifen, wo sie überhaupt war. Skar sah, daß sie fast unmerklich zusammenfuhr, als ihr klarwurde, daß sie an seiner Seite eingeschlafen war. Aber sie verlor kein Wort darüber.

»Du gehst?« fragte sie gähnend. »Wohin?«

Skar zuckte abgehackt mit den Schultern und schloß die Schnalle seiner Satteltasche. »Irgendwohin«, entgegnete er . »Enwor ist groß.«

»Du gehst *fort*?« vergewisserte sich Kiina verwirrt. Sie gähnte erneut, fuhr sich mit der linken Hand über die Augen und sah ihn verstört – und ein bißchen erschrocken – an. Dann nickte sie, als wäre ihr etwas Wichtiges eingefallen.

»Du hast dich mit Del gestritten«, vermutete sie.

»Sieht man mir das so deutlich an?« fragte Skar verärgert.

»Nein«, antwortete Kiina. »Aber ihr beiden tut doch nichts anderes.« Sie lächelte matt. »Ich habe mit Bradburn gesprochen – und einigen der anderen Männer. Es heißt, ihr wärt einmal Freunde gewesen. Aber seit ihr hierhergekommen seid, streitet ihr euch, so oft ihr euch seht.«

»Das stimmt«, gab Skar zu und schwang sich die Satteltaschen über die Schulter. »Und das ist auch der Grund, warum ich gehe. Es tut mir leid, daß ich dir nicht helfen konnte. Aber ich bin sicher, Del wird auch Elay befreien, sobald er seinen Krieg gewonnen hat.«

Er wollte zur Tür gehen, aber Kiina vertrat ihm den Weg. »Was ... was soll das heißen?« fragte sie fassungslos. Offensichtlich hatte sie immer noch nicht begriffen, was er *wirklich* gemeint hatte. »Du willst uns im Stich lassen?«

Skar schob sie grob beiseite, ging aber trotzdem nicht weiter. Es war absurd, aber er hatte plötzlich das Gefühl, sich vor diesem Kind rechtfertigen zu müssen. »Ich lasse euch nicht im Stich«, stellte er richtig. »Es tut mir leid, wenn du es so siehst, aber es ist nicht so. Ich ... ich muß einfach fort. Weg von Del, ja, aber auch weg von diesem Heer, weg von diesem Krieg, weg von ... von diesem verdammten Ort.«

Und genau das war es. Es war, als zerrisse ein unsichtbarer Schleier, der bisher über seinem Denken gelegen hatte; als hätte er es erst laut aussprechen müssen, um die Wahrheit zu erkennen, obwohl sie so simpel war:

Es war dieser Ort. Diese Burg mit ihren schwarzen, himmelstürmenden Mauern und ihrer Kälte und Finsternis. Es hatte begonnen, als er das erste Mal hiergewesen war, als Drasks Gefangener und später sein scheinbarer Verbündeter, und es war weitergegangen, nachdem Del und er diese Festung genommen hatten und zum zweiten Mal hierhergekommen waren. Es war etwas an – in – ihr, das seine Gedanken wie ein schleichendes Gift verpestete, das nicht nur ihn, sondern jeden hier reizbar und aggressiv und böse machte. Es war ganz genau so, wie Kiina gesagt hatte: Dieser Ort war *böse*. Und er ließ jeden böse werden, der zu lange in seinen Mauern weilte.

Kiinas Gedanken schienen in den gleichen Bahnen zu verlaufen, denn sie widersprach ihm nicht mehr. Sie versuchte auch nicht, ihn noch einmal zurückzuhalten, sondern nickte im Gegenteil.

»Dann komm mit mir«, schlug sie vor. »Geh mit mir zurück nach Elay, Skar.«

Einen Moment lang war Skar wirklich versucht, ihr Angebot anzunehmen. Aber nur für eine Sekunde. Es war sinnlos. Er hatte das *Netz* gesehen, und das, was es aus den *Errish* gemacht hatte. Dieses Ding hatte zehntausend Ehrwürdige Frauen und ihre unbesiegbaren Drachen überwunden – was sollte er wohl dagegen ausrichten?

»Nein«, entschied er. »Es wäre sinnlos, Kiina. Und es wäre auch nicht das, was ich will.«

»Was willst du dann?« schrie Kiina plötzlich. »Davonlaufen? Dich verkriechen, bis sie ganz Enwor in ihrer Gewalt haben?«

»Ganz Enwor ...« Skar lächelte matt. »Enwor ist groß, Kindchen. Unglaublich groß. Selbst die *Sternengeborenen* können nicht eine ganze Welt erobern.«

»Du läufst davon«, behauptete Kiina stur. »Du hast Angst, Satai.«

»Vielleicht«, antwortete Skar ernst. »Und vielleicht wirst du mich eines Tages sogar begreifen. Und jetzt – lebe wohl.« Er öffnete die Tür und trat auf den Gang hinaus, aber er hatte Kiina unterschätzt. Mit einem Sprung setzte sie ihm nach und klammerte sich an seinen Arm, so daß er abermals stehenblieb.

»Ich lasse dich nicht gehen!« rief sie. Ihre Stimme wurde schrill und drohte überzuschnappen. »Ich lasse nicht zu, daß du uns im Stich läßt. Wir brauchen dich, Skar. Ich lasse dich nicht –«

Skar ohrfeigte sie.

Der Schlag war nicht sehr heftig, aber er traf Kiina so überraschend, daß sie zurücktaumelte und gegen die Wand prallte. Ihre Augen wurden groß und füllten sich mit Tränen. Skar blickte sie einen Moment lang betroffen an, setzte zu einer Entschuldigung an – und wandte sich dann brüsk um. Innerlich kochte er noch immer vor Wut, aber er spürte auch, wie sich bereits die ersten Zweifel in ihm breit machten, und er kannte sich selbst zu gut, um nicht zu wissen, daß er Kiinas Bitten und dem, was er für Vernunft und Einsicht halten mochte, vielleicht nachgeben würde, wenn er auch nur noch eine einzige Minute blieb.

Er ging weiter, hörte, daß Kiina ihm abermals folgte, und begann zu laufen, bis er zur Treppe gelangte. Zum zweiten Mal in dieser Nacht stürmte er auf den Hof hinaus, aber diesmal war es wirklich eine Flucht – und er wurde auch *wirklich* verfolgt, wenn auch nur von einem sechzehnjährigen Mädchen, das einfach nicht begreifen wollte, daß die Welt nicht so war, wie es seiner Vorstellung entsprach. Er fiel in einen schnellen Schritt zurück, um nicht noch mehr Aufsehen zu erregen, als er es ohnehin schon tat, überquerte den Hof und erreichte die Ställe, Sekunden, ehe Kiina ihn einholte und abermals am Arm ergriff.

»Du kannst mich ruhig wieder schlagen«, sagte sie trotzig. »Ich lasse dich nicht los.«

Skar schlug sie nicht. Er ging einfach weiter, und er war sehr viel stärker als Kiina – sie wurde einfach mitgezerrt, und nach ein paar Schritten sah sie die Sinnlosigkeit ihres Tuns auch ein und ließ seinen Arm wieder los. Skar stieß die Tür der Stallungen mit einem Ruck auf, sah sich kurz um und steuerte die erste der zahllosen Boxen an, in denen die Pferde untergebracht waren. Ohne auf Kiinas Jammern zu achten, riß er das Zaumzeug vom Haken, begann ein Pferd aufzuschirren und sah sich nach einem Sattel um. Er fand keinen, aber das machte nichts. Er hatte eine Decke bei seinem Gepäck, die er kurzerhand über den Rücken des Pferdes warf. Del hatte ihm ein wenig Geld gegeben, das ausreichen mochte, in der nächsten Stadt einen Sattel und besseres Zaumzeug zu erstehen. Und wenn nicht – nun, er war schon mit weniger losgezogen.

Kiina vertrat ihm abermals den Weg, als er das Pferd am Zügel ergriff und aus dem Stall führen wollte. Aber sie versuchte nicht mehr, ihn mit Gewalt zurückzuhalten, sondern verlegte sich aufs Bitten.

»Bitte, Skar!« flehte sie. »Nimm mich mit. Ich ... ich verstehe ja, wenn du nicht hierbleiben willst! Dieser Ort ist böse. Aber nimm mich mit! Wenn nicht nach Elay, dann wohin immer du willst! Laß mich nicht hier!«

Skar schüttelte ihren Arm ab und schwang sich auf den Rücken des Pferdes. Kiina versuchte sich an sein Bein zu klammen, aber Skar schüttelte sie ohne große Mühe ab. Fast gleichzeitig ließ er das Tier einen Satz machen, der das Mädchen zwang, einen weiteren Schritt zurückzuweichen. Dann griff er entschlossen in die Zügel und ließ das Pferd so schnell über den Hof traben, wie es inmitten all der Krieger und Quorrl überhaupt möglich war.

Aber er hatte Kiinas Entschlossenheit abermals unterschätzt – sie rannte ihm nicht nach, wie er fast befürchtet hatte, aber sie tat etwas anderes: Er hatte kaum die Hälfte der Strecke überwunden, als die Stalltür abermals aufflog, und Kiina auf dem Rücken eines ungesattelten Pferdes herausgesprengt kam. Und sie ging sehr viel weniger rücksichtsvoll vor als er – sie preschte so schnell auf ihn zu, daß ein paar Männer entsetzt zur Seite sprangen, um nicht einfach über den Haufen geritten zu werden.

Skar seufzte tief, ritt bis zum Tor und hielt an. Bisher hatte ihn Kiinas kindisches Benehmen nur geärgert, aber allmählich versetzte es ihn in Wut. Grob fiel er ihr in die Zügel, als sie neben ihm hielt, und packte mit der anderen Hand ihren Arm.

»Was soll das?!« fragte er barsch. »Ich habe gesagt, du kannst nicht mitkommen!«

Kiina riß ihren Arm los und funkelte ihn an. »Du kannst mich nicht daran hindern«, antwortete sie herausfordernd. »Ich bin nicht deine Gefangene! Ich kann tun und lassen, was ich will.«

Skar setzte zu einer wütenden Antwort an, schüttelte aber dann nur den Kopf und zwang sein Pferd, sich auf der Stelle herumzudrehen. »Du wirst erfrieren, Kindchen«, warnte er. »Und wenn nicht das, dann verhungern oder vom Pferd fallen und dir den Hals brechen.« Er deutete mit der Hand nach

Westen, den Berg hinunter und zum Fluß. »Siehst du die Ebene dort?« fragte er. »Sobald wir sie erreicht haben, werde ich so schnell reiten, daß du ganz bestimmt nicht lange mithältst.«

»Bist du sicher?« fragte Kiina. »Ich kann reiten, Satai. Auch ohne Sattel.« Ihre linke Hand klatschte auf den Hals des Pferdes, um ihre Worte zu unterstreichen – mit dem Ergebnis, daß das Tier erschrocken scheute und sie um ein Haar abgeworfen hätte.

»Nicht so lange wie ich«, antwortete Skar überzeugt. »Und du wirst auch die Kälte nicht so lange aushalten wie ich, und den Hunger. Und ich werde nicht auf dich warten. Verlaß dich nicht auf mein Mitleid.«

»Satai!«

Der Schrei ließ Skar aufsehen. Gegen die zahllosen Feuer, die den Hof beleuchteten, konnte er den Rufer nicht erkennen, aber die Stimme war schrill und gepreßt gewesen und gehörte zweifellos einem Quorrl. Er glaubte Schritte zu hören. Einer der finsteren Schatten bewegte sich auf ihn und Kiina zu.

»Satai! Herr! Wartet!«

Einen Moment lang überlegte Skar, das Gegenteil zu tun und sein Pferd auf der Stelle herumzureißen, um davonzusprengen, so schnell er konnte. Daß er es schließlich doch nicht tat, lag – absurd genug – wahrscheinlich nur daran, daß es ein *Quorrl* war, der ihn rief; kein Satai.

»Was gibt es?« fragte er unwillig, als der Quorrl herbeigelaufen kam. Der Krieger – er erkannte sein Gesicht nicht, aber er identifizierte seine Rüstung: Es war ein Mann aus Titchs Leibgarde – griff mit der linken Hand nach dem Zaumzeug seines Pferdes und machte mit der anderen eine nervöse Geste in die Richtung, aus der er gekommen war. »Kommt ... mit mir, Herr«, stieß er keuchend hervor. Er mußte sehr weit und sehr schnell gelaufen sein, dachte Skar. »Der Hohe Satai verlangt nach Euch. Es ist ... wichtig.«

»Was ist passiert?« fragte Skar.

»Ihr sollt ... zu ihm kommen, Herr«, antwortete der Quorrl, noch immer mühsam um Atem ringend. »Zur Kammer des Predigers. Schnell!«

Skar starrte ihn noch eine Sekunde unentschlossen an, dann schwang er sich vom Rücken des Pferdes und drückte der vollkommen überraschten Kiina die Zügel in die Hand. »Warte hier«, gebot er. »Ich bin gleich zurück.«

Er rannte los, schon, um mit dem Quorrl Schritt zu halten, der herumgefahren war und den Weg in der gleichen Schnelligkeit zurückzulaufen begann, mit der er hergekommen war. Sie überquerten den Hof, stürmten durch die Halle und begannen, die gewundene Treppe zu Bradburns Kammer hinabzulaufen. Skar hätte den Quorrl gerne gefragt, was denn nun wirklich passiert war – er hatte das sichere Gefühl, daß der Krieger sehr wohl wußte, warum Del ihn zurückrufen ließ, es nur in Kiinas Gegenwart nicht hatte sagen wollen –, aber er lief so schnell, daß Skar alle Mühe hatte, überhaupt mit ihm Schritt zu halten. Erst als sie den Gang erreicht hatten, an dessen Ende Bradburns Kammer lag, blieb er stehen und wich zur Seite, um Skar Platz zu machen. Skar stürmte an ihm vorbei, rannte geduckt durch die Tür – und prallte mitten im Schritt zurück, als wäre er vor eine unsichtbare Mauer gelaufen. Er bemerkte, daß außer ihm und Del auch noch Titch anwesend war, aber daran verschwendete er in diesem Moment kaum mehr als einen Gedanken.

Der Raum lag in Trümmern. Was vor Stunden noch Bradburns Gebetszimmer-Laboratoriums-Kombination gewesen war, das war jetzt ein einziges heilloses Chaos aus zerfetzten Büchern, zertrümmerten Möbeln und Glas- und Tonscherben. Ein durchdringender, sehr unangenehmer Geruch, den Skar nicht identifizieren konnte, lag in der Luft, und auf dem Boden schimmerten große Pfützen der verschiedensten Flüssigkeiten, die aus den zerbrochenen Krügen ausgelaufen waren. An der gegenüberliegenden Wand war ein großer, dunkel glänzender Fleck, wie frischer Ruß. Hatte es gebrannt?

»Bei allen Göttern, was ist passiert?« fragte Skar entsetzt. »Wo ist Bradburn?«

»Ich weiß es nicht«, antwortete Del. Er hob rasch die Hand und hielt Skar zurück, als er an ihm vorbeigehen wollte. »Oder doch, ich fürchte, ich weiß es. Aber das …« Er amtete hörbar ein. »Sieh es dir selbst an.« Er nahm die Hand herunter, legte sie aber gleich darauf auf Skars Schulter und schob ihn vor sich her durch den Raum. Unter ihren Stiefeln knirschte zerbrochenes Glas, überall lagen Trümmer und Teile der zerborstenen Möbel, und einmal stieß Skars Fuß gar gegen einen faustgroßen Steinquader, der wie von einer unglaublichen Gewalt aus der Wand herausgerissen worden war. Skar sah sich neugierig und mit klopfendem Herzen um. Es schien buchstäblich nichts in diesem Raum zu geben, das nicht zermalmt und zerfetzt worden war; es mußten unglaubliche Gewalten gewesen sein, die hier getobt hatten. Aber von Bradburn entdeckte er keine Spur. Nicht einmal Blut.

»Wo ist er?« fragte er erneut.

Del nahm die Hand von seiner Schulter und bückte sich nach der zertrümmerten Tischplatte, die schräg gegen die Wand gestürzt war. Erst, als er sie zur Seite wuchtete, begriff Skar, daß er sie dorthin*gestellt* hatte, um etwas ganz Bestimmtes zu verbergen.

Im ersten Moment nahm er nur etwas Dunkles, matt Glänzendes wahr, formlos und größer als ein liegender Mann. Neugierig trat er näher, ließ sich in die Hocke hinabsinken und nickte automatisch, als Del eine Bewegung machte, vorsichtig zu sein.

Was er sah, war... unheimlich. Bedrückend und auf eine morbide Art faszinierend zugleich. Die sonderbare Masse war formlos und erinnerte ihn im allerersten Moment an schwarzen, blasigen Schaum, wirkte aber gleichzeitig sehr fest und irgendwie... *lebendig*.

»Warte«, sagte Del. »Rühr es nicht an.« Skar hörte, wie er sich entfernte und gleich darauf wiederkam. Der flackernde Schein der Fackel vertrieb die Schatten und ließ ihn jede furchtbare Einzelheit des finsteren *Dinges* genau erkennen.

Es war kein Schaum. Es war ein langgestreckter, massiver Körper, dessen Oberfläche nur blasig und porös aussah. Was er im schlechten Licht dafür gehalten hatte, das entpuppte sich im roten Schein der Fackel als ein Gespinst dünner, tausendfach untereinander verästelter Adern und Nervenfäden, als blicke er ins Innere eines aufgeschnittenen Kadavers. Und es war nicht das erste Mal, daß er so etwas sah.

»Ihr Götter!« stöhnte er. »Das ist –«

»Dasselbe *Ding*, das die *Errish* hatten«, vollendete Del. »Das *Netz*.«

Skar blickte entsetzt auf das schwarze, glänzende Etwas zu seinen Füßen hinab. Eine unsichtbare, eisige Hand schien nach seinem Nacken zu greifen und ganz langsam zuzudrücken, und für Augenblicke hatte er das Gefühl, nicht mehr atmen zu können. Er hörte, wie auch Titch näher kam und unmittelbar hinter ihm stehenblieb, aber es war ihm unmöglich, den Blick von dem grauenhaften Etwas zu lösen. Er wußte, daß Del recht hatte – die feine, auf schreckliche Art lebendig wirkende Struktur war unverkennbar, und er fühlte auch wieder die Aura des Bösen, die er auch in der Nähe der toten *Errish* gespürt hatte, das Gefühl, etwas abgrundtief Schlechtem gegenüberzustehen.

»Aber wie kommt es hierher?« flüsterte er. »Wir haben sie begraben!«

»Nicht alle«, widersprach Titch. »Eine habt ihr hergebracht!«

»Aber sie ist tot!« hielt ihm Skar entgegen. »Bradburn hat sie verbrannt, mitsamt ihrer Rüstung und allem, was sie bei sich hatte!«

»Das habe ich ihm befohlen«, bestätigte Del leise. »Und er hat gesagt, daß er es getan hätte. Aber ich habe es nicht gesehen.« Er ließ sich neben Skar in die Hocke sinken, stützte sich mit der linken Hand auf dem Boden ab – sehr weit von dem schwarzen Etwas entfernt und so, daß er es nicht einmal versehentlich berühren konnte, wenn er das Gleichgewicht verlor und stürzte –, reichte seine Fackel an Skar und zog einen Dolch aus dem Gürtel.

»Rührt es nicht an!« warnte Titch erschrocken.

»Keine Sorge«, beruhigte ihn Del. »Ich bin vorsichtig.«

Und das war er in der Tat. Behutsam, unendlich behutsam näherte sich die Messerspitze dem schwarzen Etwas, berührte es flüchtig und zuckte sofort zurück. Nichts geschah. Del zögerte einen Moment, streckte das Messer dann wieder vor und ritzte einen der dickeren Fäden. Der rasiermesserscharfe Stahl zerschnitt die finstere Masse ohne sichtbaren Widerstand, und Skar sah, daß es sich tatsächlich um eine Art Ader zu handeln schien. Ein Tropfen einer farblosen, wasserklaren Flüssigkeit quoll aus dem abgeschnittenen Ende und erstarrte fast sofort.

»Es scheint ... tot zu sein«, murmelte Del.

Skar nickte. »Ich hoffe es. Aber das hat Bradburn sicher auch gedacht. Sei vorsichtig.«

Dels Messer schnitt tiefer. Fünf, zehn der dünnen schwarzen Fäden klafften auseinander, ihre Enden hoben sich wie die Leiber enthaupteter Schlangen, dann schnitt der Stahl durch die darunterliegende, schwarze Masse – und durch menschliches Fleisch. Selbst Titch stöhnte wie unter Schmerzen auf.

»Ihr Götter!« keuchte Del. »Er ist es!« Er hielt einen Moment inne, sah Skar aus schreckgeweiteten Augen an und führte den Dolch dann weiter, wobei er darauf achtete, nur in den schwarzen Kokon zu schneiden, nicht in das, was darunter lag.

Es war Bradburn, und er war unzweifelhaft tot, denn die Wunden, die Del ihm unabsichtlich zufügte, bluteten nicht. Was nicht hieß, daß er nicht verletzt war; im Gegenteil. Überall auf seinem Körper zeigten sich große, blutige Wunden, aus denen dünne schwarze Fäden oder auch fingerdicke Strünke der gleichen, fürchterlichen Masse herauswuchsen, als hätte das Netz versucht, mit brutaler Gewalt in seinen Leib einzudringen. Skar fühlte ein Entsetzen wie niemals zuvor, und auch Del mußte sein schreckliches Tun zwei- oder dreimal unterbrechen, weil seine Hände einfach zu heftig zitterten.

Schließlich reichte Skar seine Fackel an Titch weiter und half Del, aber selbst zu zweit brauchten sie fast fünf Minuten, Bradburn aus dem mörderischen Kokon herauszuschneiden. Trotz allem war das Schicksal noch gnädig mit Bradburn gewesen – einer der glänzenden Fäden verschwand in seinem Mund wie eine schreckliche schwarze Zunge, aber seine Augen waren unverletzt, und zumindest dem Ausdruck auf seinem erstarrten Gesicht nach zu schließen schien er keine sehr großen Schmerzen gehabt zu haben, als er starb.

»Seid vorsichtig!« warnte Titch noch einmal. »Rührt es nicht an!«

»Es ist tot«, versicherte Skar. »Sieh selbst.«

Tatsächlich schien weder in dem Netz noch in dem darunterliegenden schwarzen Kokon noch Leben zu sein – im Gegenteil: Auf seiner Innenseite waren große, feuchte Flecken, die Skar an verwesendes Fleisch erinnerten und auch so rochen, und ein Teil der schwarzen Masse war zu porösem Grau geworden, das sich in Staub verwandelte, als Del es mit der Messerspitze berührte.

»Es ist tot«, wiederholte er noch einmal. »Es hat ihn umgebracht, aber es ist selbst dabei gestorben.«

»Nein«, verbesserte ihn Del. »Er hat es getötet. Sieh doch.«

Er deutete mit der Messerspitze auf Bradburns rechte Hand, und als Skar sich vorbeugte, erkannte er, was Del meinte. Bradburns Hand war völlig frei von der schwarzen Masse, und auch die Fäden, die seinen Arm hinabgekrochen waren, sahen grau aus oder wirkten verdorrt, wie verbranntes Wurzelwerk. Etwas Kleines, Glänzendes blitzte in Bradburns geschlossener Faust.

Die Finger des Toten waren noch nicht erstarrt, so daß es Skar leicht fiel, sie mit der Spitze seines Messers auseinanderzubiegen. Erstaunt blickte er auf das herunter, was auf Bradburns ausgestreckter Handfläche zum Vorschein kam: Es war ein kleiner, tropfenförmiger Knopf aus gelblichem Kristall, der von einem unendlich feinen kupfernen Netz umgeben war. Behutsam drehte er ihn mit der Messerspitze ein paarmal herum, um sich davon zu überzeugen, daß ihm auch nicht der kleinste Partikel der schwarzen Masse anhaftete, streckte die Hand aus, um ihn aufzuheben, und zog die Finger dann im letzten Moment wieder zurück. Er sah sich suchend im Zimmer um, gewahrte einen schwarzen Stoffetzen ein Stück hinter sich und wickelte den Kristallstein darin ein, ehe er ihn aus Bradburns Hand nahm.

»Was soll das?« fragte Del stirnrunzelnd.

»Das ist der Verschluß der Kristallphiole«, antwortete Skar. »Hast du vergessen, was Bradburn über ihren Inhalt erzählt hat?«

Del wurde noch ein bißchen bleicher, als er ohnehin schon war, sagte aber nichts mehr. Skar verstaute den Kristall sorgfältig in einer Tasche seines Gürtels, dann stand er auf. Titch war ein paar Schritte von dem Toten zurückgewichen, und wenn ein Quorrl-Gesicht überhaupt in der Lage war, Entsetzen auszudrücken, dann tat es das seine jetzt. Aber auch Skar spürte eine deutliche Erleichterung, als auch Del sich erhob und sie sich ein paar Schritte von Bradburn und dem fürchterlichen Ding entfernten, das ihn getötet hatte.

»Was ist hier passiert?« fragte Skar leise. Wieder glitt sein Blick durch den Raum, und erneut versuchte er, sich vorzustellen, welche Gewalten diese unvorstellbaren Zerstörungen angerichtet hatten.

»Ich weiß es nicht«, antwortete Del. »Ich bin hierhergekommen, nachdem du ... gegangen warst. Ich wollte mit Bradburn reden. Aber da war schon alles so, wie du es jetzt siehst.« Er schüttelte den Kopf und schloß die Augen. »Ich kann mir nur vorstellen, daß er einen Teil des Netzes von der toten *Errish* heruntergeschnitten hat, um damit zu experimentieren.«

»Dieser Narr!« entfuhr es Titch. »Er hätte uns alle umbringen können!«

Skar sah auf. »Wieso?« fragte er. »Weißt du etwas über dieses ... Ding?«

»Nein«, antwortete Titch, eine Spur zu schnell, als daß Skar ihm glaubte. »Aber sieh dich doch um!«

Titch log, und auch Del merkte es. Aber Skar warf ihm einen raschen, mahnenden Blick zu, und Del schluckte die scharfe Antwort hinunter, die ihm auf der Zunge lag.

»Er ist tot, nicht wahr?« sagte Skar. »Wir können ihn kaum mehr zur Verantwortung ziehen.«

»Und auch nicht mehr fragen, was hier geschehen ist«, fügte Del finster hinzu. »Großer Gott, Skar, ich beginne langsam zu glauben, was dieses Mädchen behauptet. Vielleicht ist diese ganze verdammte Burg wirklich nichts anderes als eine Falle.«

Skar wollte antworten, aber im gleichen Moment, in dem er zu Del aufsah, fiel ihm etwas auf; nicht mehr als ein Huschen aus den Augenwinkeln, vielleicht nur ein Schatten, aber vielleicht auch ...

Er nahm Titch die Fackel aus der Hand und ging auf die Wand zu, an der er den schwarzen Fleck bemerkt hatte. Seine Schritte waren sehr langsam. Seine Hand, welche die Fackel hielt, zitterte.

»Was hast du?« fragte Del alarmiert.

Skar zuckte mit den Schultern und hielt die Fackel höher. Er war nicht sicher, aber für einen winzigen Moment hatte er das Gefühl gehabt, daß sich der Schatten ... bewegte.

Es war kein Schatten.

Es war auch kein Rußfleck, wie er im ersten Moment geglaubt hatte.

Es war ein fast mannsgroßer Fleck der gleichen, widerwärtig-schwarzen Masse, die Bradburn erstickt hatte. Haarfeine dünne Äderchen zuckten und pulsierten darin, und hier und da bewegten sich winzige glänzende Klümpchen, kleinen beinlosen Tieren aus schwarzem Schleim gleich, die blind hin und her krochen. Titch keuchte, und Del gab einen angewiderten, würgenden Laut von sich.

Skar senkte zitternd die Fackel, und was er sah, überraschte ihn kaum noch: Der Fleck endete eine Handbreit über dem Boden, aber ein schmaler, glitzernder Streifen der Netzmasse zog sich noch weiter, erreichte den Boden und zog eine schmierige Bahn bis hin zu dem tödlichen Kokon um Bradburn.

Fast eine Minute lang standen sie einfach da und starrten das entsetzliche Etwas an, und schließlich war es Titch, der als erster aus seiner Erstarrung erwachte. Er streckte die Hand aus und sah Skar an, und Skar wußte sofort, was er wollte. Behutsam zog er den Kristallknauf aus dem Gürtel und reichte ihn Titch.

Vorsichtig wickelte der Quorrl ihn aus, ergriff ihn mit spitzen Fingern und trat an die Wand. Selbst seine Hand zitterte, als er den Arm ausstreckte und den schwarzen Fleck mit dem spitzen Ende der kristallenen Träne berührte.

Ein leises Zischen war zu hören; ein Laut, als berührte glühendes Eisen Fleisch. Skar sah, wie das filigrane Netz rings um die Stelle herum zu verdorren begann, gegen die Titch den Kristall gepreßt hatte. Und der Prozeß hörte nicht auf, sondern setzte sich rasend schnell fort. Binnen weniger Sekunden ergriff er die gesamte Masse und tötete sie. Die haardünnen Fäden verdorrten, wurden grau und fielen ab oder lösten sich einfach auf.

Aber der Quorrl war noch nicht fertig. Vorsichtig wickelte er den Kristallknopf wieder in sein Tuch, reichte ihn Skar zurück und zog statt dessen sein Schwert aus dem Gürtel. Mit aller Macht holte er aus und schmetterte die Klinge gegen die Wand. Funken stoben auf. Die Spitze von Titchs Schwert brach ab und fiel klirrend zu Boden, aber der Hieb hatte auch eine fast fingertiefe Bresche in die Wand geschlagen.

Skars Herz schien für einen Moment auszusetzen und dann mit doppelter Wucht und fast schmerzhaft weiterzuhämmern. Das Netz war auch hier verdorrt und begann zu Staub zu zerfallen, aber es ging nicht schnell genug, als daß Skar und die beiden anderen nicht das fast mikroskopische Gewebe erkennen konnten, das den Stein durchzog und in seiner Tiefe verschwand.

»Großer Gott!« flüsterte Del entsetzt. »Schaut euch das an. Als ob es in die Wand hineingekrochen wäre!«

»Oder heraus«, sagte Titch.

*

Sie hatten Bradburns Kammer noch einmal und sehr viel gründlicher durchsucht, ohne jedoch eine weitere schreckliche Entdekkung zu machen, und anschließend hatte Del befohlen, Feuer in der Kammer zu legen und es nicht eher erlöschen zu lassen, bis alles darin zu Asche zerfallen war.

Auf dem Weg zurück zu Dels Thronsaal begegnete ihnen Kiina, die sich lautstark und beleidigt darüber beschwerte, daß zwei von Titchs Männern ihr den Zugang zur Burg verwehrt hatten – ganz offensichtlich hatte sie Skar folgen wollen. Skar wollte sie fortschicken, aber Del brachte ihn mit einer befehlenden Geste zum Schweigen und bat Kiina, sie zu begleiten. Das Mädchen gehorchte, sah Skar aber fragend und sehr verwirrt an und versuchte, allein auf dem Weg nach oben drei- oder viermal, ein Gespräch zu beginnen. Skar reagierte nicht darauf; weder mit Blicken noch mit Worten. Er war verwirrt – erschrocken auch, natürlich – aber mehr als alles andere verwirrt. Es gab eine

Menge scheinbar überzeugender Erklärungen für das, was er unten in Bradburns Kammer gesehen hatte, und eine schien ihm unangenehmer als die andere, aber da war noch mehr. Nur ein Gefühl, nicht einmal eine Ahnung, und doch die absolute Gewißheit, daß nichts so war, wie es zu sein schien, und die Erklärung in Wirklichkeit vielleicht viel, viel simpler – und schrecklicher –, als sie bisher angenommen hatten. Und zu allem kam das entsetzliche Gefühl, die Wahrheit für einen ganz kurzen Moment erkannt zu haben. Dort unten in der Kammer des Predigers, die zu seinem Grab geworden war, hatte er für einen zeitlosen Augenblick *gewußt*, was dieses ganze grauenvolle Geschehen bedeutete; und wie es enden würde. Aber der Gedanke war ihm entschlüpft, ehe er danach greifen konnte.

Sie erreichten den Thronsaal. Del schickte die Wachen hinaus, schloß sorgfältig die Tür hinter sich und forderte Skar, Titch und das Mädchen mit Gesten auf, an der langen Tafel Platz zu nehmen. Skar und der Quorrl gehorchten, während Kiina Del nur mit großer Verwirrung anblickte und seiner Aufforderung erst nachkam, als auch Skar ihr aufmunternd zunickte. Auf ihrem Gesicht machte sich ein Ausdruck wachsender Beunruhigung breit. Keiner von ihnen hatte mehr als das Allernotwendigste gesprochen bisher, aber es konnte nicht sehr schwer sein, in ihren Gesichtern zu lesen. Selbst in den Augen des Quorrl nistete die Angst.

»Was habt ihr?« fragte sie schließlich.

Del warf Skar einen mahnenden Blick zu – der Kiina natürlich keineswegs entging – und hob rasch und, wie er meinte, beruhigend die Hand. »Nichts«, sagte er. »Nichts, was dich beunruhigen müßte, jedenfalls. Wirst du uns ein paar Fragen beantworten?«

Seine Stimme hatte einen sonderbar gekünstelten Klang, fand Skar. Aber es dauerte ein paar Augenblicke, bis er begriff, daß es genau der Ton war, in dem Del meinte, mit einem Kind sprechen zu müssen. Natürlich begriff Kiina das auch. Und Kiina wäre nicht Kiina gewesen, wenn sie irgendwie anders als zornig darauf reagiert hätte.

»Vielleicht«, antwortete sie herausfordernd. »Wenn ihr mir zuerst verratet, was hier plötzlich los ist. Wolltest du nicht gehen, Skar? Was ist dort unten bei Bradburn geschehen? Wo ist er überhaupt?«

»Tot«, antwortete Skar, ehe Del Gelegenheit fand, etwas anderes zu sagen. Dels Gesichtsausdruck verfinsterte sich, aber Skar fuhr ungerührt fort: »Ich erzähle dir später alles, Kiina. Aber jetzt beantworte Dels Fragen – bitte.«

»Tot?« wiederholte Kiina fassungslos. Sie hob die Hand, starrte Skar und Del abwechselnd aus großen Augen an und berührte mit den Fingerspitzen ihre Lippen. Dann gab sie sich einen sichtlichen Ruck und wandte sich zu Del um.

»Was ... willst du wissen?«

Del schoß einen zornigen Blick in Skars Richtung ab, aber als er weitersprach, klang seine Stimme fast normal. »Erinnerst du dich, was du uns erzählt hast, als du hergekommen bist – Skar, Bradburn und mir? Daß diese Festung eine Falle ist, einzig dazu erbaut, um uns zu vernichten?«

»Natürlich erinnere ich mich«, antwortete Kiina ärgerlich. »Es ist ja erst ein paar Stunden her, oder?«

»Wie hast du das gemeint?« fuhr Del fort.

»Ich habe –« Kiina brach ab, blickte ihn verwirrt an und verzog das Gesicht zu einer Mischung aus Ärger und einem Lächeln. »Aber das habe ich dir und Bradburn doch schon alles erzählt«, sagte sie schließlich. »Und nicht nur einmal.«

»Dann tu es noch einmal«, mischte sich Titch ein. »*Ich* weiß es nämlich noch nicht.« Der Blick, den er Del bei diesen Worten zuwarf, sprach Bände. Offensichtlich, dachte Skar, hatte Del es bisher nicht unbedingt für nötig befunden, Titch in *alles* einzuweihen.

Wieder sah Kiina ihn an, ehe sie antwortete, und wieder mußte er nicken, damit sie es tat. Dels Ärger war jetzt beinahe zu hören, aber Skar kostete den kleinen Sieg nur umso mehr aus.

»Etwas Genaues weiß ich auch nicht«, begann Kiina zögernd. »Ich habe ... ein paar Gerüchte gehört, ein Wort hier aufgeschnappt, eine Bemerkung da. Ich war nur eine einfache Zofe, nach dem Tod meiner Mutter, und die *Errish* sprachen selten in meiner Gegenwart oder der der anderen Bediensteten über ihre Pläne.«

»Und was«, fragte Del mühsam beherrscht, »*hast* du aufgeschnappt?«

»Nicht viel, wie gesagt«, antwortete Kiina. »Es war von euch die Rede. Von dem Hohen Satai und seinem Heer, und von einer großen Anzahl Quorrl. Und von etwas, was geschehen würde, sobald ihr den *Ort* erreicht habt.«

Nicht nur Skar fiel die Art auf, wie sie das Wort aussprach. »Was meinst du damit, den *Ort*?« fragte er, das Wort auf die gleiche übertriebene Art betonend, wie sie es getan hatte.

»Ich weiß es nicht«, beteuerte Kiina abermals. »Sie haben niemals etwas Konkretes gesagt, Skar. Nur, daß alles vorbereitet sei und daß der ...« Sie stockte, starrte einen Moment lang an Skar vorbei gegen die Wand und biß sich auf die Unterlippe. »Ich habe das Wort vergessen«, gestand sie. »Aber daß irgend etwas bereit ist zuzuschlagen, sobald ihr alle hier seid.«

»Hier?« unterbrach sie Titch scharf. »Eben hast du behauptet, du wüßtest nicht, was der *Ort* ist.«

»Das stimmt auch«, verteidigte sich Kiina. »Aber ich glaube, daß es diese Burg ist. Der Tag stimmt, und –«

»Und diese Burg ist der einzige Ort, an dem dein und unser Heer wirklich zusammen sind«, unterbrach sie Skar, an Titch gewandt. »Sobald die Veden und Dels Satai aus Denwar hier sind, gehen wir über die Berge. Danach teilen wir uns wieder, nicht wahr? Es ist nur logisch.«

Del warf ihm einen warnenden Blick zu. Sie waren überein gekommen, niemals in Gegenwart anderer über ihre Pläne zu sprechen. Nicht einmal die Soldaten draußen auf dem Hof wußten, wohin sich die Heere wenden würden, wenn sie die Berge hinter sich hatten.

»Aber ich weiß nicht, wie sie es tun wollen«, fuhr Kiina fort. »Ich würde es euch sagen, wenn ich es wüßte.«

»Aber das ergibt keinen Sinn!« fuhr Titch auf. »Sie konnten nicht wissen, daß wir uns hier sammeln. Die Heere sollten sich im Lager in der Ebene treffen.«

»Doch«, widersprach Skar. »Sie konnten es wissen, Titch.«

»Diese Burg hat vor Wochenfrist noch Drask und seinen Zauberpriestern gehört!« protestierte der Quorrl.

»Und wir haben nicht einmal eine Nacht gebraucht, um sie zu nehmen«, erwiderte Skar. »Dabei ist die Hälfte unseres Heeres nicht einmal hier. Ich frage mich allmählich, ob wir nicht genau das getan haben, was Drask wollte.« In Wahrheit fragte er sich dies nicht *allmählich*, sondern schon eine geraume Weile – genaugenommen seit dem Moment, in dem er an Dels Seite durch das Burgtor gestürmt war und gesehen hatte, wie Titchs Quorrl die Wachmannschaften einfach überrannten, schon durch ihre pure Zahl. Die Architektur dieser Burg wirkte auf den ersten Blick genial; einem unkundigen Auge mochte sie wirklich uneinnehmbar erscheinen, schon durch ihre ungeheuerliche Größe. Aber sie war es nicht. Es war beinahe ein Kinderspiel gewesen, sie in die Hand zu bekommen. Skar begann sich zu fragen, ob Drasks Baumeister wirklich so wenig von ihrem Handwerk verstanden. Oder vielleicht mehr, als sie alle bisher angenommen hatten. Er vertrieb den Gedanken, nahm sich aber vor, ihn später noch einmal genauer zu durchleuchten.

»Hast du das so auch Bradburn erzählt?« fragte er Kiina.

Das Mädchen nickte. »Natürlich.«

»Mit denselben Worten?« drängte Skar. »Bitte, Kiina – es ist wichtig. Erinnere dich genau. Es ist wichtig.«

Kiina dachte angestrengt nach, aber nach einer Weile nickte sie wieder. »Ich bin sicher. Ich konnte mich nicht auf den Ausdruck besinnen, den sie benutzten, aber ich ... ich habe es genauso ausgedrückt wie jetzt, ja. Ganz sicher«, fügte sie hinzu.

»Dann ist alles klar«, folgerte Titch. Alle drei sahen überrascht hoch und blickten den Quorrl an, und Titch fuhr mit einer anklagenden Geste auf Kiina fort: »Du hast ihn umgebracht, Menschenjunges, weißt du das?«

»Ich?!« keuchte Kiina.

»Was für ein Unsinn!« rief Del ärgerlich dazwischen. »Sie war nicht einmal in seiner Nähe, als –«

»Er hat das *Netz* nicht vernichtet«, fuhr Titch ungerührt fort. »Es kann nur so gewesen sein. Er hat die tote *Errish* und ihre Rüstung verbrannt, genau wie du von ihm verlangt hast, aber er hat etwas von dem *Netz* zurückbehalten. Bradburn war ein kluger Mann, aber auch sehr wißbegierig. Vielleicht hatte er vor, es später in aller Ruhe und mit der angemessenen Vorsicht zu untersuchen. Und als das Mädchen ihm von dem Etwas erzählte, an dessen Namen sie sich nicht erinnern kann, hat er angefangen zu überlegen.«

»Das ist möglich«, gab Skar ruhig zu. »Aber es *muß* nicht so gewesen sein, nicht wahr? Ich kann mir zehn andere Erklärungen ausdenken, wenn du willst.«

»Ja«, forderte Titch.

Skar blinzelte verwirrt, und Titch machte eine auffordernde Handbewegung. »Ich will es«, bekräftigte er. »Tu es, Satai.«

Skar setzte zu einer wütenden Antwort an, aber Del unterbrach ihn, noch bevor er auch nur ein Wort hervorbringen konnte. »Er hat recht, Skar«, stellte er fest. »Es *könnte* so gewesen sein. Wahrscheinlich war es sogar so. Was aber nicht heißt«, fügte er, in Kiinas Richtung gewandt, hinzu, »daß du ihn *umgebracht* hast.« Er lächelte verzeihend. »Titch drückt die Dinge manchmal etwas direkter aus, als gut wäre, Kind. Es war vollkommen richtig, daß du Bradburn und mir alles erzählt hast. Schließlich haben wir dich gefragt.«

Kiina erbleichte noch weiter. Ihre Augen wurden dunkel vor Entsetzen. »Aber dann ... dann ...«

»Dich trifft keine Schuld«, betonte Del noch einmal. »Wenn es so etwas wie Schuld in diesem Fall überhaupt gibt, dann trifft sie allerhöchstens Bradburn selbst. Er hätte wissen müssen, in welche Gefahr er sich begibt.«

»Sich?« Titch lachte böse. »Dieser Narr hätte uns alle umbringen können. Ihr habt gesehen, was dieses ... *Ding* angerichtet hat!«

Seltsam – aber für einen Moment war Skar vollkommen sicher, daß Titch etwas ganz anderes hatte zum Ausdruck bringen wollen. Er ließ sich nichts anmerken, nahm sich aber vor, in Zukunft noch genauer auf das zu achten, was der Quorrl sagte.

»Erzähl uns mehr von dem *Netz*«, verlangte Del. »Dem Wächter – so nennt ihr es wohl in Elay?«

Kiina nickte automatisch, aber ihre Antwort war kaum weniger ergiebig als die, welche sie zuvor gegeben hatte. »Ich weiß nicht viel darüber«, bekannte sie. »Es war einfach da, eines Tages. Ich selbst war nicht dabei – niemand, der sich in der Heiligen Halle befand, als es auftauchte, überlebte den Tag.«

»Gestern hast du gesagt, es wäre unaufhörlich gewachsen«, erinnerte Del.

»Das ist es auch«, antwortete Kiina. Sie wirkte nervös. Ihr Blick irrte unstet zwischen Del und Skar hin und her, und Skar wußte, daß sie bald anfangen würde, sich in Widersprüche zu verwickeln und die Dinge durcheinander zu werfen, nicht, weil sie log, sondern einfach, weil sie diese Art eines strengen Verhöres nicht gewohnt war und wie fast jeder Mensch in ihrer Lage das Gefühl haben mußte, angeklagt zu werden. »Das ist es auch«, wiederholte sie. »Es hat sich über ... über ganz Elay ausgebreitet, nach und nach. Aber zuerst ist es in den Heiligen Hallen aufgetaucht. Ganz plötzlich. Ich war nicht in der Stadt, aber ich habe es von anderen gehört.«

»Wann genau?« fragte Skar. Ganz plötzlich hatte er wieder das Gefühl, der Lösung ganz nahe zu sein, aber wieder schien sie sich seinem Zugriff wie ein lebendes Wesen zu entziehen, als er danach greifen wollte.

»Wann genau? Ich verstehe nicht –«

»Wann ist es aufgetaucht?« formulierte Skar seine Frage präziser. »Nachdem ihr die Zauberpriester zurückgeschlagen habt, oder bevor sie kamen?«

»Danach«, antwortete Kiina. »Nach ... nach dem letzten Angriff.« Sie blickte ihn nachdenklich an. »Du glaubst, *sie* hätten es erschaffen?«

»Warum nicht?«

»Aber sie sind Elay nicht einmal nahe gekommen«, antwortete Del an Kiinas Stelle. »Das stimmt doch, oder?«

»Ja«, Kiina nickte übertrieben heftig. »Unsere Drachen haben sie geschlagen, wo immer sie auftauchten. Und jedes Mal vernichtender.«

»Sie sind Zauberer«, erinnerte Skar.

»Unsinn«, entfuhr es Del. »Oder meinetwegen, ja,« verbesserte er sich sogleich. »Aber nicht *solche* Zauberer. Könnten sie einen Zauber wie dieses *Netz* erschaffen, über fünfhundert Meilen hinweg, Skar, dann säßen wir nicht hier.«

Ja, dachte Skar. *Das stimmt. Es sei denn, nicht sie haben das Netz gewoben, sondern ein anderer.* Aber laut sprach er das nicht aus. Das Bild begann sich zu einem Ganzen zu formen, aber das Muster war noch zu unvollständig, um es zu erkennen. Noch nicht.

*

Sie hatten noch lange geredet; Stunden, ohne zu einem irgendwie gearteten Ergebnis zu gelangen, und schließlich hatte Titch den Vorschlag gemacht, daß sie aufhören und versuchen sollten, noch ein paar Stunden Schlaf zu finden, um das Problem am nächsten Tag mit klarem Kopf noch einmal angehen zu können. Skar war aufgestanden und ohne ein Wort des Abschieds in seine Kammer zurückgegangen, und er war tatsächlich eingeschlafen, kaum, daß er sich auf seinem Lager ausgestreckt hatte.

Aber er schlief nicht sehr lange, und er wachte nicht von selbst auf. Was ihn weckte, war ein Geräusch, von dem er nicht einmal sicher war, ob er es überhaupt wirklich gehört hatte –, und das ungreifbare, aber sehr heftige Empfinden, nicht mehr allein im Zimmer zu sein.

Trotz seiner Erschöpfung waren alle seine Sinne sofort hellwach. Er selbst, sein bewußtes Denken und Überlegen, brauchte noch einige Augenblicke, um sich aus dem Gewirr des Alptraumes zu befreien, den er gehabt hatte, aber es war wie immer, wenn er sich in Gefahr befand – sein Denken schien sonderbar zweigeteilt zu funktionieren: Er fühlte sich noch immer benommen und verwirrt, es fiel ihm im allerersten Moment schwer, sich daran zu erinnern, wo er überhaupt war, und warum. Aber auf einer anderen, tieferen Ebene war er hellwach und angespannt; seine Instinkte waren erwacht, und wahrscheinlich waren auch sie es gewesen, die ihn überhaupt geweckt hatten, die Instinkte eines gejagten, sehr erfahrenen Raubtieres.

Vorsichtig öffnete er die Augen einen Spaltbreit und sah nichts als vollkommene Dunkelheit. Er erinnerte sich nicht, das Fenster geschlossen zu haben, aber jetzt lagen die Läden vor; das bißchen graues Sternenlicht, das durch die Ritzen sickerte, spendete nicht mehr Helligkeit als ein Muster aus gemalten waagerechten Streifen.

Und trotzdem verriet es ihm, daß er sich nicht getäuscht hatte. Ein Teil des Musters war unterbrochen, vielleicht ein Drittel des grauen Gitters ausgelöscht von einer finsteren formlosen Masse. Sie bewegte sich, ganz sacht nur, aber sichtbar. Er war nicht allein.

Er überlegte, ohne die geringste Nervosität oder Hast, aber sehr schnell. Der Eindringling stand irgendwo in nicht zu schätzender Entfernung zwischen ihm und dem Fenster, vielleicht fünf Schritte entfernt, vielleicht auch nur einen halben; vielleicht waffenlos, vielleicht auch mit einem gespannten Bogen in der Hand, dessen Pfeil auf seine Brust zielte.

Skar erwog die Möglichkeit, daß es sich bei dem unbekannten Eindringling um *keinen* Feind handelte, nicht einmal eine halbe Sekunde lang. Wer immer hereingekommen war, hatte sich eingeschlichen, um ihn nicht zu wecken, und hatte das Fenster geschlossen, damit kein Licht nach draußen drang und ihn verriet; vielleicht auch, um nicht gesehen zu werden, falls Skar erwachte.

Er lauschte, hörte sehr leise, schnelle Atemzüge und sog vorsichtig die Luft ein. Der Geruch verriet nichts; er konnte nicht sagen, ob es ein Mensch oder ein Quorrl war, der da vor ihm stand.

Dann bewegte sich der Schatten, und obwohl Skar mit fast übermenschlicher Schnelligkeit reagierte, entging er dem Tod diesmal nur um Haaresbreite. Etwas schrammte an seiner Schläfe entlang und grub sich mit entsetzlicher Wucht in das Kissen, auf dem gerade noch sein Kopf gelegen hatte. Skar warf sich herum, fiel halbwegs vom Bett und hechtete nach vorne und gleichzeitig zur Seite, um mit einer Rolle auf die Füße zu kommen.

Er war nicht schnell genug. Ein Hieb traf ihn mitten in der Bewegung zwischen den Schulterblättern. Aus seinem Sprung wurde ein haltloses Stolpern. Er schrie auf, prallte schmerzhaft mit der Hüfte gegen die Tischkante und glitt aus.

Der Sturz rettete ihm zum zweiten Mal das Leben. Die zollstarke Tischplatte zersplitterte unter einem fürchterlichen Hieb, und irgendwo dicht neben ihm klirrte Metall auf den Steinboden. Skar trat blindlings zu und traf, aber es gelang ihm nicht, seinen Gegner aus der Balance zu bringen. Immerhin hörte er, wie der Mann schmerzhaft keuchte und einen Schritt zurücktaumelte – und diesmal reichte die gewonnene Zeit Skar, auf die Füße zu kommen und nach seinem Schwert zu greifen.

Es zu ziehen, nicht mehr.

Sein Gegner war noch immer unsichtbar, aber Skar spürte, wie etwas auf ihn zustürzte. Ein Faustschlag traf seine Schulter und ließ ihn gegen die Wand taumeln, und eine zweite, erstaunlich starke Hand umklammerte sein Handgelenk und preßte es gegen die Mauer. Skar bäumte sich auf, bekam eine Hand frei und schlug mit aller Wucht zu. Aber er sah seinen Gegner nicht, und so traf der Handkantenschlag nicht dessen Hals, sondern prallte harmlos von einer metallgepanzerten Schulter ab, und das Blut, das plötzlich über Skars Hand lief, war sein eigenes.

Mit aller Gewalt stemmte er sich gegen den unsichtbaren Schatten, der ihn erbarmungslos gegen die Wand preßte, sammelte noch einmal alle Kraft – und ließ sich jählings zu Boden sinken.

Der Trick funktionierte. Der Ansturm seines Gegners ging für einen Moment ins Leere, und Skar nutzte den Sekundenbruchteil, sich vollends loszureißen und unter den Beinen seines Widersachers hindurchzurollen. Diesmal beging er nicht den Fehler aufzuspringen, sondern blieb reglos und mit angehaltenem Atem liegen. Er schloß die Augen, um sich ganz auf die Geräusche zu konzentrieren, die der andere machte.

Und begriff, daß er abermals einen Fehler begangen hatte. Er selbst war so gut wie blind, aber der andere schien über die Sehkraft einer Katze zu verfügen. Eine Hand packte seine Schulter und riß ihn herum, dann fühlte er sich in die Höhe gezerrt und mit unmenschlicher Kraft quer durch den Raum geschleudert.

Skar versuchte den Anprall mit den Armen abzufangen, aber er war nicht schnell genug. Die Wand traf ihn wie eine steinerne Faust und ließ ihn bewußtlos zusammenbrechen. Der letzte Gedanke, der ihm durch den Kopf schoß, war der, wie lächerlich es doch war, nach allem auf *diese* Weise ...

*

... sterben zu sollen.

Sterben?

Skar öffnete die Augen. Er war nicht tot. In seinem Kopf hämmerte ein quälender Schmerz, und die rechte Seite seines Gesichtes klebte vor halb geronnenem Blut, aber er war ganz eindeutig nicht tot, sondern hatte die zweite Hälfte dieses Gedankens gedacht, nachdem er erwacht war. Nach einer geraumen Weile erwacht war, wie ihm ein Blick zum Fenster bewies. Durch die geschlossenen Läden drang jetzt das helle, unnatürlich klare Licht des frühen Morgens, und aus der Schwärze im Zimmer war ein mattes Grau geworden.

Skar stöhnte. Der Laut hallte wie ein Schrei in seinem Kopf wider und ließ den Schmerz in seiner Schläfe zu zehnfacher Heftigkeit aufflammen. Keuchend hob er die Hand, preßte sie gegen seinen blutenden Schädel und wartete, bis das Hämmern darin wenigstens so weit abgeflaut war, daß er sich fähig fühlte, wenigstens einen halbwegs klaren Gedanken zu denken, wenn schon nicht, sich zu bewegen. Er lebte. Aus irgendeinem Grund hatte der Attentäter darauf verzichtet, ihn vollends umzubringen, obwohl er wehrlos gewesen war. Vielleicht hatte er ihn auch für tot gehalten – was Skar nicht weiter erstaunt hätte, bei all dem Blut, das sein Gesicht besudelte.

Vorsichtig zog er die Hand zurück, hob den Kopf und setzte sich vollends auf, als der erwartete Schmerz zwar nicht ausblieb, aber doch wesentlich milder war, als er befürchtet hatte. Trotzdem blieb er mehrere Minuten lang fast bewegungslos sitzen. In seinem Kopf drehte sich alles. Ihm war übel und heiß und kalt zugleich, und als er versuchte, sich in die Höhe zu stemmen, wurde ihm schwindelig. Skar war nicht sicher, daß er sich *nicht* den Schädel gebrochen hatte – weh genug dazu tat er weiß Gott – aber er hatte sich eine gehörige Gehirnerschütterung eingehandelt.

Mühsam hievte er sich in die Höhe, taumelte zum Fenster und stieß die Läden auf. Grellweißes Sonnenlicht flutete in den Raum und stach wie mit winzigen glühenden Nadeln in seine Augen, aber die frische Luft vertrieb auch fast sofort das Schwindelgefühl aus seinem Kopf. Schmerzen und Übelkeit blieben, aber auch sie ebbten allmählich ab.

Skar blieb lange schwer auf den Fenstersims gestützt stehen und atmete die eiskalte Morgenluft mit tiefen, gezwungen ruhigen Zügen ein und aus. Die Burg und die dahinterliegenden Berge verschwammen immer wieder vor seinen Augen, und in seinem Mund war Blutgeschmack. Als er die Hand hob, um wieder nach der Wunde an der Schläfe zu tasten, fuhr er schmerzhaft zusammen.

Verdammt, ich werde langsam alt! dachte er, wütend auf den unbekannten Angreifer, aber auch auf sich selbst. *Vor zehn Jahren wäre mir das nicht passiert.* Er wußte nicht einmal, ob das stimmte, aber er konnte sich nicht erinnern, jemals so schnell und gründlich verprügelt worden zu sein wie in dieser Nacht. Sein Gegner mußte entweder über übermenschliche Kräfte verfügt haben, oder eine zumindest ebensogute Ausbildung hinter sich gebracht haben wie er.

Nun – von beidem gab es in der Burg mehr als genug Auswahl, dachte er bitter. Wenn der Mann nicht einen dummen Fehler gemacht und eine deutliche Spur hinterlassen hatte, dann bestand wohl kaum eine berechtigte Aussicht, ihn zu identifizieren.

Langsam drehte er sich vom Fenster weg und betrachtete zum ersten Mal bewußt das Durcheinander in seiner Kammer. Der Raum war auch vorher alles andere als ordentlich gewesen; Pendanterie hatte niemals zu Skars Fehlern gehört – aber jetzt glich er einem Schlachtfeld. Was von der spärlichen Einrichtung nicht während des gespenstischen Kampfes gegen den Schatten zerschlagen oder umgeworfen worden war, das hatte jemand hinterher aufs allergründlichste zerstört. Die große hölzerne Truhe, in der er seine wenigen Habseligkeiten aufbewahrt hatte, war umgeworfen und leer, seine Satteltaschen, der Mantel, sein Waffengurt und sogar seine Stiefel verschwunden – seine Geldkatze mit der Handvoll Münzen selbstverständlich auch –, und der Eindringling hatte sich sogar die Mühe gemacht, seine Matratze aufzuschneiden und die Strohfüllung herauszureißen.

Aber irgendwie – trotz allem – überzeugte der Anblick Skar nicht. Nicht im allermindesten. Alles sah ganz genau nach einem Einbruch aus – aber verdammt, dies war keine Dorfschänke, in der man mit so etwas rechnen konnte, und er kein unbedarfter Reisender, dem man eins über den Schädel zog, um ihm seine Barschaft abzunehmen. Sicher – sie waren in der Gesellschaft eines halben Tausends dahergelaufener Tagediebe und Abenteurer; aber wer von ihnen würde wohl so schwachsinnig sein, ausgerechnet einen Mann ausrauben zu wollen, der als unbesiegbar galt?

Vielleicht, beantwortete er seine Frage gleich selbst, *jemand, der wußte, daß er es nicht war.*

Er verschob die Lösung dieses Rätsels – wie die so vieler in letzter Zeit – auf später, unterdrückte im letzten Moment den Impuls, verwirrt den Kopf zu schütteln, und verließ die Kammer. Auf dem Wege nach unten begegnete ihm nur ein einzelner Mann, der ihn automatisch grüßte und dann erschrocken zusammenfuhr, als er seinen Zustand bemerkte. Skar ging rasch an ihm vorüber, schlug den Weg zu Dels Thronsaal ein und erreichte ihn, ohne auf ein weiteres lebendes Wesen zu treffen.

Del war nicht allein. Auf der großen Tafel rechts seines Thrones war ein opulentes Frühstück aufgetragen worden, an dem er und Kiina sich gütlich taten, wobei sie ausgelassener Stimmung waren – Skar hatte das glockenhelle Lachen des Mädchens schon von weitem gehört, und auch Del lachte, als Skar durch die Tür trat. Sein Gesicht hellte sich sogar noch mehr auf, als er ihn erkannte.

»Skar!« rief er erfreut. »Du hast lange –« Er brach mitten im

Wort ab, starrte ihn eine halbe Sekunde lang eindeutig entsetzt an und sprang dann so plötzlich von seinem Stuhl auf, daß auch Kiina erschrocken zusammenfuhr.

»Bei allen Göttern, was ist passiert?«

»Nichts«, knurrte Skar. »Ich bin aus dem Bett gefallen.« Sein Kopf schmerzte. Aus irgendeinem Grund machte ihn der Anblick Dels und Kiinas wütend, wie sie so friedlich zusammensaßen und offensichtlich bester Laune waren. Vielleicht war es Neid.

Del kam mit zwei, drei weit ausgreifenden Schritten auf ihn zu und streckte die Hände aus, aber Skar schob seinen Arm grob beiseite. Er sah, wie Kiina sich im Sitz herumdrehte und ein zweites Mal und sehr viel heftiger erschrocken zusammenfuhr, bedachte auch sie mit einem finsteren Blick und ließ sich kommentarlos auf einen freien Stuhl an der Tafel sinken.

»Was ist passiert?« fragte Del noch einmal. »Bist du angegriffen worden?«

Skar starrte finster zu ihm hoch. Die Sorge auf Dels Gesicht war nicht gespielt, und er begriff plötzlich, daß er noch weitaus schlimmer aussehen mußte, als er bisher angenommen hatte, nackt bis auf den Lendenschurz, mit seinem blutüberströmten und vermutlich geschwollenen Gesicht, und einer verkrusteten Wunde an der Schläfe. Trotzdem griff er nach dem Krug, schenkte sich einen Becher voll Wein ein und stürzte ihn mit einem Zug hinunter, statt zu antworten. Er spürte erst jetzt, wie durstig er war.

Del setzte sich wieder. In seinem Gesicht arbeitete es, und Skar war sich insgeheim im unklaren, warum er seine Frage nicht einfach wahrheitsgemäß beantwortete. Aber er hatte den Gedanken kaum gedacht, da spürte er wieder diese brodelnde Wut, einen sinnlosen Zorn, der sich nur auf Del entlud, weil er zufällig in seiner Nähe war.

»Ich hatte einen Alptraum«, knurrte er.

»Du bist verwundet«, stellte Kiina fest, überflüssigerweise, aber in erstaunlich sachlichem Ton.

»Es war ein sehr realistischer Traum«, fauchte Skar. Kiina runzelte die Stirn. Aber sie widersprach nicht mehr, sondern stand wortlos auf, tunkte eine saubere Serviette in die Wasserschale, die zwischen ihr und Del stand, und kam damit um den Tisch herum auf ihn zu. Sehr behutsam und mit erstaunlich geschickten Bewegungen begann sie, das geronnene Blut von seiner Schläfe zu tupfen. Plötzlich kam sich Skar schäbig vor.

»Danke«, murmelte er. Er legte den Kopf schräg, um Kiina ein wenig behilflich zu sein, und biß die Zähne zusammen, als sich ihr an sich sanftes Tupfen seiner Wunde näherte. Del stand auf, füllte seinen Weinbecher wieder und hielt ihn an Skars Lippen.

»Erzählst du uns von deinem Traum?«

»Jemand hat mich niedergeschlagen«, antwortete Skar gepreßt. »Ich weiß nicht wer, oder warum.«

»Wo?«

»In meinem Zimmer«, antwortete Skar. »Irgendwann heute Nacht. Ich hörte ein Geräusch und wollte hochfahren, aber ich war nicht schnell genug.« Die Lüge ging ihm so glatt von den Lippen, daß es Augenblicke dauerte, bis er überhaupt selbst merkte, was er gesagt hatte. *Aber warum? Zum Teufel, er war doch kein Kind mehr, daß er sich schämte zuzugeben, einen Kampf verloren zu haben?!*

»Du bist im Schlaf überfallen worden?« Del gab sich nicht einmal Mühe, den Zweifel in seiner Stimme zu unterdrücken. »Und man hat dich *so* zugerichtet?« Sein ausgestreckter Zeigefinger stieß nach Skars Schulter. Skar biß die Zähne zusammen, um nicht vor Schmerz aufzustöhnen.

»Laß das«, verbot ihm Kiina scharf. »Seine Wunde sieht übel aus. Jemand hat versucht, dich umzubringen, ist dir das klar? Du solltest Bra –«, sie brach ab, blickte einen winzigen Moment lang betroffen zu Boden und fuhr mühsam beherrscht fort, »einen von Titchs Heilkundigen bitten, dich zu verbinden.«

»Unsinn«, widersprach Skar – obwohl er ganz genau wußte, daß Kiina recht hatte. »Mach weiter. Du machst das sehr gut.«

Kiina zuckte mit den Schultern und fuhr fort, an seinem Schädel herumzutupfen, wobei sie das Tuch immer wieder in die Schale tunkte, um es zu säubern. Das Wasser darin färbte sich allmählich rot.

»Erzähle«, forderte Del ihn auf. »Wie viele waren es? Hast du sie erkannt?«

»Ich weiß es nicht und nein«, antwortete Skar. »Es ging zu schnell. Ich bin aufgewacht, habe mich bewegt und eins über den Schädel bekommen, das ist alles. Jemand hat mich ausgeraubt.«

»Ausgeraubt?!« Del lachte fast. »Aber das ist ... das ist völliger Unsinn. Das bißchen Geld –«

»Reicht nicht einmal aus, eine Woche in einem Gasthaus zu verbringen, ich weiß«, unterbrach ihn Skar. »Aber es sollen schon Leute für weniger getötet worden sein.«

»Leute«, bestätigte Del. »Nicht du. Nicht Skar, der Satai.«

»Irgend jemand scheint nicht gewußt zu haben, daß ich unbesiegbar bin«, antwortete Skar spöttisch.

Del wollte etwas erwidern, beugte sich aber dann statt dessen vor und hielt für einen Augenblick Kiinas Hand zurück, um sich die Wunde in Skars Schläfe genauer zu besehen. »Das Mädchen hat recht«, sagte er, nachdem er sich wieder aufgerichtet und Kiina mit Blicken zu verstehen gegeben hatte fortzufahren. »Das war kein Hieb, der dich betäuben sollte.« Er deutete auf die ansehnliche Sammlung von Blutergüssen und Prellungen auf Skars nacktem Oberkörper. »Und das da auch nicht. Er muß noch auf dich eingeschlagen haben, nachdem du besinnungslos warst. Jemand hat versucht, dich umzubringen.« Sein Gesicht verfinsterte sich. »Weiß sonst noch jemand davon?« fragte er.

»Natürlich«, antwortete Skar. »Derjenige, welcher mich so zugerichtet hat.«

Del machte ein ärgerliches Gesicht. »Ich meine es ernst, Skar.«

»Nein«, antwortete Skar. »Oder doch. Ein Mann kam mir entgegen, oben auf der Treppe. Aber er hat mich nur gesehen. Er weiß nicht, was passiert ist.«

»Gut«, sagte Del. »Dann bleib hier, bis ich zurückkomme. Du kümmerst dich um ihn, Kiina.« Er wartete Kiinas und Skars Antwort nicht ab, sondern fuhr auf der Stelle herum und rannte mit wehendem Mantel aus dem Raum. Die Tür fiel krachend hinter ihm ins Schloß.

»Was hat er vor?« fragte Kiina.

»Ich weiß es nicht. Aber was immer es ist, es wird nichts nutzen«, antwortete Skar. »Wer immer mich heute im Schlaf besucht hat, war sehr gründlich.« Er versuchte zu lächeln. »Sie haben mir sogar meine Hosen gestohlen.«

Kiina lächelte, aber ihre Augen blieben ernst. »Sei froh, daß sie nicht deinen Kopf mitgenommen haben«, tröstete sie ihn. »Viel hätte nicht gefehlt. Halt jetzt still. Es wird weh tun.«

Das war – vorsichtig ausgedrückt – untertrieben, fand Skar. Was immer sie tat, trieb ihm die Tränen in die Augen, und es dauerte ekelhaft lange. Skar hatte das Gefühl, daß sie mindestens eine Stunde lang mit angefeilten Fingernägeln in seiner Wunde herumgewühlt haben mußte, als sie endlich fertig war und damit begann, ein zweites Tuch in schmale Streifen zu reißen, um damit einen Verband zu improvisieren. Aber er ließ auch diesen Teil ihrer Behandlung – fast – klaglos über sich ergehen und bewegte sich erst, als sie es ihm mit einer Geste gestattete. Vorsichtig hob er die Hand und tastete über den schmalen, aber sehr straff angelegten Verband, der sich um seinen Schädel spannte.

»Sehr gut«, lobte er. »Wo hast du das gelernt?«

»Wo hast du gelernt zu kämpfen?« fragte Kiina.

Es war ein harmloser Scherz, aber es fiel Skar plötzlich schwer, sich zu beherrschen und den jähen Zorn zu dämpfen, den ihre Antwort in ihm wachrief.

»Ich bin ein Kind der *Errish*«, fügte Kiina rasch hinzu, als sie seinen Unmut bemerkte. »Zwar keine richtige Ehrwürdige Frau, aber man bekommt so einiges mit, wenn man zwanzig Jahre lang unter ihnen lebt, weißt du?«

Zwanzig? Skar war überrascht. Er hatte sie nie nach ihrem Alter gefragt, aber sie doch sehr viel jünger eingeschätzt. Verwirrt nickte er, schob seinen unbegründeten Zorn auf die Schmerzen, die er ausgestanden hatte, und griff zum dritten Mal nach dem Weinbecher. Diesmal trank er sehr vorsichtig, denn er wollte den Tag nach allem nicht auch noch mit einem Rausch anfangen, und nach ein paar Schlucken stellte er den Becher auch zur Seite und griff stattdessen nach dem Krug mit Wasser, aus dem Kiina getrunken hatte.

Als er den Becher absetzte, sah er sein eigenes Spiegelbild in dem Rest Wasser, der noch darin schwappte, und plötzlich begriff er Dels und Kiinas Erschrecken sehr viel besser. Obwohl Kiina das meiste Blut bereits von seinem Gesicht gewischt hatte, bot er einen entsetzlichen Anblick: Seine Haut war bleich und glänzte unnatürlich, und unter seinen Augen lagen dunkle, schwere Tränensäcke. Die dünne gezackte Narbe auf seiner Wange leuchtete wie ein roter Strich und schien sich entzündet zu haben, und Kiinas Verband sah schlichtweg lächerlich aus – wie ein oben abgeschnittener Turban, der sich an einer Seite allmählich dunkel färbte.

»Gefällt es dir?« fragte Kiina spöttisch.

Skar machte: »Hm«, und aus Kiinas Lächeln wurde ein geradezu unverschämtes Grinsen.

»Du wolltest ja nicht zu den Quorrl«, hielt sie ihm vor. »Ich bin sicher, Titchs Heilkundige hätten es besser gemacht. Aber immerhin kannst du jetzt beruhigt in die Zukunft sehen.«

»Wieso?« fragte Skar verwirrt.

»Weil dir nichts mehr passieren kann«, antwortete Kiina ernsthaft. »Wer meine Hilfe überlebt, den bringt gar nichts mehr um, weißt du?«

Skar war nicht sehr nach Lachen zumute, aber er verzog pflichtschuldig die Lippen, denn ihm war klar, daß Kiina diesen Scherz nur machte, um ihn aufzumuntern. »Dein Mitleid scheint sich sehr in Grenzen zu halten«, spottete er.

»Es geht«, bestätigte Kiina. »Wenn ich ganz ehrlich sein soll, – es tut beinahe gut zu sehen, daß auch ein Mann wie du verwundbar ist. Bleibst du jetzt hier?«

Die Frage kam so unvermittelt, daß Skar ganz automatisch nickte, ehe er überhaupt begriff, was sie gesagt hatte. Als er es verstand, packte ihn wieder der Zorn, und diesmal konnte er ihn nicht ganz unterdrücken. Ärgerlich ballte er die Hand zur Faust, setzte zu einer geschrienen Antwort an – und beherrschte sich im allerletzten Moment. *Was war nur mit ihm los?* Geduld war nie seine Stärke gewesen, aber das? Dieser entsetzliche Jähzorn machte ihm angst, umso mehr, als er nicht verstand, woher er kam.

»Vorerst«, antwortete er mühsam. »Ich ... denke schon. Wenigstens, bis ...«

»Was hast du?« fragte Kiina, als er nicht weitersprach.

Skar zuckte fast hilflos mit den Schultern. »Ich weiß es nicht«, gestand er. »Zorn. In mir ist so viel Zorn. Und ich weiß nicht einmal, warum.«

Kiina war nicht im mindesten überrascht. »Ihr müßt fort, Skar«, sagte sie, sehr leise, und sehr ernst. »Ich weiß, daß Del mir nicht glaubt, aber es ist dieser Ort.«

»Unsinn«, murrte Skar, aber das Wort klang nicht einmal in seinen eigenen Ohren überzeugend. »Ein Ort kann nicht böse sein. Böse sind nur denkende Wesen, Kind. Niemals ein Haus oder eine Stadt – oder eine Burg.«

»Er ist böse«, beharrte Kiina. »Ich weiß es. Ich kann es fühlen, Skar. Ich habe das alles schon einmal erlebt.«

Skar sah sie fragend an, und ein Schatten von Schmerz huschte über Kiinas Gesicht. »Ich habe das alles schon einmal erlebt«, wiederholte sie. »Es ist wie in Elay, Skar. Dort begann es genauso. Unsere Drachen haben sie geschlagen, aber der Sieg hat sie vergiftet.«

An jedem anderen Ort und aus jedem anderen Mund hätten die Worte einfach lächerlich geklungen, aber für einen kurzen Moment *wußte* Skar einfach, daß es ganz genau so war, wie Kiina behauptete – es war dieser Ort. Er hatte es selbst gespürt, gestern abend, als er gegen den Satai gekämpft hatte, diesen unbändigen, kaum mehr zu bezwingenden Drang zum Töten, diesen entsetzlichen Haß, den er plötzlich verspürte, und gerade eben erst, als er hereingekommen war und bei Dels und Kiinas Anblick nichts als Neid und Zorn gefühlt hatte, statt Erleichterung, zur Abwechslung einmal einen Menschen in dieser Burg zu sehen, der lachte. Und ganz plötzlich mußte er daran denken, wovor ihn Drask gewarnt hatte, kurz bevor er starb: *Gebt acht, daß ihr euch nicht totsiegt, Satai.*

Dels Rückkehr bewahrte ihn davor, antworten zu müssen. Der hünenhafte Satai kam im Sturmschritt in den Raum gerannt, wobei er die Türen so heftig aufstieß, daß sie gegen die Wand prallten und zitternd zurückfederten. Skar sah die Umrisse zahlreicher anderer Gestalten hinter ihm auf dem Gang. Aufgeregte Stimmen drangen an sein Ohr, und keine zwei Schritte hinter Del wuchs ein schuppiger Koloß in die Höhe, betrat das Zimmer aber nicht.

»Du hattest recht«, begann Del übergangslos. »Jemand hat gründliche Arbeit in deiner Kammer geleistet – sie sieht aus, als wären Titchs Quorrl hindurchgestürmt, fünfmal hintereinander.«

»Um das herauszufinden, hättest du nicht –«, begann Skar, wurde aber sofort von Del unterbrochen, der unbeirrt und jetzt in fast triumphierendem Tonfall weitersprach: »Trotzdem hat er einen Fehler begangen. Der Diebstahl war nur vorgetäuscht.«

»Ach?« sagte Skar spöttisch.

»Dein Schwert ist nicht da«, begründete Del seine Vermutung.

»Das ist nur logisch«, meinte Kiina. »Ein Satai-Schwert ist unglaublich wertvoll.«

»Es ist nicht wertvoll«, berichtigte sie Del herablassend. »Es ist tödlich, Kind. Nicht einmal der dümmste Narr würde es einem Dieb abkaufen. Nur Satai dürfen *Tschekal* führen, und nur die Hohen Satai haben das Recht, ein Rubinschwert zu tragen. Niemand wäre so dumm, *dieses* Schwert zu stehlen.«

»Na, dann ist ja alles klar«, stellte Skar säuerlich fest. »Wir gehen einfach hinunter und fragen, wer ein solches Schwert in seinem Besitz hat, nicht wahr?«

Sein Spott prallte von Del ab, und eine Sekunde später begriff er auch, warum. »Genau das werden wir tun«, antwortete Del. »Aber *sie* werden fragen, nicht wir.« Er trat einen Schritt zur Seite und deutete mit der Hand hinter sich. Der riesige Quorrl trat einen halben Schritt in den Raum hinein, und er war nicht allein: An einer Kette, deren Glieder fast so dick waren wie Skars kleiner Finger, zerrte einer der nachtschwarzen Killerhunde. Es war das mit Abstand größte Exemplar dieser Tiere, das Skar jemals gesehen hatte – fast so groß wie ein Kalb, und so stark, daß selbst der titanische Quorrl Mühe hatte, ihn zu halten. Ganz offensichtlich hatte das Tier bereits Witterung aufgenommen. Es gehörte nicht viel Phantasie dazu, sich auszurechnen, daß es geradewegs aus Skars Kammer kam.

»Oh«, sagte Skar nur. Er mußte zugeben, daß die Idee so naheliegend war, daß er eigentlich von selbst hätte daraufkommen müssen. Gleichzeitig sträubte sich etwas in ihm gegen den Gedanken, diese Bestie einzusetzen, um die Spur des Attentäters aufzunehmen. Er hatte mehr Angst denn je vor diesen Tieren.

Del lächelte übertrieben und machte eine ebenso übertriebene, einladende Geste. »Begleitest du uns, oder soll ich dir den Kopf des Burschen bringen?«

Seine Worte ließen etwas in Skar erschauern. Sie waren nicht ganz so spöttisch gemeint, wie sie klangen. *Del auch?* dachte er. *Hatte Kiina recht?*

»Woher willst du wissen, daß er überhaupt noch in der Burg ist?« fragte er, ohne Dels einladender Geste zu folgen. »Ich an seiner Stelle wäre jetzt schon zwanzig Meilen weit weg.«

»Sicher«, erwiderte Del trocken. »Aber du hättest fliegen müssen.« Er grinste. »Nachdem du es gestern abend so eilig hattest, uns zu verlassen, habe ich vorsorglich die Tore schließen lassen.«

Skar starrte ihn an. *Del hatte ihn eingesperrt? Ohne sein Wissen?!* »Du hast mich –«

»Wieso«, unterbrach ihn Del mit leicht erhobener Stimme, »streiten wir uns nicht später darüber? Ich bin begierig darauf, den Mann kennenzulernen, dem es fast gelungen wäre, dich zu töten.«

»Woher willst du wissen, daß es ein Mann war?« fragte Kiina mit einem Blick auf den Quorrl.

Del zuckte die Achseln. »Ich habe eine ganz bestimmte Ahnung, weißt du? Sollte sie sich erfüllen, dann werde ich mich sogar bei Skar entschuldigen müssen, fürchte ich.«

*

Er hatte tausend Fragen an Del, und fast ebensoviele Einwände, aber er kam nicht einmal dazu, auch nur ein Wort mit ihm zu wechseln, bis sie den Hof erreicht hatten, denn der Hund, der ganz offensichtlich schon eine Witterung aufgenommen hatte, zerrte dermaßen an seiner Kette, daß sie alle Mühe hatten, überhaupt mit ihm Schritt zu halten. Unterwegs schlossen sich ihnen ein gutes Dutzend Satai an, die unweit des Thronsaals auf Del gewartet hatten. Jemand drückte Skar ein Schwert in die Hand; er ergriff es fast automatisch, obwohl er im Moment alles andere wollte, nur nicht *kämpfen*. Aber im Moment war auch nicht mehr *er* es, der das Kommando führte, nicht einmal mehr Del, sondern der schwarze Killerhund.

Auf dem Hof war das normale Lagerleben bereits wieder erwacht. Die meisten Feuer waren heruntergebrannt, und nur noch sehr wenige Gestalten lagen schlafend unter ihren Dekken. Mehr und mehr Männer und auch Quorrl schlossen sich ihnen an, während sie dem Tier folgten. Der riesige Hund lief, die Nase dicht am Boden und lautstark schnüffelnd, aber trotzdem fast so schnell wie ein rennender Mann, quer über den Hof und näherte sich einem großen, ehemals weißen Zelt, das jetzt aber nurmehr aus schmutziggrauen und bunten Flicken bestand.

Del gab dem Hundeführer ein Zeichen, zurückzubleiben und sein Tier im Zaum zu halten, und Skar sah, wie der Quorrl die gespreizten Beine in den Boden stemmte und seine gewaltigen Muskeln spannte, um den Hund zu bändigen. Es gelang ihm kaum. Das Tier mußte unglaublich stark sein.

»Genau das habe ich mir gedacht«, murmelte Del. Er klang verärgert, irgendwie aber auch niedergeschlagen, und fast ein bißchen betroffen. Skar sah ihn fragend an, aber Del tat so, als bemerke er es nicht, zog stattdessen sein *Tschekal* aus dem Gürtel und öffnete die Zeltplane auf recht unkonventionelle Weise – nämlich indem er sie mit einem Schwerthieb in zwei Hälften schnitt. Dann gab er Skar und den Satai, die sie begleiteten, ein Zeichen, ihm zu folgen. Sie betraten das Zelt.

Das Zelt war sehr groß; trotzdem beherbergte es nur vier

Männer, die bei ihrem Eintreten erschrocken auffuhren. Skar blinzelte in das ungewohnte Dämmerlicht und blickte in angsterfüllte, verwirrte Gesichter. Zwei der Männer hatten noch geschlafen, als sie hereinkamen, die beiden anderen waren wach und unterbrachen abrupt ihr Gespräch. Eines der beiden verschlafenen Gesichter, die unter ihren Decken hervorlugten, glaubte Skar schon irgendwo gesehen zu haben.

Aber er kam nicht dazu, es einzuordnen, und er kam auch nicht dazu, eine entsprechende Frage zu stellen, denn in genau diesem Moment erscholl von draußen ein schrilles, fast unbeschreibliches Jaulen, dann ein überraschter Schrei, gefolgt vom dumpfen Aufprall eines sehr schweren Körpers – und dann flog ein struppiger schwarzer Schatten durch die zerschnittene Zeltplane und stürzte sich auf einen der beiden Männer, die sie aus dem Schlaf gerissen hatten.

Alles schien gleichzeitig zu geschehen; auf jeden Fall aber so schnell, daß Skar nicht mehr in der Lage war, irgend etwas zu tun oder irgend etwas anderes zu empfinden als Erschrecken und Furcht: Der Hund rannte Del und ihn einfach über den Haufen, sprang mit einem bösartigen Heulen den Satai an, riß ihn wieder zu Boden und tötete ihn mit einem einzigen Zuschnappen seiner fürchterlichen Fänge. Der Entsetzensschrei des Satai ging in einem schrecklichen Gurgeln und dem Knirschen zerbrechender Knochen unter. Aber er ließ selbst dann noch nicht von seinem Opfer ab. Obwohl der Mann längst tot war, gruben sich seine Fänge immer wieder und wieder in seinen Hals und seine Schultern, und das Heulen des Hundes steigerte sich zu einem fast hysterischen Winseln.

Skar rappelte sich hoch, war mit einem Satz bei dem Tier, um es von seinem Opfer wegzuzerren, aber genausogut hätte er versuchen können, einen Felsbrocken von der Größe eines Hauses mit bloßen Händen zu bewegen. Del kam ihm zu Hilfe, und nach einer weiteren Sekunde auch die drei anderen Männer; aber das einzige Ergebnis ihrer Anstrengungen war ein tiefer Biß im Arm eines der Satai, als der Hund wütend um sich zu beißen begann. Schließlich hob Skar sein Schwert und schlug dem Hund den Knauf über den Schädel. Das Tier brach bewußtlos über seinem Opfer zusammen.

Mit einer zornigen Bewegung drehte er sich herum, sprang mit einem Satz aus dem Zelt und fuhr den Hundeführer an: »Bist du wahnsinnig geworden, Kerl? Wer hat dir gesagt, daß du diese Bestie auf den Mann hetzen sollst?«

»Das habe ich nicht getan«, verteidigte sich der Quorrl. Sein Blick war kalt, und in seiner Stimme war Respekt, aber nicht einmal die Spur von Furcht; oder auch nur Bedauern. »Er hat sich losgerissen, Herr.« Er hielt Skar die Kette hin, an der der Hund festgemacht gewesen war, und Skar sah, daß das letzte Glied aufgebogen und zerbrochen war. »So etwas kommt vor. Die Tiere sind stark.«

Skar setzte zu einer wütenden Antwort an, beließ es aber nach einem weiteren Blick in das flache Fischgesicht des Quorrl nur bei einem ärgerlichen Knurren.

Zwei von Dels Männern schleiften den bewußtlosen Hund an ihm vorbei ins Freie, als er wieder ins Zelt zurückging, die beiden anderen standen über den reglosen Satai gebeugt, obwohl selbst ein Kind hätte erkennen können, daß hier jede Hilfe zu spät kam. Der Hund hatte dem Mann nicht einfach die Kehle durchgebissen; er hatte ihm fast den Kopf abgetrennt. Sein Gesicht und seine Schultern waren eine einzige, entsetzliche Wunde.

»Also?« fragte Skar herausfordernd, als Del sich zu ihm herumdrehte. »Dürfte ich jetzt vielleicht erfahren, was der Sinn dieser kleinen ... *Hinrichtung* war?«

»Es war keine Hinrichtung. Es war ein Unfall«, antwortete Del ruhig. Sein Blick wurde warnend, fast beschwörend, aber Skar reagierte nicht darauf. Er hatte es schon vorher gespürt, aber spätestens seit dem Gespräch mit Kiina *wußte* er, wie sinnlos es war, weiter Theater zu spielen. Jedermann hier in der Festung wußte, wie es zwischen Del und ihm stand.

»Ein Unfall, so?« fragte er höhnisch. »Und dabei ist leider Gottes ein Mann umgekommen. Aber das macht ja nichts – wir haben ja genug davon.«

Del preßte die Lippen zusammen, aber die scharfe Entgegnung, auf die Skar wartete, kam nicht. Statt dessen beugte er sich zu dem Toten hinab, hob ihn ohne sichtliche Anstrengung hoch und zur Seite und begann sein Gepäck zu durchwühlen. Er brauchte nur Augenblicke, um zu finden, wonach er gesucht hatte: einen gut meterlangen, schlanken Gegenstand, der in eine zerschlissene Satteldecke gewickelt war.

Del warf ihm einen raschen, triumphierenden Blick zu, stand auf und begann, das Bündel mit übertrieben dramatischen Bewegungen auszuwickeln. Unter dem schmutzigen Stoff kam eine schlanke, beidseitig geschliffene Klinge zum Vorschein. Der Griff des *Tschekal* war mit einem daumennagelgroßen, blutroten Rubin geschmückt.

»Du hattest recht, Skar«, sagte er hart. »Es macht nichts – ich hätte den Mann sowieso hinrichten lassen. Er hat sogar Glück gehabt. Der Hund hat es sehr viel schneller erledigt, als ich es hätte tun können.«

»Aber –«

»Du weißt, welche Strafe einem Satai droht, der die Hand gegen seinen Herrn erhebt«, fuhr Del unbeirrt fort. Er warf die Fetzen zu Boden und hielt Skar das *Tschekal* hin. Skar machte keine Bewegung, um es entgegenzunehmen.

Dels linke Augenbraue rutschte ein Stück nach oben und verschwand fast unter seinem schwarzen Haar. »Was hast du?« fragte er. »Nimm es. Es ist nur dein Eigentum.«

Skar griff nun doch zögernd nach dem Schwert. Verblüfft blickte er auf den Toten herab, dann wieder auf die schlanke Klinge aus Sternenstahl in seiner Hand. *Unmöglich!* dachte er. Das ergab einfach keinen Sinn. Und er sprach diesen Gedanken auch laut aus.

Del sah ihn sehr ernst an, antwortete aber nicht, sondern ließ sich ein zweites Mal in die Hocke sinken und fuhr fort, das Gepäck des Toten zu durchsuchen. Nach einer Weile richtete er sich wieder auf und hielt Skar einen schmalen Lederbeutel hin.

»Und das gehört dir auch«, sagte er. »Wieviel Geld hattest du?«

Skar zuckte mit den Achseln. »Sieben oder acht Dime«, antwortete er.

Del öffnete mit steinernem Gesicht den Beutel, schüttete den Inhalt in seine ausgestreckte Hand und zählte leise acht der kleinen, sechseckigen Goldmünzen ab. Skar entging es nicht, daß er nur noch mit Mühe ein triumphierendes Lächeln unterdrückte.

»Aber das ist vollkommen ausgeschlossen!« beharrte er. »Del, überleg doch! Niemand wäre so wahnsinnig, mich zu überfallen, um mich zu *bestehlen*! Nicht *mich*!«

»Natürlich nicht«, pflichtete ihm Del ungerührt bei. »Aber um dich umzubringen, Skar. Das Schwert da hätte er weggeworfen, kaum daß er die Burg verlassen hätte, und das Geld kam ihm sicher nur recht. Und ich bin sicher, daß du auch alles andere bei seinen Sachen findest, was du vermißt. Die Idee war nicht einmal dumm – hätte er sich die Mühe gemacht, sich davon zu überzeugen, daß du wirklich tot bist, und hätte er nicht das Pech gehabt, daß ich gestern abend die Tore schließen ließ ...« Er zuckte abermals mit den Achseln. »Wer weiß, vielleicht wäre ich sogar darauf hereingefallen. Es sah alles nach einem Raubüberfall aus.«

»Mich *töten*?«

Del deutete auf den Toten herab und machte eine bedauernde Handbewegung. »Ich kann ihn leider nicht mehr fragen, und *du* wirst ihn jetzt wohl kaum noch wiedererkennen – aber er war dabei, gestern abend.«

Es dauerte einen Moment, bis Skar überhaupt begriff. »Bei dem Kampf?« fragte er zweifelnd.

Del nickte. »Sicher. Ich bin sogar überzeugt davon, daß er derjenige war, der den Hund auf dich gehetzt hat.« Er lächelte schwach. »Wenn man es genau nimmt, war es so etwas wie ausgleichende Gerechtigkeit. Er hat seine Strafe bekommen.«

Skar wollte widersprechen, aber Del brachte ihn mit einer herrischen Geste zum Schweigen und wandte sich an die anderen Männer. »Verbrennt ihn. Seinen Besitz bringt ihr zu Skar. Es ist sicher noch das eine oder andere dabei, was ihm gehört.«

Skar schüttelte fast hilflos den Kopf. »Das ist ... Wahnsinn«, murmelte er. »Ich glaube es einfach nicht, Del!«

»Nein?« Del lachte leise, aber es klang nicht wirklich amüsiert, eher abfällig. »Was ist mit dir, Skar – erträgst du den Gedanken nicht, daß es jemand gewagt haben soll, die Hand gegen den Hohen Satai zu erheben? Oder ist dir diese Lösung einfach zu unkompliziert?«

»Nein«, antwortete Skar langsam. »Zu glatt, Del.«

Del sah ihn fragend an, aber Skar sagte nichts mehr. Er blickte abwechselnd die Geldbörse in seiner Hand und den Toten an; verstört und auch ein bißchen erschrocken, ohne ganz genau zu wissen, worüber. Aber er spürte, daß er der Lösung jetzt nahe war. Wer immer ihn in dieser Nacht überfallen hatte, es war nicht dieser Satai gewesen. Er wußte nicht, wer es statt dessen getan hatte, aber die einzelnen Bruchstücke begannen sich zu einem Ganzen zu formen. Nicht mehr sehr lange, und er würde endlich wissen, was hier vorging.

Er hoffte nur, daß es dann nicht bereits zu spät war.

Ohne ein weiteres Wort drehte er sich herum und verließ das Zelt. Del und die anderen folgten ihm nicht. Aber für einen Moment, einen ganz kurzen, zeitlosen Augenblick nur, glaubte er eine Gestalt in den Schatten neben dem Tor stehen zu sehen; eine kleine, schmale Gestalt mit eckigen Spinnengliedern, eine Gestalt ohne Gesicht und mit einer Haut aus schwarzem Chitin.

*

Eine starke innere und auch äußere Unruhe hatte ihn ergriffen. Kiinas Ratschlägen – wenn auch mit einiger Verspätung – folgend, war er schließlich doch zu einem der Quorrl-Heiler gegangen, um seine Wunden neu verbinden zu lassen. Aber er kehrte nicht in seine Unterkunft zurück – der Gedanke, Del zu treffen und sich wieder mit ihm zu streiten, war ihm unerträglich –, sondern suchte Titch; warum, wußte er eigentlich selbst nicht.

Er traf ihn nicht in seiner Kammer an, aber der Posten davor erklärte ihm, daß er die ganze Nacht über wach gewesen und noch vor Sonnenaufgang zum Gemach des *Heiligen Mannes* gegangen sei, wie die Quorrl Bradburn unter sich nannten.

Skar fand ihn auch jetzt noch dort, und er war nicht allein.

Seine Quorrl schienen Dels Befehl ausgeführt zu haben, Bradburns Kammer auszubrennen, denn schon von weitem schlug Skar Brandgeruch entgegen, und als er in den Seitenstollen eindrang, an dessen Ende die Unterkunft des Predigers lag, wurde die Luft so schlecht, daß er fast Mühe hatte zu atmen. Eine dünne Schicht aus schwarzem, schmierigem Ruß bedeckte die Wände und die Decke, und seine Stiefelsohlen klebten bei jedem Schritt am Boden fest. Stimmen und dumpfe regelmäßige Hammerschläge hallten ihm entgegen, und ein riesenhafter Quorrl versuchte ihm den Weg zu verstellen, trat jedoch mit einer entschuldigenden Geste beiseite, als er ihn erkannte.

Die Kammer war von mehr als einem Dutzend Fackeln taghell erleuchtet, als er sie betrat. Titch stand, inmitten einer Gruppe aus sieben oder acht Quorrl, vor der gegenüberliegenden Wand und sah zu, wie seine Männer abwechselnd mit Hacken und großen metallenen Keulen auf das Mauerwerk einschlugen. Sie hatten bereits eine mehr als mannshohe Bresche geschlagen, hinter der schwarzfarbenes Erdreich und Gesteinstrümmer zum Vorschein kamen, und gerade in dem Moment, als Skar eintrat, löste sich ein weiteres, gewaltiges Bruchstück aus der Mauer und fiel polternd zu Boden. Titch sprang erschrocken zurück, als einer der Steinquader fast auf seine Füße gefallen wäre, und drehte sich in der Bewegung herum.

Skar hob grüßend die Hand und kam auf ihn zu. »Was tut ihr?« fragte er scherzhaft. »Läßt du einen Notausgang graben?«

Titch blieb ernst. Skar wußte nicht, ob Quorrl überhaupt so etwas wie Sinn für Humor hatten. Aber der Scherz war auch nicht besonders originell gewesen. »Nein«, antwortete der Quorrl. »Ich überzeuge mich davon, daß sich nicht irgend etwas einen Not*eingang* gegraben hat.«

Skar sah den Quorrl stirnrunzelnd an, trat an ihm vorbei und begutachtete die Bresche, die seine Krieger in die Wand getrieben hatten. Er sah Erdreich, abgestorbenes Wurzelwerk und Steine, dazwischen kleine glitzernde Brocken von schwarzer Farbe, die wie Kohle aussahen. Von dem schwarzen Netz, nach dem Titch suchte, war nicht einmal eine Spur zu entdecken. Nicht, daß das etwas bedeutete – er hatte ja mit eigenen Augen gesehen, wie das Gewebe zerfallen war.

»Du fürchtest wirklich, es könnte *durch die Wände* kriechen?« fragte er zweifelnd.

Titch deutete ein Kopfschütteln an. »Nein. Ich will nur sichergehen, daß es das *nicht* kann«, antwortete er. »Du nicht?«

Skar verzichtete auf eine Antwort. Er war noch immer gereizt, und insgeheim ärgerte er sich, daß Titch ihn nicht über seine Befürchtung informiert hatte. Vielleicht auch ein bißchen darüber, daß er nicht selbst auf diesen Gedanken gekommen war. Aber er beherrschte sich.

»Was ist mit dem ... mit dem *Ding*, das Bradburn getötet hat?« fragte er zögernd. »Ihr habt es verbrannt?«

»Natürlich.« Titch klang fast beleidigt. »Der Hohe Satai hat uns ja angewiesen, es zu tun. Und wir Quorrl sind vielleicht dumm, aber nicht taub. Meine Männer haben die Asche mit Kalk vermischt und dann in den Fluß gestreut.«

Skar nickte anerkennend. Prüfend sah er sich in der Kammer um. Die Wände waren geschwärzt, und der Stein hier und da gerissen und überall brüchig geworden. Titchs Quorrl mußten ein wahres Höllenfeuer hier drinnen entfacht haben. Von der ehemaligen Einrichtung war nicht einmal Asche übrig geblieben.

»Wir haben alles herausgeschafft und verbrannt«, berichtete Titch, der seinen prüfenden Blick bemerkte. »Auch wenn mir nicht wohl dabei war.« Skar sah ihn fragend an, und Titch fuhr fort: »Bradburns Bücher waren sehr wertvoll.«

»Nicht nur seine Bücher«, ergänzte eine Stimme von der Tür her.

Skar zog eine Grimasse und drehte sich herum. Del klang irgendwie wütend, und es war nicht nur die schon fast normale Aggressivität, die er in seiner Stimme hörte.

»Was tut ihr da?« fragte Del mit einer Kopfbewegung auf das Loch in der Wand. »Wer, zum Teufel, hat euch gesagt, daß ihr die halbe Burg abreißen sollt.«

»Niemand hat gesagt, daß wir es *nicht* tun sollen«, antwortete Titch lächelnd. In Dels Augen blitzte es zornig auf, aber auch er verbiß sich die scharfe Antwort, die ihm sichtlich auf der Zunge lag. *Es ist dieser Ort,* wisperte Kiinas Stimme hinter Skars Stirn. *Er ist böse, Skar, ich spüre es. Böse, böse, böse, böse ...*

»Titch hat völlig richtig gehandelt«, erklärte er rasch, bevor Del vollends auffahren konnte. »Oder wolltest du seine Bücher aufheben und Gefahr laufen, damit etwas von diesem Zeug zu konservieren?«

Del konnte nicht viel gegen dieses Argument vorbringen, ohne sich lächerlich zu machen, aber der Blick, den er Skar zuwarf, machte sehr deutlich, daß er eher noch zorniger wurde. *Noch zwei Tage,* dachte Skar, *und wir werden anfangen, uns gegenseitig umzubringen, einfach so.*

»Ihr habt alles verbrannt?« fragte Del, mühsam beherrscht. »Und die Flasche?«

»Sie war nicht dabei«, antwortete Titch. »Ich habe danach suchen lassen.«

»Dann habt ihr nicht gründlich genug gesucht!« brüllte Del plötzlich. »Verdammt, was fällt dir ein, du hirnloser fischgesichtiger –«

»Ich habe mich selbst davon überzeugt, Satai«, unterbrach ihn Titch. Seine Stimme war nicht einmal lauter, aber sie klang plötzlich eisig, und so hart wie Stahl. »Ich bin nicht dumm, Satai. Ihr Inhalt hat das Wesen vernichtet, das Bradburn tötete. Ich weiß, wie wertvoll er für euch gewesen wäre. Aber sie war nicht da.«

Für zehn, dann zwanzig endlose Sekunden breitete sich Schweigen zwischen Del und dem Quorrl aus, aber es war kein normales Schweigen, sondern die Ruhe eines Vulkans, der dicht vor dem Ausbruch stand. Del starrte den riesigen Quorrl an, und Skar sah, wie seine Hände zum Gürtel krochen, und zum Schwert, in einer Bewegung, die er wahrscheinlich nicht einmal bewußt registrierte. Etwas geschah, dachte Skar erschrocken. Irgend etwas breitete sich plötzlich im Raum aus, etwas, das mit dem Schweigen hereingekommen war, etwas wie ein unhörbares, lautloses Flüstern, ein böses Gift, das ihre Gedanken verpestete. Für einen ganz kurzen Moment spürte er es auch – für einen

Moment, in dem er plötzlich keinen anderen Wunsch hatte als den, sein Schwert zu ziehen und zu töten, ganz egal, wen.

»Hört auf!« rief er gepreßt. Das Sprechen fiel ihm schwer. Seine Hände begannen zu zittern.

»Hört auf!« wiederholte er noch einmal. »Beide! Spürt ihr denn nicht, daß ... daß es genau das ist, was sie wollen?«

Titch reagierte nicht, aber Del drehte langsam den Kopf und sah nun ihn voller stummer Wut an. »Blödsinn!« schnappte er. »Was ist los mit dir, alter Mann? Hat dieses dumme Gör aus Elay zu lange mit dir geredet?«

Skar blickte zu der Bresche in der Wand hinüber, ehe er weitersprach. Es kam von dort. Was immer es war, es kroch aus dem Boden, die Wände atmeten es aus, und die Luft trug es in seine Lungen und sein Herz. *Töte!* wisperte der *Daij-Djan* in seinen Gedanken. *Nimm dein Schwert und stopf diesem großspurigen Angeber ein für alle Mal das Maul!*

Und fast hätte er es auch getan. Er gewann den Kampf gegen das böse Flüstern, diesmal noch, aber er wußte nicht, wie oft es ihm noch gelingen würde. Den Männern und Quorrl gestern abend war es nicht gelungen.

»Kiina hatte recht«, preßte er mühsam hervor. »Wir müssen hier raus, Del. Es ist diese Burg. Spürst du es denn nicht?«

Del machte eine wütende, wegwerfende Handbewegung, fast ein Schlag in die leere Luft. »Was für ein Unsinn!« sagte er. Dann lächelte er, aber es erinnerte Skar mehr als alles andere an das Grinsen einer Schlange, die ihr Opfer musterte. »Aber ich werde deinem Wunsch sogar nachkommen«, fuhr er fort. »Ich kam eigentlich, um dir Bescheid zu geben, daß das Heer noch heute eintrifft. Gerade eben hat ein Bote, den sie vorausgeschickt haben, die Nachricht überbracht.«

»Die Krieger aus Denwar?« fragte Titch.

Del starrte ihn an, als fühlte er sich allein durch die Tatsache beleidigt, daß es der Quorrl gewagt hatte, ihn anzusprechen. Aber dann nickte er. »Ja«, antwortete er. »Elftausend Veden und an die achttausend Satai. In drei Tagen, sobald sich die Männer ein wenig erholt haben, brechen wir auf.«

Der Gedanke an die ungeheuerliche Heeresmacht, die in wenigen Stunden in dieser Festung versammelt sein würde, machte Skar Angst. *Zwanzigtausend* Männer – und jeder einzelne ein potentieller Killer. Großer Gott, was würde geschehen, wenn diese Männer auf Titchs Quorrl trafen, unter dem Einfluß *dieses* Ortes?!

Titchs Gedanken schienen in ähnlichen Bahnen zu verlaufen, denn er sagte: »Wenn es so ist, werde ich meinen Kriegern Befehl geben, die Burg zu räumen. Sie ist kaum groß genug für uns alle.«

»Zuallererst einmal«, antwortete Del herablassend, »wirst du mit Skar zu den Felsen hinunterreiten und dir die tote *Errish* ansehen. Jetzt, wo die Phiole verschwunden ist, ist es um so wichtiger.«

Titch nickte, aber Skar fühlte sich beinahe noch unbehaglicher. Er wollte nicht noch einmal dorthin. Er hatte Angst, die Tote wiederzusehen, und er hatte Angst, den *Daij-Djan* zu treffen, der bei den Felsen auf ihn warten mochte. »Wozu?« fragte er.

Del zuckte die Schultern. »Man weiß nie«, erwiderte er. »Sie wird einen Grund gehabt haben, sich dort unten herumzutreiben, und ich will wissen, welchen. Jetzt um so mehr. Wir können kein Risiko eingehen.« Er sah Skar fragend an. »Du hast noch den Verschluß der Kristallflasche?«

Skar schüttelte den Kopf. »Nein. Er war nicht bei den Sachen des Toten.«

»Das ist schade«, bedauerte Del. »Vielleicht hat er ihn für einen Edelstein gehalten und eingetauscht. Ich werde danach suchen lassen. Wann reitet ihr?«

»Jetzt gleich«, sagte Titch, noch ehe Skar Gelegenheit fand zu antworten. »Ich weiß zwar so wenig wie Skar, was du dir davon versprichst, aber du hast recht – wir sollten kein Risiko eingehen. Vielleicht finden wir irgend etwas bei ihr, was uns weiterhilft.«

Der Weg zum Fluß hinunter kam ihm weiter vor als beim ersten Mal, und Skar war plötzlich gar nicht mehr so sicher wie noch vor Tagesfrist, ob es ihm *wirklich* gelingen würde, die Stelle wiederzufinden, an der er auf die tote *Errish* und ihren Drachenvogel gestoßen war. Jetzt, als er danach *suchte*, schien plötzlich alles gleich auszusehen, und er hatte vorher noch nie bemerkt, wie *groß* das steinerne Labyrinth war, über dem sich die schwarzen Zinnen von Drasks Trutzburg erhoben.

Skar fühlte sich zwischen zwei völlig verschiedenen Empfindungen hin und her gerissen – auf der einen Seite war er erleichtert – nicht nur innerlich, sondern auch auf ganz real körperliche Weise –, aus der Burg heraus zu sein, auf der anderen Seite fühlte er sich nicht sehr wohl in Titchs Begleitung. Und um so mehr, als er festgestellt hatte, daß es sich bei ihren Begleitern ausschließlich um Quorrl handelte; ein halbes Dutzend großer, muskelbepackter Gestalten, welche die Kräftigsten aus Titchs Leibgarde zu sein schienen. Er mißtraute den Quorrl nicht – ganz im Gegenteil mußte er sich insgeheim eingestehen, daß er Titch und seinen Kriegern in den letzten Tagen weitaus mehr vertraute als den sogenannten Satai, die Del um sich geschart hatte –, aber er spürte, daß Titch ihn belog; oder ihm zumindest etwas *nicht* gesagt hatte, was wichtig gewesen wäre.

Als sie etwas mehr als die Hälfte der Strecke hinter sich gebracht hatten, sahen sie das Heer. Es war noch sehr weit entfernt – die Männer würden sich beeilen müssen, um vor Dunkelwerden die Burg zu erreichen –, und es näherte sich auf der anderen Seite des Flusses, aber es bot trotzdem einen beeindruckenden Anblick. Die Ebene, die am Morgen noch weiß gewesen war, brodelte jetzt vor schwarzer und metallisch blitzender Bewegung, und über dem riesigen Heerwurm zog eine Wolke aus Staub und pulverfeinem Schnee dahin. Skar spürte ein sonderbares Gefühl, von dem er im ersten Moment selbst nicht genau wußte, was es war – einerseits etwas von dem erhebenden Gefühl von *Macht*, das eine so große Armee vermittelte, andererseits aber auch Furcht; und einen nie gekannten Zweifel. Plötzlich erinnerte ihn diese ungeheuerliche Karawane aus zwanzigtausend Männern und Pferden an eine Ameisenarmee, ein Heer hirn- und willenloser Etwasse, die er einfach nicht mit der Vorstellung denkender Individuen überein bringen konnte.

»Beruhigt dich der Anblick, Satai?«

Skar fuhr fast erschrocken zusammen und wandte sich im Sattel zur Seite. Titch war neben ihn herangeritten und hatte sein Pferd ebenfalls angehalten, und auch sein Blick war starr nach Westen gerichtet.

Fast gegen seinen Willen schüttelte Skar den Kopf. »Sollte er das?«

»Natürlich«, antwortete Titch. »Ihr seid uns jetzt ebenbürtig. Bis heute wart ihr fünfhundert Menschen, in der Gesellschaft von vierzigtausend Ungeheuern.«

»Warum bist du so bitter, Titch?« fragte Skar.

»Bin ich das?«

Skar nickte. Einen Moment lang lauschte er vergeblich auf den Zorn, den Titchs Worte eigentlich in ihm wachrufen sollten. Er kam nicht. Er spürte im Gegenteil nur Mitleid mit dem hünenhaften Quorrl. Er war jetzt davon überzeugt, daß Kiina recht gehabt hatte. Es *war* die Festung, die ihrer aller Denken vergiftete. »Das bist du«, antwortete er ruhig. »Du warst es, seit ich dich kennengelernt habe, aber es ist schlimmer geworden, seit wir hier sind.«

»Vielleicht habe ich meine Gründe«, antwortete der Quorrl kurz angebunden und wollte weiterreiten, aber Skar fiel ihm mit einer raschen Bewegung in die Zügel und hielt das Pferd zurück.

»Dann solltest du sie mir verraten«, sagte er.

Der Quorrl riß ihm die Zügel aus der Hand und ritt weiter, aber nicht sehr schnell, so daß Skar schon nach ein paar Schritten wieder zu ihm aufgeschlossen hatte. »Es ist nicht sehr fair, über etwas zu schweigen, das unser aller Schicksal beeinflussen kann, Titch.«

Titch lachte leise. »Unser Schicksal? Du leidest an einer typisch menschlichen Krankheit, Satai – du überschätzt dich. Niemand kann sein Schicksal beeinflussen. Was geschehen wird, geschieht.«

»Warum bist du dann hier?« fragte Skar. »Du glaubst, alles wäre vorbestimmt?«

»Ich glaube es nicht«, antwortete Titch. »Ich *weiß* es.«

»Warum kämpfen wir dann?« bohrte Skar weiter. »Warum

versuchen wir, die *Sternengeborenen* zu schlagen, wenn doch alles schon vorherbestimmt ist? Warum seid ihr nicht in euren Wäldern im Norden geblieben und habt zugesehen, wie Enwor zugrunde geht?«

»Weil es vorherbestimmt ist«, antwortete Titch stur. »Und weil wir Krieger sind. Wir wurden als Krieger geboren.«

Skar warf einen Blick zu dem Heer im Westen, ehe er erwiderte. »Das bin ich auch, Titch, und trotzdem –«

Der Zornesausbruch des Quorrl kam völlig unvorbereitet; und seine Bewegung so schnell, daß Skar sie nicht einmal sah – im einen Moment war Titch noch ruhig neben ihm hergeritten, eine viel zu groß geratene, mißgestaltete Kröte, unter der das Schlachtroß winzig und verloren wirkte, und im anderen fühlte sich Skar von zwei unmenschlich starken Händen gepackt und halb aus dem Sattel gerissen. Titchs Gesicht war plötzlich sehr nahe vor ihm. Seine Augen füllten fast sein ganzes Gesichtsfeld aus. »Nein, Satai!« zischte der Quorrl, leise, aber in einem Ton, der Skar einen eiskalten Schauer der Furcht über den Rücken laufen ließ. »Das bist du nicht. Du bist zum Krieger *geworden*, aus freien Stücken oder durch Zwang, aber du hattest eine Chance. Wir nicht. Keiner dieser Vierzigtausend, die ich in den Tod zu führen habe, hatte eine Chance!«

Skar versuchte Titchs Griff zu sprengen, aber es war sinnlos. Er schlug die gefalteten Hände mit aller Macht von unten gegen die Titchs, die seinen Hals gepackt hatten, aber der Quorrl zuckte nicht einmal. Skar bekam keine Luft mehr.

Aber dann, nach einer weiteren Sekunde, ließ Titch ihn los und versetzte ihm einen Stoß, der ihn zurück und um ein Haar aus dem Sattel stürzen ließ.

»Was meinst du damit?« fragte er verstört, nachdem er sein Gleichgewicht wiedergefunden hatte. »Ihr seid –«

»Krieger!« unterbrach ihn Titch, noch immer leise, und noch immer kaum weniger wütend als zuvor. Seine Augen flammten. »Wir wurden als Krieger geboren. Wir wurden als Krieger *gezeugt*, Satai. Keiner dieser Vierzigtausend ist je gefragt worden, ob er ein Leben als Krieger führen will, und keiner ist je auf die

Idee gekommen, an seiner Bestimmung zu zweifeln!«

»Als Krieger *gezeugt*?« wiederholte Skar zweifelnd. Er begriff sehr wohl, was Titch mit diesen Worten meinte, aber er weigerte sich einfach, es zu glauben. »Du meinst, ihr ... ihr wißt *vor der Geburt*, was aus dem Kind wird? Ihr *zeugt* eure Krieger und Handwerker und Bauern, so, wie ... wie wir sie erziehen?«

Titch antwortete nicht, aber sein Schweigen war Antwort genug. Vielleicht mehr, als Skar überhaupt hören wollte. »Das wußte ich nicht«, gab er leise zu. »Bitte verzeih.«

»Was weißt du überhaupt?« schnappte Titch. Seine Wut verrauchte, aber das lodernde Feuer in seinem Blick blieb; und plötzlich wurde es Skar klar, daß es gar kein Zorn war; oder wenn doch, so ein Zorn, der nicht ihm galt, oder einem der anderen Männer in der Burg oder in dem Heer dort drüben, sondern einem unbarmherzigen Schicksal, das Titch nicht einmal die Spur einer Chance gelassen hatte, irgend etwas an seinem Verlauf zu ändern. Er versuchte vergeblich, sich in Titchs Lage hineinzuversetzen; nachzuempfinden, was ein Mann fühlen mochte, der dazu verurteilt war, vierzigtausend seiner Brüder in den sicheren Tod zu führen, ganz egal, wie gut oder schlecht er seine Aufgabe erfüllte. Er konnte es nicht. Der Gedanke war einfach *unvorstellbar.*

»Hat ... Del davon gewußt?« fragte er stockend. »Als er euch rief, meine ich?«

»Del?« Titch überlegte einen Moment und machte dann eine abgehackte Bewegung, die Zustimmung wie Verneinung sein konnte. »Niemand weiß davon«, sagte er. »Vielleicht der Rat der Satai. Vielleicht der Bote, den sie zu den Goldenen geschickt haben. Aber ich glaube es nicht. Es ist kein Geheimnis, aber kaum einer weiß es. Es interessiert niemanden. Wir sind ja nur Quorrl.«

Skar war plötzlich sehr froh, den Quorrl nicht unterbrochen zu haben, um ihm zu versichern, daß auch er sein Geheimnis wahren würde, wie er es ursprünglich vorgehabt hatte. Andererseits – was hätte es denn auch geändert. Titch war ein Quorrl, trotz allem, und wahrscheinlich würden sie nie eine Übereinstimmung erzielen.

Plötzlich hatte er das absurde Bedürfnis, Titchs Freund zu sein. Er wußte, daß das unmöglich war, jetzt erst recht, aber etwas in ihm sehnte sich danach. Einfach danach, *überhaupt* einen Freund zu haben, und wenn es nur ein fischgesichtiger Quorrl war, der sich in Selbstmitleid übte.

Aber er sprach nichts von alledem aus, sondern ritt ein wenig schneller und tat so, als würde er sich ganz auf den Weg konzentrieren. Titch und seine Quorrl fielen ein Stück zurück, hielten dann aber immer denselben Abstand.

Zumindest der Teil seiner Befürchtungen, der ihn daran hatte zweifeln lassen, die richtige Stelle wiederzufinden, behielt unrecht. Er fand sie am Flußufer auf Anhieb, und er fand auch die Spur, die ihn letztlich zu der toten *Errish* geführt hatte. Sie war so frisch wie vor zwei Tagen; weder der Schnee noch das einsetzende Tauwetter hatten sie verwischt. Und er fand auch den Felsen wieder, obgleich es diesmal keinen Schatten gab, der ihn lotste. Es war, als hätte sich jeder Fußbreit Boden unauslöschlich in sein Gedächtnis eingebrannt, obgleich er noch vor Augenblikken gedacht hatte, wie ähnlich sich doch die zahllosen kleinen Felstäler und -schründe waren. Sie hatten die Pferde am Fluß zurückgelassen, und nach kaum fünf Minuten standen sie vor dem zyklopischen Findling, auf dem Skar auf den *Daij-Djan* und die Tote getroffen war.

Diesmal brauchte er nur kurze Zeit, um ihn zu besteigen, denn es gab keinen Grund mehr, vorsichtig zu sein. Titch sprach kein einziges Wort mit ihm, aber er kletterte kraftvoll und überraschend geschickt neben ihm her und erreichte das winzige Plateau fast im selben Moment wie er. Skar war sich nicht sicher – das hieß: Eigentlich war er es doch, er verstand es nur nicht –, aber für einen Moment glaubte er ein erschrockenes Zucken über das Gesicht des Quorrl huschen zu sehen. Der *Daij-Djan* war nicht da.

Natürlich nicht, du Narr! wisperte eine Stimme hinter seiner Stirn. *Was hast du erwartet? Daß er es sich hier bequem gemacht und auf dich gewartet hat, um ein wenig mit dir zu plaudern?*

Er vertrieb den Gedanken, wartete, bis Titchs Begleiter einer nach dem anderen zu ihnen hinaufgestiegen waren und deutete dann auf die Tote. »Das ist sie«, sagte er überflüssigerweise.

Titch musterte die verendete Daktyle und ihre bizarre Reiterin einen Moment lang sehr aufmerksam, dann machte er eine befehlende Geste zu seinen Kriegern.

»Zieht ihr die Kleider aus«, gebot er. »Wir nehmen alles mit. Auch den Sattel und was sie sonst noch bei sich hat.«

Die Quorrl zögerten. Titch wiederholte seinen Befehl im zischelnden Idiom seines Volkes, und diesmal setzten sich die Krieger gehorsam in Bewegung. Behutsam hoben sie die Tote vom Rücken des Drachenvogels herunter und begannen, sie zu entkleiden. Wie fast immer in letzter Zeit übernahmen Titchs Quorrl die Arbeit, während sich Skar darauf beschränkte zuzusehen, aber diesmal gab es nichts in ihm, was sich dagegen gesträubt hätte – trotz der Kälte waren sowohl die Daktyle als auch ihre Reiterin bereits teilweise in Verwesung übergegangen, und sein Ekel erwies sich einfach als stärker als sein Gewissen. Der Geruch war entsetzlich, und die *Errish* – obgleich sie einmal eine schöne Frau gewesen sein mußte – bot einen alles andere als angenehmen Anblick, als die Quorrl darangingen, sie aus ihrer bizarren Insekten-Rüstung zu schälen. Skar war fast froh, als Titch nach einiger Zeit zurücktrat und es seinen Kriegern überließ, die Tote vollends zu entkleiden, und er es ihm gleichtun konnte. Er wandte den Blick ab.

Titch lachte leise. »So zart besaitet, Satai?« fragte er.

»Nein«, antwortete Skar, nach kurzem Überlegen und bewußt herausfordernd und verletzend. *»Menschlich.* Aber dieses Wort ist dir wahrscheinlich fremd, *Quorrl.*«

Titch sah ihn aus seinen schmalen, geschlitzten Augen auf eine Art an, die Skar mehr verwirrte als beunruhigte. »Das stimmt, Satai«, antwortete er. »Ich bin kein Mensch. Ich weiß nicht, ob *ihr unsere* Gefühle nachempfinden könnt – *wir* können *eure* jedenfalls nicht begreifen. Und wir urteilen auch nicht darüber.«

Etwas war seltsam. Es war ein Teil des alten Nadelstich-Spieles, das sie spielten, seit sie sich kennengelernt hatten, aber Skar spürte ganz deutlich, daß es nicht das war, was Titch fühlte. Wie um die Behauptung des riesenhaften Quorrl im Augenblick zu widerlegen, spürte er einfach, daß hinter dem flachen Fischgesicht des Schuppenkriegers weit mehr vorging, als Titch zugeben wollte. Und vielleicht waren seine herausfordernden Worte einzig dazu bestimmt, genau dies zu überspielen. Er hatte die kleine Entgleisung von vorhin noch lange nicht überwunden. Sicher bedauerte er schon lange, Skar gegenüber so offen über seine intimsten Gedanken geredet zu haben.

Statt zu antworten, wandte Skar sich wieder um und zwang sich, die tote *Errish* anzusehen. Er war überrascht, als er feststellen mußte, wie jung sie noch war. Als er sie gefunden hatte, vor zwei Tagen, hatte er sie auf vierzig Jahre geschätzt, vielleicht mehr. Aber das stimmte nicht. Sie mußte sehr viel jünger gewesen sein, vielleicht nicht einmal dreißig. Ihr Körper war der einer jungen Frau, und das, was er in ihrem zerstörten Gesicht für Alter gehalten hatte, war in Wahrheit der Ausdruck eines tiefen, unauslöschlich eingebrannten Schmerzes. Sie war verhärmt, nicht alt. Und – es war absurd, aber gleichzeitig so klar, daß es keinen Zweifel gab – er *spürte* einfach, daß sie eine sehr mächtige Frau gewesen war; kein dummes Kind wie Kiina, und keine willenlose Puppe wie die *Errish*, die sie beim Kampf gegen die Drachen getötet hatten.

Widerstrebend ließ er sich neben der Toten in die Hocke sinken und streckte die Hand aus, wie um sie zu berühren, ohne es jedoch wirklich zu tun. Ihre Augen standen noch offen, und auch in ihnen – vielleicht *nur* darin – stand dieser tiefe, unauslöschliche Schmerz, der ihn so erschreckte. Etwas war falsch. Er hatte einen Fehler gemacht. Etwas falsch gedeutet.

»Nichts«, bemerkte Titch in diesem Moment. »Wir hätten uns den Weg sparen können.«

Skar sah auf. Der Quorrl durchsuchte die Habseligkeiten der toten *Errish*, mit schnellen, äußerst ungeduldigen Bewegungen. Wie Skar hatte er sich in die Hocke sinken lassen, was bei seiner gewaltigen Körpermasse einen fast schon absurden Anblick bot, und eigentlich *durchsuchte* er die Sachen der *Errish* nicht, sondern fetzte sie mit seinen gewaltigen Krallenhänden auseinander – seine Pranken zerrissen die ledernen Satteltaschen der Daktyle, als wären sie aus Papier.

Skar runzelte die Stirn. Titch spielte ihm etwas vor, und er hätte schon blind sein müssen, um das nicht zu bemerken. Der Quorrl war vielleicht ein gewaltiger Krieger, aber ein miserabler Schauspieler. *Aber warum?*

Er sprach nichts von seinen wahren Gedanken aus, sondern hob noch einmal die Hand, um die Augen der Toten zu schließen. Aber er konnte es nicht. Der Gedanke, diesen kalten, fast schon in Zersetzung übergegangenen Körper zu berühren, war ihm unerträglich.

Statt dessen stand er auf, ging die zwei Schritte zu der toten Daktyle hinüber und besah sich die riesige Flugechse zum ersten Mal genauer.

Er hatte niemals eine größere Daktyle gesehen. Selbst das Tier, das Drask ihm gegeben hatte, um zu Dels Lager zu fliegen, war weniger muskulös und wild gewesen als dieses schwarze Ungeheuer. Sein Kopf war fast so groß wie der Körper eines Mannes, und die ledernen Schwingen, auf die es sich noch im Tode stützte, mußten ausgebreitet an die zwanzig Meter messen. Skar schauderte, als er sich vorzustellen versuchte, welche ungeheuerliche *Kraft* diese Bestie gehabt haben mußte. Für einen Moment erschien ihm der Gedanke einfach lächerlich, daß sie gegen Monster wie diese Krieg führten.

Aber da war noch etwas. Etwas, das der Anblick der Daktyle in ihm auslöste, und es dauerte eine Weile, bis er selbst begriff, was es war.

»Titch«, rief er.

Der Quorrl stand auf und trat neben ihn.

»Schau dir diese Daktyle einmal genau an«, forderte Skar ihn auf. Er blickte Titch nicht an, aber er spürte die Bewegung des Quorrl, und er wußte, daß sich hinter der flachen Stirn des Schuppenkriegers die gleichen Überlegungen abspielten wie hinter seiner eigenen.

»Sie ist … sehr groß«, sagte Titch zögernd.

Skar nickte. »Ein Gigant. Die größte Daktyle, die ich je gesehen habe. Und ich habe eine Menge gesehen.«

Titch sah ihn verwirrt – aber vielleicht auch lauernd – an. »Was meinst du?«

Skar zuckte mit den Achseln. »Nichts. Ich ... denke nur laut nach. Ein Tier wie dieses muß ... sehr wertvoll sein.«

»Vermutlich«, bestätigte Titch.

»Man wird es nicht einfach so zum Fliegen benutzen«, fuhr Skar fort.

»Niemand fliegt *einfach so*«, entgegnete Titch. »Nur die *Errish* fliegen.«

»Das meine ich nicht«, widersprach Skar. »Es muß unglaublich weit fliegen können. Sieh dir diese Flügel an, Titch. Und diese Muskeln! Es muß doppelt so weit fliegen wie eine normale Daktyle.«

»Der Weg nach Elay ist weit«, antwortete Titch. Er klang ... *nervös*?

»Das meine ich nicht«, antwortete Skar. »Es ist ...« Er sprach nicht weiter, sondern überwand seinen Widerwillen, scheuchte einen von Titchs Quorrl mit einer groben Handbewegung beiseite und bückte sich nach dem ledernen Futtersack, der wie ein künstlicher Kropf unter dem Hals des Tieres angeschnallt war.

»Er ist leer«, stellte er fest, nachdem er ihn kurz abgetastet hatte. Er machte sich nicht einmal die Mühe, ihn zu öffnen.

»Und?« fragte Titch.

Skar deutete auf die Habseligkeiten der Toten, welche die Quorrl auf dem Felsen ausgebreitet hatten. »Keine Vorräte, nicht einmal ein Wasserschlauch.«

Titch lachte humorlos. »Wasser ist nun wirklich genug hier«, gab er zu bedenken. »Und die Daktyle kann sich unterwegs Futter reißen, so viel sie will.«

»Wenn sie versucht, sich an eine schwerbewaffnete Burg wie die unsere anzuschleichen?« fragte Skar zweifelnd. »Kaum.« Er schüttelte entschieden den Kof. »Diese *Errish* hat nie vorgehabt zurückzukehren«, behauptete er.

Zu seiner Überraschung widersprach Titch nicht, sondern

nickte nach einer Weile schwerfällig. »Ein Selbstmordunternehmen«, vermutete er. »Was ist so ungewöhnlich daran? Vielleicht war sie überzeugt davon, Erfolg zu haben, und wollte einfach auf die warten, die ihr folgten.«

Titchs Worte klangen einleuchtend, aber Skar hatte in den letzten Tagen einfach zu viel gehört, was einleuchtend klang und doch falsch war. Vielleicht hatte Del ein bißchen recht gehabt mit seiner spöttischen Bemerkung, daß er es einfach nicht mehr ertrüge, eine einfache Lösung zu akzeptieren, aber diesmal irrte sich der Quorrl, das spürte er einfach. Es war, als wache er zum zweiten Mal aus einem unendlich tiefen, betäubenden Schlaf auf, und plötzlich begriff er, daß es die Burg war – ihr unheimlicher Einfluß vergiftete nicht nur ihre Seelen, er hatte ihn auch bisher daran gehindert, wirklich *logisch* nachzudenken. Aber mit einem Male, ganz plötzlich, funktionierte sein Denken wieder mit der alten, gewohnten Schärfe. Er erkannte sogar, daß es gerade umgekehrt war – er fand die Beweise für seinen Verdacht nicht, weil er danach suchte, sondern hatte den Verdacht gefunden, weil etwas in ihm die Indizien längst wahrgenommen und richtig gedeutet hatte.

Dicht neben Titch ließ er sich ein zweites Mal in die Hocke sinken und deutete auf das Gesicht der toten *Errish*. »Sieh es dir genau an«, verlangte er.

Titch gehorchte.

»Dir fällt nichts auf?«

Titch schüttelte den Kopf und sah ihn fragend an.

»Vermutlich würde es mir auch nicht auffallen, wenn hier ein toter Quorrl läge«, sagte Skar. »Aber diese Frau ist sehr lange hier gewesen, ehe sie starb. Sie hat tagelang Durst gelitten. Sieh dir ihre Lippen an, und die Augenlider. Sie muß gehungert haben.« Er hob die Hand und deutete auf die Daktyle, ohne sich aus der Hocke zu erheben. Plötzlich war alles glasklar, so deutlich, daß er sich vergeblich fragte, warum ihm all dies vor zwei Tagen entgangen war. »Und der Vogel! Erkennst du die Spuren im Fels? Den Dung und die frischen Kratzer, und die Wunden an seinen Läufen? Er hat versucht zu fliehen, wahrscheinlich aus

Hunger und Durst.«

Titch nickte widerstrebend. »Worauf willst du hinaus?«

»Daß sie schon lange hier war«, antwortete Skar. »Tage, vielleicht Wochen, sicher aber ebensolange wie wir, Titch. Sie hat es nicht gewagt, ihr Versteck zu verlassen, um zum Fluß zu gehen oder sich ein Wild zu jagen, aus Angst, entdeckt zu werden.«

Titch blickte ihn an, aber sein Gesicht war jetzt wieder ein ganz normales Quorrl-Gesicht – eine häßliche Fratze aus Schuppen und Knochenwülsten, auf der nicht das allermindeste Gefühl abzulesen war.

»Du meinst, sie hat hier *auf uns* gewartet?« fragte er.

»Oder auf jemand anderen.«

»Die Drachenreiter, die das Mädchen verfolgten?«

»Möglich.« Skar stand auf. Es *war* möglich, aber er war eigentlich überzeugt davon, daß es nicht so war. *Aber was hatte sie dann hier gewollt? Was war in der Flasche gewesen, und warum hatte der Daij-Djan sie getötet, wenn sie –*

– nicht ihr Feind gewesen war?

Die Erkenntnis traf ihn mit solcher Wucht, daß er Titch volle zehn Sekunden lang aus aufgerissenen Augen anstarrte, ohne einen Laut, ja, ohne auch nur zu atmen. Es war die einzige Erklärung. Sie klang fast absurd, aber alles andere ergab noch weniger Sinn. Plötzlich glaubte er die Szene noch einmal zu durchleben, schneller und mit fast übernatürlicher Klarheit: *Er sah die Tote, reglos auf dem Rücken der Daktyle, sah den Ausdruck ungläubigen Entsetzens in ihrem für immer erstarrten Gesicht, und er sah den Daij-Djan, die Sternenbestie, die dastand und ihn aus ihrem schrecklichen augenlosen Gesicht anstarrte, die Hand wie zu einem perfiden Gruß erhoben, aber das stimmte nicht, es war kein Gruß, es war ein Deuten auf die tote Errish und ihren Vogel, und es bedeutete nichts anderes als dies: Sieh sie dir an, Satai! Sieh dir an, was denen geschieht, die sich mir in den Weg gestellt haben!*

»Titch«, flüsterte er. »Wir waren Narren! Diese *Errish* war nicht unser Feind!«

»Was?« fragte Titch verstört.

»Ich weiß nicht, wieso, und ich weiß nicht, was sie hier wollte, aber sie stand auf unserer Seite, Titch!« drängte Skar erregt. »Begreif doch! Wir haben uns getäuscht, aber Bradburn muß es erkannt haben, in seinem letzten Moment! Was in ihrer Flasche war, war kein Gift! Es war *eine Waffe gegen das Netz!«*

Titchs Augen weiteten sich ungläubig, aber es vergingen Sekunden, bis Skar erkannte, daß dies keine Reaktion auf seine Worte waren. Der Quorrl starrte auf einen Punkt hinter ihm, am anderen Ende der kleinen Felsplattform.

Und Skar wußte schon, was er dort gesehen hatte, noch ehe die anderen Quorrl entsetzt aufschrien und er selbst in die Höhe fuhr und sich blitzschnell umdrehte.

Er war da.

Es *war* eine getreuliche Wiederholung ihrer ersten Begegnung, und er hatte recht gehabt, mit seinem eigenen, spöttischen Gedanken – der *Daij-Djan* hatte auf sie gewartet, hier, an der einzigen Stelle, an der es vielleicht etwas gab, was seine Pläne zu durchkreuzen vermochte.

Für die Dauer eines Atemzuges stand Skar einfach da und starrte die kindsgroße Chimäre an, spürte den Blick seiner nicht vorhandenen Augen wie die Berührung einer weißglühenden Hand und fühlte wieder den alten Spott und Haß, aber zum allerersten Mal vielleicht auch so etwas wie Verunsicherung. Dann bewegte sich der *Daij-Djan*.

Und die Hölle brach los.

Skar hörte einen gellenden Aufschrei und wurde von etwas in den Rücken getroffen und zur Seite geschleudert. Ein Quorrl raste an ihm vorbei, brüllend, das gewaltige Schwert mit beiden Händen zum Schlag erhoben, und so schnell, wie er niemals einen Quorrl hatte laufen sehen.

Der *Daij-Djan* versuchte nicht einmal, dem Hieb auszuweichen. Er stand einfach da, ein Kind, das einem tobenden Drachen entgegenblickte, und die Klinge des Quorrl sauste herab, geführt von Muskeln, die in der Lage waren, einem Pferd das Rückgrat zu brechen. Der Hieb mußte ihn in zwei Hälften teilen.

Er wurde nicht zweigeteilt. Er erbebte nicht einmal unter dem Schlag des Quorrl-Kriegers. Aber dafür zerbrach dessen Schwert.

Dann bewegte sich die dreifingrige Klauenhand des *Daij-Djan*, so schnell und mörderisch, wie sie nur dieses Wesen bewegen konnte, und der Quorrl torkelte röchelnd zurück, beide Hände gegen seine zerfetzte Kehle geschlagen.

Der *Daij-Djan* löste sich aus seiner Erstarrung und kam langsam auf Skar und Titch zu. Seine Hände waren jetzt geöffnet, wie dreifingrige Forken, zu nichts anderem geschaffen als zum Töten und Zerreißen, aber dazu perfekt. Skar machte einen stolpernden Schritt zur Seite, ehe er begriff, daß nicht *er* das Ziel der Sternenbestie war, sondern die überlebenden fünf Quorrl und Titch. Aus irgendeinem Grunde würde ihn der *Daij-Djan* auch diesmal noch am Leben lassen. Vielleicht konnte er ihn gar nicht töten.

Aber er tötete den zweiten Quorrl, der sich mit einem schrillen Angstschrei auf ihn stürzte, und er tat es so schnell und gnadenlos wie beim ersten Mal: Seine Klaue fing den Schwerthieb des Kriegers ab und zerbrach gleichzeitig seine Klinge und seinen Arm, dann riß er den vier Zentner schweren Koloß einfach in die Höhe, wirbelte ihn herum und schleuderte ihn davon, zehn, zwanzig, dreißig Meter weit durch die Luft, bis er zwischen den Felsen aufschlug. Der *Daij-Djan* ging weiter.

Skar erwachte endlich aus seiner Erstarrung. Mit einem gellenden Schrei fuhr er herum und zerrte sein Schwert aus dem Gürtel, wohl wissend, wie sinnlos diese Waffe gegen den Dämon war. Aber er kam gar nicht dazu, die Bestie anzugreifen, denn in diesem Moment geschah etwas, was vielleicht noch schlimmer war als der Tod der beiden Krieger.

Titchs überlebende Männer hatten sich um ihren Kommandanten geschart und bildeten einen lebenden Schutzwall. Der *Daij-Djan* bewegte sich ohne sonderliche Hast auf die lebende Festung zu, und die vier Quorrl und Titch wichen im gleichen Tempo vor ihm zurück, bis sie die Kante des Felsplateaus erreicht hatten. In den Gesichtern der Krieger stand der nackte Terror. Es war das erste Mal im Leben, daß Skar einen Quorrl vor Angst wimmern hörte. Vielleicht das erste Mal überhaupt, daß ein menschliches Ohr diesen Laut vernahm.

Und plötzlich schleuderte einer von ihnen sein Schwert davon, zog statt dessen einen kleinen, zweiseitig geschliffenen Dolch – und führte ihn mit einer raschen Bewegung an seiner Kehle entlang!

Etwas in Skar zerbrach.

Es war das erste Mal seit Bradburns *Sai-Tan*, daß er sie wieder spürte, jene finstere, brodelnde Macht, die tief in seinem Inneren verborgen war und nur manchmal erwachte, dann aber zu schrecklicher Kraft und Wut, ein *Etwas*, ebenso dunkel und vielleicht stärker als der *Daij-Djan*, auf jeden Fall aber ebenso gnadenlos. Sein eigenes Leben war ihm egal, nein, mehr noch, er *wußte,* daß ihm nichts geschehen würde, daß er unbesiegbar, unsterblich und unverwundbar war in diesem Moment, denn er war nicht mehr er, sondern sein Dunkler Bruder, ein körperloses Ding, von den gleichen Mächten erschaffen wie die Sternenbestie und ebenso wild, ebenso entschlossen und ebenso unfähig aufzugeben. Sein Körper mochte zerstört werden, denn er war nicht närrisch genug, sich im Ernst einzubilden, den entsetzlichen Kräften der Chimäre irgend etwas entgegensetzen zu können, aber es war auch nicht die Macht seines Schwertes, die den *Daij-Djan* stocken ließ, als sich Skar mit einem Schrei zwischen ihn und die überlebenden Quorrl warf. Sein *Tschekal* sauste herab und verharrte einen Fingerbreit vor dem flachen Nicht-Gesicht der Bestie.

»Geh!« schrie er. »Bring mich um oder geh, du Bestie! *Ich lasse es nicht zu!*«

Der *Daij-Djan* zögerte. Er hatte kein Gesicht, auf dem Skar so etwas wie eine Reaktion auf seine Worte hätte ablesen können, aber er spürte, daß ihm der Dämon plötzlich auf eine neue, fast unsichere Art gegenüberstand. Mit einer sonderbar unschlüssigen Bewegung hob er die Hand und streckte den Arm aus, wie um Skar einfach aus dem Weg zu schleudern, berührte ihn aber nicht.

»Verschwinde, Satai!« brüllte Titch hinter ihm. »Er will nur uns! Lauf, solange du es noch kannst, du Narr!«

Skar hörte gar nicht hin. Sein Blick war starr auf das Horngesicht des *Daij-Djan* gerichtet, und der *Daij-Djan* starrte ihn an. »Geh!« widerholte Skar noch einmal. »Ich lasse nicht zu, daß du sie tötest!«

Willst du dein eigenes Leben opfern, um ein paar Quorrl zu retten? wisperte die unhörbare Stimme des Ungeheuers hinter seiner Stirn. Es waren nicht wirklich diese Worte, die Skar hörte, es waren überhaupt keine Worte, aber es war der Sinn seiner lautlosen gedanklichen Frage.

»Ja«, rief er laut. »Wenn es sein muß. Ich lasse es nicht zu, hörst du? Du wirst nicht mehr töten! Nicht, bevor du mich getötet hast! *Ich lasse es nicht zu!*«

Er hätte es nicht verhindern können, das wußte er. Nicht wirklich. Nicht mit diesem Schwert und seinem lächerlichen menschlichen Körper, den das Ungeheuer in Bruchteilen einer Sekunde einfach zerreißen konnte. Der *Daij-Djan* hätte die Hand heben, sein Schwert zerbrechen und ihn einfach zur Seite schleudern können, wenn er wirklich gewollt hätte, aber da war plötzlich noch etwas, die unsichtbare finstere Macht seines Dunklen Bruders, die wie eine Sturmflut aus den Tiefen seiner Seele emporkochte und sich der Chimäre entgegenwarf. Es dauerte nur Sekunden, aber für Skar vergingen Ewigkeiten, während die beiden unsichtbaren Ungeheuer miteinander rangen, nicht Gut und Böse, denn so etwas gab es nicht, das war eine reine Erfindung der Menschen, sondern zwei feindliche Brüder, der eine so haßerfüllt wie der andere.

Und für dieses Mal gewann er.

Der *Daij-Djan* senkte ganz langsam die Hand. Er wirkte verwirrt; vielleicht sogar ein bißchen erschrocken – es mußte das erste Mal sein, daß er auf einen gleichwertigen Gegner gestoßen war, seit er auf der Eisinsel des Dronte entstanden war, und vielleicht begriff er auch in diesem Moment zum allerersten Mal, daß es Mächte gab, die ihm gewachsen waren, ja, ihn vielleicht sogar vernichten konnten. Was dem Höllenfeuer des Dronte nicht gelungen war, das gelang dem unsichtbaren Etwas in Skar, und er –

Skar erkannte den Fehler in diesem Gedanken und verscheuchte ihn. Er begann, menschliche Begriffe auf das Ungeheuer anzuwenden, aber an ihm war nichts Menschliches, nicht einmal wirklich Lebendes. Es war fremd, ungeheuer *fremd*. Kein Wesen einer anderen Welt, sondern das Geschöpf einer vollkommen anderen Natur. Es würde niemals Frieden geben zwischen ihnen. Es existierte keine gemeinsame Basis. Er würde niemals dahinterkommen, was hinter dem glatten konturlosen Gesicht des Ungetüms vorging. Er verstand nur, daß er gewonnen hatte, für diesen einen Moment. Daß der *Daij-Djan* seine Bedingung akzeptierte und die Quorrl leben ließ, um ihn nicht töten zu müssen.

Dann, von einem Augenblick auf den anderen, verschwand das Ungeheuer. Es war einfach weg, wie ein böser Spuk.

Aber der Alptraum war trotzdem noch nicht vorbei. Vielleicht begann er sogar erst wirklich in dem Moment, in dem Skar sich herumdrehte und zu Titch und den drei überlebenden Quorrl zurücksah. Die Krieger standen da, erstarrt, wie mitten in der Bewegung von einem bösen Zauber ergriffen und gelähmt, und stierten ihn an. Der einzige, der sich bewegte, war Titch: Der Quorrl-Führer hob die Hände, in einer Art, die Skar absurderweise fast an ein Gebet erinnerte, machte einen halben stockenden Schritt auf ihn zu und erstarrte dann ebenfalls. Sein Mund öffnete sich, aber kein Laut kam heraus.

»Er ist fort«, brachte Skar mühsam hervor. Plötzlich begannen auch seine Hände zu zittern. Sein Herz jagte, und heiße und kalte Schauer rasten abwechselnd über seinen Rücken. Die fürchterliche Kraft seines Dunklen Bruders war versiegt, und wie immer, wenn er die Bestie in sich entfesselt hatte, fühlte er sich hinterher ausgelaugt und müde; selbst das Schwert schien plötzlich zu schwer zu sein, um es zu halten. Er senkte die Klinge, setzte ihre Spitze auf dem Boden auf und stützte sich schwer auf den Griff. »Er ist fort«, wiederholte er. »Er wird euch nichts mehr tun.« *Für diesmal*. Aber das fügte er nur in Gedanken hinzu.

Titch machte erneut einen Schritt auf ihn zu und blieb abermals stehen. Seine Augen waren starr und weit, er blinzelte nicht, und aus seinem halb offenstehenden Raubtiermaul kam noch immer kein Laut. Aber Skar spürte überdeutlich, wie es hinter der Stirn des Quorrl arbeitete. Als Titch dann zum Reden ansetzte, klang seine Stimme flach und brüchig, wie die eines uralten kraftlosen Greises.

»Was hast du getan, Satai?« keuchte er. »Du hast ... hast den *Daij-Djan* vertrieben! Er ... er gehorcht dir!« Seine Glieder zitterten. Seine gewaltigen Pranken öffneten und schlossen sich unentwegt, als wolle er etwas packen und zerquetschen. Sein Atem ging schnell und schwer und stoßweise.

»Wir sind alte Freunde«, sagte Skar mit mattem Spott. Titch ächzte, und Skar sah ein, daß diese Bemerkung nicht sehr klug gewesen war – dies war nicht der Augenblick für Spott und Ironie; nicht einmal für Sarkasmus.

»Ich kenne dieses ... Geschöpf«, fuhr er fort, sehr viel ernster. »Ich bin ihm ein paarmal begegnet, Titch. Aber wir –«

Titchs Schlag kam so schnell, daß Skar keine Chance blieb. Die Faust des Quorrl traf ihn zwischen Schulter und Hals, und diesmal schlug der Schuppenkrieger mit aller Gewalt zu. Skar spürte einen entsetzlichen Schmerz durch seine Schulter und seinen Nacken schießen, gefolgt von einer Woge lähmender Betäubung, die ihn in die Knie brechen und dann nach vorne fallen ließ. Er hatte nicht einmal mehr Kraft zu schreien.

Aber er verlor auch nicht das Bewußtsein. Ein fast wohltuender Dämmerzustand ergriff ihn, lähmte seine Glieder und zwang ihn, mit offenen Augen liegenzubleiben und hilflos zuzusehen, was weiter geschah.

Es war schlimmer als der Angriff des *Daij-Djan*, denn *den* hatte er zumindest noch verstanden. Was Titch jetzt tat, begriff er einfach nicht.

Der Quorrl starrte eine Sekunde auf ihn herab, dann erhob er sein Schwert mit beiden Händen und machte einen Schritt zurück.

Und schlug mit aller Gewalt aus der Drehung heraus zu.

Seine Klinge beschrieb einen perfekten, tödlichen Halbkreis, eine flirrende Bahn aus Silber und Blut, die den Kopf des ersten Kriegers glatt von seinen Schultern trennte und noch Schwung genug hatte, eine tiefe klaffende Furche in die Kehle des zweiten zu beißen. Titch schrie, ein Schrei voller Entsetzen und innerer Pein, wie Skar ihn selten zuvor von einem denkenden Wesen gehört hatte, vollendete seine Drehung und drang mit hoch erhobener Klinge auf den letzten überlebenden Mann seiner Leibgarde ein. Der Quorrl stand vier oder fünf Meter von ihm entfernt, und wie seine beiden Brüder war auch er bewaffnet, besser sogar als Titch – in seiner Hand lag eine gewaltige eiserne Keule, die Titchs Schwert wie ein Schilfrohr hätte zerbrechen können. Aber wie auch die anderen beiden machte er nicht einmal eine ausweichende Bewegung, sondern stand einfach da und sah Titch ergeben *(und fast erleichtert? dachte Skar)* entgegen, bis das Schwert des Quorrl seinen Schädel traf und bis zur Brust hinab spaltete.

*

Es dauerte lange, bis Skar wieder fähig war, sich zu bewegen. Die Lähmung wich nur ganz langsam aus seinen Gliedern, und mit dem Gefühl kehrte auch der Schmerz zurück – ein dumpfes, lang nachhallendes Hämmern, das in seiner Schulter begann, sich rasch in seinem Rücken und seinem Nacken ausbreitete und schließlich seinen Kopf erreichte. Skar mußte sich mit aller Macht beherrschen, um nicht aufzustöhnen; und noch mehr, um nicht die Hände gegen seine schmerzenden Schläfen zu pressen. Aber er wußte, daß es seine letzte Bewegung gewesen wäre, hätte er es getan. So lag er einfach da, rührte sich nicht und starrte Titch an, der sich nach dem Mord an seinen Brüdern einfach umgedreht hatte und zum anderen Ende des Plateaus gegangen war. Jetzt saß er auf dem Felsen, drehte Skar den Rücken zu und starrte ins Leere. Manchmal bewegte er die Hände. Seine Krallen fuhren langsam und unbewußt über den Felsen und erzeugten scharrende schrille Geräusche, die schmerzhaft in Skars Kopf widerhallten.

Minuten vergingen, reihten sich zu einer Viertel-, schließlich zu einer halben Stunde, bis Skar sich in der Lage fühlte, aufzustehen und sich einigermaßen sicher zu bewegen. Sein Kopf schmerzte noch immer, und seine rechte Schulter schien gebrochen zu sein, zumindest aber übel geprellt. Er war nicht sicher, ob er mit *dieser* Schulter kämpfen konnte.

Aber das hatte er auch nicht vor. Es war das zweite Mal, daß er die entsetzliche Kraft des Quorrl am eigenen Leibe verspürt hatte, und diesmal hatte er endgültig begriffen, wie lächerlich die Vorstellung war, gegen diesen Koloß *kämpfen* zu wollen. Er mußte Titch sofort überwältigen, oder der Quorrl würde *ihn* töten, so einfach war das.

Vorsichtig, unendlich behutsam, stemmte sich Skar auf Hände und Knie hoch und streckte die Hand nach dem *Tschekal* aus, das ihm entfallen war. Er brauchte fast eine Minute für dieses kleine Vorhaben, und er ließ Titchs gekrümmten Rücken in dieser Zeit nicht für den Bruchteil einer Sekunde aus dem Auge. Endlich schloß sich seine Hand um das Satai-Schwert. Peinlich darauf achtend, kein Geräusch zu verursachen, verlagerte er sein Gewicht, stand vollends auf und trat lautlos nach links, einen großen Bogen um den Quorrl schlagend, damit ihn sein Schatten nicht verriet.

»Spar dir die Mühe, Satai«, ließ sich Titch plötzlich vernehmen, ohne sich umzudrehen. »Du kannst dich nicht an einen Quorrl anschleichen. Das kann niemand.«

Ganz langsam drehte er den Kopf, sah Skar fast mitleidig an und fixierte dann das Schwert in seiner Hand. Er lächelte. »Du willst mich töten.« Er machte eine auffordernde Bewegung mit der Hand. »Tu es.«

Skar zögerte. »Du ... du wußtest, daß –«

»– du nicht tot warst?« Titch nickte. »Jetzt so gut wie vergangene Nacht, Satai. Wenn ich dich hätte töten wollen, dann *wärst* du jetzt tot.«

Er sprach sehr leise, und ohne jede übertriebene Dramatik, aber vielleicht war es gerade diese fast gelassene Art, die Skar vollends verunsicherte. Einen Moment lang starrte er fast betroffen auf die Waffe in seiner Hand hinunter, dann steckte er sie mit einer schuldbewußten, übertrieben hastigen Bewegung in den Gürtel und ging weiter auf den Quorrl zu. Titch sah ihm entgegen. Wieder streifte sein Blick das *Tschekal*, dessen rubingeschmückter Griff aus Skars Gürtel ragte.

»Warum?« fragte Skar leise. Er hatte plötzlich gar keine Angst mehr.

Titch lachte wieder, aber diesmal *klang* es nicht nur wie ein Schrei, es war einer. »Das weißt du nicht?« wunderte er sich. »Du, der Mann, der dem *Daij-Djan* Befehle geben kann, weißt es nicht?«

Sekundenlang stand Skar einfach da und blickte den Quorrl an, dann nickte er, schüttelte fast in der gleichen Bewegung den Kopf und setzte sich neben Titch. Er hatte immer noch keine Angst; eher im Gegenteil. In dem gewaltigen Quorrl war plötzlich eine Ruhe, die auch auf Skar ausstrahlte. In Titch brodelte kein Zorn mehr. Skar spürte, daß der Quorrl aufgegeben hatte. Irgendwie war er schon tot; innerlich.

»Ich glaube schon«, antwortete er nach einer Weile. »Aber ich hätte es gerne von dir gehört.« Er deutete über die Schulter zurück auf die Leichen der drei Quorrl. »Warum hast du es getan. Weil sie *ihn* gesehen haben?«

Titch nickte, schüttelte gleich darauf schwerfällig den Kopf und machte eine Handbewegung, die das ganze Plateau einschloß. »Weil sie *alles* gesehen haben«, erklärte er. »Sie hätten es den anderen gesagt. Sie hätten es niemals sehen dürfen. Niemand hätte es sehen dürfen. Nicht einmal ich.«

Vielleicht gerade du nicht, mein Freund, dachte Skar. Ohne ein weiteres Wort stand er auf, ging zu der Stelle zurück, an der Titchs Männer die schwarze Chitin-Rüstung der *Errish* niedergelegt hatten, und hob das Kopfteil auf. Selbst jetzt kostete es ihn Überwindung, den schwarzschimmernden Helm zu berühren. Seine Form glich dem eines Ameisenschädels, aber er wirkte auch gleichzeitig unsagbar fremd, unsagbar *wild*.

»Es ist deswegen, nicht?« fragte er.

Quorrl sah den Helm nicht an. Er nickte.

»Es ist ... keine Rüstung«, vermutete Skar. »Ich meine ... es wurde nicht *gemacht*?«

»Doch«, erwiderte Titch. »Es ist eine Rüstung. Aber es gibt diese Wesen. Irgendwo. Im Norden. Hinter den Grenzen der Welt, im Land der Toten.«

Aus dem Mund jedes anderen Wesens und in jeder anderen Situation hätten diese Worte einfach lächerlich geklungen. Jetzt ließen sie Skar schaudern, und vielleicht gerade deshalb, weil es ein Quorrl war, der sie aussprach, ein Wesen von vierhundert Pfund Körpergewicht und mit Kräften, die schlichtweg unvorstellbar waren. Aber noch vor wenigen Stunden hätte sich Skar ja auch nicht vorstellen können, daß ein Wesen wie dieses überhaupt in der Lage war, so etwas wie Angst zu empfinden. Beinahe hastig legte er den Helm aus der Hand, zögerte einen Moment und stieß ihn dann über den Rand des Felsens hinweg in die Tiefe. Er schlug mit einem sonderbar hellen, gläsernen Laut auf den Felsen auf und zerbrach.

»Ist das der Grund, weshalb du die Männer getötet hast, die den Angriff auf die Drachen führten?«

Titch nickte. Er schwieg. Sein Blick ging ins Leere.

»Sie waren nicht krank.«

»Nein. Ich habe sie vergiftet.«

»Und die, welche das Gift nicht genommen haben, hingerichtet. Nicht, weil sie feige waren. Weil sie *wußten*.«

»Ja«, bestätigte Titch. »Sie hatten geschworen zu schweigen, aber ich mußte sicher gehen. Wenn ... meine Brüder erfahren, *wer* unser wirklicher Feind ist, werden sie die Waffen niederlegen, Skar. Das Heer hätte sich aufgelöst, binnen eines Tages.«

Seine Worte erschütterten Skar, umso mehr, als er erst nach einigen Augenblicken begriff, was sie wirklich bedeuteten. »Du hast deine Brüder geopfert, damit wir unseren Krieg führen können«, gab er seiner Vermutung Ausdruck.

»Ihr könnt ihn nicht gewinnen, ohne uns«, behauptete Titch anstelle einer direkten Antwort. »Und es ist meine Aufgabe, euch dabei zu helfen.«

»Und der Überfall auf mich?«

Titch blickte ihn voller Trauer an, aber auch ein wenig um Vergebung bittend, griff unter seinen Gürtel – und zog die kleine Giftflasche hervor, die Skar das letzte Mal in Bradburns Kammer gesehen hatte. Sie war wieder vollständig. Der kristallene Pfropfen verschloß sie.

»Du weißt nicht, was es ist.«

»Gift«, vermutete Skar. »Und eine Waffe gegen das Netz.«

Titch lächelte fast mitleidig. Dann hob er einen kleinen, scharfkantigen Stein auf und ritzte sich damit den Handrücken. Ein einzelner Blutstropfen lief wie eine rubinrote Träne über seine glitzernden Schuppen. »Er schneidet«, sagte er. »Und in der richtigen Hand tötet er auch. Ist er deshalb eine Waffe?« Er warf den Stein fort und verbarg das Fläschchen wieder unter seinem Gürtel. Seine Bewegungen waren sehr sorgfältig.

»Es ist das Wasser des Lebens, Satai«, erklärte er, sehr ernst. »Wasser aus dem Goldenen Brunnen. Du würdest nie verstehen, wie wertvoll es für unser Volk ist.«

Skar versuchte es auch gar nicht. Er sah den Quorrl nur fragend an, und wie er erwartet hatte, fuhr Titch nach einer kurzen Pause fort, und fast mehr an sich selbst als an ihn gewandt: »Mein Volk würde hundert Mal vierzigtausend Krieger aussenden, um dieses Wasser zurückzubekommen, Skar. Der Goldene Brunnen ist das Wertvollste, was wir besitzen. Unser größtes Heiligtum.«

»Wertvoller als das Leben deiner Männer?«

»Du verstehst nicht«, sagte Titch. »Es *ist* Leben. Ohne dieses Wasser würde unser Volk sterben, wie eine Pflanze, der man die Sonne stiehlt.« Er schwieg eine geraume Weile, dann deutete er auf die tote *Errish*. »Ich weiß nicht, wie es ihr gelungen ist, es zu stehlen. Aber du hattest recht mit deiner Vermutung: Sie kommt nicht aus Elay. Dieser Vogel muß die ganze Strecke vom Goldenen Tempel bis hierher geflogen sein.«

»Um uns das Wasser zu bringen«, vervollständigte Skar. »Titch, begreifst du denn nicht, was sie getan hat? Dieses Wasser tötet das Netz. Es ist eine Waffe gegen dieses fürchterliche Ungeheuer.«

»Es tötet alles Leben«, antwortete Titch geheimnisvoll. »Denn nur der Tod gebiert Leben.«

»Aber sie hätte Elay damit befreien können!« fuhr Skar fort. »Versteh doch! Diese Frau hat ... hat ihr eigenes Volk geopfert, um uns zu retten!«

»Vielleicht«, gab Titch zu. »Vielleicht aber auch nicht. Du weißt nicht, was sie wirklich gewollt hat. Niemand weiß es. Niemand kann sie jetzt noch fragen. Und es spielt keine Rolle. Das Wasser des Lebens muß zurück an den Ort, an den es gehört. Das ist alles, was zählt.«

»Auch, wenn wir dadurch den Krieg verlieren?« fragte Skar.

»Auch dann«, bestätigte Titch ungerührt. »Welchen Sinn hat es, die Welt zu opfern, um sie zu retten?«

»Das ist doch Unsinn«, wandte Skar sanft ein. »Du bist ein vernünftiger Mann, Titch. Laß uns vernünftig miteinander reden.«

»Ich *bin* vernünftig, Satai«, sagte der Quorrl. »Ich war es niemals mehr. Ich bin ein Krieger, und ich bin dazu geschaffen zu kämpfen. Ich hätte es dabei belassen sollen. Alles wurde falsch, als ich anfing, die Dinge ändern zu wollen. Ich werde dieses Wasser nehmen und an den Ort zurückbringen, an den es gehört, und dann sterben. Ich mußte es dir stehlen.«

»Du hättest mich darum bitten können«, gab Skar ihm zu bedenken. In seiner Stimme war kein Vorwurf. »Ich hätte es dir gegeben.«

»Aber dann hättest du Fragen gestellt«, entgegnete Titch. »Und wenn nicht du, dann dein Freund Del.« Er seufzte. »Ich habe alles falsch gemacht, Satai. Nach Trashs Tod hatte ich die Führung des Heeres allein inne, und ich wollte es richtig machen, aber ich ... ich habe versagt.«

»Weil du es dir selbst erlaubt hast, etwas zu *fühlen*?« fragte Skar.

»Ich bin ein Krieger«, erwiderte Titch. Er versuchte vergeblich, Zorn in seine Stimme zu zwingen. Dann, übergangslos: »Ihr werdet diesen Krieg verlieren, Satai. Ihr und wir, wir werden gemeinsam zugrunde gehen.«

Skar schwieg für eine Weile. Was für ein Narr er doch gewesen war. Er hätte es erkennen müssen, schon vor einem Vierteljahr, als er dem *Daij-Djan* das erste Mal wieder gegenübergestanden hatte. Spätestens in dem Moment, in dem die Sternenbestie Titchs Bruder getötet hatte. Plötzlich glaubte er, die Worte des riesigen Quorrl noch einmal zu hören, so deutlich, als stünde er hinter ihm und flüstere sie ihm ins Ohr: *Sie sind wieder da, Satai! Sie sind wieder da!* Was hatte er sich eingebildet? Daß der Dämon ihm allein gehörte? Wer war er, zu glauben, er hätte ein Anrecht auf einen Gott nur für sich allein?

»Erzähl mir vom *Daij-Djan*«, bat er. »Und von den Wesen hinter dem Ende der Welt.«

»Er ist eine Legende«, begann Titch, verbesserte sich: »*War* eine Legende. Enwor ist eine Welt, die aus Mythen gewoben ist, und wir Quorrl sind ein besonders abergläubisches Volk –« Er lächelte matt. »– oder werden jedenfalls dafür gehalten, von den meisten. Vielleicht wissen wir auch einfach nur mehr als ihr.«

»Weißt *du* mehr?«

Titch schüttelte den Kopf. »Nur, was man mir erzählt hat. Ich habe es nicht geglaubt, Skar. Ich bin dir ähnlicher, als du denkst.«

Skar blickte überrascht auf, und Titch machte eine erklärende Handbewegung. »Ich weiß viel über dich, Satai. Als ich hörte, daß du Trash erschlagen hast, schwor ich dir den Tod. Dann verriet mir Del, wer du wirklich bist und warum du es getan hast, und ich beschloß, dich am Leben zu lassen, wenigstens für eine Weile. Aber ich erfuhr viel über dich, was du getan hast und wer du bist.« Er lächelte wieder. »Du glaubst nicht an die Götter deines Volkes, nicht wahr?«

»Ich ... weiß es nicht«, gestand Skar.

»Ich war wie du, bis heute«, sagte Titch, seine ausweichende Antwort als Zustimmung wertend. »Ich glaubte nicht an die Götter, und ich glaubte nicht an die Dämonen. Das Schwert und der Verstand waren meine Götter. Aber jetzt weiß ich, daß es sie gibt. Ich habe einen von ihnen *gesehen*, Satai.«

»Du meinst, der *Daij-Djan* ist euer Gott?«

Titch schüttelte den Kopf. »Das Gegenteil. Ihr habt etwas Ähnliches, in eurer Religion. Den –«

»Teufel«, half Skar nach, als der Quorrl das passende Wort nicht gleich fand.

»Den Teufel«, bestätigte Titch. »Der *Daij-Djan* ist unser Teufel, Mensch. Und die *Ultha* sind seine Dämonen. Und jetzt sind sie lebendig geworden.« Er sprach nicht weiter, aber das wenige, was er gesagt hatte, genügte vollauf, Skar abermals bis ins Innerste zu erschüttern. Er versuchte sich vorzustellen, was Titch in diesem Moment empfinden mochte, aber konnte es nicht. Was hätte er gefühlt, umgekehrt? Was, dachte er, wenn es so gewesen wäre, daß ein Heer von Satai den Quorrl zu Hilfe geeilt wäre – und sich keinem Feind aus Fleisch und Blut, sondern dem leibhaftigen Satan gegenübergesehen hätte?

»Was wirst du jetzt tun?« fragte er, nach einer weiteren langen, langen Zeit des Schweigens.

Titch zuckte mit den Schultern. »Was wirst du mich tun *lassen*?« fragte er dagegen.

»Was immer du willst«, antwortete Skar, und er meinte es so. Titch blickte ihn ungläubig an, und Skar las seine Gedanken von seinem Gesicht ab und schüttelte den Kopf. »Ich werde niemandem erzählen, was hier geschehen ist«, versicherte er. »Ich schwöre es dir, Titch. Niemandem. Und ich werde auch über das Wasser des Lebens schweigen.«

Titch nickte. »Dann tue ich, was getan werden muß«, entschied er. »Ich werde versuchen, es zurückzubringen. Es ist ein weiter Weg, aber vielleicht habe ich die Kraft dazu.«

»Jetzt gleich?« fragte Skar.

»Warum nicht?«

»Weil ...« Skar brach ab, schwieg sekundenlang. Sein Blick löste sich von Titchs flachem Quorrl-Gesicht und glitt über den Leichnam der *Errish*, den toten Drachenvogel und die Reste der bizarren Rüstung, die sie getragen hatte. »Weil ich dich begleiten möchte«, sagte er schließlich.

Titch war überrascht. »Du? Kein menschliches Wesen darf das Land der Toten betreten.«

»Und kein Quorrl«, fügte Skar hinzu. »Und trotzdem willst du es versuchen.«

»Das ist etwas anderes«, widersprach Titch. »Ich habe einen Grund, der mehr wiegt als mein Leben. Das Überleben meines Volkes.«

»So wie ich.« Skar deutete auf die Daktyle und ihre tote Reiterin. »Dels Weg ist falsch«, erklärte er ruhig. »Das da ist die

Lösung, Titch. Ich hätte es längst erkennen müssen. Drask hat es mir gesagt, und Kiina ebenfalls, aber ich war blind und taub.«

Titch verstand was er meinte. »Es sind *unsere* Dämonen, die lebendig geworden sind«, stellte er fest.

»Und diese *Errish* kam aus *eurem* Land, um die Rettung zu bringen«, ergänzte Skar. »Die Lösung liegt dort, Titch. Nicht hier. Nicht in Ikne oder im Land der Zauberpriester. Drask und seine Brüder sind nur Werkzeuge, mehr nicht. Wenn es einen Weg gibt, diesen wahnsinnigen Krieg zu beenden, dann nur in *deinem* Land. Aber ich finde den Weg nicht allein.«

Einen Moment lang glaubte Skar fast, Titch würde zustimmen. Aber dann schüttelte der Quorrl statt dessen den Kopf. »Kein Mensch hat jemals unsere Wälder betreten, Satai. Sie würden dich töten.«

»Das ist ein geringer Preis für die Rettung meiner Welt, findest du nicht?«

Diesmal dauerte es sehr lange, bis der Quorrl antwortete. »Morgen«, sagte er leise.

»Bei Sonnenaufgang«, fügte Skar hinzu.

*

Sie hatten noch lange miteinander geredet, und sie hatten noch länger gebraucht, um zur Burg zurückzukehren. Trotzdem war das Heer nicht merklich näher gekommen, als Skar sich unter dem Tor ein letztes Mal umdrehte und nach Westen sah – es bedeckte die Schnee-Ebene jenseits des Flusses jetzt wie ein schwarzer Ausschlag, und so weit der Blick nur reichte, aber seine Spitze war nicht sichtbar näher gekommen. Sie trennten sich. Titch ging zu seinen Leuten zurück, um die Räumung der Burg zu überwachen, die er angekündigt hatte, und alles Notwendige für seinen Aufbruch zu regeln – er würde einen Nachfolger bestimmen und tausend Dinge regeln müssen, aber das war nur gut so. Skar war sich bis zuletzt nicht sicher, ob der Quorrl seine Bitte erfüllen und seine Begleitung akzeptieren würde, und er wußte, daß Titchs Krise noch lange nicht vorüber war. Das Geschehen draußen zwischen den Felsen hatte den Quorrl bis ins Innerste erschüttert, und es würde noch lange dauern, bis er den Schock überwand; wenn überhaupt. Irgendwann würde er anfangen, daran zu zweifeln, daß es richtig war, einen Menschen mit ins Allerheiligste der Quorrl zu nehmen. Und Skar wollte möglichst weit von hier weg sein, wenn dieser Moment kam. Er nahm sich vor, Titch bis zu ihrer Abreise unauffällig im Auge zu behalten und ihn – wenn nötig – so beschäftigt zu halten, daß ihm keine Zeit zum Nachdenken blieb.

Er suchte Del, fand ihn aber weder in seinem Zimmer noch im Thronsaal und fragte schließlich eine der Wachen. »Der Hohe Satai ist zu den Tierställen hinuntergegangen, Herr«, meldete der Mann. »Vor einer Stunde. Zusammen mit der *Errish*.«

»Zu den Ställen?« fragte Skar verwundert.

»Einer der Hundetrainer kam, Herr. Er war sehr aufgeregt. Ich habe nicht gehört, was gesprochen wurde, aber kurz darauf verließen er und der Hohe Satai in großer Eile den Turm.« Er machte eine fragende Geste. »Ihr kennt den Weg?«

»Nein«, antwortete Skar. »Führe mich. Und schnell.«

Sie verließen den Turm, überquerten den Hof und näherten sich den Pferdeställen, wandten sich aber kurz vorher nach rechts und betraten einen zweiten, etwas kleineren Innenhof durch einen kurzen gemauerten Gang. Der scharfe Raubtiergeruch von Quorrl schlug ihm entgegen, vermischt mit dem Wolfsgestank der Hunde und einem ganzen Chor knurrender und kläffender Tierstimmen. Skar sah zahllose, aus Holz oder Metall gefertigte Käfige, in denen Hunderte der schwarzen Tiere eingesperrt waren, dazu eine fast noch größere Anzahl, die nur an langen Ketten oder gar frei liefen. Hier und da waren Quorrl – und auch einige wenige Satai, wie Skar fast überrascht feststellte – mit einzelnen Tieren beschäftigt.

Sein Führer winkte den ersten Quorrl herbei, der ihren Weg kreuzte, und wechselte ein paar halblaute Worte mit ihm. Dann wandte er sich wieder an Skar. »Sie sind dort drüben, Herr«, meldete er. »In dem Gebäude auf der anderen Seite.« Er deutete auf einen schwarzen, quaderförmigen Bau ohne Fenster, der wie ein massiver Felswürfel an die Hofmauer angelehnt war. Skar winkte ab, als er ihn begleiten wollte.

»Es ist gut«, beschied er ihm. »Geh auf deinen Posten zurück. Wenn Titch nach mir fragen sollte, schick ihn hierher. Keinen anderen.«

Er wartete die Antwort des Mannes nicht ab, sondern ging einfach los. Er fragte sich, was Del hier tat. Del verabscheute die Kampfhunde lange nicht so wie er, aber er liebte sie auch nicht gerade; niemand tat das, der einmal gesehen hatte, wie eines dieser Tiere einen Menschen bei lebendigem Leibe zerriß. Skar fragte sich, wie Del wohl reagieren würde, erführe er, daß es Titch gewesen war, der den Hund – durch seinen Krieger – auf den Satai gehetzt hatte. Natürlich würde er es ihm nicht verraten.

Die Käfige standen so eng auf dem Hof, daß Skar zu einem wirren Zickzack gezwungen wurde, um ihnen nicht zu nahe zu kommen. Einige der Hunde begannen zu kläffen, wenn er ihnen nahe kam; andere knurrten nur drohend oder starrten ihn voller Wachsamkeit an, aber auf eine Art, die ihm fast noch mehr Angst machte als das Zähnefletschen und Geifern der anderen Tiere. Er war froh, als er den Hof endlich überquert hatte und das Gebäude betrat, in dem Del sein sollte.

Zunächst jedoch fand er weder Del noch Kiina, sondern einen grimmig dreinblickenden Posten, der ihm mit gezücktem Schwert den Durchgang verwehren wollte.

»Was soll das?« fragte Skar ungehalten. »Geh aus dem Weg!«

»Niemand darf hier rein«, belehrte ihn der Posten grob. »Hau ab!«

»Wer hat das angeordnet?« fragte Skar.

»Der Hohe Satai«, antwortete der Mann, dessen Gesicht Skar in der hier drinnen herrschenden Dunkelheit nicht erkennen konnte. »Und ich.«

»Gut«, knurrte Skar. »Dann sagt dir jetzt ein anderer Hoher Satai, daß du mich durchläßt – und zwar auf der Stelle.«

»Ein an –?« Der Mann brach verwirrt ab, kam einen halben Schritt näher und fuhr erschrocken zusammen, als er Skar im Licht einer einzelnen, trüb brennenden Öllampe erkannte. Überhastet trat er zur Seite. »Verzeiht, Herr!« entschuldigte er sich. »Ich habe nicht gesehen, daß Ihr es seid.«

Skar winkte ab. Sein grober Ton tat ihm schon wieder leid. Der Mann führte nur einen Befehl aus. »Schon gut«, lenkte er ein. »Wo ist Del?«

Der Posten deutete auf eine Tür am anderen Ende des winzigen Vorraumes. »Dort drinnen«, meldete er. »Aber Ihr solltet... nicht hineingehen. Er hat es verboten.«

»Auch für mich?«

Die Frage verunsicherte den Posten. Nach einer Weile schüttelte er den Kopf. »Nein«, meinte er. »Sicher nicht.«

»Dann mach die Tür auf«, befahl Skar, hielt den Mann aber dann noch einmal am Arm zurück, ehe er die Tür erreichte. »Was ist dort drinnen los?« fragte er. »Was ist passiert?«

Der Blick des Kriegers begann zu flackern. »Der Hund, Herr«, antwortete er. »Es ist der Hund.« Skar fiel erst jetzt auf, daß sein Gesicht bleich war, als hätte er etwas gesehen, was ihn über die Maßen erschreckte. Er starrte an ihm vorbei ins Leere. »Del – der Hohe Satai – hatte mir Befehl gegeben, ihn zu töten, aber ich ... ich konnte nicht. Ihr solltet ihn Euch selbst ansehen!«

»Was soll das heißen, du *konntest* nicht?« fragte Skar.

Der Blick der schreckgeweiteten Augen wandte sich ihm zu, und was er darin las, war der nackte Terror. Etwas hatte diesen Mann bis auf den Grund seiner Seele erschreckt. »Er ... er hat sich verändert«, sagte er. »Ich habe nie etwas Entsetzlicheres gesehen, Herr. Etwas ... klebt an ihm.«

Skar blickte ihn einen Moment lang unentschlossen an, fuhr dann herum und stieß ohne ein weiteres Wort die Tür auf.

Der Raum, der dahinter lag, war sehr viel größer als die kleine Türkammer und von einem halben Dutzend Fackeln hell erleuchtet, aber fast leer. Del, Kiina und zwei weitere Satai standen in der gegenüberliegenden Ecke über etwas Schwarzes, Formloses gebeugt, und alle vier fuhren erschrocken herum, als sie das Geräusch der sich öffnenden Tür hörten. Dels Gesicht überzog sich mit Zorn, aber dann erkannte er Skar.

»Skar! Gut, daß du da bist. Schließ die Tür. Und dann komm

her – rasch!«

Skar gehorchte. Sein Herz begann zu klopfen, während er sich Del und den drei anderen näherte – und dem, was sie umstanden. Die beiden Satai wichen respektvoll zur Seite, um ihm Platz zu machen.

Es war der Hund, und es war so, wie es der Mann draußen beschrieben hatte – etwas klebte an ihm. Nur, daß es für Skar nicht *etwas* war, ebensowenig wie für Del oder gar Kiina. Sie kannten es. Nur zu gut.

Es war das Netz; das gleiche, schwarzglitzernde dünne Spinnennetz, das die Körper der *Errish* und ihrer Drachen bedeckt hatte, nur feiner, weitmaschiger, und es hüllte den Hund nicht vollkommen ein, sondern war nur an seinen Hinterläufen und einem Teil seines Bauches emporgekrochen. Der Hund lag auf der Seite und atmete schwer; die Zunge hing ihm aus dem Hals, und ein Blick in seine Augen überzeugte Skar davon, daß er entsetzliche Schmerzen leiden mußte.

»Großer Gott!« flüsterte Skar. »Was ist das?«

Del antwortete nicht gleich; nicht einmal so sehr deshalb, weil er die Frage für überflüssig hielt oder gar die Antwort nicht wußte, sondern wohl eher, um Skar einen Moment Zeit zu lassen, den entsetzlichen Anblick in allen Einzelheiten in sich aufzunehmen.

»Das ist der Hund, der den Satai getötet hat, heute morgen«, teilte er ihm nach einer Weile mit. »Der Mann draußen war sein Trainer. Vor einer Stunde kam er zu mir und rief mich. Als wir herkamen, war alles schon so wie jetzt.«

Skars Herz hämmerte, und in seinem Mund war der bittere Geschmack der Angst. Wie Del, Kiina und die beiden Krieger hielt er vorsichtig zwei Meter Abstand zu dem reglosen Hund, die doppelte Länge der fingerdicken Kette, mit der das Tier an den Boden gebunden war. Sie war sehr viel stabiler als die, welche er heute morgen im Hof zerrissen hatte, und der eiserne Ring an ihrem Ende schien stark genug, daß er den Hund halten würde, wenn das Tier wirklich versuchte, sich loszureißen.

»Niemand ist herein- oder herausgekommen?« fragte er, ohne

den Blick von dem Hund zu wenden.

»Nein«, antwortete Del. »Der Posten behauptet es jedenfalls, und ich glaube nicht, daß er lügt. Der Hund wurde sofort hierhergebracht und angekettet.«

»Warum?«

»Es ist so üblich, Herr«, antwortete einer der beiden Satai an Dels Stelle. »Die Hunde werden getötet, wenn sie einmal Menschenblut gekostet haben. Sie sind für den Kampf dann nicht mehr zu gebrauchen.«

»Aber als er hierherkam, fand er ihn *so*«, fügte Del hinzu. »Er behauptet, die Tür wäre die ganze Zeit über verschlossen gewesen. Und es gibt keinen zweiten Eingang. Nicht einmal ein Fenster.«

»Aber wie ist das möglich?« verwunderte Skar sich. »Wie ist es hier hereingekommen?«

Niemand antwortete. Skar bewegte sich vorsichtig ein Stück näher an den Hund heran und versuchte, mehr zu erkennen. Es *war* das Netz, das Ding, das Kiina den *Wächter* genannt hatte, und wie bei Bradburn war es hier und da in den Körper des Tieres eingedrungen. Eine dunkle Lache hatte sich unter dem After des Tieres gebildet, und hier und da glitzerte ein einzelner Blutstropfen in seinem Fell. Als Skar die Hand hob und vorsichtig nach dem Hund ausstreckte, begann er leise zu winseln. Der Ausdruck von Schmerz in seinen Augen vertiefte sich.

»Sei vorsichtig!« warnte Del erschrocken. »Rühr ihn nicht an.«

»Natürlich nicht«, gab Skar ungehalten zurück. Er führte die Hand über den Augen des Hundes hin und her. Der Blick der dunklen Tieraugen folgte seiner Bewegung, aber der Hund rührte sich nicht. Skar war fast sicher, daß er es nicht konnte.

»Wie lange seid ihr schon hier?« fragte er.

»Vielleicht eine Stunde.«

»Und es hat sich nicht verändert, seither?«

»Nein«, antwortete Del. »Worauf wartest du – daß es wächst?«

Skar zuckte mit den Schultern, stand auf und löste eine der Fackeln aus ihrer Halterung. Sorgsam untersuchte er in ihrem flackernden Licht den steinernen Boden rings um den Hund.

»Das haben wir auch schon getan«, erklärte Del. »Es ist nicht aus dem Boden gekrochen.«

Was ist das, in seiner Stimme? dachte Skar. *Spott – oder Angst?*

»Aber irgendwoher *muß* es gekommen sein«, warf Kiina ein.

Ja, dachte Skar. *Und ich weiß sogar, woher.* Aber er sagte es nicht laut. Die Vorstellung war so absurd, so bizarr und undenkbar, daß er sich den Atem sparte, sie auch nur auszusprechen.

Er legte die Fackel aus der Hand und bückte sich wieder zu dem Hund hinab. Einen Moment lang schloß er die Augen und lauschte in sich hinein, hob dann den Kopf und sah sich um. Es war da. Die schwarzen Wände aus gebrochenem Fels atmeten es aus, es kroch aus dem Boden und der Decke, war schon in ihnen – dasselbe, finster-dräuende Gefühl, das er am Morgen in der ausgebrannten Kammer des Predigers gespürt hatte, den Pesthauch dieser Festung.

Er stand auf. »Tötet den Hund«, befahl er den Wächtern.

»Nicht so schnell!« widersprach Del. »Wir –«

Skar ignorierte ihn. Unbeirrt fuhr er fort: »Sofort. Und dann verbrennt ihn!« Er sparte sich die Warnung, das Tier nicht anzufassen. Ein einziger Blick in die von Furcht verdunkelten Augen der beiden Satai überzeugte ihn davon, daß sie sich eher die Hände würden abhacken lassen, als dieses Tier zu *berühren*. »Und kein Wort von dem, was ihr hier gesehen habt – zu niemandem! Ist das klar? Ihr kommt zu mir, sobald ihr hier alles verbrannt habt!«

»Wie Ihr befehlt, Herr.«

Del wollte abermals protestieren, aber Skar ergriff ihn einfach beim Arm und zog ihn mit sich aus dem Raum. Erst als sie das Gebäude verlassen hatten und rasch nebeneinander über den Hof gingen, ließ er Del wieder los.

»Sind die Männer vertrauenswürdig?« fragte er.

»Wie alle hier – ja«, antwortete Del irritiert. »Warum?«

»Weil ich keine Panik will, im letzten Moment«, antwortete Skar. »Wir müssen hier raus, Del. Wir alle. Sofort!«

Del blieb stehen. Sie hatten den Hof halb überquert, befanden sich aber noch in Hörweite einiger Quorrl, und Del wußte so gut wie er, daß die meisten der Schuppenkrieger zumindest genug von ihrer Sprache verstanden, um den Sinn seiner Worte zu begreifen. Trotzdem schrie er fast: »Bist du verrückt geworden? Was soll das, Skar? Willst du –«

»Willst *du*«, unterbrach ihn Skar betont, »warten, bis du deinen eigenen Männern gegenüberstehst – *so*?!« Er deutete wütend auf das Gebäude zurück, aus dem sie gekommen waren, und für einen Moment war Del wirklich erschüttert. Aber nicht lange.

»Unsinn«, wiegelte er ab. »Der Hund hat sich irgendwie ...« – er suchte nach Worten – »infiziert.«

»Wie Bradburn?«

»Bradburn hat sich sein Schicksal selbst zuzuschreiben«, hielt Del ärgerlich dagegen. »Skar, ich bitte dich! Du erwartest von mir, daß ich die Burg evakuiere, nur wegen dieses *Hundes*?« Er schüttelte den Kopf, sah Skar plötzlich fast mißtrauisch an und wechselte die Tonlage. »Ihr wart unten bei den Felsen«, fuhr er fort. »Ihr habt etwas gefunden.«

Für einen ganz kurzen Moment war Skar fast versucht, ihm die Wahrheit zu sagen. Aber das hätte alles nur schlimmer gemacht. Er begriff sogar, daß Del nicht für sein Tun verantwortlich war. Es war diese Festung, die sein Denken vergiftete.

»Nein«, berichtete er. »Nur eine tote Frau. Sie hatte nichts bei sich, was von Wert gewesen wäre. Es war Zeitverschwendung. So wie dieses Gespräch«, fügte er hinzu. Dann drehte er sich abrupt um und ließ Del und Kiina einfach stehen.

*

Kiina war ihm gefolgt, obwohl er so schnell gelaufen war, daß sie Mühe hatte, überhaupt mit ihm mitzuhalten. Er hatte Titch gesucht, ihn aber inmitten all der Quorrl auf dem Hof nicht gefunden, und war schließlich noch einmal in seine Kammer hoch unter der Spitze des Turmes hinaufgeeilt – diesmal aber wirklich nur, um seine persönlichen Dinge zu holen und – es war nicht viel – in einen kleinen Beutel zu verstauen. Er brauchte kaum zwei Minuten dazu, denn er hatte sich am Morgen nicht die Mühe gemacht, das wiederbeschaffte Diebesgut irgendwie zu sortieren, sondern alles nur aufs Bett geworfen. Als Kiina durch die offengebliebene Tür hereingestürmt kam, war er bereits fertig und auf dem Weg nach draußen, so daß er sie um ein Haar über den Haufen gerannt hätte. Sie benutzte die Gelegenheit, ihn am Arm festzuhalten.

»Du gehst?«

»Ich wollte schon gestern abend gehen«, antwortete Skar. »Daran hat sich nichts geändert.« Er wollte sich losreißen, aber das Mädchen hielt ihn mit einer Kraft fest, die ihn erstaunte.

»Alles hat sich geändert, Skar!« stieß sie heftig hervor. »Du mußt Del zur Vernunft bringen, ich flehe dich an!«

»Zur Vernunft?« Skar lachte bitter und machte seinen Arm los, wenn auch sehr viel sanfter, als er es beim ersten Mal versucht hatte. »Das kann ich nicht, Kindchen«, mußte er zugeben. »Du warst doch dabei. Du hast den Hund gesehen.«

»Eben!« fuhr Kiina aufgebracht fort. »Ich begreife deinen Freund nicht! Ich habe ihm alles erzählt. Er hat die *Skrot* gesehen, und die *Errish*, die aus Elay kamen. Ich habe ihm erklärt, daß es dort genauso begonnen hat, aber er hört nicht auf mich.«

»So wenig wie auf mich«, sagte Skar. »Aber ich werde nachher noch einmal mit ihm reden, in aller Ruhe. Ich gehe erst morgen, bei Sonnenaufgang. Vielleicht braucht er einfach ein wenig Zeit, um alles zu verarbeiten.«

»Ich fürchte, die hat er nicht«, widersprach Kiina ernst. »Skar, der *Wächter* ist hier, ich spüre es. Er wird euch alle überwältigen, so, wie er die *Errish* und ganz Elay überwältigt hat! Du mußt Del zwingen, diese Burg zu verlasen, wenn es sein muß.«

»*Zwingen*?« Skar schüttelte sanft den Kopf, versuchte zu lächeln. »Das kann ich nicht, Kiina. Und wie auch? Er ist zwar mein Freund, aber er ist auch der Hohe Satai. Niemand kann ihn zu –«

»So wie du«, fiel ihm Kiina barsch ins Wort.

»Was erwartest du jetzt?« fragte Skar. »Eine Kraftprobe zwischen Del und mir?«

»Wenn es sein muß, ja«, antwortete Kiina. »Skar, es geht um

das Leben von fünfhundert Männern! Vielleicht zwanzigtausend, wenn dieser Narr wirklich zuläßt, daß all diese anderen Krieger in die Burg kommen.«

»Ich würde sie verlieren«, befürchtete Skar.

»Nein.« Kiina klang sehr überzeugt. »Das würdest du nicht, Skar. Ich habe mit den Männern gesprochen, die du nur verachtest. Ich weiß, was sie wirklich denken. Sie respektieren Del, aber *du* bist es, den sie fürchten. Und wenn Respekt und Furcht miteinander streiten, gewinnt immer noch die Furcht.«

Skar antwortete nicht gleich. Er glaubte Kiina, und er war sogar fast davon überzeugt, daß es genau so kommen würde, wie sie behauptete. Aber eine Kraftprobe zwischen Del und ihm? Eine offene Auseinandersetzung zweier Hoher Satai, vor ihren Männern? Was Kiina vorschlug, kam dem Aufruf zu einer Meuterei gleich.

»Mit dem Narren meinst du mich, nehme ich an.«

Kiina fuhr zusammen, als sie Dels Stimme hinter sich vernahm. Auch Skar war ein wenig erschrocken – er hatte Dels Schritte nicht einmal gehört, und die Tür hatte die ganze Zeit über offengestanden, so daß ihre Worte draußen auf dem Korridor deutlich zu verstehen gewesen sein mußten. Skar fragte sich, wieviel Del mitbekommen haben mochte.

»Sie hat recht, Del«, sagte er rasch, bevor Kiina antworten und ihn damit vielleicht noch mehr reizen konnte. »Nicht mit dem Narren, aber mit allem anderen. Ihr müßt hier weg. *Bevor* das Heer eintrifft.«

»Dann haben wir ja noch Zeit«, antwortete Del spöttisch. »Gerade kam ein Bote. Sie werden es nicht mehr schaffen vor Sonnenuntergang. Das Tauwetter hat das Gelände schwierig gemacht, und sie kommmen nicht so schnell von der Stelle, wie ich hoffte. Und die letzten Meilen zur Burg hinauf sind die schwierigsten. Ich habe dem Kommandanten ausrichten lassen, er soll unten am Flußufer lagern.«

»Dann nimm deine Krieger und stoß zu ihnen«, beschwor ihn Skar. »Noch kannst du es.«

»Um dann morgen in aller Frühe weiterzuziehen?« fragte Del.

Skar nickte, und Del tat so, als erwöge er den Gedanken für ein paar Augenblicke wirklich. Dann schüttelte er den Kopf. »Selbst wenn ich dir glaubte, Skar – mit welcher Begründung sollte ich die Burg räumen? Die Männer haben einen Weg von tausend Meilen durch Schnee und Kälte hinter sich. Sie sind erschöpft, und der Weg über die Berge ist anstrengend. Die Hälfte von ihnen würde sterben, wenn ich ihnen keine Pause gönnte.«

»Wenn du es tust, sterben sie alle«, prophezeite Skar düster.

»Und wie sollte ich diesen Befehl begründen?« fragte Del. »Soll ich ihnen sagen, daß wir vor einem *Hund* geflohen sind?« Er machte eine abwehrende Handbewegung, als Skar widersprechen wollte. »Ich habe meine besten Männer auf das Problem angesetzt«, fuhr er fort. »Dazu ein Dutzend von Titchs ... Zauberern, wenn du sie so nennen willst. Die Krieger durchsuchen die Burg von einem Ende zum anderen. Und ich verspreche dir, daß wir diese Festung schneller verlassen, als du deinen Namen buchstabieren kannst, wenn sie auch nur eine Spur dieses Netzes finden.«

»Das werden sie nicht«, antwortete Skar. »Es ist bereits in ihnen, Del. In uns allen.«

Del lachte, aber es klang ein ganz kleines bißchen unsicher. »Wie meinst du das?«

»So, wie ich es sage«, antwortete Skar zornig. »Du spürst es doch auch. Wir alle spüren es, Del. Es ist ... überall. Es hat uns bereits vergiftet. Wenn du es erst siehst, dann ist es zu spät! Spürst du den Zorn denn nicht?«

»Ja«, antwortete Del hart. »Aber er gilt eher dir, alter Mann.« Er starrte Kiina an. Seine Augen blitzten. »Und dir, du Närrin! Ich werde nicht zulassen, daß ihr beide mit euren verrückten Ideen noch mehr Unheil stiftet.«

»Es ist die Wahrheit«, widersprach Kiina trotzig. »Es ist genau, wie Skar sagt. In Elay war es dasselbe. Zuerst der Sieg, dann der Zorn. Und am Schluß kam der Wächter.«

»Aber sicher doch«, spottete Del. »Wahrscheinlich ist er in Wirklichkeit eine Art Seelenvampir, der sich von unserer Wut ernährt, wie?«

»Genau das ist er«, antwortete Skar. »Begreif doch, Del – er wird stärker, je stärker unsere Wut wird. Und umgekehrt nährt er sie.«

Del verzog die Lippen zu einem abfälligen Lächeln. »Eine interessante Theorie. Übrigens war ich gerade unten auf dem Hof und habe Titch gesucht. Er verläßt uns.«

»Seine Krieger räumen die Burg, um –«

»Das meine ich nicht«, unterbrach ihn Del. »Er geht. Er hat das Kommando über das Heer bereits auf einen seiner Stellvertreter übertragen. Und ich sehe, du hast auch gepackt?«

»Das stimmt«, antwortete Skar. »Und?«

»Und ich habe auch mit den Torwachen gesprochen«, fuhr Del fort. »Sie behaupten, ihr wart zu zweit, als ihr wiedergekommen seid? Aber ihr seid zu acht aufgebrochen. Was ist dort unten an den Felsen wirklich geschehen?«

»Nichts«, antwortete Skar ausweichend. »Oder doch. Ich ... ich habe erkannt, daß es falsch ist, was wir tun.«

»Uns wehren?«

»So, ja«, antwortete Skar verärgert. Er spürte es wieder. Zorn machte sich in ihm breit, dann Wut, die er nur noch mit Mühe beherrschen konnte. Er war seit kaum einer Stunde zurück in der Festung, und schon begann er, ihrem üblen Einfluß erneut zu erliegen. Mit aller Macht zwang er sich, wenigstens einigermaßen beherrscht weiterzusprechen. »Ich werde Titch begleiten«, fuhr er fort. »Ich glaube, daß euer Weg falsch ist. Ich werde tun, was ich von Anfang an hätte tun sollen.«

»Und das wäre?« fragte Del lauernd.

»Das, was Drask mir geraten hat. Er hatte recht, Del – dieser Krieg ist nicht mit der Waffe zu gewinnen. Ich werde die *Sternengeborenen* suchen und mit ihnen reden.«

»Oh, mehr nicht?« fragte Del spöttisch. »Du willst die Welt wieder einmal ganz allein retten, wie? Skar, der Mann, der mit den Göttern spricht.«

»Vielleicht sind sie es ja gar nicht«, warf Kiina ein.

Del ignorierte sie. Er starrte Skar sekundenlang fast haßerfüllt an, dann seufzte er, schüttelte den Kopf und streckte die Hand aus. »Gib mir dein Schwert.«

Skar blinzelte verwirrt. »Mein ... *Schwert?*«

»Das Zeichen des Hohen Satai, ja«, antwortete Del hart. »Du selbst hast mir deinen Mantel vor die Füße geworfen, erinnerst du dich? Jetzt gib mir das Schwert zurück, das dazu gehört. Ich habe dich zum Hohen Satai gemacht, ich kann dir dieses Amt auch wieder nehmen.«

Skar legte die Hand auf den Schwertgriff, aber er tat es in einer Bewegung, die ganz eindeutig *nicht* dazu diente, Del die Waffe auszuhändigen. »Warum nimmst du es dir nicht?« fragte er.

Del lächelte, als hätte er ganz genau diese Reaktion erwartet. »Nein«, entgegnete er. »Ich werde dir nicht den Gefallen tun, mit dir zu kämpfen, alter Freund.« Er klatschte in die Hände und trat gleichzeitig zur Seite. In der Tür hinter ihm erschienen zwei Satai-Krieger. In ihren Händen lagen gespannte Armbrüste.

Skar keuchte. »Das ... das wagst du nicht«, stieß er hervor. »Du läßt mich nicht töten!«

»Natürlich nicht«, antwortete Del. Er deutete auf Kiina. »Aber ich lasse *sie* töten, wenn du auch nur eine verdächtige Bewegung machst, Skar.«

»Del, du –«

»Ich lasse nicht zu, daß du noch mehr Schaden anrichtest«, unterbrach ihn Del. »Dein Schwert!«

Skar starrte ihn fassungslos an. Er weigerte sich einfach zu glauben, was er sah und hörte. »Del!« rief er beschwörend. »Was geschieht mit dir? Du –« Seine Stimme versagte. Er wußte, daß es sinnlos war weiterzusprechen. Zögernd, sehr vorsichtig, um Kiina nicht zu gefährden, zog er das rubingeschmückte *Tschekal* aus der Scheide, drehte es herum und reichte es Del.

»Und jetzt?« fragte er. »Läßt du uns in Ketten legen?«

»Ihr dürft euch frei in diesem Turm bewegen«, gab ihm Del zur Antwort. »Aber ich verbiete euch, ihn zu verlassen oder mit irgend jemandem zu reden.«

»Und wie lange willst du uns hier festhalten?«

»So lange es nötig ist«, antwortete Del. »Ich stimme in einigen Punkten mit dir überein. Auch ich will hier weg, so schnell es geht. Das Heer wird sich ausruhen, einen Tag, zwei, allerhöchstens drei. Sobald wir weiterziehen, bist du frei. Meinetwegen kannst du dann zum Ende der Welt reisen und einen Gott suchen, mit dem du *reden* kannst, du Narr!«

*

Mit dem Abend war die Kälte zurückgekommen. Skar und Kiina waren hinaufgegangen auf die Plattform des Turmes, hundert oder mehr Manneslängen über der Burg und die dreifache Höhe über dem Fluß, und sie waren in stummem Einvernehmen den ganzen Tag über dortgeblieben. Die Vorstellung, hier oben irgendwie in Sicherheit zu sein, war natürlich nur eine Illusion, aber Skar fühlte sich trotzdem erleichtert. Nachdem Del gegangen war, hatte er angefangen, sich wie lebendig eingemauert zu fühlen. Die Wände hatten ihm den Atem genommen, und wenn er zurücksah zu der Tür, die auf die Plattform hinausführte, hatte er das Empfinden, direkt in ein aufgerissenes steinernes Maul zu blicken. Vielleicht war der Vergleich nicht einmal so falsch, dachte er. Irgendwie war diese Burg viel mehr als ein gemauertes Gebäude. Sie war ein gewaltiges, steinernes Ungeheuer, das sie alle längst verschlungen hatte und ihnen nur noch vorgaukelte, am Leben und frei zu sein, während sie sich in Wahrheit nur noch in seinen Eingeweiden bewegten und aufs Verdautwerden warteten; gefressen waren sie schon.

Unruhig überquerte er zum -zigsten Male an diesem Abend den Turm und blickte auf die Ebene auf der anderen Seite der Burg hinab. Die hereinbrechende Dämmerung hatte sich über das Satai-Heer gelegt; jenseits des Flusses erstreckte sich nur noch Schwärze, in der stecknadelkopfgroße Lichter wie heruntergefallene Sterne blinzelten – die Feuer der Satai und Veden, die wenige Meilen vor der Burg zum letzten Mal ihr Nachtlager aufgeschlagen hatten. Es waren erstaunlich wenige, dachte Skar. Nur ein paar hundert, bei einem Heer von zwanzigtausend Mann und fast doppelt so vielen Tieren.

Wie zum Ausgleich war das andere Ufer des Flusses fast taghell erleuchtet, so gut, daß er trotz der großen Entfernung die einzelnen Gestalten der Quorrl erkennen konnte, die sich dort bewegten.

Als hätte er noch nicht genug Sorgen, fragte er sich, was wohl geschehen würde, morgen, wenn das Heer herankam und auf die vierzigtausend Quorrl-Krieger traf, die dort unten lagerten. Er verscheuchte den Gedanken.

»Glaubst du wirklich, daß er kommt?«

Skar drehte sich von der Brüstung ab und sah Kiina an. Sie hatten wenig gesprochen in den Stunden, die sie hier oben verbracht hatten; einfach, weil es nichts mehr zu reden gab. Sie wußten beide, daß die Falle bereits zugeschnappt war. Sie konnten nur noch warten. Es dauerte Sekunden, bis Skar klar wurde, was Kiina überhaupt meinte – ihre Frage knüpfte an eine Bemerkung an, die er vor vielleicht einer halben Stunde gemacht hatte; daß er nämlich darauf hoffte, Titch würde erfahren, was hier passiert war, und kommen.

»Ich weiß es nicht«, gestand er. Und er wußte nicht einmal, ob er *wirklich* auf die Hilfe des Quorrl hoffen sollte. Daß Titch ihm seine geheimsten Gedanken offenbart hatte, mußte nicht unbedingt bedeuten, daß er ihm auch *trauen* konnte. Ganz und gar nicht.

»Ich weiß es nicht«, wiederholte er noch einmal und fügte hinzu: »Wir könnten fliehen. Der Turm ist hoch, aber es ist nicht unmöglich, an der Wand hinunterzusteigen und die Mauer zu erreichen.«

Kiina überlegte einen Moment. »Für dich«, gab sie zu bedenken. »Für mich schon, Satai. Und du willst auch nicht wirklich fliehen, oder?«

Nein, das wollte er nicht. Er konnte all diese Männer nicht im Stich lassen. Er konnte *Del* nicht im Stich lassen, trotz allem.

»Ich habe Angst«, sagte Kiina plötzlich.

Skar wollte ihre Bemerkung mit einer Handbewegung abtun – aber dann nahm er sie statt dessen in die Arme und drückte sie behutsam an sich. Sie zitterte ganz leicht, und ihr Atem strich heiß über seinen Hals. »Ich auch«, gestand er. »Aber es gibt nichts, was wir noch tun könnten.«

»Es ist genau wie in Elay«, flüsterte Kiina. »Dort begann es ganz genau so. Freunde wurden zu Feinden, und Mütter bekämpften ihre Töchter.« Sie löste sich aus seiner Umarmung und sah ihm von unten her ins Gesicht. Wieder fiel Skar auf, wie ähnlich sie ihrer Mutter war; und nicht nur äußerlich. Sie hatte Angst, sie war fast wahnsinnig vor Angst, aber trotzdem war sie stark. Ganz egal, was geschah, dieses Mädchen würde nicht aufgeben. »Aber dort gab es keinen, der uns hätte warnen können«, fügte sie nach kurzer Pause hinzu.

»Es hätte nichts genutzt«, antwortete Skar traurig. »Du hast Del erlebt.«

»Das habe ich.« Kiina nickte. »Ich verstehe nicht, wie ihr einmal Freunde gewesen sein könnt, Skar.«

»Wir sind es noch«, erwiderte Skar. »Das war nicht Del, der uns gefangengenommen hat, Kindchen. Er ist nicht verantwortlich für das, was er tut. Es ist dieser Ort. Etwas hier will nicht, daß wir gehen.«

»Es ist wie ein Spinnennetz«, verglich Kiina. »Du kannst strampeln, so sehr du willst, aber du verstrickst dich immer tiefer in seine Maschen. Ich habe Angst.«

Skar lächelte. »Uns wird nichts geschehen«, beruhigte er sie. »Heute noch nicht.« Er deutete auf die Lichtpunkte des Satai-Heeres weit draußen in der Ebene. »Es will *sie*. Es wird warten, bis sie alle hier sind.«

»Und wenn nicht?«

»Wer immer diese Falle aufgebaut hat, wäre ziemlich dumm, sie jetzt schon zuschnappen zu lassen«, erwiderte Skar überzeugt. »Wir sind nur fünfhundert, hier in der Burg. Ein Nichts gegen das Heer dort draußen. Nein –« Er schüttelte noch einmal und sehr überzeugt den Kopf. »– noch sind wir sicher. Und wenn ich hier heraus könnte, dann könnte ich vielleicht sogar etwas tun. Ich weiß nur nicht genau, was«, fügte er mit einem verlegenen Lächeln hinzu. »Vielleicht die Burg anzünden.«

Tatsächlich hatte er kurz mit diesem Gedanken gespielt. Es war irgendwo hier drinnen, vielleicht überall, und es würde ihnen nichts mehr antun können, sobald sie die Burg verlassen hatten. Aber die Festung war einfach zu groß, als daß ein einzelner Mann ihr nennenswerten Schaden zufügen konnte. Und sie war massiv erbaut, einzig und allein aus Stein, der bekanntlich nicht besonders gut brannte.

Aber ihm waren auch noch andere, kaum weniger verrückte Gedanken durch den Kopf geschossen, die eigentlich allesamt nur eines gemeinsam hatten: Sie waren undurchführbar. Er zweifelte nicht daran, daß er mit Gewalt ausbrechen konnte, wenn es wirklich sein mußte, und auch Del mußte wissen, daß ihn die vier Mann, die er zu seiner und Kiinas Bewachung unter der Treppe zurückgelassen hatte, nicht *wirklich* aufhalten konnten. Aber wenn er sich seinen Weg aus diesem Turm heraus *erkämpfte*, dann würde er damit genau das tun, was seine Feinde von ihm erwarteten. Nein, dachte er: Del – beziehungsweise die Macht, die sich seiner bediente – hatte ihn gründlich außer Gefecht gesetzt.

»Was ist das?« fragte Kiina plötzlich.

Skar schrak aus seinen Gedanken hoch und folgte Kiinas Blick. Sie sah an ihm vorbei zum Fluß hinab, auf das Lager der Quorrl, und auch Skar erkannte sofort, daß sich dort etwas verändert hatte – er wußte nicht was, aber das undurchschaubare Muster aus grün und graugeschuppten Gestalten und behäbiger Bewegung hatte sich irgendwie ... verändert.

Besorgter, als er zuzugeben bereit war, trat er neben Kiina an die Brüstung heran und beugte sich vor, so weit er konnte. Der Wind biß ihm ins Gesicht und trieb ihm die Tränen in die Augen. Er hob die Hand über die Augen, kniff sie zu schmalen Schlitzen zusammen und konzentrierte sich, um mehr Einzelheiten ausmachen zu können. Es gelang ihm nicht. Das Lager war einfach zu weit entfernt, und die Nacht zu dunkel. Gegen die sie belagernde Finsternis wirkten die Lagerfeuer und Fackeln grell und blendeten ihn mehr, als sie ihn sehen ließen. Aber Kiina und sein erster Eindruck hatten recht – etwas geschah dort unten. Er wußte noch immer nicht, was es war, aber eines wußte er genau: Es war *kein* Wandel zum Guten hin. Alles wirkte plötzlich ein winziges bißchen hektischer, unruhiger, nervöser. Das Muster aus vierzigtausend Quorrl-Körpern war in Bewegung geraten wie buntfarbener Sand, der im Sieb eines Goldwäschers zitterte.

»Was tun sie?« fragte Kiina ängstlich.

Skar zuckte mit den Achseln und versuchte fast verzweifelt, mehr Einzelheiten zu erkennen. Nach einer Weile glaubte er ein Muster in der quirlenden Bewegung dort unten auszumachen – eine nur durch die riesige Entfernung langsam scheinende Wellenbewegung, die sich wie die Halbkreise eines am Ufer ins Wasser geworfenen Steines vom jenseitigen Rand des Lagers her durch die gesamte Masse der Quorrl-Armee zogen. Die Quorrl... *flohen vor etwas*? dachte Skar verwirrt. *Aber wovor? Und –*

Er erkannte es, eine halbe Sekunde bevor Kiina gellend aufschrie und mit dem ausgestreckten Arm nach unten deutete.

Eine schnurgerade Reihe daumennagelgroßer Reitergestalten war aus der Dunkelheit herausgebrochen und verfolgte mit angelegten Lanzen die flüchtenden Quorrl, gefolgt von einer zweiten, dritten und vierten Schlachtreihe gepanzerter Reiter. Und hinter ihnen, getrennt durch wenige Zoll, die auch in Wirklichkeit nicht mehr als zwei-, dreihundert Schritte sein konnten – hinter diesen drei-, oder vierhundert Veden-Reitern *brachen Tausende und Abertausende schwarzgekleideter Gestalten aus der Nacht heraus!*

– »Nein!« stammelte Skar. »Das ... das sind ... *das sind unsere eigenen Leute, Kiina! SIE GREIFEN DIE QUORRL AN!!«*

Er fuhr herum, packte Kiina mit beiden Händen bei den Schultern und schüttelte sie so heftig, daß sie erschrocken aufschrie. »Es sind Satai, Kiina!« schrie er noch einmal. »Es ist das Heer aus Denwar! Und sie greifen Titch an!«

Kiina versuchte sich aus seinem Griff zu befreien und sagte etwas, das Skar nicht einmal verstand. Er ließ sie los, stürzte wieder zur Brüstung und sah nach Westen. Das Muster aus Lagerfeuern jenseits des Flusses brannte noch immer so ruhig und unverändert wie bisher, aber er begriff plötzlich, warum es so wenige waren. Es konnten nur ein paar Dutzend, allerhöchstens wenige hundert Männer sein, die *wirklich* dort draußen auf der Ebene zurückgeblieben waren – der weitaus größte Teil des Heeres mußte den Fluß außer Sichtweite überschritten und einen

Bogen geschlagen haben, um den Quorrl in den Rücken zu fallen. *Aber warum? Warum nur?*

Ungläubig starrte er wieder auf den Lagerplatz der Quorrl hinab. Durch die Nacht wehten jetzt die ersten Schreie und der Lärm des losbrechenden Kampfes herauf, begleitet von einem dumpfen, mehr und mehr anschwellenden Raunen und Dröhnen, das Skar nur zu gut kannte – es war das Geräusch der Schlacht, die Kampfschreie aus Tausenden von Kehlen, die sich zu einer schrecklichen Todesmelodie vereinten. Die Veden-Reiter hatten die Reihen der Quorrl mittlerweile durchbrochen und begannen, sich zu einem spitzen V zu formieren, um das Lager in zwei Hälften zu spalten, zwischen die die nachdrängenden Krieger dringen konnten. Aber Skar sah auch, daß sich unter den Quorrl bereits der erste Widerstand zu formieren begann: Hier und da bildeten sich kleine Gruppen, die dem ungestümen Anprall der Reiterei standzuhalten versuchten; natürlich vergeblich. Sie wurden einfach über den Haufen geritten. Aber die bisher fast mathematisch ausgerichtete Schlachtreihe der Veden bekam Beulen und Einbuchtungen, und ihr Ansturm verlor langsam, aber unerbittlich an Schwung. Skar wußte, daß sich das Blatt sehr schnell wenden konnte, wenn sich die Quorrl erst einmal *wirklich* von ihrem Schrecken erholt hatten. Immerhin waren sie den Männern aus Denwar um mehr als das Doppelte überlegen, allein an Zahl. Wie das Verhältnis ihrer *Kampfkraft* aussehen mochte, wagte sich Skar erst gar nicht vorzustellen.

Er fuhr herum, war mit einem Sprung bei der Tür und trat sie kurzerhand ein. Der Mann, der dahinter gestanden hatte, wurde einfach gegen die Wand geschleudert und brach stöhnend zusammen. Skar schleuderte ihn mit einem Fußtritt vollends zu Boden, sprang über ihn hinweg und überlegte sich einen Augenblick zu spät, daß es vielleicht klug gewesen wäre, sein Schwert an sich zu nehmen. Aber er verschwendete keine Zeit damit, noch einmal zurückzulaufen. Immer zwei-, drei-, manchmal vier Stufen auf einmal nehmend, hetzte er die Treppe hinunter, hastete den Korridor zu seinem Zimmer entlang und stürmte daran vorbei. Weit hinter ihm klangen Kiinas Schreie auf, die ihm verzweifelt nachrief, auf sie zu warten, aber er achtete auch darauf nicht. Der Lärm der Schlacht war jetzt auch hier drinnen zu hören, wie ein fernes, noch nicht eindeutig zu identifizierendes Summen. Aber er wurde lauter. Skar rannte weiter, über die nächste Treppe hinunter und die folgende und erreichte endlich die Tür, die auf den Hof hinausführte.

Seine Hoffnung, die Wächter einfach überraschen zu können, erfüllte sich nicht. Einer der Männer sah in seine Richtung, als er die Treppe hinuntergepoltert kam, und gab einen halblauten, warnenden Ruf von sich. Die vier Krieger zogen gleichzeitig ihre Waffen und formierten sich zu einem Halbkreis, dessen offene Seite auf ihn zeigte.

Skar trat dem ersten die Beine unter dem Leib weg, entrang dem zweiten das Schwert, wobei er sich einen tiefen, blutenden Schnitt im Oberschenkel einhandelte, und schwang die Waffe zu einem wütenden Hieb, der den beiden anderen Kriegern gleichzeitig die Klingen aus den Händen prellte. Das Ganze ging so schnell, daß sich der erste Krieger noch nicht einmal halb vom Boden hochgerappelt hatte, als seine drei Kameraden auch schon entwaffnet vor Skar standen.

»Die Tür auf!« schrie Skar. »Schnell!«

Einer der Satai hob beinahe flehend die Hände. »Herr, wir dürfen Euch –«

Skar schlug ihm den Schwertknauf ins Gesicht. Der Mann brach keuchend zusammen, und Skar richtete die Spitze der erbeuteten Waffe auf einen zweiten Satai.

Diesmal zögerte der Krieger nicht. Hastig bückte er sich nach seinem Kameraden, der auf die Knie gefallen war und die Hände gegen die Wange preßte, zog einen Schlüssel aus seinem Gürtel und entriegelte damit das wuchtige Schloß. Skar versetzte ihm einen Stoß, der ihn gegen die Tür prallen ließ und sie damit aufstieß, warf den beiden anderen Satai einen letzten, warnenden Blick zu und stürmte auf den Hof hinaus.

In der Festung herrschte Chaos. Der Lärm der Schlacht wehte so laut aus dem Tal herauf, als tobe sie unmittelbar vor den Toren der Burg, und auf dem Hof schienen Hunderte von Gestalten zu sein, die schreiend – und, wie Skar mit einem Blick registrierte – ziemlich kopf- und ziellos durcheinanderliefen.

Er hörte einen erleichterten Ausruf hinter sich, wandte den Kopf und erkannte Kiina, in deren Hand jetzt ebenfalls ein Schwert blitzte. Mit einer Geste gab er ihr zu verstehen, daß sie zurückbleiben sollte, winkte sie aber dann doch zu sich heran. Besser, sie war bei ihm, bei dem Chaos, das hier gleich losbrechen würde.

»Kannst du damit umgehen?« fragte er mit einer Geste auf die Waffe in Kiinas Hand.

»Nicht so gut wie du, aber gut genug«, antwortete Kiina.

»In Ordnung. Bleib immer dicht bei mir.« Er packte den erstbesten Krieger, der an ihm vorbeistürmte, grob am Arm und zerrte ihn zu sich herum. »Wo ist Del?«

»Ich weiß es nicht«, gab der Satai zur Antwort. »Oder doch – er muß auf dem Tor sein. Ich sah ihn den Wehrgang hinaufstürmen. Was ist geschehen, Herr? Greifen die Quorrl an?«

Skar rannte los, ohne ihn auch nur einer Antwort zu würdigen. Kiina fiel nach wenigen Schritten hinter ihm zurück, holte aber wieder auf, als er den Hof überquert hatte und die schmale Holztreppe zum Wehrgang hinauflief.

Oben auf der Mauer herrschte ein heilloses Durcheinander. Skar entdeckte Del schon von weitem – seine hünenhafte Gestalt überragte die der anderen Satai wie ein Fels –, aber es kostete ihn wertvolle Minuten, sich zu ihm durchzukämpfen. Kiina war abermals irgendwo in dem Durcheinander verschwunden, aber Skar war zuversichtlich, daß sie ihn finden würde. Sie hatte die Worte des Satai so gut gehört wie er.

»Was ist los?« fragte er, als er Del erreichte.

Del fuhr zusammen, blickte ihn eine halbe Sekunde lang überrascht an – und atmete dann fast erleichtert auf. Er verlor kein Wort darüber, wie Skar hierhergekommen sei. »Ich weiß es nicht«, gestand er mit einer Geste nach Osten. »Die Männer aus Denwar greifen die Quorrl an. Aber ich verstehe es einfach nicht. Sie ... sie müssen wahnsinnig geworden sein.«

Skar sah wieder ins Tal hinab. Es waren nur wenige Minuten

vergangen, seit er den Turm verlassen hatte, aber selbst diese kurze Zeitspanne hatte bereits ausgereicht, seine schlimmsten Befürchtungen wahr werden zu lassen – von dem schwungvollen Angriff, den er von oben aus beobachtet hatte, war nicht mehr viel übrig geblieben. Er konnte von hier aus sehr viel weniger Einzelheiten erkennen als von der Höhe des Turmes, aber er sah immerhin, daß sich die beiden Heere ineinander festgebissen zu haben schienen. Auf der Ebene unterhalb der Burg war keine geordnete Schlachtformation mehr zu entdecken, sondern nur ein einziges, großes Getümmel, in dem Freund und Feind kaum mehr zu unterscheiden waren. Aber Skars Phantasie und Erfahrung reichten durchaus, sich auszumalen, was dort geschah. Wäre er an Titchs Stelle, dann hätte er die Spaltung seiner Armee durchaus zugelassen. Zumindest bis zu dem Augenblick, in dem die Hauptmacht der Angreifer heran war. Um sie dann zwischen den beiden Hälften einer Zange aus vierzigtausend Quorrl-Giganten einfach zu zermalmen. Was die Männer aus Denwar dort unten taten, war mehr als Wahnsinn. Es war Selbstmord.

»Der Kommandant muß verrückt geworden sein«, rief Del fassungslos aus. Sein Gesicht war kalkweiß. Seine Hände krallten sich so fest um die Brüstung des Wehrganges, daß Blut unter seinen Fingernägeln hervorquoll. »Warum, Skar? Was geschieht dort?«

Skar wußte es nicht. Er wußte ... nichts mehr. Seine so sorgsam aufgebaute und scheinbar so einleuchtende Theorie war zusammengebrochen wie ein Kartenhaus. Er begriff nichts mehr. Er weigerte sich sogar zu glauben, was er *sah*.

»Sie haben keine Chance«, bemerkte er leise. »Titchs Quorrl werden sie in den Boden stampfen.«

»Ich weiß«, pflichtete Del ihm bei. Seine Stimme bebte. »Aber was –« Er stockte, verengte die Augen zu schmalen Schlitzen und deutete plötzlich aufgeregt nach Osten. »Sie brechen durch!« rief er. »Sieh doch, Skar – *sie stoßen durch*!«

Er fuhr herum, war mit einem Satz auf der anderen Seite des Ganges und beugte sich über die Brüstung. *»Das Tor auf!«* brüllte er in den Hof hinab, so laut er konnte. *»Öffnet das Tor! Sofort!*

Bogenschützen auf die Mauer!«

Tatsächlich hatte sich das Bild im Tal abermals verändert. Skar hätte es noch vor Augenblicken kaum für möglich gehalten – aber einem Teil der Reiter war es tatsächlich gelungen, das Lager zu durchqueren und mit hoch erhobenen Schilden und angelegten Speeren einen Korridor mitten durch die Quorrl-Armee hindurch zu schaffen, durch den plötzlich mehr und mehr berittene Gestalten heranstürmten, rot und schwarz gekleidete Satai und Veden, die tief über die Hälse ihrer Pferde gebeugt dahinpreschten und sich unter dem Hagel von Pfeilen und Bolzen duckten, mit dem die Quorrl sie überschütteten.

Und dem ersten Wunder folgte ein zweites. Vielleicht hatten sich die Quorrl noch immer nicht wirklich von ihrer Überraschung erholt, vielleicht war es auch nur die Angst, die den Männern übermenschlichen Mut verlieh – aber die lebende Barrikade hielt. Immer wieder und wieder stürmten die Quorrl gegen die vierfach gestaffelte Reihe aus gepanzerten Reitern an, aber es gelang ihnen nicht, sie zu durchbrechen. Die hoch erhobenen Schilde und vorgereckten Speere der Männer bildeten eine fast undurchdringliche Barriere, und fiel einer von ihnen, so nahm sofort ein Ersatzmann seinen Platz ein.

Del fuhr plötzlich herum und deutete mit einer Kopfbewegung nach unten. Nebeneinander erkämpften sie sich ihren Weg zur Treppe und durch die schier endlose Reihe der Bogenschützen, die auf Dels Befehl hin auf die Mauer zu stürmen begann. Auf halber Strecke sah er Kiina wieder. Sie hockte mit angezogenen Beinen und schmerzverzerrtem Gesicht auf der Treppe und rieb sich das Hinterteil, auf das sie offenbar sehr unsanft gefallen war. Als sie Skar erkannte, lächelte sie wehleidig, stand aber sofort auf und folgte ihm und Del.

Das riesige bronzene Doppeltor war zur Hälfte geöffnet, als Skar und Del den Hof erreichten, und die ersten Reiter galoppierten bereits in den Hof; immer zu dritt oder viert nebeneinander in einer schier endlosen Reihe, die sich den gewundenen Serpentinenpfad vor dem Tor hinaufquälte. Skar hörte Schreie von der Mauer, sah kurz auf und erkannte, daß die Männer dort oben zu schießen begonnen hatten, um den Reitern Deckung zu geben.

Del hob die Hand und rief ein paar Befehle, und ein Trupp von fast fünfzig Männern begann, den Satai aus den Sätteln zu helfen und in aller Hast die Tiere wegzubringen, um Platz für die Nachdrängenden zu schaffen. Aber der Hof würde nicht reichen, das wußte Skar. Die Festung war gigantisch, aber sie war auch ein Labyrinth aus Dutzenden unterschiedlich kleiner – aber eben allesamt *kleiner* – Innenhöfe und Räume, und sie konnten die Tiere nicht so schnell wegbringen, wie neue Truppen hereinstürmten. Außerdem hatten sie allenfalls Platz für zwanzigtausend Männer, aber nicht für zwanzigtausend *Pferde*.

Er lief zurück zur Treppe, griff sich den erstbesten Mann, der ihm in die Quere kam, und deutete nach oben. »Lauf!« befahl er hastig. »Ruf ihnen zu, daß sie absitzen sollen. Die Tiere müssen draußen bleiben!«

Der Mann rannte los, und Skar lief zu Kiina und Del zurück. Er hatte Mühe, zu ihnen durchzudringen, denn der Hof begann sich mit rasender Geschwindigkeit zu füllen. Vorne am Tor entstand bereits das erste Gedränge, und der Einmarsch der Satai verlor allmählich an Schnelligkeit. Das Tor war groß, aber es war wie die gesamte Anlage der Burg dazu gedacht, Männer *draußen* zu halten, nicht, sie möglichst schnell hindurchzulassen. Skar war klar, daß der Durchbruch des Heeres noch lange nicht gelungen war.

Als er Del erreichte, zerrte dieser gerade einen Veden aus dem Sattel seines scheuenden Pferdes und schüttelte ihn wild. »Was ist in euch gefahren, Kerl?« brüllte er, außer sich vor Zorn. »Wer hat diesen Wahnsinnsbefehl gegeben?!«

Der Mann versuchte zu antworten, aber Dels Griff schnürte ihm die Luft ab. Del beutelte ihn noch ein paarmal, ließ ihn dann einfach fallen und fuhr mit einer wütenden Bewegung herum. Grob packte er einen zweiten Veden am Arm und riß ihn einfach aus dem Sattel.

»Wer ist euer Kommandant?« schrie er. »Wo ist er?«

»Torian, Herr«, antwortete der Vede verstört. »Er ist –«

»Torian?« Del ballte die Faust, als wolle er den Veden schlagen.

»Ich übergab Garth der Hand den Befehl über dieses Heer.«

»Er ist tot, Herr«, antwortete der Vede stockend. »Er fiel beim ersten Angriff der Quorrl. Wir –«

»Beim Angriff der Quorrl?« mischte sich Skar ein. »Was soll das heißen?«

»Wo finde ich diesen Torian?« drängte Del, ohne die Antwort des Mannes auf Skars Frage abzuwarten.

Der Vede machte eine hilflose Handbewegung. »Er war unter den ersten, die den Durchbruch erzwangen, Herr«, meldete er. »Ich bin sicher, er sucht euch ebenfalls.«

Del ließ ihn los, sah sich wild um und stürmte mit weit ausgreifenden Schritten davon, wobei er unentwegt Torians Namen schrie. Kiina wollte ihm folgen, aber Skar hielt sie mit einer Handbewegung zurück und half dem Veden auf die Beine.

»Es tut mir leid«, sagte er automatisch. »Del hat es nicht so gemeint. Er war erregt. Wir verstehen nicht, was passiert ist.«

Der Vede atmete ein paarmal tief durch, ehe er antwortete. Skar sah erst jetzt, daß er verletzt war, und so in Schweiß gebadet, daß sein Mantel an seinem Rücken klebte. Sein Atem ging schnell und unregelmäßig.

»Niemand versteht es, Herr«, antwortete er. »Sie haben uns angegriffen, in der Dämmerung.«

»Die *Quorrl*?« wollte sich Kiina zweifelnd vergewissern.

Der Vede nickte und rang abermals nach Atem. »Völlig ohne Warnung. Wir hatten begonnen, das Lager aufzuschlagen, um in der Morgendämmerung weiterzureiten. Sie ... tauchten wie aus dem Nichts auf.«

»Wie viele waren es?« fragte Skar.

»Vier-, vielleicht fünfhundert«, schätzte der Vede nach kurzem Überlegen. »Aber sie hatten Drachen bei sich, und ... und sie kämpften wie die Berserker. Mehr als tausend von uns sind gefallen, ehe es uns überhaupt gelang, einen Widerstand zu organisieren.«

»*Drachen*?« Skar schrie fast.

»Ich habe niemals einen Drachen gesehen, Herr«, fuhr der Vede fort. »Aber es müssen welche gewesen sein. Sie waren gigantisch, zehnmal so groß wie ein Pferd und fast unverwundbar. Sie haben unsere Leute einfach niedergetrampelt, wie Korn. Es waren riesige Bestien –«

»– mit Stacheln und winzigen Augen?« fiel ihm Kiina ins Wort. »Und langen Schwänzen, die sie wie Peitschen führten?«

Der Vede starrte sie an. Angst flammte in seinen Augen auf. »Ja. Du kennst diese Ungeheuer?«

»*Skrot*«, bemerkte Kiina leise und zu Skar gewandt. Ihr Gesicht verlor alle Farbe. »Großer Gott, Skar, weißt du, was das bedeutet?«

Eine einzelne, endlose Sekunde lang starrte Skar Kiina wortlos an, und er spürte selbst, wie auch aus seinem Gesicht alles Blut wich und er erbleichte.

Dann fuhr er auf der Stelle herum und rannte los. »Ich muß Del finden!« schrie er.

*

Torian war ein schlanker, hochgewachsener Mann von erstaunlich jugendlichem Aussehen, der aber trotz allem schon den smaragdroten Mantel eines *Hethmanns* der Veden trug. Skar fand ihn zusammen mit Del im Treppenvorraum des Turms, und obwohl es in ihm brodelte, sagte er erst einmal gar nichts, sondern erwiderte Dels Blick nur mit einem Nicken und hörte zu, was der Vede berichtete. Seine Geschichte deckte sich mit der des Reiters draußen auf dem Hof, aber er hatte sich ein wenig besser in der Gewalt und wählte seine Worte ruhiger und mit mehr Bedacht.

»Es war die einzige Chance, die wir hatten«, begründete er seine Entscheidung. Er sprach nicht im Ton einer Verteidigung, sondern brachte nur Fakten vor. »Draußen auf der Ebene hätten sie uns einfach niedergerannt.«

»Wer?« fragte Skar.

Torian blickte auf, runzelte die Stirn und sah Del fragend an.

»Erzähl es noch einmal«, bat Del. »Das ist Skar. Er ist mein Freund. Und ein Hoher Satai wie ich.«

»Die Drachen«, antwortete Torian. »Es waren riesige Tiere,

Skar. Groß wie ein Wal, aber zehnmal so wild. Wir haben mehr als tausend Mann verloren, ehe wir sie überwältigen konnten. Und es war nur ein Dutzend dieser Ungeheuer.«

»Und deshalb hast du befohlen, die *Quorrl* anzugreifen?« fragte Skar scharf.

Erstaunen glomm in Torians Augen auf, dann, nach weniger als einer Sekunde, fast so etwas wie Mitleid. »Nein«, stellte er richtig. »Nicht deshalb. Auch um euch zu retten. Und uns, natürlich.«

Skar wollte auffahren, aber Del machte eine rasche, beruhigende Geste, und er schwieg. Del hatte ausnahmsweise einmal recht – sie hatten nichts so wenig wie Zeit, aber im Moment bestand kein Grund, den Veden nicht wenigstens in Ruhe ausreden zu lassen. Durch die Tür drang noch immer das Lärmen der hereindrängenden Reiter, aber es würde noch Stunden dauern, bis der letzte Mann die Burg erreicht hatte und sie anfangen mußten, sich Sorgen über die Quorrl zu machen. Das Heer war zu groß, als daß Titchs Krieger es einfach niederrennen konnten.

»Berichte«, bat Del. »Von Anfang an.«

Torian nickte, warf Del aber einen raschen, feindseligen Blick zu, ehe er begann: »Wir schlugen das Lager auf, unten in der Ebene, jenseits des Flusses. Die Männer waren müde – wir waren zwei Wochen unterwegs, und die letzten Tage waren hart. Das Tauwetter hat den Boden aufgeweicht, und wir haben viele Tiere und einen Teil unserer Ausrüstung verloren. Auch ein paar Männer, aber nicht sehr viele«, fügte er hinzu.

»Und?« fragte Skar, als er nicht sofort weitersprach.

»Sie kamen mit Einbruch der Dämmerung«, fuhr Torian fort. »Wir hatten Wachen aufgestellt, und die Ebene war weithin gut einzusehen, aber irgendwie haben sie es geschafft, uns zu überraschen. Ich weiß nicht, wie. Ich war in Garth' Zelt, als ich die ersten Schreie hörte. Und dann erblickte ich sie.«

»Die Quorrl?«

»Zuerst die Drachen«, antwortete Torian. Seine Augen wurden dunkel vor Furcht, als er sich an die schrecklichen Szenen erinnerte, die er gesehen haben mußte. In seinem Gesicht arbeitete es. »Sie sind einfach ins Lager gestürmt, wie ... wie lebende Kampfmaschinen. Es war ungefähr ein Dutzend. Ich habe Tiere wie sie nie zuvor zu Gesicht bekommen, aber ich habe Drachen erlebt, und nicht einmal sie haben so wild gekämpft wie diese Bestien.«

»Aber ihr habt sie besiegt«, sagte Skar.

Torian nickte. »Ja. Aber frage mich jetzt nicht, wie. Ich weiß es nicht. Ich habe selbst gesehen, wie sich zwanzig meiner besten Männer gleichzeitig auf eines dieser Ungeheuer warfen. Keiner von ihnen hat überlebt. Aber irgendwie haben wir es geschafft, ja. Aber das war erst der Anfang.«

»Die Quorrl?« vermutete Del.

Torian schüttelte abgehackt den Kopf. »Sie kamen zusammen mit den Drachen«, antwortete er. »Und wir haben sie zusammen mit ihnen besiegt. Aber wir machten Gefangene. Nicht viele, aber zwei oder drei Fischgesichter fielen uns lebend in die Hände. Garth war tot, so daß ich das Kommando übernehmen mußte. Ich ließ die Quorrl verhören.«

»Verhören?« Skar gab sich keine Mühe, den Unglauben zu unterdrücken, mit dem ihn diese Behauptung erfüllte. »Einen *Quorrl*?«

»Ja, einen Quorrl!« antwortete Torian feindselig. »Ich habe von dir gehört, Skar. Du bist der beste Satai, aber du denkst wie alle anderen. Ihr habt die Allwissenheit nicht gepachtet, *Satai.*«

Del hob rasch die Hand, als Skar auffahren wollte. »Bitte«, mahnte er beschwörend. »Wir haben wirklich andere Sorgen, als uns zu streiten. Du hast die Quorrl also verhört.«

Die Frage galt Torian, der sie mit einem Nicken beantwortete. »Nicht ich«, verbesserte er. »Jamaß, unser *Ältester.* Er ist ein großer Zauberer, Del. Es war schwer, aber schließlich gelang es ihm, die Zunge eines dieser Fischgesichter zu lockern.« Er machte eine Handbewegung, welche die gesamte Festung einschloß und zugleich müde wie auch zornig wirkte. »Diese ganze Burg hier ist eine Falle«, behauptete er. »Eine Falle für euch und uns. Und wir sind blind in sie hineingetappt.« Plötzlich wurde er zornig. »Verdammt, ich war von Anfang an dagegen, diesen

Echsenköpfen zu trauen! Sie hassen uns mit jeder Faser ihrer Seele! Sie haben die ganze Zeit über nur darauf gewartet, uns endlich alle zusammen zu erwischen!«

Del tauschte einen bezeichnenden Blick mit Skar, sagte aber nichts, sondern bedeutete Torian mit einem Nicken weiterzureden.

»Was ich von dem Quorrl erfuhr, war folgendes«, fuhr Torian fort, jetzt wieder ruhig, fast monoton. »Es war geplant, uns und euch gleichzeitig anzugreifen, morgen früh, bei Sonnenaufgang. Warum dieser eine Trupp schon am Abend angriff, weiß ich nicht – vielleicht ein Fehler.«

»Ein Fehler?« zweifelte Skar. »Bei einer so wichtigen Sache?«

»Irrtümer kommen vor, oder?« schnappte Torian. »Manchmal entscheiden dumme Zufälle über das Schicksal der Welt, weißt du? Sie hatten jedenfalls vor, uns im Morgengrauen zu überrennen, und euch auch. Zweitausend Quorrl und an die hundert dieser Drachenbestien uns, und eure *Verbündeten* dort draußen euch.«

»Und das hast du geglaubt?« fragte Skar.

»Nein«, antwortete Torian mit erstaunlicher Offenheit. »Ich habe sie *gesehen*, Satai. Ich bin selbst zu der Stelle geritten, die uns der Quorrl genannt hat, und sie waren da. Mehr als hundert dieser Ungeheuer.« Er schüttelte sich. »Sie hätten uns einfach niedergeritten. Wir hatten keine Chance, gegen diese Bestien.«

»Warum habt ihr keinen Boten zu uns geschickt?« fragte Del.

»Ich habe *zehn* Boten hierhergeschickt«, antwortete Torian trotzig. »Ist einer von ihnen angekommen?«

»Nein«, mußte Del verwirrt zugeben. »Aber ihr hättet eine Spiegelbotschaft schicken können.«

»Nachts?« Torian machte ein abfälliges Geräusch. »Außerdem blieb keine Zeit dazu. Die Quorrl müssen gemerkt haben, daß ihr Plan zu scheitern drohte. Sie verfolgten meine Begleiter und mich. Wir konnten entkommen, aber sie waren dicht hinter uns.« Plötzlich schrie er: »Verdammt, was hätte ich tun sollen? Wir hatten keine Chance, draußen in der Ebene! Die einzige Möglichkeit war dieser Durchbruch!«

»Und er war völlig umsonst«, bemerkte Skar leise. Torian starrte ihn voller neu aufflammender Wut an, Del war verwirrt. Skar machte eine erklärende Geste.

»Ich habe mit einem seiner Männer gesprochen, draußen auf dem Hof«, sagte er, an Del gewandt. »Er hat mir diese *Drachen* –« Er betonte das Wort auf eine Art, die nur Del verstand »– beschrieben. Es waren *Skrot*, Del. Die gleichen Tiere, welche die *Errish* ritten.« Er wandte sich an Torian. »Die Quorrl, die euch angriffen«, fragte er. »Ist dir irgend etwas an ihnen aufgefallen?«

»Aufgefallen? Was?«

»Eine Art Netz«, antwortete Skar. »So etwas wie ein Parasit. Ein dünnes Gewebe, das sie bedeckt – zum Beispiel.«

Torian nickte zögernd. »Ja«, überlegte er. »Da war etwas. Es sah so aus, wie du es beschreibst, aber –«

»Und das sagst du uns erst jetzt?!« brüllte Del. Er sprang auf und machte eine wütende Bewegung mit beiden Armen, die den Veden erschrocken zurückweichen ließ. »Du verdammter Narr hast –«

»Nicht, Del«, versuchte Skar ihn zu beruhigen. »Er kann es nicht wissen.«

»Ich kann *was* nicht wissen?« fragte Torian. »Zum Teufel, wovon sprecht ihr überhaupt? Was hat es mit diesem Netz auf sich?« Er wirkte plötzlich fast hilflos. »Verdammt, diese Tiere haben doch alle irgendwelche Krankheiten! Ich habe Läuse gesehen, so groß wie mein Daumennagel, und einen Quorrl, der –« Er brach ab, als er den Ausdruck auf Skars und Dels Gesichtern gewahrte. »Was ist es?« fragte er leise, fast beschwörend.

Skar seufzte tief. »Nichts«, antwortete er. »Nichts, Torian. Nichts, was jetzt noch eine Rolle spielte. Aber in einem hattest du recht – diese Burg hier ist nichts anderes als eine einzige Falle.«

»So?« fragte Torian.

»Ja«, antwortete Del an Skars Stelle. »Und du selbst hast die Tür hinter uns zugeworfen.«

Es dauerte einen Moment, bis Torian begriff. Aber zu Skars Erstaunen zeigte sich auf seinem Gesicht weder Schrecken noch Bestürzung, sondern nur eine Mischung aus Zorn und Trotz.

»Ihr wollt damit sagen –«

»Daß Titchs Quorrl unsere wertvollsten Verbündeten sind«, unterbrach ihn Skar kalt. Torians Reaktion machte ihn innerlich fast rasend. »Oder besser gesagt, waren. Wahrscheinlich werden sie uns jetzt alle töten, Torian. Und selbst, wenn ein Wunder geschieht und Titch darauf verzichtet, diese Festung mit Mann und Maus niederzubrennen, werden sie wohl kaum noch Seite an Seite mit uns kämpfen.«

»Das ist nicht wahr!« fuhr Torian auf. »Verdammt, Satai – geh hinaus und sieh dir die Männer an, die diese Bestien niedergemetzelt haben! Und dann frag doch deine Quorrl-Freunde, warum sie es getan haben! Vielleicht war das alles ja nur ein kleiner Spaß!«

»Das waren keine Quorrl«, antwortete Del an Skars Stelle. Torian wollte aufbegehren, aber Del fuhr rasch fort: »Oder doch, sicher. Aber keine von Titchs Heer.«

»Als ob das einen Unterschied macht!« fauchte Torian. »Quorrl ist Quorrl. Ich habe diesen verdammten Tieren nie getraut, und ich hatte recht.«

»Ich verstehe das nicht«, murmelte Skar, an Del gewandt. »Der Zauberer der Veden hätte es erkennen müssen. Er zumindest.«

Del schürzte die Lippen. »Er wurde getäuscht, wie wir alle. Und überhaupt – seit wann glaubst du an Zauberei?«

Skar wandte sich wieder an Torian, der ihrer kurzen Unterhaltung mißtrauisch, aber mit offenkundigem Unverständnis gefolgt war. »Ist dieser Mann hier?«

»Jamaß?« Torian nickte. »Ja. Er ritt direkt neben mir.«

»Dann hol ihn«, befahl Del. »Ich will ihn sehen. *Sofort*«, fügte er mit erhobener Stimme hinzu, als Torian widersprechen wollte. Der Vede starrte ihn einen Moment lang feindselig an, drehte sich dann aber gehorsam um und stürmte aus dem Raum. Für einen Moment, als er die Tür öffnete, drang der Lärm der Schlacht und der heraufdrängenden Reiter überlaut in das kleine Zimmer.

»Wahnsinn«, flüsterte Del. »Das ist alles Wahnsinn. Ich glaube es einfach nicht.«

»Was?« fragte Skar bitter. »Daß sie uns übertölpelt haben?«

»Daß ein einziger Narr den Verlauf der Geschichte ändern kann!« rief Del aufgebracht.

»O doch«, antwortete Skar. »Ich bin mir nur nicht ganz sicher, wer der Narr ist – dieser Vede oder ich.«

Del blickte ihn fragend an. »Verdammt, Del, wir haben es beide gesehen!« fuhr Skar fort. »Wir haben gesehen, was dieses *Ding* aus den *Errish* gemacht hat! Wieso haben wir uns eingebildet, es könnte dasselbe nicht auch bei den Quorrl erreichen – oder bei wem immer es will?«

»Aber das ergibt keinen Sinn!« widersprach Del. »Skar, dort draußen waren *zwanzigtausend* Männer! Sie können nicht alle getäuscht worden sein!«

»Das ist auch gar nicht nötig«, antwortete Skar. »Es reicht, ihre Führer zu narren, nicht wahr? Hier in der Burg hat es ja auch nicht jeden einzelnen Mann getäuscht.«

»Sondern nur mich«, fügte Del finster hinzu. »Das willst du doch sagen, oder?«

Skar wollte den Kopf schütteln, aber dann begriff er, wie albern das gewesen wäre. Dies war nicht mehr der Moment für Lügen. Er nickte. »Und mich«, gab er zu. »Ich glaube, der einzige, der die Wahrheit erkannt hat, ist Titch. Du hast mich gefragt, was wir unten an den Felsen gemacht haben, erinnerst du dich?«

Del nickte.

»Wir haben geredet«, fuhr Skar fort. »Ich habe Titch nicht geglaubt, aber er hatte recht. Er hat prophezeit, daß wir diesen Krieg verlieren werden, und er hatte recht. Wir sind vielleicht stärker als sie, aber ein starker Arm allein nutzt nichts.« Er seufzte. »Früher oder später wäre es wahrscheinlich sowieso so gekommen. Du hast Torian gehört. Und er ist nicht der einzige, der so denkt. Menschen und Quorrl zusammen, das geht nicht. Wir sind zu verschieden.«

»Unsinn«, widersprach Del, aber diesmal gab Skar nicht nach.

»Sieh dich doch um!« forderte er. »Unser famoses Bündnis hat nicht einmal bis zur ersten Schlacht gehalten. Wir sind wie Feuer und Wasser, Del. Ein simples Täuschungsmanöver, das sich ein Kind hätte ausdenken können, und wir fallen übereinander her.« Er seufzte abermals. »Ich muß mit Titch sprechen. Vielleicht kann er diesem Wahnsinn ein Ende machen.«

Die Tür wurde aufgestoßen, und Torian kam zurück. In seiner Begleitung befand sich ein grauhaariger, vielleicht sechzigjähriger Mann mittlerer Größe und Statur, der wie der *Hethmann* einen scharlachroten Mantel trug, darunter jedoch keinen gepanzerten Harnisch, sondern eine gold- und silberbestickte Robe mit hohem Kragen, der unter sein Kinn drückte. Seine Hände staken in dünnen, ebenfalls goldfarbenen Handschuhen, und an seiner Seite hing ein dünnes Prachtschwert, nur zur Zierde, nicht zum Kämpfen gedacht.

Skar betrachtete das Gesicht des *Ältesten* genau, während Torian eine herrische Handbewegung machte. »Das ist Jamaß«, stellte er den Veden vor. »Und das da sind die Hohen Satai Del und Skar. Sie glauben, daß der Gefangene dich belogen hat, Jamaß.«

Der *Älteste* lächelte sanft, aber seine Augen blieben ernst, und etwas war in ihrem Blick, was Skar schaudern ließ. Er wußte, daß Jamaß nicht *wirklich* ein Zauberer war; ebensowenig, wie Bradburn einer gewesen war, oder Drask. Aber ebenso wie diese beiden war er ein Mann von großer Macht und noch größerem Wissen, dessen Fähigkeiten sicherlich ausreichten, den Eindruck echter Zauberei zu erwecken. Skar begann sich unter seinem Blick beinahe sofort unwohl zu fühlen. Er fragte sich, ob Jamaß seine Gedanken lesen konnte, wie Drask.

»Niemand kann mich belügen, Satai«, stellte Jamaß nach einer Weile fest. Seine Stimme war leise und angenehm, und er sprach mit der Ruhe eines Mannes, der den Geheimnissen der Schöpfung ein gutes Stück weiter auf die Spur gekommen war als die meisten anderen und wußte, wie wenig menschliches Tun und Hasten bedeutete. »Weißt du das nicht?«

»Man sagt es«, antwortete Skar ausweichend. »Aber man sagt auch, daß niemand eine *Errish* zwingen kann, Dinge zu tun, die sie nicht tun will. Oder einen Quorrl.«

Jamaß sah ihn fragend an, schwieg.

»Ihr seid getäuscht worden«, erklärte Del gepreßt. »Die Quorrl, die euch angriffen, gehörten nicht zu Titchs Heer. Und es gab auch niemals den Plan, euch und uns anzugreifen.«

Jamaß lächelte, aber jetzt wirkte es ein ganz kleines bißchen unsicher. »Der gefangene Quorrl, den ich verhörte, behauptete das Gegenteil«, betonte er. »Und er hat nicht gelogen, Satai.«

»Natürlich nicht«, antwortete Del zornig. »Weil er nämlich *glaubte*, daß es so wäre. Weil ihn etwas gezwungen hat, das zu glauben. Begreifst du denn nicht, daß man euch getäuscht hat?«

»Du begreifst nicht, daß man mich nicht täuschen kann«, antwortete Jamaß, noch immer in seiner ruhigen, Skar allmählich auf die Nerven fallenden Art. Er lächelte. »*Ihr* seid es, die genarrt wurden, Satai. Die Quorrl haben sich in euer Vertrauen geschlichen, und ihr wollt einfach nicht zugeben, daß euch ein solcher Irrtum unterlaufen konnte.«

»Jamaß hat recht«, mischte sich Torian ein. »Zum Teufel, ich habe die Drachen gesehen, die hinter unserem Lager auf der Lauer lagen, Satai! Hör endlich auf, dieses widerwärtige Quorrl-Pack zu verteidigen! Sie schlachten dort draußen meine Leute ab, und du behauptest, sie wären unsere *Verbündeten*?!«

Skar ging langsam auf Torian und den *Ältesten* zu. Der *Hethmann* war voll und ganz damit beschäftigt, Del anzufunkeln, aber Jamaß' Blick folgte aufmerksam jeder seiner Bewegungen. Skar fühlte sich unsicher, aber gleichzeitig auch irgendwie alarmiert. Etwas an Jamaß war nicht so, wie er erwartet hatte. Er glaubte eine Feindseligkeit zu spüren, die über den uralten Zwist zwischen Veden und Satai hinausging, und ein Lauern, das nicht zu einem wissenden Mann wie ihm passen wollte. Er hörte kaum zu, wie Del antwortete und Torian und er sich weiterstritten, sondern ging dicht an Jamaß vorbei, tat so, als würde er einen Blick aus dem Fenster werfen und drehte sich dann wieder herum.

Jamaß vollzog die Bewegung nach, aber den Bruchteil einer Sekunde langsamer als er. Und für einen winzigen Augenblick glaubte Skar etwas Dunkles, Glitzerndes zu erkennen, das aus seinem Nackenhaar kroch und im hohen goldbestickten Kragen seiner Zaubererrobe verschwand. Er mußte sich mit aller Macht beherrschen, um ein erschrockenes Zusammenzucken zu unterdrücken.

Jamaß sah ihn an. Er runzelte die Stirn, und Skar fragte sich, ob er sein Erschrecken bemerkt hatte. Etwas Dunkles, Fremdes, glomm in seinen Augen auf. »Was hast du, Satai?« fragte er. Er *hatte* es gemerkt.

»Nichts«, antwortete Skar ausweichend. »Ich ... ich frage mich nur, wie es diesem Quorrl gelingen konnte, einen Mann wie dich zu täuschen, Jamaß.«

»Das hat er nicht«, widersprach der Vede. »Ich verlange nicht von dir, daß du mir glaubst. Warte einfach ab, bis die Quorrl diese Festung stürmen und uns alle niedermachen, dann wirst du erkennen, wer recht hat.«

»Der Gedanke scheint dich nicht besonders zu stören«, meinte Skar.

Jamaß lächelte kalt. »Doch«, gab er zu. »Aber wir Veden haben eine andere Einstellung zum Tod als ihr. Es spielt keine Rolle, wie lange man lebt, Satai. Wichtig ist nur, *wie* du gelebt hast.«

»Ja«, bestätigte Skar und fügte im gleichen, fast beiläufigen Ton hinzu: »Sag, Jamaß – warst du mit dem Gefangenen allein?«

»Was soll diese Frage?« schnauzte Torian.

»Und hast du ihn berührt?« fuhr Skar unbeirrt fort, noch immer an den *Ältesten* gewandt. Jamaß antwortete auch jetzt nicht, aber in seinem Blick war etwas Neues. Er wirkte alarmiert.

»Ich frage dich noch einmal – was soll das?« herrschte Torian ihn an. Er ließ Del einfach stehen und versuchte, sich zwischen Skar und Jamaß zu schieben.

Es blieb bei dem Versuch. Skar versetzte ihm einen Stoß, der ihn zurück- und direkt in Dels Arme taumeln ließ. In der gleichen Bewegung zog er sein Schwert und richtete die Spitze auf Jamaßens Gesicht. Torian begann vor Wut zu brüllen, aber Del hatte verstanden, was Skars Frage bedeutete, und so schnell und wortlos reagiert, wie er es gewohnt war – der Vede zappelte in seinem Griff wie ein Kind in den Fäusten eines Riesen.

Auf Jamaß' Zügen war keine Furcht zu sehen. Ruhig, ja

beinahe spöttisch, blickte er Skar an.

»Zieh den Mantel aus«, befahl Skar.

Jamaß zögerte, hob dann langsam die Hände und löste die goldene Spange, die das Kleidungsstück hielt, als Skar seiner Aufforderung mit einem sanften Schwertstoß Nachdruck verlieh.

»Und jetzt?« fragte er ruhig.

Statt einer direkten Antwort senkte Skar das *Tschekal* um eine Winzigkeit und schlitzte mit der rasiermesserscharfen Klinge die goldbestickte Robe des *Ältesten* von der Schulter bis zur Hüfte auf. Torian kreischte, als würde ihm ein glühender Dolch in den Leib getrieben – und verstummte mit einem fast absurden, würgenden Geräusch, als sein Blick auf das fiel, was unter dem zerschnittenen Zauberergewand zum Vorschein kam.

»*Großer Gott!*« stöhnte Del.

Skar war nicht überrascht. Er war nicht einmal sehr erschrokken. Alles, was er fühlte, war eine tiefe Niedergeschlagenheit, eine mit Hilflosigkeit gepaarte Wut, die durch Jamaß' herablassendes Lächeln noch geschürt wurde.

»Es nützt euch nichts mehr«, triumphierte Jamaß – das *Ding*, das wie Jamaß aussah und sich seiner Stimme und seines Körpers bediente.

Skar versetzte ihm einen Stoß mit dem Schwert, der ihn gegen die Tür prallen ließ. Einen Moment lang kämpfte er mit wild rudernden Armen um sein Gleichgewicht, und sein Gesicht verzerrte sich vor Schmerz. Aber das Lächeln auf seinen Zügen erlosch nicht. »Ihr habt verloren, Satai«, fuhr er fort. »Niemand kann uns besiegen. Ihr hattet schon verloren, bevor ihr angefangen habt, gegen uns zu kämpfen.«

»Was ist das?« wimmerte Torian. Del hatte ihn losgelassen, aber er rührte sich trotzdem nicht von der Stelle. Aus hervorquellenden Augen starrte er auf das grobmaschige, schwarze Netzgewebe, das Jamaßens Körper unter dem Gewand fast zur Gänze einhüllte. Hier und da waren die dünnen pulsierenden Fäden in seine Haut eingedrungen. Dunkelbraun verschorftes Blut bedeckte seine Brust. Jamaß' Blick wandte sich ihm zu, und plötzlich geschah etwas Entsetzliches: Jegliches Menschsein in seinen

Augen erlosch. Sein Gesicht wurde zu einer verzerrten, abstoßenden Fratze, und etwas Schwarzes, Dünnes wie Hunderte beweglicher Spinnenbeine begann aus seinem Haar und seinem Kragen zu kriechen und es einzuhüllen. Ein grauenhafter, durch und durch *unmenschlicher* Ton drang aus seiner Brust, ein Laut, wie ihn Skar noch nie zuvor gehört hatte. Langsam, unendlich langsam, wie es Skar schien, hob er die Arme und deutete mit den gespreizten Fingern auf Skar und Torian.

»*Zurück!*« schrie Del mit überschnappender Stimme. »*Raus hier!*« Gleichzeitig warf er sich vor, riß Skar einfach mit sich zu Boden und rollte zwei-, drei-, viermal herum. Skar sah aus den Augenwinkeln heraus, wie Jamaß' Finger sich aufzublähen begannen wie ein zu sehr gefüllter Wasserschlauch und dann platzten. Etwas streifte sein Bein, versuchte sich daran festzuhalten und fiel ab, als Del ihn auf die Füße und zurück zerrte.

Torian hatte weniger Glück. Er stand wie erstarrt da und starrte das *Etwas* an, in das sich Jamaß verwandelt hatte, und er machte nicht einmal einen Versuch zu entkommen. Ein Wust schwarzer, peitschender Fäden schoß aus Jamaßens geborstenen Fingern, hüllte sein Gesicht und seine Brust ein und wickelte sich wie ein Netz um seine halb erhobenen Arme. Torian begann zu schreien und um sich zu schlagen, aber gegen das entsetzliche *Ding* in Jamaß hatte er keine Chance. Der *Älteste* torkelte auf ihn zu, wie eine betrunkene Puppe hin und her wankend, dabei eine Spur aus Blut und schwarzem Schleim hinter sich herziehend, erreichte den wild um sich Fuchtelnden und umfing ihn mit tödlicher Umarmung. Torians Schreie wurden spitzer und hatten jetzt kaum mehr etwas Menschliches an sich.

»*Helft mir!*« kreischte er. »*Bei allen Göttern, Satai – so helft mir doch!!*«

Skar machte eine Bewegung auf ihn zu, aber Del hielt ihn zurück. Langsam, mit zitternden Händen und weit aufgerissenen, fast glasigen Augen zog er den Dolch aus dem Gürtel, holte aus und schleuderte die Waffe mit aller Kraft. Der Vede bäumte sich noch einmal auf, als der Dolch in seinen Nacken drang, und erschlaffte dann plötzlich in Jamaß' Armen.

Skar schloß stöhnend die Augen. Er wußte, daß Del das einzig Mögliche getan hatte – Torian war verloren gewesen, im gleichen Moment, in dem ihn das Netz berührte, und alles, was ihm noch bevorgestanden hatte, wären ein Leben als willenlose Puppe und ein langer und vermutlich qualvoller Tod gewesen. Dels Messerwurf war im Grunde nichts anderes als barmherzig – so weit der Tod eines Menschen *überhaupt* barmherzig sein konnte.

Aber das änderte nichts daran, daß sich Skar für einen Moment so elend fühlte, als hätte er selbst dem Veden die Kehle durchgeschnitten.

Erst als Del ihn schmerzhaft am Arm packte, fuhr er wieder hoch und begriff, daß noch lange nicht alles vorbei war. Ganz im Gegenteil – Del und er befanden sich in höchster Gefahr.

Jamaß war von Torians zusammenbrechendem Körper zu Boden gerissen worden, starrte ihn und Del aber weiter voller Haß an. Helle, jaulende Laute kamen aus dem zerfransten Loch, in das sich sein Mund verwandelt hatte, und urplötzlich löste sich einer der dünnen Fäden von seinem Arm, schoß mit einem peitschenden Laut auf Del zu und verfehlte ihn nur um Zentimeter, um mit einem hellen Klatschen gegen die Wand zu prallen.

Aber er fiel nicht herab, sondern fraß sich an dem rauhen Stein fest, und sogleich zuckten ein zweiter und dritter und vierter dünner schwarzer Spinnfaden aus Jamaßens auseinanderbrechendem Körper, jagten auf die Wand und die Decke zu und saugten sich fest. Binnen weniger Augenblicke verwandelte sich der Bereich vor der Tür in ein schwarzes, pulsierendes Netz, wie das Netz einer ungeheuerlichen Spinne, in deren Mitte Jamaß und der tote Vede hockten. Gleichzeitig begann Jamaßens Körper in sich zusammenzufallen, als verbrauche sich seine Substanz rasend schnell, um dieses fürchterliche Netz zu schaffen.

»Ihr Götter!« keuchte Del. »Was –«

Rückwärts gehend wichen sie vor der entsetzlichen Erscheinung zurück, bis sie die Treppe erreichten. Das Netz wuchs weiter, aber es schleuderte keine Fäden mehr in ihre Richtung, als spüre das Ding in Jamaß ganz instinktiv, daß sie nicht mehr in seiner Reichweite waren.

»Urcoun«, sagte Del plötzlich.

Skar sah ihn verwirrt an, blickte aber sofort wieder zu Jamaß und dem Netz herab. Es wuchs noch immer, im gleichen Tempo, in dem es Jamaßens Körper aufzehrte. »Was meinst du damit?« fragte er.

»Ich ... ich weiß es jetzt«, stammelte Del. »Skar – ich weiß jetzt, wo ich so etwas schon einmal gesehen habe – es war in Urcoun, in der Flußhöhle unter dem wandernden Wald!«

Er hatte recht. Skar erinnerte sich im gleichen Augenblick, in dem Del die Worte aussprach, und plötzlich wußte er auch, woher dieses beunruhigende Gefühl gekommen war, dies alles schon einmal erlebt zu haben, wenn auch in ganz anderer Art. Es war in Urcoun gewesen, in jener zyklopischen finsteren Felsenhöhle, in der alles begonnen hatte, vor so vielen Jahren. Es war größer gewesen, unendlich viel größer, und nicht so tödlich wie dieses hier, aber es war das gleiche, auf unbeschreibliche Art *lebendige* Netz gewesen wie jetzt.

Skar machte einen Schritt die Treppe hinauf, blieb stehen und streckte die Hand nach einer der Fackeln aus, die neben dem Treppenschacht brannten. Del hielt ihn zurück und wies mit einer Kopfbewegung nach vorne, nicht auf Jamaß, sondern auf den toten Veden, der zu seinen Füßen lag. Skar erkannte sofort, was er meinte.

Das Netz, das bereits einen Teil von Torians Körper eingesponnen gehabt hatte, begann zu zucken. Dünne peitschende Schlangenärmchen griffen haltlos in die leere Luft, erschlafften wieder oder schlugen plötzlich wie in Agonie um sich. Jamaß hob mit einem röchelnden Keuchen die Arme und versuchte, seine Hände von Torians Körper zu lösen. Plötzlich war Angst auf seinem entstellten Gesicht.

Er schaffte es nicht.

Del und Skar konnten sehen, wie das Netz starb, nur Augenblicke nach Torian. Die Fäden verfärbten sich, wurden grau statt schwarz und schrumpelten zusammen wie ausgedörrte Wurzelstrünke. Jamaß bäumte sich auf, versuchte von dem Toten wegzukommen, und riß schließlich seine rechte Hand los. Blut und ein Schwall klarer, glitzernder Flüssigkeit sprudelten aus dem zerborstenen Stumpf seiner Hand und besudelten den toten Veden, und Jamaß begann zu schreien. Das Netz, das Torian einhüllte, war jetzt fast vollkommen abgestorben, aber der unheimliche Prozeß ging weiter. Wie graue Tinte auf Löschpapier breitete sich die bleiche Farbe im Leib des Parasiten aus, griff plötzlich auch auf Jamaß über und tötete auch hier das Netz. Der Vede begann zu toben, bäumte sich auf und versuchte noch einmal, sich von Torian loszureißen. Aber seine Kraft reichte nicht.

»Sieh dir das an«, murmelte Del fassungslos. »Es ... es stirbt mit seinem Träger!«

»Ja. Aber es versucht zu überleben.« Skar deutete auf den Boden. Ein Teil des schwarzen Geflechtes hatte sich von Jamaß gelöst und kroch wie ein Teppich ineinanderverknäulter glitzernder Würmer auf ihn und Del zu, nur noch durch eine dünne Nabelschnur mit den beiden Veden verbunden. Skar faßte erneut nach der Fackel, aber Del schüttelte abermals den Kopf. Seine Hand kroch zum Gürtel, öffnete eine verborgene Tasche und kam mit einem kleinen, fünfzackigen *Shuriken* wieder zum Vorschein.

Er schleuderte die Waffe mit solcher Kraft, daß sie fast zur Hälfte in Jamaßens Schädel eindrang und ihn auf der Stelle tötete.

Das Netz erschlaffte. Seine verzweifelten Bewegungen wurden fahrig, verloren ihre Kraft und Zielgerichtetheit und hörten schließlich ganz auf. Nach kaum einer Minute hatte sich auch der letzte Ausläufer des tödlichen Parasiten grau gefärbt und war tot.

Trotzdem wagten sie es nicht, dem Netz auch nur nahe zu kommen, sondern traten über die Treppe ins erste Stockwerk hinaus und stiegen aus dem Fenster, um an der Außenmauer des Turms wieder hinabzuklettern.

*

Es dauerte vier Stunden, bis die letzten Überlebenden des Satai-Heeres durch das Tor getaumelt waren, verfolgt von einer lebenden Lawine aus grüngeschuppten Quorrl, die sich selbst durch den wütenden Hagel aus Pfeilen und Bolzen kaum zurückhalten ließen, mit denen Dels Schützen sie überschütteten. Und es waren entsetzlich *wenige*.

Skar hatte ununterbrochen versucht, Titch zu erreichen: Er hatte seinen Namen in die Nacht hinausgebrüllt, so laut er nur konnte, hatte Leuchtsignale und Spiegelbotschaften auf das Quorrl-Heer hinabgesandt, und er hätte auch Boten zu Titch geschickt, hätten die Männer nur eine Chance gehabt, nicht von ihren eigenen Kameraden überrannt zu werden, die in blinder Panik den schmalen Pfad zum Tor hinaufdrängten. Schließlich hatte er Befehl gegeben, eine Strickleiter auf der dem Heer abgewandten Seite der Burgmauer herunterzulassen, um auf diese Weise die Burg zu verlassen. Einer der Männer, welche die Leiter befestigen sollten, war mit einem Pfeil im Hals gestorben, bevor sie den Belagerungsring entdeckten, den die Quorrl rings um die Burg aufgerichtet hatten.

So blieb ihm nichts anderes übrig, als hilflos zuzusehen, wie das sinnlose Töten weiterging. Es war genauso gekommen, wie er befürchtet hatte: Nachdem sich die Quorrl von ihrer ersten Überraschung erholt und zu wirksamem Widerstand zusammengeschlossen hatten, waren sie dazu übergegangen, Torians Krieger einfach niederzuwalzen, nur durch ihre pure Übermacht. Skar schätzte, daß nicht mehr als zwei Drittel des Heeres die Flucht in die Sicherheit der Burg gelungen war, und von denen, die entkamen, war kaum einer unverletzt. Es war weniger der Kriegskunst der Satai zuzuschreiben, daß wenigstens diese Männer überlebten, als vielmehr der simplen Tatsache, daß die Quorrl auf dem schmalen gewundenen Pfad zur Burg hinauf gar nicht so schnell vorrücken konnten, wie sie die Flüchtenden niedermetzelten. Das Gefühl der Hilflosigkeit, mit dem er alles mit ansehen mußte, brachte ihn fast um den Verstand.

»Du willst wirklich dort hinunter?«

Skar löste seinen Blick von der lebenden Mauer aus schuppigen Leibern, die nur widerwillig unter dem Hagel aus Pfeilen und brennenden Wurfgeschossen zurückwich, der sich von der Mauerkrone herab auf sie ergoß, drehte sich zu Kiina um und sah ihr ernst in die Augen. Er wußte, daß er eigentlich nicht einmal Zeit für diese wenigen Worte hatte – die Quorrl würden ihnen keine Gelegenheit lassen, sich zu erholen und neue Kräfte zu schöpfen. Skar war im Grunde sogar erstaunt darüber, daß sie nicht sofort angegriffen hatten, um die Mauer und ihre Besatzung einfach zu überrennen, wie sie es schon einmal getan hatten. Aber vielleicht ahnte Titch, daß hier irgend etwas ganz und gar nicht so war, wie es schien. Quorrl oder nicht. Titch war ein sehr intelligenter Mann. Der scheinbar so sinnlose Angriff der Satai und Veden mußte ihn maßlos verwirrt haben.

»Es ist unsere einzige Chance«, erklärte er.

»Sie werden dich in Stücke reißen«, warnte Kiina voll Sorge. »Du wirst nicht einmal aus dem Tor herauskommen, Skar.«

»Vielleicht«, gab Skar zu. »Wahrscheinlich sogar. Aber dann sterbe ich nur kurze Zeit vor euch allen.«

»Unsinn!« widersprach Kiina erregt. »Wir sind drinnen, und sie sind draußen, oder? Wir können uns wochenlang halten und auf Verstärkung warten!«

»Verstärkung?« Skar lachte leise, aber nicht besonders humorvoll. Er trat an Kiina vorbei und beugte sich aus dem Fenster, um zu Del herabzusehen, der seines und die beiden Packpferde bereits vor das Tor geführt hatte. Auf den Rücken der beiden überzähligen Pferde lagen zwei große, in dunkle Zeltplanen eingehüllte Körper. Mehr als zwei Dutzend bewaffneter Männer bildeten einen dichtgestaffelten Kordon rings um sie herum, um zu verhindern, daß jemand einen Blick unter die Plane warf und erkannte, welche Last die beiden Pferde trugen. Außer Del, ihm selbst und den beiden Kriegern, die ihnen geholfen hatten, Torians und Jamaßens Leichen aus dem zerfallenen Netz herauszuschneiden und in die Zeltplanen zu hüllen, wußte niemand, was die beiden Bündel enthielten. Nicht einmal Kiina. Skar war der Meinung gewesen, daß sie genug mit Titchs Quorrl zu tun hatten. Sie brauchten nicht noch zwanzigtausend Satai und Veden, die in Panik gerieten. Er hob die Hand, um Del anzudeuten, daß er gleich käme, und wandte sich wieder zu Kiina um.

»Verstärkung?« fragte er noch einmal. »Woher denn? Diese Männer hier sind alles, was wir haben. Und was sie gegen die Quorrl ausrichten können, hast du ja gesehen. Außerdem haben wir nicht die Zeit, von der du sprichst. Titch wird keinen Tag brauchen, diese Burg zu stürmen. Er hat es schon einmal getan.«

»Unter deiner Führung, ja«, antwortete Kiina. »Und gegen Drasks lächerliche fünf- oder sechshundert Krieger. Jetzt –«

»Es reicht«, schnitt ihr Skar scharf das Wort ab, und zu seiner Überraschung verstummte Kiina tatsächlich. Plötzlich begriff er, daß es nur Angst gewesen war, die sie zu ihren Äußerungen verleitet hatte. Er hob die Hand, strich ihr fast zärtlich über das Haar und schob sie dann mit sanfter Gewalt aus dem Weg. Sie versuchte, sich an ihn zu klammern, aber damit hatte er gerechnet, und diesmal ließ er es nicht zu. Er winkte einen der Posten herbei und gab ihm mit Gesten zu verstehen, das Mädchen festzuhalten.

»Laß mich nicht allein, Skar!« schrie Kiina. »Bitte!«

Skar ging bis zur Tür, drehte sich noch einmal um und lächelte ihr zum Abschied zu. »Du kannst sie loslassen, sobald ich fort bin«, wies er den Mann an, der das zappelnde Mädchen mit sichtlicher Anstrengung festhielt. »Aber gib acht, daß sie keinen Unsinn macht. Ich werde versuchen wiederzukommen.«

Und damit wandte er sich um und rannte fast aus dem Zimmer.

Als er auf den Hof hinaustrat, fand er Del bei dem, was in den letzten Wochen seine Lieblingsbeschäftigung geworden zu sein schien: Er stritt lautstark mit drei Männern, von denen einer den schwarzen Mantel der Satai und zwei andere das Scharlachrot der Veden trugen. Skar konnte nicht verstehen, worum es ging, aber er hatte die drei vorhin schon einmal gesehen, zusammen mit einem Dutzend anderen Unterführern des Heeres in Dels Thronkammer, und sie waren da genauso wütend gewesen wie jetzt. Vielleicht, überlegte er spöttisch, nahmen sie es Del immer noch übel, daß er von ihnen verlangt hatte, sich bis auf die Haut auszuziehen, bevor sie ihm gegenübertraten.

Er verscheuchte den Gedanken, trat neben Del und sah ihn und die drei Hauptleute der Reihe nach fragend an. »Was ist los?«

»Wir sind dagegen!« antwortete einer der Veden.

»Wogegen?« fragte Skar. »Gegen etwas Bestimmtes, oder prinzipiell gegen alles?«

Das Gesicht des schwarzhaarigen Veden verdüsterte sich. »Jetzt ist kaum der richtige Moment für alberne Wortspielereien, Satai«, sagte er betont. »Was du vorhast, ist Wahnsinn! Du willst hinuntergehen und mit diesen Tieren *verhandeln*?«

»Hast du eine bessere Idee?« fragte Skar.

»Verdammt, es sind Quorrl!« schrie der Mann. »Niemand verhandelt mit Quorrl! Du hast gesehen, was passiert, wenn man versucht, sich mit diesen Bestien zu verbünden!«

»Ich habe nichts gesehen«, antwortete Skar. »Ich habe nur gesehen, wie *ihr* die Quorrl angegriffen habt. Und ich habe gesehen, wie ihr vor ihnen geflohen seid.«

»Schluß jetzt!« befahl Del scharf. »Skar geht, das ist entschieden.«

»So?« fragte der Vede böse. »Wer hat das entschieden?«

»Ich«, antwortete Del kalt. »Als Oberkommandierender dieses Heeres und Kriegsherr der Satai, dem ihr euch freiwillig unterstellt habt.« Er machte eine herrische Handbewegung, mit der er dem Veden das Wort abschnitt. »Und jetzt schweig und begib dich auf deinen Posten zurück.«

Der Mann schürzte wütend die Lippen. »Narr«, stieß er hervor. »Sie werden dir deinen Freund zurückschicken, in Stücke geschnitten, *Hoher Satai*!«

»Sollte das wirklich geschehen, dann kannst du ja dein Schwert nehmen und mich rächen, Vede«, entgegnete Skar. Mit einem kalten Lächeln und einer Geste auf die beiden beladenen Packpferde fügte er hinzu: »Und jetzt tu lieber, was der Hohe Satai dir befohlen hat – ehe er sich überlegt, den Quorrl vielleicht noch ein weiteres Geschenk zu überbringen. Zum Beispiel deinen Kopf.«

Er wandte sich brüsk um, scheuchte die Männer zurück, welche die Pferde umstanden, und stieg mit einer schwungvollen Bewegung in den Sattel. Del wechselte noch ein paar halblaute, aber nicht sehr ruhige Worte mit dem Veden und seinen beiden

Begleitern und trat dann neben ihn.

»Du hast es dir wirklich gut überlegt?« fragte er. Die Frage war nur rhetorisch; Dels Art, ihm Glück zu wünschen. Es gab nichts zu überlegen. Sie wußten einer so gut wie der andere, daß sie einem ernstgemeinten Angriff der Quorrl keine zwei Stunden widerstehen würden. Skar antwortete gar nicht, sondern ergriff die Zügel seines und der beiden Packpferde und wollte losreiten, aber Del hielt ihn noch einmal zurück.

»Warte«, bat er. Langsam streckte er die Hand nach Skars Gürtel aus, zog das *Tschekal* an der Klinge aus der Scheide hervor und warf es zu Boden. Dann griff er unter seinen Mantel und holte die rubingeschmückte Waffe des Hohen Satai hervor, die er selbst ihm vor weniger als einem Tag abgenommen hatte.

»Hier«, sagte er. »Es gehört dir.«

»Bist du sicher?« fragte Skar.

Del nickte ernst. »Hundertmal mehr als mir. Wenn ... wenn wir diesen Wahnsinn hier überleben, dann sollten wir miteinander reden.«

»Ja«, pflichtete ihm Skar trocken bei, während er die Waffe in seinen Gürtel schob. »Vor allem, um uns über gewisse pathetische Abschiedsszenen zu unterhalten, die ziemlich lächerlich wirken, wenn man dann doch davonkommt, nicht wahr?«

Del lachte, gab seinem Pferd einen leichten Klaps auf den Hals und trat zurück. Die Reihen der Satai und Veden teilten sich vor Skar, als er auf das Tor zuritt. Hinter ihm rief Del einen Befehl, und die beiden mächtigen, bronzenen Torflügel begannen sich zu teilen. Ein eiskalter Wind schlug Skar entgegen wie ein böses Omen, und die Morgensonne überschüttete den kleinen Platz vor dem Tor mit Strömen aus flüssigem Rot, als wäre in dieser Nacht noch nicht genug Blut geflossen. Seltsam – er hatte gar keine Angst.

Er erreichte das Tor, wartete, bis sich die beiden Hälften weit genug geteilt hatten, um ihn und die beiden Packpferde bequem durchzulassen, und setzte sein Tier langsam in Trab. Sein Herz begann zu hämmern. Eine eisige, prickelnde Kälte breitete sich in seinem Körper und seinen Gliedern aus. Wenn es Furcht war, dann Furcht einer ganz anderen Art, als er sie bisher kennengelernt hatte.

Das Plateau vor ihm war voller Toter; Quorrl und Pferde, aber auch entsetzlich viele Gestalten in den knöchellangen Mänteln der Satai und Veden, und die Spur aus Leichen und Sterbenden zog sich den gewundenen Weg hinab, so weit er nur blicken konnte.

Und keine hundert Schritte vor ihm die Quorrl.

Es waren Tausende. Sie standen dicht an dicht, eine undurchdringliche waffenstarrende Mauer aus gigantischen, schuppigen Gestalten, und hinter der ersten Reihe erhob sich eine zweite, dritte, vierte ... Das Heer zog sich den gewundenen Weg hinab bis an den Fluß und weiter an seinen Ufern entlang wie eine einzige, ungeheuerliche Masse, ein gigantisches, aus vieltausend Körpern bestehendes Tier, das nur auf ein Wort, eine einzige falsche Bewegung, wartete, um loszustürmen und die Burg und ihre Besatzung einfach zu überrennen. Plötzlich war Skar davon überzeugt, daß die Quorrl die Tore einfach durch ihr bloßes Herannahen aufsprengen konnten, wenn sie es wirklich wollten. Großer Gott, er hatte nie begriffen, was das hieß – *vierzigtausend Quorrl*! Vierzigtausend Giganten, jeder einzelne eine Kampfmaschine, die es mit einem Dutzend normaler Männer aufnehmen konnte!

Plötzlich gellten hinter ihm Schreie auf. Skar drehte sich im Sattel herum, zügelte in der gleichen Bewegung sein Pferd – und fuhr erschrocken zusammen, als er die schlanke Gestalt sah, die tief über den Rücken ihres Pferdes gebeugt über den Hof geprescht kam. Ihr blondes Haar wehte wie ein Schleier hinter ihr her, und in ihrer Hand blitzte ein Schwert, mit dem sie nach jedem schlug, der ihr den Weg zu versperren suchte.

»Kiina!« keuchte er. »Bist du ...« Er riß beide Arme in die Höhe und brüllte, so laut er konnte: »Das Tor zu! Haltet sie auf!!«

Seine Worte kamen zu spät. Die Torflügel hatten längst begonnen, sich hinter ihm zu schließen, aber sie taten es so langsam, wie sie sich geöffnet hatten. Einer der Veden versuchte auch tatsächlich, sich Kiina in den Weg zu stellen, aber sie ritt ihn einfach über den Haufen, war mit einem Satz durch das Tor und zügelte ihr scheuendes Pferd unmittelbar neben ihm.

Skar griff mit der linken Hand nach dem Zügel des Tieres und brachte es mit einem Ruck zur Räson, packte Kiina dann bei der Schulter und versetzte ihr mit der anderen Hand eine schallende Ohrfeige.

»Bist du wahnsinnig geworden?« schrie er. »Willst du dich und uns alle umbringen?«

Kiina war unter seinem Hieb zurückgetaumelt und kämpfte einen Moment lang mühsam darum, nicht aus dem Sattel zu stürzen. Dann preßte sie die Hand gegen ihre Wange. In ihren Augen schimmerten Tränen, als sie Skar ansah. Aber es war nur der Schmerz seines Schlages.

»Ich bleibe bei dir«, erklärte sie festentschlossen. »Du mußt mich schon fesseln, wenn du das verhindern willst, Skar.«

Skar starrte sie an. Seine Gedanken überschlugen sich. Für einen Moment hatte er Lust, ganz genau das zu tun, was Kiina vorgeschlagen hatte, und sie auf den Rücken ihres Pferdes gebunden in die Festung zurückzuschicken. »Vielleicht sollte ich es tun«, grollte er.

»Bitte«, sagte Kiina schnippisch. »Schlag mich nieder, oder nimm mich mit. Ich bleibe bei dir. Das waren deine eigenen Worte, Skar. Schon vergessen? Ich soll bei dir bleiben, ganz egal, was passiert.«

»Aber das –« Skar brach ab, ballte ratlos die Faust und drehte sich resignierend im Sattel herum. Plötzlich fühlte er sich hilflos wie nie zuvor in seinem Leben. Er wußte einfach nicht mehr, was er tun sollte.

»Ich bleibe nicht dort drinnen, Skar«, betonte Kiina noch einmal. »Wenn ich schon sterben muß, dann an deiner Seite.« Hinter ihr fiel das Tor mit einem Laut wie das Schlagen einer riesigen bronzenen Glocke vollends zu. Skar hörte das Scharren des gewaltigen Riegels; fast, wie um ihre Worte zu unterstreichen.

»Du wirst da genauso tot sein wie irgendwo anders«, antwortete Skar, mit einer Ruhe, die ihn selbst ein wenig erstaunte.

Langsam wandte er sich wieder den Quorrl zu. Die Schlachtreihe der Schuppenkrieger hatte sich nicht bewegt, aber er glaubte, die Blicke Hunderter und Aberhunderter schmaler geschlitzer Schlangenaugen wie die Berührung kleiner glühender Hände zu spüren. *Was*, dachte er, *wenn Torian recht gehabt hatte? Wenn es keine gemeinsame Basis zwischen ihnen gab?*

Schließlich gab er nach: »Wie du willst, Kiina. Bleib immer dicht hinter mir. Und du sagst oder tust *nichts*, hast du das verstanden? Überhaupt *nichts*, ganz egal, was passiert!«

Er sah Kiina bei diesen Worten nicht an, aber er fühlte, wie sie nickte, und ritt langsam weiter. Sein Pferd begann zu scheuen, als er es zwang, auf die Toten zu treten, die den Platz vor dem Tor bedeckten, aber er brachte das Tier mit brutaler Kraft dazu, weiterzugehen.

Ganz langsam kam die vorderste Reihe der Quorrl näher. Skars Herz begann zu hämmern. Seine Handflächen wurden so feucht, daß er Mühe hatte, den Zügel zu halten, und plötzlich *hatte* er Angst, ganz entsetzliche Angst sogar. Die Bedrohung, die von den Quorrl ausging, war fast greifbar.

Als er sich den Kriegern bis auf zehn Schritte genähert hatte, teilte sich die lebende Mauer. Ein schmaler, von grün- und graugeschuppten Körpern gebildeter Korridor öffnete sich, durch den Skar und Kiina hindurchreiten konnten. Skar mußte sich nicht umdrehen, um zu wissen, daß er sich hinter ihnen wieder schloß. Er spürte, wie Kiina ihr Pferd dichter an das seine herandrängte. Er konnte ihre Angst fast riechen.

Sie ritten nicht sehr weit. Sie waren noch in Sichtweite der Burg, noch diesseits der ersten Wegbiegung, als sich der lebende Korridor vor ihnen verbreiterte, um einer zweiten, berittenen Gestalt Platz zu machen.

Obwohl Skar schon vorher gewußt hatte, wem er gegenüberstand, erkannte er Titch kaum wieder. Der Quorrl saß im Sattel eines Pferdes, gegen das selbst Skars Schlachtroß wie ein Pony wirkte. Er war von Kopf bis Fuß in schimmerndes Gold gehüllt, ebenso wie sein Pferd, trug Schwert, Schild, Lanze und Morgenstern, und der ungeheuerliche Panzer und all diese Waffen ließen ihn noch größer und bedrohlicher erscheinen, als er ohnehin schon war. Die Augen hinter dem »T«-förmigen Sichtschlitz seines Helmes blickten kalt, ohne die mindeste Spur von Mitleid oder Verständnis, aber auch ohne Haß. Wenigstens redete sich Skar dies mit aller Macht ein.

Er ritt auf zwei Schritte an den Quorrl heran, zügelte sein Pferd und versuchte vergeblich, Titchs Blick ebenso gelassen standzuhalten, wie der Quorrl *ihn* ansah. Skar schauderte, als er die Kälte spürte, die von der Gestalt des gigantischen Schuppenkriegers ausging.

»Warum bist du gekommen, Mensch?« fragte Titch. Skar fuhr unmerklich zusammen, als er die Anrede hörte. »Um zu sterben?«

»Um zu leben«, antwortete Skar. »Wenn ich sterben wollte, wäre ich in der Burg geblieben.«

»Vielleicht wäre das klüger gewesen«, erwiderte Titch kalt. »Möglicherweise hättest du dort länger gelebt als hier. Was willst du? Um Gnade flehen?«

»Nein«, entgegnete Skar leise. »Um zu reden. Mit dir, Titch.«

Titch starrte ihn an. »Reden?« Er schwieg einen Moment, lachte dann, ganz ganz leise. »O ja, reden«, wiederholte er. »So, wie du mit Trash geredet hast, wie? Es gibt nichts mehr zu *reden* zwischen uns, Mensch. Ihr habt *geredet*, gestern nacht. Dreitausend meiner Brüder liegen erschlagen unten am Fluß.«

»Und dreimal so viele werden sterben, wenn du diese Burg stürmen läßt!« gab ihm Skar erregt zu bedenken. »Titch, bitte hör mir zu. Laß mich nur einen Moment erklären!«

»Erklären?« Titch machte eine wegwerfende Handbewegung. »Ich will sie nicht hören, deine *Erklärungen*, Mensch. Ich will keine Worte mehr hören! Es waren Worte, die uns hierhergebracht haben! Worte, feine, geschliffene Worte, die uns glauben ließen, die alte Feindschaft zwischen euch und uns könnte begraben werden. *Worte*!« Er spie aus.

»Titch, wir sind nicht eure Feinde!« beschwor Skar ihn. »Dieser Angriff heute nacht war ein fürchterlicher Irrtum, glaube mir. Wir sind getäuscht worden, wir alle. Du und ich, und Del und ... und auch die Männer, die euch angriffen. *Sieh sie dir an!*«

Und damit zerrte er mit einem Ruck die Zeltplane herunter, die Torians verstümmelten Körper bisher verborgen hatte. Kiina schrie entsetzt auf und schlug die Hand vor den Mund, ehe sie erkannte, was darunter zum Vorschein kam, und auch einige der umstehenden Quorrl prallten erschrocken zurück. Skar drehte sich zur anderen Seite und riß auch die zweite Plane herunter.

Aber die Reaktion, auf die er gehofft hatte, kam nicht. Titch blickte die grausige Fracht der beiden Tiere eine geraume Zeit schweigend an. Skar hätte seine rechte Hand darum gegeben, hätte er in diesem Moment gewußt, was hinter der goldenen Kampfmaske des Quorrl vorging.

»Wer ist das?« fragte Titch schließlich.

»Der Kommandant des Heeres«, antwortete Skar. »Und sein Berater. Sie waren es, die den Angriff auf euch befahlen. Torian wußte es nicht einmal besser. Er glaubte, von euch in eine Falle gelockt worden zu sein.«

»Ich weiß«, antwortete Titch.

Skar erstarrte. »Du ... *weißt*?«

Der Quorrl deutete mit einer Handbewegung auf die beiden Toten. »Ich wußte nichts *davon*«, schränkte er ein. »Aber ich wußte, daß etwas geschehen war. Ich war drüben auf der anderen Seite des Flusses. Ich habe die toten Drachen gesehen. Und die Quorrl.«

»Aber dann ... dann weißt du doch, daß es nicht unsere Schuld war!« sagte Skar. »Man hat uns getäuscht, Titch. Wir sind auf eine Kriegslist hereingefallen, die –«

»Was ändert das?« unterbrach ihn Titch. Skar starrte ihn fassungslos an, und Titch wiederholte noch einmal: »Was ändert das, Mensch? Nichts. Es macht es eher noch schlimmer.«

»Aber ... aber verstehst du denn nicht?!« mischte sich Kiina ein. »Es war nicht –«

»*Schweig, Menschenjunges!*« donnerte Titch. »Es ändert nichts! Ihr glaubt, im Recht zu sein, nur weil es *unsere* Krieger waren, deren sich das Netz bediente? Ihr glaubt, es würde alles entschuldigen, nur weil ihr *getäuscht* worden seid?« Erregt beugte er sich im Sattel vor. »Verrate mir eines, Menschenjunges – wären es *eure* Leute gewesen, die euch *getäuscht* hätten, würdet ihr dann auch einfach den Angriff befohlen haben? Oder hättet ihr gefragt? Hättet ihr vielleicht einen Mann ausgeschickt, um festzustellen, was überhaupt passiert ist?«

Kiina wollte antworten, aber Skar machte eine rasche, beruhigende Geste. »Nicht, Kiina«, bat er. »Er hat recht.« Er wandte sich wieder an den Quorrl. »Das haben wir«, versicherte er. »Torian hat zehn Männer ausgeschickt. Keiner von ihnen hat die Burg erreicht.«

»Und das war dann genug«, antwortete Titch. Er lachte böse. »Belüg dich nicht selbst, Skar. Ihr hättet einen Weg gefunden, wären es *Menschen* gewesen, denen ihr mißtrautet. Aber es waren ja nur Quorrl. Es waren ja nur dumme Tiere, von denen ihr nichts anderes erwarten konntet, nicht wahr? Sie haben ja nichts anderes getan als das, worauf ihr sowieso gewartet habt!«

Fast eine Minute lang sah Skar den Quorrl nur an. Dann senkte er fast beschämt den Kopf. »Du hast recht«, gestand er ein. »Es ... es tut mir leid.«

»O ja«, höhnte Titch. »Und damit vergessen wir alles, wie?« Er versetzte Torians Leichnam einen Fußtritt, der das Packpferd scheuen ließ. »Wir tun einfach so, als wäre nichts geschehen. Es war alles nur ein schrecklicher Irrtum, und es ist ja nichts passiert. Es sind ja nur ein paar tausend Quorrl gestorben, und die anderen reichen allemal, den Krieg für euch zu gewinnen.«

»Titch, bitte«, rief Skar beschwörend. »Ich verstehe deinen Schmerz, aber du ... du machst alles nur schlimmer.«

Titchs Wutausbruch verging so schnell, wie er gekommen war. Plötzlich blickten die Augen hinter dem schmalen »T« in seiner Maske wieder kalt und unbarmherzig wie Stahl.

»Vielleicht«, sagte er. »Aber vielleicht mache ich es auch nur wieder richtig, Mensch.«

»Es sind mehr von unseren Kriegern gestorben als von euren«, hielt Skar ihm entgegen. Verzweiflung machte sich in ihm breit. Er spürte, daß Titch nicht nachgeben würde. Und das allerschlimmste war vielleicht, daß er den Quorrl sogar verstand; irgendwie.

»Und es werden noch mehr sterben, bevor die Sonne das nächste Mal aufgeht«, antwortete Titch ruhig. »Reite zurück, Skar. Geh zurück zu deinen Freunden und richte ihnen aus, daß sie drei Stunden Zeit haben, sich auf den Kampf vorzubereiten. Ich erwarte euch unten am Fluß, wenn die Sonne im Zenit steht.«

»Du weißt, daß sie nicht kommen werden«, entgegnete Skar.

»Dann kommen wir«, antwortete Titch hart. »Geh, Skar. Ich schenke dir das Leben, und diesem Menschenjungen an deiner Seite auch.« Er deutete auf Kiina. »Du kannst gehen, Mädchen aus Elay. Meine Krieger werden dich nicht behelligen. Geh zurück in deine Heimat. Du bist frei.«

»Ich bleibe bei Skar«, antwortete Kiina trotzig. Skar wußte, daß ihr diese Worte leid tun würden, aber er erwiderte nichts. Er fühlte sich nur noch leer und müde.

»Dann stirbst du mit ihm«, schloß Titch kalt. »Und jetzt geht. Reitet zurück in die Burg und sagt ihnen, daß die Quorrl kommen werden, um ihnen zu bringen, was sie von ihnen erwarten.«

*

Nicht nur Del war sehr still geworden, nachdem Skar aufgehört hatte zu reden. Auch auf den Zügen der anderen Männer hatte sich zuerst Betroffenheit ausgebreitet, dann Zorn und schließlich Angst. Skars Blick glitt langsam über die Gesichter des Dutzend Männer, die sich zusammen mit ihm und Kiina in Dels Thronkammer eingefunden hatten, aber der Ausdruck, den er darin las, war überall gleich: Furcht, in der vielleicht hier und da noch ein wenig Entschlossenheit war, vielleicht auch nur Trotz. Aber die Furcht überwog. Nicht die Angst vor dem Tod, das wußte er. Jeder einzelne dieser Männer war ein Krieger wie er – die Veden ohnehin, und Del war umsichtig genug gewesen, zumindest das *Kommando* über das Heer nur mit wirklichen Satai zu besetzen; Männer, die wie Skar und er ihr Leben lang ausgebildet worden waren und denen der Kampf und auch der Tod nicht fremd waren.

Und trotzdem hatten sie jetzt Angst. So wie Del, so wie Kiina, so wie er selbst. Keine Angst vor dem Kampf und dem Tod, der einen Krieger früher oder später sowieso ereilte, sondern vor dem, was ihnen bevorstand. Ihnen und dem Rest Enwors. Skar hatte es nicht laut ausgesprochen, aber jeder einzelne Mann hier im Raum wußte, was Titchs Worte bedeuteten. Nicht weniger als den Sieg der *Sternengeborenen*, nicht weniger, als daß sie diesen Krieg verloren hatten, bevor er überhaupt richtig begann. Sie würden Ikne nicht nehmen, ganz gleich, wie diese Schlacht ausging. Sie würden die Herrschaft der Zauberpriester nicht brechen können. Der Angriff der Quorrl war nur der Anfang, dem die Apokalypse folgen mußte: Jahrhunderte, vielleicht eine Ewigkeit der Tyrannei, und vielleicht – auch dieser Gedanke war Skar voller Schrecken gekommen – vielleicht würde Enwor eine Welt gänzlich ohne Menschen werden, ein schwarzer Planet voller schwarzer kleiner Wesen ohne Gesicht und Gefühle. Jamaß hatte recht gehabt, mit seinem letzten Satz. Sie hatten diesen Kampf schon verloren gehabt, als sie ihn begonnen hatten.

Er verscheuchte den Gedanken und konzentrierte sich wieder auf das, was am Tisch besprochen wurde. Del gab seinen Unterführern Anweisungen, welche die Verteidigung der Burg betrafen; so knapp und präzise und umfassend, daß Skar sich selbst die Mühe sparte, seine Befehle mit einem Nicken gutzuheißen. Er hätte es nicht besser machen können, ja, er war nicht einmal sicher, ob er es auch nur so gut wie Del getan hätte. Sie waren beide Männer des Schwertes, aber Del war viel mehr *Krieger* als er geworden. Seltsam – ihm war niemals so klar wie in diesem Augenblick gewesen, welch gewaltiger Unterschied zwischen den Worten *Kampf* und *Krieg* doch bestand. Einen Kampf konnte man gewinnen. Einen Krieg nur überleben.

Zeit verging. Die Hauptleute stellten Fragen, Del beantwortete sie. Erklärte. Korrigierte sich und änderte seinen Plan um, noch während er ihn entwickelte und aussprach. Skar hörte kaum zu. Die Fragen und Antworten umschwirrten ihn wie kleine lästige Fliegen, nach denen er geschlagen hätte, wären sie der Mühe nur wert gewesen. Alles war so sinnlos. Er nahm kaum wahr, wie die Männer hinausgingen. Erst als sich Del mit einer Frage an ihn wandte und Kiina ihn unsanft mit dem Ellbogen anstieß, schrak er wie aus einem Traum hoch und sah ihn einen Moment lang verständnislos an. »Was?«

»Ich habe gefragt, ob du noch irgendwelche Einwände oder Vorschläge hast«, wiederholte Del. »Aber mir scheint, du hast gar nicht zugehört.«

»Nein«, gestand Skar nach kurzem Zögern. »Verzeih. Ich ... war mit meinen Gedanken woanders.«

»Bei Titch?«

Skar nickte, und Del wirkte mit einem Male sehr, sehr ernst. »Ich verstehe ihn nicht«, sagte er kopfschüttelnd. »Ich kenne Titch seit Jahren, und ich ... ich hatte immer das Gefühl, er wäre ein vernünftiger Mann.« Er versuchte zu lachen, aber es mißlang. »Weißt du, daß ich ihn eine Weile fast wie einen Menschen betrachtet habe? Und jetzt das.«

»Vielleicht gerade darum«, antwortete Skar. Del sah ihn fragend und offenkundig verwirrt an. »Vielleicht ist er schon zu sehr Mensch, und nicht mehr genug Quorrl«, fuhr Skar fort, und er meinte diese Worte ganz genau so, wie er sie aussprach. »Ich habe mich lange mit Titch unterhalten, gestern, unten an den Felsen. Er ist ... anders. Anders als alle anderen Quorrl, die ich je getroffen habe.«

»Ja«, ergänzte Del zornig. »Noch ein bißchen verrückter.«

»Nein«, erwiderte Skar, lächelte dann und verbesserte sich: »Oder vielleicht doch. Er ist fast so verrückt wie wir, weißt du? Dieser Quorrl ist stolz. Stolz auf das, was er ist, und stolz auf sein Volk. Wenn du das verrückt nennen willst, bitte.«

»Und deshalb will er uns und die Hälfte seines Heeres umbringen?« fragte Del verwundert. »Irgendwie kapiere ich deine Argumente nicht, Skar.«

Skar antwortete nicht mehr. Del hätte ihn nicht verstanden, und wenn er noch Stunden geredet hätte. Und er konnte es auch nicht wirklich ausdrücken. Das Wissen um die Gründe für Titchs Handeln war in ihm, aber es war nur ein Gefühl, das sich nicht in Worte kleiden ließ. Titch war anders als die anderen Quorrl, und Skar glaubte zu wissen, daß er früher oder später sowieso zerbrochen wäre; allein unter dem Gedanken, vierzigtausend seiner Brüder in den sicheren Tod führen zu müssen. Kein Wesen, das auch nur einen Deut von Gefühlen in sich barg, konnte mit diesem Gedanken leben. Nein – Titch handelte nicht einmal falsch, von seiner Warte aus. Er rückte die Dinge nur wieder zurecht.

Del stand auf, als klar wurde, daß Skar nicht antworten würde. »Ich will mich nicht mit dir streiten«, schloß er, in einem Ton, der keinerlei Vorwurf enthielt. »Wir haben noch eine Stunde, wenn Titch sein Wort hält. Ich erwarte dich draußen auf der Mauer.«

Er ging. Skar blickte ihm nach, auch als er die Tür schon lange hinter sich zugezogen hatte, und stützte schwer das Kinn auf die gefalteten Hände. Ihm war kalt, obwohl das Feuer im Kamin hoch brannte. Sein Blick suchte Kiinas. Sie erwiderte ihn, mit der Andeutung eines Lächelns in den Augen, aber auch mit sehr großer Angst.

»Du hättest Titchs Angebot annehmen und dich retten sollen«, sagte er plötzlich.

»Mich retten? Wie?«

»Du hättest gehen können«, antwortete Skar. »Dich verstekken, irgendwo, und warten, bis das alles hier vorüber ist.«

»Mich verstecken«, wiederholte Kiina, in einer Art, als müsse sie erst nachdenken, was dieses Wort überhaupt bedeutete. »Und wo?« fragte sie dann. »Es wird kein *irgendwo* mehr geben, Skar, und nichts, auf das sich zu warten lohnte.«

»Unsinn.« Skars Protest klang müde, fast resignierend. »Enwor ist groß, und wir kennen es nicht einmal ganz. Es wird Jahrhunderte dauern, bis sie es ganz erobert haben. Wenn es ihnen überhaupt jemals gelingt. Du hättest irgendwo in Ruhe leben können.«

»Vielleicht wollte ich das aber nicht«, antwortete Kiina ernst. »Du hast nicht gesehen, was ich gesehen habe, Skar. Du warst nicht in Elay. Aber ich. Ich habe gesehen, was sie aus dieser Welt machen werden. Nichts, wofür sich zu überleben lohnte.« Sie stand auf, trat ans Fenster und tat so, als schaue sie hinaus, aber in Wahrheit ging ihr Blick ins Leere.

»Haben wir eine Chance?« flüsterte sie.

»Gegen Titch?« Skar schüttelte den Kopf. »Nein«, sagte er überzeugt.

»Und trotzdem hat Del einen Plan ausgearbeitet, diese Festung zu verteidigen«, wunderte sich Kiina kopfschüttelnd. Sie drehte sich herum, legte den Kopf gegen das kalte bunte Glas des Fensters und sah ihn einen Moment lang fast verwirrt an, ehe sie die Augen schloß. »Er ist gut, nicht?«

»Dels Plan? Ja, er ist gut. Der beste, den ich je gehört habe.« Er lachte, ganz leise und bitter. »Titch wird gewinnen, aber es werden nicht viele von seinen Brüdern übrigbleiben, um den Sieg mit ihm zu feiern.«

»Was für ein Wahnsinn«, murmelte Kiina. »Wir wissen, daß wir sterben werden, aber wir versuchen alles, so viele wie möglich von ihnen zu töten, vorher. Wer hat etwas von diesem sinnlosen Morden?«

»Wer hat überhaupt jemals etwas davon gehabt, Kiina?« gab Skar zurück. »Was willst du tun? Den Männern vorschlagen, ihre Waffen niederzulegen und sich den Quorrl auszuliefern?« Er schüttelte den Kopf. »Es ist nun einmal unsere Art, uns zu wehren, wenn wir angegriffen werden. Auch, wenn es sinnlos ist.«

»Was für ein Wahnsinn«, wiederholte Kiina noch einmal.

»Ja«, bestätigte Skar. »Was für ein Wahnsinn.«

*

Der Angriff der Quorrl begann pünktlich auf die Minute. Titch hatte sein Heer zum Ufer des Flusses zurückgezogen, wie er es Skar zugesagt hatte, und schon eine Stunde zuvor hatten sich die Quorrl in Schlachtformation aufgestellt; vier hintereinandergestaffelte, immer um das Doppelte größer werdende Blöcke aus gepanzerten grünen Leibern, die reglos auf einen Gegner warteten, der nicht kam. Titch wußte es, und wahrscheinlich wußte es auch jeder einzelne Mann seines Heeres, aber die Quorrl hielten Wort. Bis zur Mittagsstunde rührte sich nichts dort unten im Tal, und Titch hatte sogar die Krieger zurückgerufen, die das

Tor und den Weg belagerten, so daß Del Männer ausschicken konnte, die das Schlachtfeld nach Verwundeten absuchten und sie in die Festung trugen; nur ein kleiner Kundschaftertrupp war zurückgeblieben, der aber keinen Versuch machte, Dels Satai an ihrem Tun zu hindern. Die Ruhe, die sich über dem Flußufer und der Burg ausbreitete, war fast unheimlich.

Aber die Sonne hatte ihren höchsten Stand kaum erreicht, als sich das Rechteckmuster aus Quorrl unten am Fluß änderte. Skar, der neben Del und zweien ihrer Hauptleute auf der Mauer über dem Tor stand, dem Punkt, an dem der erste und wuchtigste Angriff der Quorrl zu erwarten war, hörte weder ein Trompetensignal, noch sah er irgend etwas – aber die ungeheuerliche Heeresmasse dort unten geriet von einer Sekunde zur anderen in rasend schnelle, kochende Bewegung. Aus dem ersten der vier gewaltigen Quader wurde ein langer, pulsierender Wurm, einer stachelgespickten grünen Schlange gleich, die sich mit täuschender Langsamkeit auf den Berg und den Beginn des Serpentinenweges zuwälzte. Zehn Minuten, schätzte Skar. Die Quorrl rannten, so schnell sie konnten. Wenn sie dieses Tempo beibehielten, würden sie das Tor in zehn Minuten erreicht haben.

Er hob die Hand und winkte den Bogenschützen zu, die sich beiderseits des Weges auf den Felsen postiert hatten; gleichzeitig gab Del ein anderes Zeichen, und überall hinter der Brüstung glommen die kleinen Kohlenfeuer heller auf. Sie mußten sparsam sein, mit allem. Kohle und Holz waren knapp. Sie hatten die Pechkessel nur so sehr befeuert, daß ihr Inhalt gerade noch flüssig blieb. Aber zehn Minuten würden reichen, den Quorrl einen heißen Empfang zu bereiten, im wahrsten Sinne des Wortes.

Sie warteten. Der Kopf der grünen Schlange aus Quorrl kam außer Sicht, als die Krieger um die erste Wegbiegung verschwanden, und Skar glaubte, ein dumpfes Dröhnen zu hören: die Schreie aus Tausenden und Tausenden und Tausenden rauher Quorrl-Kehlen. Nervös, aber trotzdem äußerlich ruhig, sah er sich um. Sie hatten etwa fünfhundert Mann auf der Mauer zusammengezogen, ein Nichts gegen die Lawine aus Quorrl, die sich auf die Burg zubewegte, aber trotzdem schon fast mehr, als der

Wehrgang zu fassen vermochte. Alle zehn oder zwölf Schritte erhoben sich schwarze Pechkessel, unter denen die Feuer jetzt heller und heller loderten. Pfeile, Bolzen und Lanzen standen in sorgsam aufgereihten Bündeln an der Wand, bereit, auf die Angreifer hinabgeschleudert zu werden. Es war sehr still. Kaum jemand sprach. Sein Blick wanderte weiter, tastete über den Hof, den Dels Männer in den letzten drei Stunden in ein Labyrinth von Fallen verwandelt hatten, und glitt weiter über die Leitern und Stricke, die zur nächsten, höher gelegenen Mauer hinaufführten, dem zweiten von insgesamt fünf Wällen, die den Ansturm der Quorrl brechen sollten. Es waren nicht sehr viele Leitern. Aber es würden auch nicht sehr viele Männer sein, die sie benutzten. Aus dem Hof drang das rasende Schlagen großer Hämmer herauf, und der Lärm der Sägen. Skar hoffte inständig, daß den Männern Zeit genug blieb, ihre Arbeit zu beenden. Ihr ganzer Plan beruhte darauf, dem Ansturm der Quorrl schon an dieser ersten Mauer genug Schwung zu nehmen.

»Sie kommen«, rief Del.

Skar fuhr herum, blickte einen Moment lang auf den Weg hinab und nickte dann. Er konnte die Quorrl noch nicht sehen, aber er hörte sie – und vor allem: Er *spürte* sie. In den Chor gutturaler Schreie hatte sich ein dumpfes Dröhnen und Hallen gemischt, und Skar war jetzt sicher, sich das Zittern der Mauer unter seinen Füßen nicht einzubilden. Die Erde begann unter dem Stampfen der Quorrl zu zittern. *Sie werden uns einfach überrennen*, dachte er fast hysterisch. *Ihr Götter, sie werden einfach durch die Mauer hindurchbrechen!*

Natürlich war das Unsinn, und der logische Teil seines Denkens wußte das auch. Aber Logik nutzte ihm nicht mehr viel, in diesem Moment. Wie fast immer, wenn er sich auf einen Kampf vorbereitete, war Skars Denken und Fühlen seltsam zweigeteilt – auf der einen Seite war er nur noch Satai, kaum noch Mensch, sondern ein Krieger, der sein Handwerk perfekt beherrschte und für den all das, was kommen mochte, eine eher intellektuelle Herausforderung war als alles andere. Ein anderer Teil seines Denkens bestand aus Angst, und das war neu.

Del stülpte seinen Helm über, befestigte den Kinnriemen mit übertriebener Sorgfalt und überzeugte sich pedantisch vom festen Sitz des Visiers, ehe er daranging, die schweren, metallverstärkten Handschuhe überzustreifen. In der gewaltigen Rüstung sah er fast so finster und bedrohlich aus wie Titch, dachte Skar, und nicht einmal sehr viel kleiner. Statt des *Tschekals*, das in seinem Gürtel hing, hatte er sich mit einem gewaltigen Zweihänder ausgestattet, einer Waffe mit fast mannslanger Klinge, die nur ein Riese wie er wirklich führen konnte.

Skar selbst hatte auf jeglichen Schutz verzichtet, mit Ausnahme des schwarzen, eng anliegenden Harnisches aus steinhartem Leder und eines eisernen Unterarmschutzes, den er anstelle eines Schildes am linken Arm trug. Seine Hand glitt über den rubingeschmückten Griff des *Tschekal* an seiner Seite, während er sich wieder der Brüstung zuwandte und auf den Weg hinabsah. Er dachte an Kiina. Von allem war vielleicht der Gedanke, sie niemals wiederzusehen, der schlimmste. Er fragte sich, ob er dieses Mädchen liebte – nicht wie ein Mann eine Frau, sondern wie ein Vater seine Tochter. Er fragte sich, ob sie seine Tochter *war*.

Sie kamen.

Die Schatten an der unteren Biegung des Weges wurden lebendig, und plötzlich waren die Quorrl da, Hunderte, Tausende, Hunderttausende, wie es ihm schien.

Del riß den Arm in die Höhe, und eine Sekunde später begannen die Bogenschützen oben auf den Felsen zu schießen. Sie waren zu weit entfernt, als daß sie Einzelheiten erkennen konnten, aber Skar sah die Wirkung ihres verzweifelten Pfeilregens – mehr und mehr Quorrl taumelten, stürzten zu Boden oder wurden von ihren nachdrängenden Kameraden einfach niedergetrampelt. Sie hatten hundert Mann auf den Felsen postiert, hundert Freiwillige, von denen jeder einzelne gewußt hatte, daß er nicht zurückkehren würde, und schon ihre allererste Salve forderte einen ungeheuerlichen Blutzoll von den heranstürmenden Quorrl. Fast jeder einzelne Pfeil traf sein Ziel, denn die Quorrl stürmten so dichtgedrängt heran, daß ein Vorbeischießen kaum möglich war, und die Männer schossen schnell und ohne Pause.

Aber für jeden Quorrl, der getroffen zu Boden sank, schienen zehn neue heranzurennen. Sie fielen, wurden umgerissen oder von den Nachfolgenden einfach in den Boden gestampft, und der Kopf des gewaltigen Heerwurmes raste weiter. *Wahnsinn!* dachte Skar. *Das ist Wahnsinn! Sie kämpfen nicht! Sie stürmen einfach vor!* Die Quorrl machten sich nicht einmal die Mühe, sich unter ihre Schilde zu ducken, sondern rannten blind in den tödlichen Hagel aus Pfeilen und Armbrustbolzen hinein.

Und hindurch. Der Ansturm der Schuppenkrieger verlor nicht einmal an Schwung.

»Bogenschützen!« befahl Del. *»Jetzt!«*

Auch auf der Mauer begannen die Sehnen mit ihrem peitschenden Lied, als die Spitze des Quorrl-Heeres in Reichweite war. Die vorderste Reihe der Quorrl fiel komplett, jeder einzelne Krieger von drei, vier, fünf Geschossen gleichzeitig getroffen, und auch die unmittelbar dahinter Vordringenden überlebten ihre Kameraden kaum um Sekunden. Dels Satai – und vor allem Torians Veden, wie Skar feststellte – schossen mit unheimlicher Präzision. Die dritte und vierte Kampfreihe der Quorrl mußte über die Leiber ihrer gefallenen Kameraden hinwegsteigen, ehe auch sie in den tödlichen Hagel geriet und starb.

Die Quorrl stürmten weiter.

Skar hob die linke Hand, spreizte die Finger, ballte sie ganz langsam zur Faust – und ließ den Arm ruckartig fallen. Fünfzig Mannesslängen über ihm, auf den Plattformen der beiden Türme, erschollen helle, peitschende Laute, als sich die Katapulte entluden. Ein halbes Dutzend unförmiger dunkler Geschosse torkelte über den Hof hinweg, dünne zerrissene Bahnen aus grauem Rauch und Funken hinter sich herziehend.

Einer der Säcke explodierte zwanzig Meter über den Köpfen der Quorrl und überschüttete sie mit brennendem Öl, während die anderen inmitten ihrer Reihen aufschlugen und auseinanderplatzten, ehe die Flüssigkeit Feuer fing. Fast ein Drittel der Quorrl-Front verschwand hinter einem brüllenden Vorhang aus Feuer.

Die Quorrl rasten weiter.

Skar sah, daß viele von ihnen verwundet waren. Manche brannten lichterloh, aber sie stürmten weiter, schreiend vor Schmerz und Wut, aber unaufhaltsam wie lodernde Dämonen, bis sie schließlich zusammenbrachen. Und hinter ihnen kamen immer mehr und mehr und mehr Quorrl herangestürmt.

Skar löste seinen Blick kurz von dem Kampfgeschehen und versuchte, durch Flammen und Rauch hindurch einen Blick zum Fluß hinunter zu werfen. Dort unten begann sich der zweite Quader aus grünen Schuppen aufzulösen und zu einer Schlange zu formieren. Er war doppelt so groß wie der erste. Sie hatten keine Chance.

Dann erreichten die ersten Quorrl die Mauer. Tief unter Skars Füßen dröhnte das bronzene Tor wie eine gewaltige Glocke, als die Krieger dagegenprallten, und von einem Augenblick auf den anderen löste sich der Heereszug der Quorrl vollends auf; das Plateau vor dem Tor verwandelte sich in einen tobenden Hexenkessel aus schuppiger grüner Bewegung und Schreien und Waffengeklirr. Ein zweiter, noch härterer Stoß ließ das Tor erzittern, als die Krieger ihre mitgebrachten Rammen einsetzten, um es aufzusprengen, und plötzlich erhob sich ein ganzes Gewirr von Sturmleitern und langen, mit Steighaken versehenen Balken an der Mauer. Die grüne Flut brandete gegen den Fuß der Mauer und begann zu steigen. Skar sah, daß sich etliche Quorrl anschickten, an der Wand hinaufzuklettern, so schnell, daß man den Eindruck haben konnte, sie liefen einfach an ihr in die Höhe. Kochendes Pech und breite Ströme aus geschmolzenem Blei ergossen sich von der Mauerkrone auf die Angreifer hinab, aber nicht einmal das vermochte sie *wirklich* aufzuhalten.

Nur eine Armeslänge neben Skar erschien plötzlich das Ende einer hastig zusammengezimmerten Leiter über der Brüstung. Skar griff sich eine der Stangen, die für diesen Zweck bereitstanden, spreizte die Beine und versuchte, die Leiter von der Wand wegzustoßen, aber sie war zu schwer. Zwei, drei weitere Krieger sprangen ihm zu Hilfe, aber selbst mit vereinten Kräften gelang es ihnen kaum, die Leiter umzuwerfen. Und sie hatten es kaum geschafft, da prallte eine zweite, dritte und vierte Kletterstange gegen die Wand. Plötzlich waren da schuppige, flache grüne Gesichter unter wuchtigen Lederhelmen. Der Mann neben Skar brach mit einem gefiederten Bolzen in der Schläfe zusammen. Etwas flog wirbelnd und sich ununterbrochen überschlagend auf Skar zu, prallte von seinem Harnisch ab und brachte ihn für Augenblicke aus dem Gleichgewicht. Für eine Sekunde drohte er die Orientierung zu verlieren, nahm nur noch wirbelnde schattenhafte Bewegung und den apokalyptischen Lärm der Schlacht wahr. Jemand schlug nach ihm. Skar parierte den Schwerthieb blind, stach den Angreifer nieder und setzte mit einem Sprung über den zusammenbrechenden Quorrl hinweg. Del schrie irgend etwas; Worte, die ihm galten, denn er hörte seinen Namen selbst über den Lärm des Kampfes hinweg, aber ihm blieb keine Zeit, darauf zu reagieren, denn plötzlich war die Mauer voller riesenhafter grüner Krieger, tobende Kolosse, die wie aus dem Nichts aufzutauchen schienen und auf die Verteidiger eindrangen.

Vor Skar ragten plötzlich gleich drei der grüngrauen Giganten in die Höhe, das Gesicht des einen zerstört, von einer tödlichen Wunde gezeichnet, die ihn trotzdem nicht daran hinderte weiterzukämpfen, solange noch Leben in ihm war.

Skar duckte sich unter einem fürchterlichen Schwerthieb des ersten Quorrl hinweg, führte seine eigene Klinge schräg und blitzartig nach oben und zerschmetterte die Waffe des Quorrl; samt der Hand, die sie hielt. Der Quorrl taumelte zurück. Skar setzte ihm nach, packte sein *Tschekal* mit beiden Händen und schwang die Klinge zu einem wütenden, mit aller Gewalt geführten Hieb. Sein Schwert spaltete den Schild des zweiten Angreifers, prallte federnd zurück und grub noch in der gleichen Bewegung eine tiefe, blutige Furche in die Brust eines weiteren Quorrl. Etwas traf seinen Harnisch. Eine riesige, dreifingrige Klaue krallte sich in seinen Arm und versuchte ihn zurückzuzerren, aber Skar stemmte sich nicht gegen die Bewegung, sondern sprang im Gegenteil auf den Quorrl zu, rammte ihm die Schulter in den Leib und drehte sich dann blitzschnell zur Seite. Der Quorrl taumelte. Skar ließ sein Schwert fallen, packte den sieben

Fuß großen Giganten mit beiden Händen an den Unterarmen und ließ sich selbst nach hinten kippen. Der Quorrl keuchte vor Überraschung, als er plötzlich den Boden unter den Füßen verlor und in hohem Bogen über Skar hinwegflog. Eine halbe Sekunde später durchbrach er die hölzerne Brüstung auf der Innenseite des Wehrganges und stürzte schreiend in den Hof hinab. Skar rollte herum, riß seine Waffe wieder an sich und streckte noch im Aufspringen einen weiteren Quorrl nieder.

Es war ein Alptraum. Der Kampf dauerte nur wenige Minuten, aber Skar konnte sich nicht erinnern, jemals inmitten eines solch unerbittlichen Ringens gestanden zu sein. Er begriff plötzlich, was Titch gemeint hatte, als er sagte, alle seine Krieger wären bereits tot, denn die Quorrl griffen erbarmungslos an, mit der Rücksichtslosigkeit von Maschinen, die keine Furcht, keinen Schmerz und keinen Tod kannten. Der Kampf wogte mit entsetzlicher Verbissenheit hin und her, und mehr als nur einmal war Skar davon überzeugt, daß sie bereits diesem ersten Ansturm erliegen würden. Es war gar kein wirklicher Kampf, sondern bald nur noch ein blindwütiges Gemetzel. Die Zahl der Quorrl schien kein Ende zu nehmen. Egal, wie viele sie erschlugen, es tauchten immer neue und neue Gegner über der Mauerkrone auf. Die Pech- und Bleikessel waren längst geleert oder ihre Besatzung erschlagen, und wahrscheinlich war der einzige Grund, warum sie dem Ansturm der Barbarenkrieger überhaupt noch widerstanden, der, daß gar nicht so viele Quorrl auf den schmalen Wehrgang paßten, wie von unten heraufdrängten. Mehr und mehr Verteidiger fielen, und für jeden getöteten Satai oder Veden tauchten drei Quorrl über der Mauerkrone auf. Skar sah Del unweit von sich inmitten der grünen Giganten, einen schreienden Riesen, der in seiner blutbesudelten Rüstung wie ein leibhaftiger Rachedämon wirkte, der unter die Quorrl gefahren war, und auch er selbst kämpfte wie ein Berserker; er focht längst nicht mehr, sondern schlug und hackte und stach nur noch blind auf die heranwogende Flut grüner Schuppen ein. Vor und neben und hinter ihm starben Männer und Quorrl, und auch er selbst wurde getroffen, aber er spürte keinen Schmerz, keine Schwäche.

Und irgendwie schafften sie es. Skar wußte hinterher selbst nicht mehr, wie es ihnen gelungen war, und wie lange es gedauert hatte, aber irgendwann wurde der Strom grüner Giganten schwächer, der über die Mauer flutete. Und dann, von einer Sekunde auf die andere, hörte es auf. Ein letzter Quorrl erschien links von ihm zwischen den Zinnen, riß sein Schwert hoch und starb, von einer geschleuderten Lanze durchbohrt. Aber als sein Todesschrei verhallt war, breitete sich eine fast unheimliche Ruhe über der Burg aus. Es war vorbei.

Skar ließ erschöpft sein Schwert sinken, stützte sich einen Moment schwer auf den rubingeschmückten Griff der Klinge und schloß die Augen. Ihm wurde schwindelig. Mit einem Male spürte er all die kleinen und größeren Verwundungen, die er davongetragen hatte. Die Festung begann sich um ihn herum zu drehen.

Er drängte den Schwächeanfall mit Macht zurück, taumelte zur Mauer und blickte in die Tiefe. Nichts bewegte sich mehr dort unten. Ein paar verletzte Quorrl versuchten von den Mauern wegzukriegen, hier und da brannte es noch; Schreie wehten zu ihm herauf, seltsam dünn und unwirklich in der rauchgeschwängerten Luft, aber der Angriff war vorüber. Es gab niemanden mehr, der die Leitern hätte hinaufstürmen können. Die Quorrl hatten die Festung bis auf den letzten Mann berannt.

»Alles in Ordnung mit dir?«

Skar drehte sich herum, nickte automatisch und schrak sichtlich zusammen, als er Del erkannte. Der Satai taumelte vor Schwäche, wie er selbst, aber er wirkte in seiner blutbesudelten Rüstung noch immer wie ein Alptraumwesen, der Gott einer blutigen Vision ohne Handlung, ohne Sinn, die nur aus Gewalt und sinnlosem Töten bestand.

»Nein«, sagte er schweratmend. »Das ist Wahnsinn, Del. Wir müssen ... den Kampf abbrechen.«

Del antwortete gar nicht. Sie wußten beide, daß dies nicht mehr in ihrer Macht stand, daß dieser apokalyptische Kampf nicht einmal das Vorspiel zu dem gewesen war, was kommen würde. Es waren drei- oder viertausend Quorrl gewesen, die sie angegriffen hatten. Die nächste Gruppe würde doppelt so groß sein. Und eine Verteidigung gab es praktisch nicht mehr. Nur einer von fünf Männern, die mit ihnen hier heraufgekommen waren, lebte noch. Die Pechkessel waren geleert oder umgeworfen, und die Bogenschützen draußen auf den Felsen hatten längst aufgehört zu schießen. *Wahnsinn*, dachte Skar. *Das ist Wahnsinn! Wir sind Verbündete, und wir bekämpfen einander!*

Und für einen Moment, einen ganz kurzen Moment, zu flüchtig, als daß er sicher sein konnte, daß es wirklich geschehen war, glaubte er, ein tiefes, dunkles Lachen in sich zu hören und einen Schatten zu sehen, den Umriß von etwas Kleinem, Schwarzem, Gesichtslosem, das ihn anstarrte.

»Sie kommen«, rief Del.

Skar drehte sich müde herum und sah in die Richtung, in die seine ausgestreckte Hand wies. Die zweite Welle der Quorrl stürmte den Weg hinauf. Sie würden nicht einmal Zeit haben, die Toten vom Wehrgang herunterzuschaffen; geschweige denn, so etwas wie eine neue Verteidigung zu organisieren. Del hob die Hand und machte eine befehlende Geste nach oben, zur zweiten Mauer hin. Auf den Leitern erschienen Männer, große, klobige Krüge und prall gefüllte Schläuche mit sich schleppend, die sie in regelmäßigen Abständen auf der Mauer zu verteilen begannen. Andere versuchten, die Verwundeten zu bergen, die zwischen den Toten lagen, aber Skar wußte, daß sie es nicht schaffen würden. Nicht alle.

Besorgt sah er den näherkommenden Quorrl entgegen. Der Ansturm dieser zweiten Gruppe war etwas weniger schnell. Hinter der ersten, zehnfach gestaffelten Kampfreihe bewegte sich ein Trupp von gut hundert Quorrl, der eine geradezu gigantische Ramme mit sich führte; einen gut hundert Fuß langen, mehr als mannsdicken Baumstamm, mit großen Streifen aus Stahl verstärkt und einem bronzenen Drachenschädel an einem Ende, der das Tor durchstoßen mußte wie ein Blatt Papier. Auch sie würden sterben, dachte Skar. Und es war so *sinnlos*.

»Schnell jetzt«, befahl Del. »Zurück.«

Skar gehorchte. So schnell sie konnten, liefen sie zum Ende

der Mauer zurück und begannen, die Leiter hinaufzusteigen, die zum zweiten, nächsthöher gelegenen Verteidigungswall hinaufführte, gefolgt von den Überlebenden des Kampfes, die noch aus eigener Kraft gehen konnten, und anderen, die von ihren Kameraden gestützt werden mußten.

Sie schafften es nicht alle. Das Tor erbebte unter dem ersten, ungeheuerlichen Anprall von Titchs Riesenramme, kaum daß Skar die Mauerkrone überstiegen hatte, und als er sich umdrehte und in den Hof hinabblickte, sah er, daß schon dieser erste Treffer genügt hatte, einen der dreißig Fuß hohen Bronzeflügel in voller Länge zu spalten. Über der Mauerkrone erschienen neue Leitern und Sturmbalken.

»Schießt!« befahl Del.

Bogensehnen sirrten. Die Luft über dem Hof war plötzlich erfüllt von Funken und langen, auseinandergerissenen Rauchfahnen, und dann glomm ein kleines, böses weißes Licht auf dem Wehrgang auf, dort, wo die Krieger einen der ölgefüllten Säcke abgelegt hatten, wuchs zu einer brüllenden Flamme heran und explodierte. Skar schloß geblendet die Augen, als mehr und mehr Pfeile ihr Ziel trafen. Die Mauerkrone verwandelte sich in eine einzige, brüllende Barriere aus weißglühendem Feuer und unablässig aufzuckenden Explosionen. Die Hitze war selbst hier oben fast unerträglich, und das Licht grausam. Nur verschwommen nahm er wahr, wie das Tor unter dem zweiten Anprall der Ramme auseinanderbrach und nach innen stürzte.

Die Quorrl stürmten den Hof. Von der Mauerkrone floß brennendes Öl auf sie herab, und auch zwischen ihnen glommen plötzlich die weißen und orangeroten Feuerbälle immer neuer Explosionen auf, als Dels Bogenschützen ihr Feuer auf den Hof verlagerten und auf die großen Ölkrüge, die sie dort unten aufgestellt hatten. Aber Titchs Krieger stürmten einfach weiter. Es war, dachte Skar schaudernd, als wollten sie das Feuer einfach mit ihren Leibern ersticken. Tief unter ihm erreichten die Krieger mit der inzwischen lichterloh brennenden Ramme das innere Tor und versuchten es aufzusprengen.

»*JETZT!*« schrie Del, so laut er konnte. »*Die Mauer!*«

Zum dritten Mal begannen die Bogensehnen zu sirren. Ein ganzer Hagel brennender Pfeile regnete auf den Hof hinab und klatschte in den schmalen, ölgefüllten Graben, den die Männer vor der äußeren Mauer ausgehoben hatten.

Es ging rasend schnell. Zu der weißglühenden Feuerlinie auf der Mauerkrone gesellte sich eine zweite, die an ihrem Fuß nagte. Die Stützbalken, die anstelle des herausgebrochenen Mauerwerkes eingesetzt worden waren, fingen Feuer und verbrannten wie Stroh, wurden schwarz, zerbrachen unter dem Gewicht der auf ihnen lastenden Felsmassen. Die Mauer begann zu wanken. Tonnenschwere Steinbrocken brachen aus ihrer Krone und stürzten in den Hof hinab, und plötzlich begann die gesamte Wand zu zucken, schien sich wie ein lebendes Wesen zu winden und hin und her zu werfen, wie um sich noch einmal mit letzter Kraft gegen das Unvermeidliche zu wehren – und neigte sich nach innen. Sie begrub den Hof, die Flammen und jedes lebende Wesen, das sich noch dazwischen bewegt hatte, unter sich.

*

Das Feuer brannte eine Stunde, und für genau diese Zeitspanne kam auch der Angriff der Quorrl ins Stocken, denn die Hitze unten im Hof war so gewaltig, daß selbst die Verteidiger hinter der Brüstung der zwanzig Meter höher gelegenen Mauer zurückgetrieben wurden. Sie nutzten die Atempause, um ihre Kräfte zu regenerieren und sich neu zu formieren – die Verletzten wurden weggebracht oder an Ort und Stelle versorgt, soweit sie nur leichte Wunden davongetragen hatten, verschossene Pfeile ersetzt, zerbrochene Schwerter gegen neue ausgetauscht. Obwohl sie schreckliche Verluste erlitten hatten, war bisher doch nur ein kleiner Teil des gewaltigen Heeres unmittelbar in die Kämpfe verwickelt worden, und unter den Kriegern begann sich so etwas wie vorsichtiger Optimismus breit zu machen. Skar schätzte, daß sie bisher nicht mehr als drei-, vielleicht vierhundert Mann verloren hatten; vierhundert Mann zu viel, aber ein Nichts gegen den Blutzoll, den sie Titchs Kriegern abverlangt hatten. Für jeden erschlagenen Satai lagen zehn tote Quorrl unter den

Trümmern des brennenden Hofes, und doppelt so viele waren verletzt und hatten sich zurückziehen müssen.

Aber Skar wußte auch, wie sehr der kurze Triumph täuschte und wie teuer er erkauft worden war. Die Quorrl würden kein zweites Mal in eine Falle wie diese tappen; ganz davon abgesehen, daß sie gar nicht die Möglichkeit hatten, sie noch einmal aufzubauen – das Vorkastell war außer den Türmen der einzige wirklich *gebaute* Teil der titanischen Trutzburg gewesen. Der weitaus größte Teil der Festung war einfach aus dem natürlichen Gestein des Berges herausgemeißelt worden. Und selbst, wenn es anders gewesen wäre – sie konnten schlecht Stück für Stück die ganze Burg hinter sich abbrennen und darauf hoffen, daß die Quorrl fünfmal hintereinander den gleichen Fehler begingen.

Skar sah sich mit unverblümter Sorge um. Die zweite Wehrmauer war weitaus höher und dicker als die erste, die Tore kleiner und leichter zu verteidigen, so daß sie Titchs Krieger sicher noch eine Weile würden aufhalten können. Aber hinter ihr gab es nichts mehr, um den Quorrl Einhalt zu gebieten – jenseits des Hofes, in dem gestern noch die Hunde gewesen waren, begann die eigentliche Festung – ein Labyrinth ineinandergeschachtelter Gebäude und winziger Höfe, Türme und steinerner Würfel, Gänge und Stollen, Treppenschächte und Säle, in denen sie den Angreifern praktisch ungeschützt gegenüberstehen würden. Sie hatten keine Taktik für den Fall ausgearbeitet, daß die Quorrl den Durchbruch schafften, sondern ihre gesamte Kraft darauf konzentriert, ihn so lange wie möglich hinauszuzögern und den Quorrl so teuer wie möglich zu machen. Danach war jeder Mann auf sich selbst gestellt. Der Gedanke, den letzten Kampf seines Lebens in diesen finsteren, kalten schwarzen Gängen der Burg fechten zu müssen, entsetzte Skar.

Sein Blick tastete über die bleichen, von Erschöpfung und Furcht gezeichneten Gesichter der Männer, die rechts und links von ihm Aufstellung genommen hatten. Unten im Hof brannten die Flammen jetzt schon nicht mehr so hoch, der Rauch begann auseinanderzutreiben, und es konnte nicht mehr lange dauern, bis die Quorrl zu ihrem nächsten – und vermutlich letzten –

Sturm ansetzten. Ihm fiel auf, wie still es war. Mit Ausnahme Dels und ihm selbst gab es hier oben keinen, der an der Verteidigung der ersten Mauer teilgehabt hatte – Skar hatte selbst die unverletzt gebliebenen Männer zurückgeschickt und gegen frische Kräfte ausgetauscht, aber auch sie wirkten müde und trotz der ermunternden Worte, die sie sich manchmal zuwarfen, niedergeschlagen und voller Furcht. Er erinnerte sich daran, daß diese Männer nicht halb so ausgeruht waren, wie es schien – sie hatten einen Gewaltmarsch durch die Nacht, die Überquerung des noch halb vereisten Flusses und den Alptraum des Durchbruches durch Titchs Heer hinter sich, und die wenigen Stunden Ruhepause, welche die Quorrl ihnen gewährt hatten, waren kaum ausreichend, sie frische Kräfte schöpfen zu lassen. Aber das war nicht alles. Eine Veränderung war mit diesen Kriegern vor sich gegangen, etwas, das er weder mit Worten noch mit Gedanken beschreiben konnte, aber überdeutlich spürte. Auf eine schwer zu fassende Art wirkten sie plötzlich alle gleich, äußerlich verschieden, aber alle von ... etwas beseelt, erfüllt von einem Geist, der nicht der des Kampfes war. Es war überall der gleiche Blick, dem er in ihren Augen begegnete: voller Angst, aber auch irgendwie entschlossen, erfüllt von einer Härte, die ihn schaudern ließ.

Er schüttelte den Gedanken ab. Vielleicht war es Einbildung. Vielleicht projizierte er nur seine eigene Angst und Verbitterung in diese Männer. Vielleicht war es auch nur der böse Atem dieser Festung den er spürte. Es spielte keine Rolle mehr. *Wenn* diese Festung wirklich so etwas wie einen bösen Geist hatte, dann hätte er längst gesiegt.

»Weißt du, welcher Gedanke mich am meisten quält?« fragte Del neben ihm. Skar zuckte mit den Schultern, blickte ihn fragend an.

»Die Vorstellung, daß wir hier vielleicht das Schicksal einer ganzen Welt entscheiden«, fuhr Del fort. Er schüttelte den Kopf, seufzte. »Eine Schlacht zwischen zwei verbündeten Heeren – geschlagen in diesem *Grab*.« Er seufzte wieder, verbarg für einen Moment das Gesicht zwischen den Händen und atmete so tief ein, daß es sich beinahe schon wie ein Keuchen anhörte.

»Wir hätten Titchs Angebot annehmen und ihm auf offener Ebene gegenübertreten sollen«, sagte er.

»So?« fragte Skar. »Glaubst du, wir hätten eine Chance gehabt?«

Del machte eine fahrige, ausweichende Bewegung. »Nein«, gestand er, lächelte bitter und deutete auf das Labyrinth aus schwarzen Türmen und Höfen herab, das sich unter ihnen erstreckte. »Aber ich wäre lieber unter freiem Himmel gestorben als im Inneren dieses Ungeheuers.«

Und irgendwo in diesen Worten lag die Lösung verborgen. Plötzlich wußte Skar, woher diese quälende Unruhe kam, die Angst, die so sonderbar neu und gleichzeitig vertraut gewesen war; was es war, das er in den Augen der Männer zu sehen geglaubt hatte. Er starrte Del an, wollte etwas sagen, aber er bekam keinen Laut heraus. Alles war falsch, dachte er. Sie waren getäuscht worden, gründlicher, als er bisher auch nur geahnt hatte. Nicht die Quorrl waren die wirkliche Gefahr – es war immer noch diese Festung, die ihrer aller Denken und Handeln vergiftete. Sie war es immer gewesen, und sie hatten die Beweise dafür sogar in der Hand gehabt. Er hatte die Wahrheit sogar *ausgesprochen*, wortwörtlich und Del gegenüber, in einer ihrer zahllosen Auseinandersetzungen, aber sie hatten sie einfach nicht erkannt; genauer, etwas hatte sie sie nicht erkennen *lassen*.

Bis zu diesem Moment.

»Was hast du?« fragte Del, dem das Erschrecken auf Skars Gesicht nicht entgangen war. Er versuchte zu lächeln, aber es mißlang. »Du siehst aus, als hättest du ein Gespenst gesehen«, bemerkte er.

»Das habe ich auch«, antwortete Skar. Plötzlich fuhr er hoch und packte Del so überraschend bei den Schultern, daß er fast aus dem Gleichgewicht geriet. »Großer Gott, Del, wir dürfen nicht weiterkämpfen!« schrie er. »Hörst du? Wir müssen aufhören!«

Del streifte seine Hände ohne sichtliche Anstrengung ab und schüttelte verwirrt den Kopf. »Was?«

»Begreifst du denn nicht?« fuhr Skar beinahe verzweifelt fort. »Es ist diese Festung! Das Netz ist hier! Es ist immer hiergewesen! Und es wird stärker, je mehr wir uns wehren! *Es lebt von unserer Furcht!*«

Del starrte ihn an. Aber er begriff nicht. Er hatte den Hund gesehen, der dem Parasiten zum Opfer gefallen war, nachdem er getötet hatte, er hatte Jamaß erlebt, den das Netz vernichtete, nachdem er eingesehen hatte, daß seine Lage aussichtslos war, aber er begriff noch immer nicht, was das alles wirklich bedeutete.

»Skar!« beschwor er ihn. »Komm zu dir. Du –«

»Ich war noch nie so sehr bei mir wie jetzt!« brüllte Skar. »Versteh doch! Wir machen es nur stärker, mit unserem Kampf! Es ist genau, wie Kiina sagte! Dasselbe wie in Elay! Wir füttern dieses Ungeheuer, mit jedem Toten, den dieser Kampf fordert!«

Auf der anderen Seite der Mauer erscholl ein mißtönendes Posaunensignal, und aus dem teils fragenden, teils besorgten Ausdruck auf Dels Gesicht wurden wieder die harten Züge eines Kriegers. Auch Skar fuhr herum und sah, wie sich das Quorrl-Heer draußen vor der Burg wieder in Bewegung setzte.

Etwas geschah. Skar sollte sich nie darüber klar werden, ob er es gewesen war, der das letzte Tor aufstieß, indem er ihren wirklichen Feind erkannte und ihn zum Handeln zwang, ehe er die Wahrheit aussprechen konnte, oder ob er es einfach spürte, Sekunden vor den anderen Männern – aber plötzlich war es, als könne er die Gefühle all dieser Hunderter und Aberhunderter Krieger spüren, die mit ihnen auf die Mauer gekommen waren. Er fühlte, wie etwas umschlug, wie aus der Angst und Mutlosigkeit noch einmal Zorn wurde, Trotz und Entschlossenheit, so lange Widerstand zu leisten, wie es ging, wie das plötzlich gar keine Angst mehr, keine Furcht war, sondern nur noch Haß, brennender, allesverschlingender *Haß*, der den Quorrl dort draußen galt und nichts Rationales mehr an sich hatte.

Und er spürte, wie *etwas* aus der Burg herausgriff und den Haß und die Angst dieser Männer aufsaugte wie ein Vampir das Blut seines Opfers, etwas Unsichtbares, unendlich Altes, unendlich Finsteres, unendlich Starkes. Er fühlte sich wie im Inneren einer Blase eingeschlossen, die sich unerbittlich zusammenzog.

»Nein!« keuchte er. »Tut es nicht!«

Del starrte ihn verblüfft an, aber er schien im allerletzten Moment zu ahnen, was er vorhatte, denn er versuchte, ihn noch zurückzuhalten, aber die Angst gab Skar übermenschliche Kräfte. Er schleuderte Del zur Seite, war mit einem Satz bei der Mauer und stieß die beiden Männer zur Seite, die vor ihm standen. Er beugte sich über die Zinnen hinaus und blickte hinab zu dem heranstürmenden Quorrl-Heer. Eine riesige, ganz in Gold und Rot gehüllte Gestalt führte den Ansturm der Schuppenkrieger.

»Nein!« brüllte er, so laut er konnte. *»Titch, tu es nicht! Wir dürfen nicht mehr kämpfen! Es ist das Netz! Es wird uns alle vernichten, wenn ihr –«*

Eine Hand packte ihn an der Schulter und riß ihn grob zurück, dann traf ihn der Schlag einer flachen Hand ins Gesicht und schleuderte ihn zu Boden. Wie durch einen blutigen wogenden Schleier erkannte er Dels Gesicht, den unmenschlichen Zorn, der in seinen Augen flammte.

»Bist du wahnsinnig geworden?« schrie Del. Unter ihren Füßen erbebte die Mauer unter dem Anprall der Quorrl, und ein tiefer, knirschender Laut, der von einem Chor triumphierenden Gegröls gefolgt wurde, verriet Skar, daß das Tor schon beim ersten wuchtigen Schlag der Ramme nachgegeben hatte. Aber Del schien es gar nicht zu hören. Wieder packte er Skar, zerrte ihn in die Höhe und holte aus, als wolle er ihn abermals schlagen, versetzte ihm dann aber nur einen Stoß, der ihn zurück und in die Arme zweier Krieger taumeln ließ.

»Haltet ihn fest!« befahl er hart. »Bindet ihn, und dann bringt ihn weg. Er ist wahnsinnig geworden!«

»Nein!« brüllte Skar. Verzweifelt bäumte er sich gegen den Griff der harten Fäuste auf, aber seine Kraft reichte jetzt nicht mehr, ihn zu sprengen. »Del, versteh doch! Wir tun ganz genau, was sie von uns wollen!«

Aber Del hörte gar nicht mehr zu. Mit einer wütenden Bewegung schloß er das Visier seines Helmes, packte sein Schwert mit beiden Händen und war mit einem Satz bei der Mauerkrone, über der bereits die ersten Sturmleitern und -balken auftauchten.

Skar wehrte sich mit aller Kraft, aber die beiden Krieger wußten, wie sie seiner Herr werden konnten. Er bekam einen Tritt in die Kniekehlen, der ihn abermals zu Boden sinken ließ, dann wurden seine Arme nach hinten gedreht, und einer der beiden Männer löste seinen Gürtel, um Skar mit dem schmalen Lederstreifen zu binden.

Er führte die Bewegung niemals zu Ende.

Skar sah alles mit entsetzlicher Klarheit, und obwohl er es *erwartet* hatte, entsetzte ihn das Geschehen so sehr, daß er sekundenlang wie erstarrt dastand. Es war mehr als nur ein Zufall, daß er überlebte.

Ein weiterer, ungeheuerlicher Stoß traf die Burgmauern, so hart, daß der Mann, der ihn hatte fesseln wollen, mit einem überraschten Keuchen vor ihm auf die Knie herabfiel. Der Fels unter ihren Füßen bebte, und für einen Moment war es, als winde sich die gesamte Festung wie in einem Krampf. Aber es war kein weiterer Anprall der gigantischen Ramme gewesen; das Tor war längst geborsten, und fünfzig Meter unter ihnen strömten bereits die ersten Quorrl ins Innere der Festung. Es war ein Stoß, der die Festung von *innen heraus* erschütterte, die letzte, fürchterliche Anstrengung, mit der sich die Bestie endgültig befreite. Nur ein paar Zoll neben dem Satai platzte die Wand auf. Eine dünne, handgroße Steinplatte löste sich und zerbarst, noch bevor sie auf dem Boden aufschlagen konnte, *aber dahinter war kein Stein*!

Dem Satai blieb nicht einmal Zeit, einen Schrei auszustoßen. Ein Bündel haardünner schwarzer peitschender Fäden zuckte aus der Mauer, klatschte in sein Gesicht und hüllte es ein wie eine tausendfingrige Hand. Der Krieger wurde zu Boden und mit entsetzlicher Wucht gegen die Mauer gerissen, und fast in der gleichen Sekunde platzte der Stein auch an einem Dutzend anderer Stellen auf, schwarze, peitschende Arme griffen wie blinde Schlangen in die Luft, tasteten nach Skar und dem zweiten Satai, der ihn hielt; ringelten sich um dessen Beine und Arme und begannen mit ungeheuerlicher Kraft zu zerren.

Skar reagierte blind. Er ließ sich einfach nach hinten fallen, spürte, wie einer der dünnen Fäden, die sich um seine Knie gewickelt hatten, riß und die anderen ihn mit brutaler Kraft wieder auf die Mauer zuzuziehen trachteten, und holte blitzschnell seine Waffe aus dem Gürtel. Die Klinge zerschnitt das noch dünne, schwarze Gewebe, das sich an ihm festgesaugt hatte, aber fast sofort griffen neue dünne Ärmchen nach ihm. Er sprang zurück, hieb blindlings um sich und spürte, wie der Boden unter seinen Füßen zu knistern begann. Die oberschenkeldicken Balken des Wehrganges wölbten sich, schlugen Blasen wie flüssiger Teer, und plötzlich quollen Millionen und Abermillionen mikroskopisch feiner zuckender schwarzer Fäden zwischen ihren Ritzen hervor. Das Wandstück, das den Satai verschlungen hatte, zerbrach endgültig, und heraus kam etwas, das an eine absurde schwarze Hand mit viel zu vielen Fingern erinnerte und sich rasend schnell auszubreiten begann. Mit einem Male gellten überall auf dem Wehrgang Schreie auf, Schmerzens- und Angstschreie, in die sich das Krachen berstenden Steines und das Knirschen auseinanderbrechender Balken mischte. Schon bevor er herumfuhr, wußte er, was er sehen würde.

Aber er hatte nicht geahnt, *wie* schlimm es war.

Die gesamte Mauerkrone war zu schwarzem würgendem Leben erwacht. Das *Netz* war überall, und es wuchs mit irrsinniger Geschwindigkeit. Ein Teil des Wehrganges schien wie unter einem Wust sich windenden, ineinandergeknäulten schwarzen Wurzelwerkes verschwunden zu sein, stachelige schwarze Bälle, die sich hin und her bewegten und alles verschlangen, was sich ihnen in den Weg stellte. Dutzende von Kriegern hatten sich bereits unrettbar in das zuckende schwarze Netz verstrickt; manche schreiend vor Angst und noch um sich schlagend, andere bereits reglos, tot oder ohne Besinnung, und schon zu einem Teil des gewaltigen Monstrums geworden, das sich unaufhaltsam weiter ausbreitete.

Etwas berührte seinen Fuß. Skar schrak zusammen, sah ein dünnes schwarzes Gewebe an seinem Bein emporkriechen und schlug blitzschnell mit dem Schwert zu; die Klinge durchtrennte das haarfeine Gespinst, aber aus dem Balken, auf dem er stand, quollen neue Fäden, krochen aufeinander zu und verknäulten sich, schienen dabei zu wachsen, dicker und widerstandsfähiger zu werden. Der Anblick war auf eine morbide Art so faszinierend, daß Skar um ein Haar die Gefahr vergessen hätte, die er bedeutete. Erst im letzten Moment prallte er zurück, wirbelte herum und versuchte, die Treppe zu erreichen.

Er machte nur einen Schritt. Del und er waren kaum zwanzig Fuß vom Treppengang entfernt gewesen, aber wo sich noch vor Augenblicken die schmale, steil in den Hof hinabführende Treppe befunden hatte, wogte und zitterte jetzt ein Meer schwarzer glitzernder Schlangen, aus denen stachelbewehrte Arme nach ihnen schlugen.

Skar fuhr verzweifelt herum und blieb abermals stehen. Es gab auch hinter ihm keinen Weg mehr. Das Netz war überall, bedeckte die Mauerkrone von einem Ende zum anderen und wuchs noch immer. Die wenigen noch freigebliebenen Stellen schmolzen rasend schnell zusammen und machten einem finsteren, zitternden Teppich Platz, aus dem nur noch hier und da der halb eingesponnene Körper eines Satai oder Veden ragte. Da und dort war das Gewebe bereits so dicht geworden, daß es eine kompakte Masse zu bilden schien; fürchterliche Kokons, die ihre Opfer einschlossen, wie sie es bei Bradburn gesehen hatten. Etwas wie eine schwarze beinlose Spinne floß und wabbelte auf ihn zu und bildete plötzlich dünne peitschende Ärmchen aus, die nach seinen Füßen griffen. Etwas zupfte an seinem Mantel. Skar fuhr entsetzt herum, schlug blindwütig nach dem fast armdicken schwarzen Strunk, der ihn von hinten zu ergreifen versucht hatte, sah sich eine halbe Sekunde lang mit wachsender Verzweiflung um – und war mit einem Satz bei der Mauer.

Ohne auf das schwarze Gespinst zu achten, das sich um seine Füße zu schlingen versuchte, packte er die Sturmleiter, die von außen dagegengelehnt war, schwang sich mit dem Mut der Verzweiflung zwischen den Zinnen hindurch und schien für einen grauenhaften, endlosen Augenblick im Leeren zu schweben, ehe seine pendelnden Füße Halt auf der obersten Sprosse fanden. Eine schwarze Peitschenschnur zuckte über die Mauer, wickelte sich um die Leiter und begann, ihm nachzukriechen. Panikerfüllt kletterte er los, überwand zwei, drei der nicht für Menschen gemachten, viel zu weit auseinanderstehenden Sprossen und begegnete dem Blick eines total verblüfften Quorrl, der von unten die Leiter hinaufgestiegen kam und sich wahrscheinlich vergeblich fragte, ob dies eine neue Art der Verteidigung war – oder einfach nur ein Verrückter.

Skar gab ihm keine Zeit, eine Antwort auf diese Frage zu finden, sondern trat ihm so heftig auf die Finger, daß er mit einem Schmerzensschrei losließ und plötzlich nur noch an einer Hand hing, vierzig Meter über den Köpfen seiner Kameraden, die durch das offenstehende Tor in die Burg und den sicheren Tod stürmten.

Skar sah nach oben. Das Netz war ihm nachgekrochen, aber seine Bewegungen verlangsamten sich zusehends. Dann geschah etwas Seltsames: Für einen Moment erstarrte das schwarze Gespinst – und begann, sich ganz langsam zurückzuziehen.

Trotzdem war er damit keineswegs außer Gefahr. Der Quorrl unter ihm brüllte vor Wut und Angst, angelte mit ungeschickten Bewegungen nach der Leitersprosse und bekam sie endlich wieder zu fassen. Skar trat ihm erneut auf die Finger, und wieder hing der Krieger nur an einer Hand über dem Nichts. Aber er konnte das Spielchen nicht ewig fortsetzen. Hinter dem ersten Quorrl kletterten weitere Schuppenkrieger die Leiter hinauf, und seine aberwitzige Flucht über die Mauer war nicht unentdeckt geblieben – kaum zehn Meter neben ihm hielt ein anderer Quorrl auf einer Leiter inne, lehnte sich gegen die Mauer und begann, einen Bogen vom Rücken zu lösen.

Skars Gedanken überschlugen sich. Er hatte nur noch Sekunden, so oder so, und die Wand links von ihm war voller Quorrl, welche die Mauerkrone schon fast erreicht hatten. Unter ihm – beunruhigend *dicht* unter ihm – war eine große Anzahl Quorrl dabei, einfach an der Mauer hinaufzuklettern. Verzweifelt drehte er sich herum. Auf der anderen Seite gab es keine Leitern, und der Turm war nur zwanzig Manneslängen entfernt.

Wäre ihm Zeit geblieben, über diesen wahnwitzigen Einfall nachzudenken, hätte er sich möglicherweise eher die Hände abhacken lassen, ehe er es auch nur versuchte, aber er *hatte* keine Zeit, und wahrscheinlich rettete ihm dieser Umstand das Leben.

Skar trat dem Quorrl, der endlich wieder Halt gefunden hatte, zur Abwechslung auf die andere Hand, verschwendete sogar noch eine halbe Sekunde daran, ihm ein schadenfrohes Grinsen zuzuwerfen – und löste vorsichtig die rechte Hand und den rechten Fuß von der Leiter. Seine Finger tasteten über rauhes, rissiges Gestein, verkrallten sich in den daumenbreiten Fugen und natürlichen Vertiefungen und klammerten sich fest.

Skar raffte allen Mut und alle Kraft zusammen, die er noch in sich spürte, löste auch die andere Hand und den linken Fuß von der Leitersprosse und hielt sich in verzweifelter Anstrengung an der Wand fest. Langsam, Handbreit um Handbreit, schob er sich von der Leiter und den hinaufstürmenden Quorrl weg, auf den Turm und das schmale, verschlossene Fenster zu, das er darin gesehen hatte. Skar dankte im stillen allen Göttern, daß sie keine Zeit mehr gefunden hatten, sie zuzumauern.

Der Weg war nicht einmal sehr weit, und die Angst gab ihm zusätzliche Kraft, so daß er kaum fünf Minuten brauchte, die zwanzig Meter zu überwinden. Die Mauer war unebener, als es von oben ausgesehen hatte, und seine Finger- und Zehenspitzen fanden ausreichend Halt; unter normalen Umständen wäre eine solche Klettertour für einen geschickten Mann wie ihn nicht einmal besonders gefährlich gewesen. Aber die Umstände waren nicht normal.

Die Quorrl, die unter ihm die Wand hinaufstiegen, kamen beunruhigend schnell näher, und auch unten im Hof hatte man die einsame Gestalt erblickt, die sich waagerecht an der Wand entlangschob. Pfeile sirrten zu ihm hinauf. Die meisten verfehlten ihn, aber zweimal rettete ihn nur sein lederner Harnisch davor, einfach heruntergeschossen zu werden wie eine Tontaube auf dem Schießstand. Aus den Augenwinkeln sah er, wie die Quorrl eine weitere Sturmleiter herbeischleppten und darangingen, sie unmittelbar unter dem Fenster gegen die Wand zu lehnen.

Skar verdoppelte seine Anstrengungen, wobei er immer wieder nach oben blickte, darauf gefaßt, einen Teppich schwarzer peitschender Fäden die Wand hinunterfließen zu sehen. Aber das Netz rührte sich nicht. Skar begriff mit einem Gefühl eisigen Entsetzens, daß es eine *denkende* Kraft war, die es lenkte. Es wartete auf die Opfer, die freiwillig zu ihm hinaufgestiegen kamen, statt sich durch die Jagd auf einen einzelnen Mann zu verraten.

Die Leiter krachte unmittelbar neben ihm gegen die Wand, ihr oberes Ende nur noch eine halbe Armeslänge von der Fensterbrüstung entfernt. Als Skar in die Tiefe sah, begannen zwei, drei, vier, fünf Quorrl dicht hintereinander die Sprossen hinaufzuturnen. Er kletterte schneller. Als der vorderste Quorrl die Leiter zur Hälfte überwunden hatte, fand er festen Halt an den groben Sprossen, schwang sich hinauf und überwand den letzten Meter zum Fenster mit einer einzigen, kraftvollen Bewegung.

Beinahe wäre es seine letzte gewesen.

Das Fensterglas zerbarst. Die fingerbreite Klinge eines *Tschekal* erschien inmitten eines Hagels kleiner bunter Glassplitter, stach nach seinem Gesicht und zuckte im allerletzten Moment zurück. Skar fluchte, schlug den Rest der Scheibe mit dem gepanzerten linken Arm ein und zog sich mit einem erschöpften Keuchen ganz durch das Fenster.

Er hörte einen überraschten Ausruf. Eine Hand griff nach ihm, aber er war schneller von selbst auf den Füßen, als sie ihn hochziehen konnte.

»Ihr?« fragte der Satai, der ihn um ein Haar niedergestochen hätte, aufs höchste überrascht. Seine Augen waren weit vor Schrecken. »Aber wie –?«

Skar schnitt ihm mit einer hastigen Bewegung das Wort ab. »Raus hier!« drängte er. »Schnell! Bevor es hier ist!«

Der Satai blinzelte verwirrt. Er war nicht allein. Insgesamt waren es vier Mann, welche die kleine Kammer besetzten – genug, um das winzige Fenster allein gegen eine Armee zu verteidigen, und ganz offensichtlich begriff er Skars Befehl nicht.

Wie konnte er auch?

»Flieht!« rief Skar ihnen noch einmal zu. »Ich spreche nicht von den Quorrl! Versucht irgendwie aus der Festung herauszukommen!«

Einer der Männer reagierte sofort – er fuhr herum und stürzte auf den Gang hinaus, noch ehe Skar vollends zu Ende gesprochen hatte, aber die drei anderen starrten ihn einfach nur weiter blöde an, so daß Skar schließlich einem von ihnen einfach einen Stoß versetzte, der ihn rücklings durch die Tür trieb.

»Raus hier!« brüllte er noch einmal. »Das ist ein Befehl. Verlaßt die Festung! Die Quorrl werden euch nichts tun, sagt das allen. *Schnell!*«

Er war der letzte, der den Raum verließ, und als er die Tür zuzog, erscholl hinter ihm ein scharrendes Geräusch, das bewies, daß seine Verfolger nicht mehr weit waren. Trotzdem blieb er einen winzigen Moment lang stehen und sah sich um. Er wußte, wo er war, aber er war so in Panik, daß ihm der richtige Weg zum Thronsaal nicht mehr einfiel. Kiina. Er mußte Kiina retten, irgendwie.

Etwas krachte von innen gegen die Tür. Inmitten des splitternden Eichenholzes erschien die Klinge einer quorrlschen Kriegsaxt, und Skar rannte blindlings los.

Er erreichte das Ende des Ganges, hörte Schreien und Waffengeklirr vom unteren Ende der Treppe und warf sich mitten in der Bewegung herum, um nach oben zu stürmen. Er wußte nicht mehr, wie viel Zeit vergangen war, seit es begonnen hatte, aber egal, wie viel oder wenig es gewesen sein mochte, es war auf jeden Fall genug, daß sich schon Tausende von Quorrl im Inneren der Festung befanden. Und wahrscheinlich gab es nicht mehr viele Verteidiger, die sich ihnen in den Weg stellten.

Er erreichte die nächste Etage, wandte sich nach links und rannte mit weit ausgreifenden Schritten los. Schwarze Schatten huschten über die Wände. Vor einem Fenster hing etwas, das ein staubverkrustetes Spinnennetz sein mochte, genausogut aber auch etwas entsetzlich anderes. Skar zwang sich, nicht hinzusehen, warf sich durch die Tür am Ende des Korridores – und prallte mit einem gellenden Schrei zurück.

Heute morgen, als er das letzte Mal hiergewesen war, war dieser Raum ein Lager gewesen, eine kleine halbrunde Kammer, in der Waffen und Verbandszeug bereitgehalten wurden und eine Handvoll Männer der Schlacht entgegendösten.

Jetzt war es wie ein Blick in die Hölle.

Das Grau der Wände war einem schwarzen, zuckenden Teppich gewichen. Tausende von langen, sich überkreuzenden und verknotenden Fäden verwandelten die Kammer in ein gigantisches dreidimensionales Spinnennetz, so dicht gewoben, daß man kaum die Hand hindurchstrecken konnte, ohne einen der Fäden zu berühren. Schwarze, faustgroße Klumpen, die auf entsetzliche Weise zu *leben* schienen, hingen wie pumpende amorphe Herzen inmitten des Höllengespinstes.

Und auf dem Boden lagen drei mannsgroße, unförmige Kokons. Sie bewegten sich. Lebten. Nein, dachte Skar entsetzt, sie lebten nicht – sie *umschlossen etwas Lebendes*!

Dann platzte eine der schwarzen Hüllen auf, teilte sich mit einem widerwärtigen feuchten Geräusch und gewährte ihm einen Blick auf ein graues, von entsetzlicher Qual verzerrtes Gesicht. Der Mund des Mannes öffnete sich wie zu einem Schrei, aber kein Laut drang hervor, sondern etwas Schwarzes, sich Windendes, Glitzerndes ...

Skar schrie auf, taumelte zurück und rannte wie von Furien gehetzt los. Aber er hörte erst auf zu schreien, als er die Treppe erreichte und die ersten Quorrl vor ihm auftauchten.

*

Der Weg zum Hauptturm war ein Alptraum. Die Quorrl waren überall, aber es gab keine Schlachtordnung mehr, keinen irgendwie gelenkten Angriff, sondern buchstäblich Tausende von einzelnen, mit verbissener Wut geführten Handgemenge, in denen die Verteidiger die heranwogenden Schuppenkrieger vergeblich zurückzudrängen versuchten. Skar wurde in ein Dutzend Kämpfe verwickelt, während er sich bemühte, über den Hof den überdachten Gang zu erreichen, der ihn zur Rückseite des Turmes führen würde, und kurz, bevor er ihn endgültig fand, wurde er in eine regelrechte Schlacht verwickelt, als sich dreißig oder vierzig Quorrl zugleich auf eine kleine Gruppe von Veden stürzten, die sich zu einem Abwehrkreis zusammengeschlossen hatten. Er schrie ununterbrochen Titchs Namen, aber natürlich hörte ihn der Quorrl nicht. Und Skar war nicht einmal sicher, daß er den Kampf noch hätte beenden *können*, selbst wenn er es gewollt hätte. Was hier geschah, hatte nichts mehr mit Krieg zu tun, es war keine Schlacht mehr, sondern ein Schlachten, ein sinnloses Gemetzel Tausender verzweifelter Individuen, die nicht einmal wußten, daß nicht sie es waren, die ihr Handeln bestimmten.

Irgendwie gelang es ihm, den Hof zu überqueren und sich aus dem Kampf zu lösen, und irgendwie gelang es ihm auch, den zahllosen kleineren Gefechten und Getümmeln aus dem Weg zu gehen, die sich im Inneren der Burg abspielten.

Was er nicht sah, war das Netz. Es war da, er spürte es, hier, überall in der Burg, durchwob jeden Stein mit schwarzen Nervenfäden, die Teil eines einzigen gewaltigen Körpers waren, aber es blieb unsichtbar. *Es wartet!* dachte er entsetzt. Es wartete darauf, die Falle endgültig zuschnappen zu lassen, wartete auf die Tausende und Abertausende von Quorrl, die bereitstanden, die Festung zu erstürmen, und deren Haß seine Nahrung war.

Und vielleicht war das seine Chance. Wenn er Kiina fand und es ihm gelang, sie hier herauszubringen *(Herauszubringen?* wisperte eine spöttische Stimme hinter seiner Stirn. *Aber wie denn?*), wenn es ihm gelang, bevor die Falle wirklich zuschnappte, dann hatte sie vielleicht eine Chance.

Als er bis auf zehn Schritte an die Treppe herangekommen war, schrie eine Stimme hinter ihm seinen Namen. Skar fuhr herum und erkannte eine riesige goldgepanzerte Gestalt, die auf dem Rücken ihres Schlachtrosses aus dem Kampfgetümmel herausragte wie ein Fels aus kochender Brandung.

»Satai!« brüllte der Quorrl, mit einer Stimme, die selbst den Schlachtenlärm übertönte. »Bleib stehen! Kämpfe mit mir!«

Skar zögerte. Er wollte Titch zurufen, daß er nicht mehr

kämpfen wollte, daß sie nicht mehr kämpfen *durften*, wollten sie nicht alles nur noch schlimmer machen, aber seine Stimme versagte einfach. Er wußte, daß es sinnlos gewesen wäre. Titch kämpfte wie ein Besessener, während er sein Pferd auf Skar zudrängte, schlug mit seinem Schwert auf jeden ein, der sich ihm in den Weg stellte, gleich, ob Mensch oder Quorrl, und brüllte ununterbrochen seinen Namen: »Kämpfe mit mir, Satai!« schrie er. »Laß es uns zu Ende bringen, nur du und ich!«

Aber Skar stellte sich seiner Herausforderung nicht. Er stürmte in den Turm, sprang mit einem gewagten Satz über die Barriere aus gespitzten Holzpfählen hinweg, welche die Männer hinter dem Tor errichtet hatten, und schrie auch ihnen seine Warnung zu, wegzulaufen und ihr Leben zu retten, obwohl er sicher war, daß sie seine Worte nicht verstanden. Dann raste er die Treppe hinauf, immer zwei, drei Stufen auf einmal nehmend und so schnell, daß er schließlich vor Erschöpfung innehalten mußte, weil sein Herz zum Zerreißen hämmerte und seine schmerzenden Lungen einfach keine Luft mehr bekamen. Sekundenlang blieb er keuchend und mit geschlossenen Augen an die Wand gelehnt stehen, ehe er mühsam weitertaumelte.

Und dann fiel ihm die Stille auf.

Sie war unheimlich. Von draußen hallte der an- und abschwellende Lärm der Schlacht herein, aber die Geräusche schienen sein Ohr gar nicht richtig zu erreichen, waren irgendwie unwirklich, gedämpft, als gäbe es zwischen seiner und der Wirklichkeit dort draußen mit einem Male eine unsichtbare Wand.

Mit klopfendem Herzen sah Skar sich um.

Es war nicht nur still, es war auch keine Spur von Leben zu erkennen, nichts rührte sich, weder hier noch in den fünf oder sechs Etagen des Turmes, an denen er vorübergestürmt war, wie ihm erst im nachhinein auffiel. Dabei hätte der Turm von Männern bersten müssen. Sie hatten alle Verwundeten und Kranken hierhergebracht, in den vermeintlich sichersten Teil der Festung, und er selbst hatte einen Trupp von fünfundzwanzig Männern ausgewählt, der keine andere Aufgabe hatte, als Kiina zu bewachen.

Aber er sah keine Spur von Leben.

Langsam zog er das Schwert aus dem Gürtel und eilte weiter. Er wußte, wie lächerlich die Waffe war, gegen den Feind, der hier auf ihn wartete, aber er hätte es einfach nicht ertragen, mit leeren Händen weiterzugehen. Schließlich erreichte er den Treppenabsatz, hinter dessen Tür der Korridor zu Dels Thronsaal lag.

Das Netz war da. Irgendwie spürte er es, noch bevor er die Tür öffnete. Der Gang war erfüllt von einem dichten, zitternden Geflecht aus schwarzen Fäden, da und dort wild ineinandergedreht, hier und da gleichmäßige, fast symmetrische Muster bildend, und erfüllt von einer nur vage wahrzunehmenden, gleichmäßigen Bewegung, wie dem Schlagen eines gigantischen bösen Herzens. Eine Anzahl unförmiger schwarzer Kokons sprachen eine beredte Sprache über das Schicksal der Wachmannschaft, und auch hier gewahrte er die großen, von beunruhigendem Eigenleben erfüllten formlosen Kokons, zu denen sich das Gewebe zu verdichten begann.

Und doch war etwas anders hier als oben auf der Mauer oder in dem kleinen Lagerraum im Turm. Das Netz war weniger dicht, bedeckte die Wände zwar wie eine kompakte schwarze Masse, ließ im eigentlichen Gang aber genug Platz, um ihn vorsichtig zu durchqueren, und trotzdem schien es Skar, als fühle er seine böse Ausstrahlung hier tausendmal stärker. Was immer das Herz dieses schwarzen Dämons war, es war hier präsenter. Er wußte plötzlich, daß das, was sie das *Netz* und Kiina den *Wächter* nannten, nur das Werkzeug von etwas viel Gefährlicherem, Böserem war, die Millionen Arme und Hände einer uralten, durch und durch feindseligen Kreatur.

Und er war ihr jetzt ganz nahe.

Unendlich vorsichtig ging er weiter. Er glaubte zu spüren, daß das Netz ihm jetzt nichts mehr antun würde, aus einem Grund, den er nicht begriff, von dessem Vorhandensein er aber überzeugt war. Trotzdem wich er den lose herabhängenden Fäden und Netzgeweben achtsam aus und sah jedesmal zu Boden, ehe er den Fuß aufsetzte, um nur ja nicht mit der schrecklichen Masse in Berührung zu kommen. Er brauchte Minuten, um die wenigen

Schritte bis zur Tür des Thronsaales zu gehen.

Sie stand offen. Rechts und links von ihr lagen fast ein Dutzend der schwarzen Kokons, einige zuckend, in unruhiger, verdauender Bewegung, andere aufgeplatzt und leer. Skar zögerte, packte instinktiv sein Schwert fester und trat in den Thronsaal hinein.

Und in seiner Mitte, auf der kleinen gemauerten Erhöhung, auf der sich noch vor Stundenfrist Dels Thron erhoben hatte, hockte das *Ding*.

Es war Skar unmöglich zu sagen, was es war. Es war groß, viel größer als ein Mensch, und es hatte einen Körper, aber er konnte ihn einfach nicht erkennen. Es war nicht so, daß er sich in ständiger Veränderung befunden hätte, wie das *Netz*, aber es glich nichts, was Skar jemals gesehen hatte, und sein Blick glitt von ihm ab wie ein Lichtstrahl von der polierten Oberfläche eines Spiegels. Es war groß, es war schwarz, und es dachte, das war alles, was er erkannte. Es starrte ihn an, obwohl es keine Augen oder andere sichtbaren Sinnesorgane zu haben schien. Es starrte ihn an, lauernd, auf irgend etwas wartend, von dem er nicht wußte, was es war. Riesig und dräuend hing es über ihm, gehalten von Dutzenden armdicker, schwarzer Taue, die sich zwischen der Decke und den Wänden spannten, wie eine apokalyptische Spinne, aber tausendmal fremder. Vielleicht, dachte Skar halb betäubt, war es nicht einmal wirklich *böse*. Aber so fremd, daß es keinerlei Kommunikation zwischen ihnen geben konnte.

Erst als er das Stöhnen hörte, gelang es ihm, sich aus dem Bann der augenlosen Blicke zu lösen und sich halb herumzudrehen. Kiina stand neben dem Fenster und starrte ihn aus schreckgeweiteten Augen an, und neben ihr zwei Satai, aber sie waren nicht mehr sie selbst: Über ihre Gesichter und Hände lief ein feines, sacht pulsierendes Netz haardünner schwarzer Fäden, und in ihren Augen war nichts Menschliches mehr. Mit einem Male glaubte Skar auch zu wissen, was die aufgeplatzten leeren Kokonhüllen draußen auf dem Gang bedeuteten. Erst dann sah er Kiina an, und er konnte ein erleichtertes Aufatmen trotz allem nicht mehr unterdrücken, als er erkannte, daß sie noch frei war.

Das Netz hatte sie noch nicht berührt, und in ihren Augen war Angst, ein fast tödliches Entsetzen, nicht die polierte Härte wie in den Blicken der beiden Satai. Obwohl er wußte, daß er sterben würde, war er für einen Moment nichts als erleichtert. Für einen Moment, für einen furchtbaren Moment, draußen auf dem Gang, war er überzeugt gewesen, daß *sie* es gewesen war.

»Skar –« stöhnte Kiina, wurde aber sofort von einem der Männer am Weitersprechen gehindert.

Skar machte eine beruhigende Handbewegung, und der Mann trat wieder zurück. Kiina wimmerte vor Angst. »Nicht«, bat Skar. »Bleib still. Vielleicht ...« Er sprach nicht weiter, sondern drehte sich mühsam zu der entsetzlichen Kreatur im Zentrum des Netzes herum. Seine Hände begannen zu zittern. Er schluckte bitteren Speichel hinunter, ehe es ihm gelang zu reden.

»Läßt du sie gehen, wenn ich ... freiwillig zu dir komme?«

ZUSTIMMUNG. Es waren keine Worte. Keine Gedankenübertragung, wie er sie bei Drask kennengelernt hatte. Ein Teil seiner Seele war bereits mit dem Ungeheuer verbunden. Vielleicht war er das immer gewesen. Und er wußte, daß es die Wahrheit sprach. Kiina war unwichtig; es spielte keine Rolle, ob sie lebte oder starb, frei oder seine Gefangene war. *Er* war das Opfer, der Preis, um den dieser ganze Kampf überhaupt ausgetragen worden war. Skar wußte plötzlich, wieso es ihm gelungen war, von der Mauer zu entkommen, als einziger zu entkommen, und wieso die Kreatur ihm erlaubt hatte, bis hierher vorzudringen. Es wollte *ihn*, das, was *in* ihm war, seit dem Tage seiner Geburt. Und aus irgendeinem Grunde war es wichtig, daß er es ihm freiwillig gab.

»Nein, Skar!« keuchte Kiina. »Tu das nicht! Es wird dich töten!«

Skar hörte gar nicht hin. Langsam senkte er sein Schwert, schob die Klinge in die Scheide zurück und machte einen Schritt auf die Kreatur zu. Etwas wie eine körperlose eisige Hand berührte seine Seele und tastete nach seinen Gedanken.

»Und Del?«

ZÖGERN. DANN ZUSTIMMUNG, GEPAART MIT UN-

WISSENHEIT. ES KONNTE NICHT ALLE KENNEN, DIE ES ZU EINEM TEIL SEINER SELBST GEMACHT HATTE: WENN ER NOCH LEBT. JA.

Skar machte einen weiteren Schritt und blieb abermals stehen. Er *wollte* weitergehen, schon um Kiinas und – vielleicht – Dels Leben zu retten, aber alles in ihm sträubte sich dagegen, jede Faser seiner Menschlichkeit brüllte auf, als er sich diesem entsetzlich *fremden* Ding zu nähern versuchte. Es war, als kämpfe er gegen unsichtbare Ketten.

Hinter ihm erscholl ein polternder Laut, dann ein Schrei. Skar sah, wie eine zuckende, fast erschrockene Bewegung über den schwarzen Balg der Bestie lief, bemerkte eine Bewegung aus den Augenwinkeln und drehte sich herum, als der lähmende Bann jählings von ihm abfiel.

Unter der Tür erschienen drei Satai-Krieger, rückwärts gehend und verfolgt von einem tobenden Giganten, der von Kopf bis Fuß in blutbesudeltes Gold gehüllt war. Die beiden Männer, die Kiina bewacht hatten, zogen ihre Klingen und eilten ihren Kameraden zu Hilfe, aber nicht einmal zu fünft gelang es ihnen, den tobenden Quorrl zu stoppen. Titch brüllte ununterbrochen, hieb mit aller Gewalt auf die Männer ein und trieb sie Schritt für Schritt vor sich her. Abgerissene Fetzen des schwarzen Gewebes hingen an seiner Rüstung und seinen Armen, und hinter ihm begann der Boden zu brodeln.

»Skar!» brüllte Titch. »Stell dich mir, Satai! Kämpfe mit mir, wenn –«

Und dann gewahrte er, was sich hinter Skar befand.

Er erstarrte. Skar konnte sehen, wie sich seine Augen hinter dem schmalen Schlitz seines Visiers weiteten. Ein ungläubiger, keuchender Laut drang hinter seiner Kehle hervor.

Die fünf Satai nutzten den Augenblick, um ihn sofort und mit vereinten Kräften anzugreifen, aber Titch reagierte ganz instinktiv. Ein Schwerthieb prallte von seiner Rüstung ab, dann brüllte er auf, verschaffte sich mit einem einzigen wütenden Hieb seines Bihänders wieder Luft und torkelte weiter. Aber sein Blick blieb weiter starr auf die pulsierende Scheußlichkeit hinter Skar gerichtet, und plötzlich hielt er die zentnerschwere Klinge nur noch mit einer Hand, während die andere sich zum Gürtel senkte und eine verborgene Tasche öffnete. Als er sie wieder hob, glitzerte etwas Kleines darin. Eine schlanke, in gesponnenes Kupfer eingehüllte Phiole.

Und Skar fühlte einen gedanklichen Aufschrei von abgrundtiefer Furcht.

Der Korridor hinter Titch schien in einer schwarzen Explosion auseinanderzufliegen. Hunderte, Tausende der dünnen zähen Fäden schossen durch die Tür und auf Titch zu, aber der Quorrl schüttelte sie einfach ab, zerschnitt die wenigen Ranken, die an seiner schimmernden Goldrüstung Halt gefunden hatten, und tötete noch in der gleichen Bewegung einen der Satai.

Skar riß sein Schwert in die Höhe und stürzte los. Mit einem einzigen Schritt erreichte er Titch und die vier überlebenden Satai, schmetterte dem ersten Mann den Schwertknauf in den Nacken und tötete den zweiten mit einem Hieb, der ihm fast den Kopf vom Rumpf trennte.

»Titch!« brüllte er. *»Lauf! Ich halte sie auf!«*

Rücksichtslos warf er sich zwischen den Quorrl und die beiden übriggebliebenen Krieger. Die Netzkreatur begann zu toben, und die beiden Satai wollten Titch nachstürmen, aber Skar trat ihnen in den Weg, trieb sie mit verzweifelten, unbarmherzigen Schlägen vor sich her und zurück zur Tür. Seine Klinge zerschmetterte das Schwert des einen Mannes, parierte den Hieb des anderen und glitt funkensprühend an dessen Waffe entlang, in einem so wuchtigen Streich, daß der Handschutz des Schwertes zerschnitten und der Arm, der es führte, bis fast an den Ellbogen gespalten wurde. Skar fegte den Mann mit einem Fußtritt vollends zu Boden, packte den letzten verbliebenen Angreifer einfach bei der Hüfte und warf ihn auf den Gang hinaus.

Als er sich herumdrehte, hatte Titch das Ungeheuer erreicht.

Selbst der Quorrl wirkte klein und verloren gegen den aufgeblähten Balg der Bestie. Das *Ding* tobte, warf sich verzweifelt in seinem Netz hin und her, den Tod spürend, den das heilige Wasser der Quorrl brachte. Schwarze Fäden, plötzlich hart wie

Stahl und scharf wie Lanzenspitzen, peitschten auf Titch herab und beulten seine Rüstung ein, ohne sie durchdringen zu können, und plötzlich riß Titch die Hand in die Höhe und holte zum Wurf aus. Er schrie ununterbrochen.

Und dann war der *Daij-Djan* da.

Die *Sternenbestie* erschien wie aus dem Nichts zwischen Titch und der Netzkreatur, eine lächerlich kleine Gestalt vor dem tobenden Giganten, schwarz und glatt und böse, und mit ungeheuer schnellen Bewegungen. Ihre dreifingrige Klaue zuckte hoch, schloß sich um Titchs Hand und die winzige Glasphiole, die sie umklammerte, und zermalmte beides.

Titch brüllte vor Schmerz. Er bäumte sich auf, versuchte mit der Kraft der Verzweiflung, den viel kleineren und schlankeren Angreifer von sich zu schieben, aber es gelang ihm nicht. Plötzlich begann er zu zittern. Aus seinen gellenden Schreien wurde ein würgendes, schreckliches Röcheln. Er brach in die Knie, hielt sich noch einen Moment lang wankend aufrecht und sank dann nach vorne. Erst dann ließ der *Daij-Djan* seine Hand los und richtete sich wieder auf. Dunkles Blut und kleine glitzernde Glasplitter lösten sich aus Titchs Hand und rieselten zu Boden.

Der *Daij-Djan* starrte Skar an. Sein Gesicht war glatt und schmal und ausdruckslos wie immer, aber Skar spürte den bösen, höhnischen Triumph, der die *Sternenbestie* erfüllte.

Siehst du, Bruder? wisperte die unhörbare Stimme des *Daij-Djan* in ihm. *Es ist sinnlos, uns bekämpfen zu wollen. Komm zu uns. Du gehörst uns.*

Kiina wimmerte. Skar sah aus den Augenwinkeln, wie sie aufstand und auf ihn zutaumelte, aber es war ihm unmöglich, den Blick vom *Daij-Djan* zu lösen. *Du gehörst uns*, flüsterte das Ungeheuer in ihm. *Du gehörst uns.*

»Skar!« wimmerte Kiina. »Töte mich. Töte mich, ehe mich dieses ... *Ding* bekommt.«

»Aber es will dich doch gar nicht«, rief eine Stimme hinter ihnen. Kiina schrie erschrocken auf, aber es war Skar auch jetzt noch nicht möglich, sich zu bewegen. Er war gelähmt. Willen- und hilflos sah er zu, wie Del neben ihn trat und Kiina fast behutsam von ihm wegzog. Seine Hände staken in schwarzen ledernen Handschuhen, und sein Gesicht sah aus wie ein zerbrochenes Puzzle.

»Es will nur ihn«, sagte Del leise, fast sanft. Er lächelte in Skars Richtung und hob die Hand. »Nicht wahr, Bruder? Du weißt, was es von dir verlangt. Du mußt es ihm geben. Es gehört ihm. Es hat ihm immer gehört.«

Skar antwortete nicht. Er blickte Del nicht an, und er bewegte sich auch nicht, als er die dünnen Fäden spürte, die sich von Dels Hand lösten und sein Gesicht berührten.

Es tat nicht einmal besonders weh, als sie in seine Haut eindrangen.

*

Er war wieder erwacht aus jenem absurden traum, in dem er so lange gefangen gewesen war, und aus dem er so oft vergeblich aufzuwachen versucht hatte, ohne daß es ihm je länger als für augenblicke gelungen wäre. Und auch da nicht wirklich und ganz, denn alles, was er hatte erreichen können, war ein kurzes wandeln in der grauen dämmerzone zwischen traum und wachsein gewesen, ein augenblick des nicht-mehr-ganz-der-andere, aber auch noch nicht ganz er-selbst-seins. Denn jener andere, jenes andere wesen, das zu sein er geträumt hatte und dessen leben er mit einer mischung aus verachtung und gönnerhafter amüsiertheit an sich vorüberziehen gesehen hatte, jenes wesen war stark auf seine weise ebenso stark wie er selbst. Ja, manchmal war es ihm beinahe stärker vorgekommen, was absurd war, denn er war sein schöpfer, er, der träumer, und jener andere nur der erträumte. Aber nun war er erwacht, endlich wieder teil des ganzen, aus dem er vor so unendlich langer zeit herausgerissen und in die ewigkeit geschleudert worden war. Er war erwacht und schwebte über und in der welt, die zu beschützen er erschaffen worden war vor einer million jahre und einer sekunde, denn das war nicht wirklich ein unterschied. Zeit war ein begriff aus jener absurden traumwelt, die hinter ihm lag, nicht aus der wirklichkeit über der er jetzt endlich – endlich! – wieder schwebte, körperlos dahinglitt über eine schwarze welt, unter einer schwarzen sonne, über die sanft gewellten dünen und ebenen einer welt ohne farben, ohne licht und bewegung, aber erfüllt von anderen geheimnisvollen dingen, die er während seines traumes schon fast zu vergessen begonnen hatte und an die er sich nun stück für stück wieder zu erinnern begann. Nicht zuletzt auch durch die gegenwart der anderen, die allmählich herankamen, sich näherten und ihn begrüßten, ihn durchdrangen und sich wieder von ihm lösten, das ewige spiel spielend, das nur ein wesen verstehen konnte, das wie er tausend verschiedene intellekte und kollektivgeist in einem war – denkendes ich und gemeinschaftliches fühlen und wissen zugleich – auf einer stufe existierend, die körperliches leben schon lange nicht mehr benötigte. Denn er war reiner intellekt, energie in seiner klarsten perfektesten form, die er sich während seiner existenz als traumwesen nicht einmal vorzustellen vermocht hätte, jener pseudo-existenz, in der er so viel vergessen hatte, so unendlich viel verloren, daß ihn selbst jetzt noch ein tiefes, fast schmerzhaftes gefühl des verlustes ergriff, aber auch mitleid. Mitleid mit jenen armseligen geschöpfen aus seinem traum, die jede sekunde ihrer existenz damit verbrachten, um die illusion zu kämpfen, die sie leben nannten, wenn auch ein leben, das – in seiner art und auf seine einfache unwissende weise – einen eigenen reiz gehabt hatte, wie er jetzt fast widerwillig zugab, ebenso wie die tatsache, daß er, sollte er noch einmal gezwungen sein zu träumen, vielleicht die gleiche art von traum wählen würde. Ein leben voller abenteuer und gefahr, aber auch voller schönheit und liebe. Einem gefühl, das er vorher niemals gekannt hatte und jetzt vermißte und das ihn verwirrte, mehr als es ihm im ersten augenblick erklärbar schien. Denn was bedeutete liebe für ein geschöpf, das weder tod noch geburt, weder werden noch vergehen kannte. Aber das gefühl des verlustes war da, und obwohl es ihm selbst absurd erschien, verging es nicht wie die anderen erinnerungen an seine traum-existenz, sondern wurde im gegenteil stärker, so heftig, daß es schließlich auch die anderen bemerkten und eine woge der beunruhigung durch ihren geist floß. Natürlich auch durch seinen, denn sie waren er, und er war sie, und wie nicht anders zu erwarten, versuchten sie ihn zu beruhigen, sandten beschwichtigende wogen der kraft und ruhe in seinen/ihren geist und erinnerten ihn an seine wirkliche und einzige aufgabe, den einen und einzigen grund, aus dem es sie gab, aus dem es sie immer gegeben hatte und immer geben würde, den grund, aus dem sie erschaffen worden waren, die aufgabe, wächter und waffe in einem zu sein. Schlafend und träumend über millionen jahre, wenn es sein mußte, aber erbarmungslos zuschlagend, wurden sie/er gebraucht, wenn die gefahr bestand, daß die uralte ordnung gestört würde, von wem auch immer und wie auch immer. Und sie erinnerten ihn daran, wer er war und wie wichtig gerade sein teil in ihrem zusammenspiel. Und es war wie ein zweites und diesmal sehr schmerzhaftes erwachen, als seine erinnerungen endlich in vollem umfang zurückkehrten. Aber mit dem wirklichen wissen um seine rolle in dem ewigen spiel erwachte auch noch etwas anderes in ihm, etwas fremdes, das nicht dagewesen war, bevor er geschlafen hatte, und nicht dasein durfte, sollte nicht die ordnung des universums aus den fugen geraten. Etwas, das ihn bis auf den grund seiner seelenlosen existenz erschütterte, denn er begriff im gleichen augenblick, was es war, und obwohl er selbst es wußte und die anderen ihm zuschrien, daß es gar nicht möglich war, daß nicht sein konnte, was nicht sein durfte, trotz dieses unerschütterlichen wissens in ihm war da gleichzeitig die ebenso unerschütterliche gewißheit, daß ein teil seiner traum-existenz noch immer da war. Ein winziger, aber ungeheuerlich starker rest jenes wesens, dessen leben er sich fast ein menschenalter lang erträumt hatte. Und es bäumte sich auf, wuchs wie eine explodierende weißlodernde sonne in ihm empor und drohte ihn zu überwältigen, obwohl er sich mit aller macht dagegenstemmte, den sturm fremdartiger gefühle und empfindungen zurück in die dimensionen des irrealen zu scheuchen versuchte, aus denen er selbst sie heraufbeschworen hatte, sich mit verzweifelnder anstrengung vor augen hielt, wer er war und wie wichtig seine aufgabe war. Obwohl er all dies tat und auch die anderen schließlich zu hilfe rief, spürte er, wie er den kampf verlor, als jener andere geist in ihm immer stärker und stärker wurde, seinen willen schließlich einfach niederrang wie ein riese ein kind und ihn zwang, wieder in jene entsetzliche nicht-welt hinter den grenzen der wirklichkeit zurückzukehren. Und er spürte in seiner allerletzten sekunde, daß es allein sein fehler gewesen war, daß er einfach zu lange mensch gewesen war, um jetzt wieder er selbst werden zu können. Es war ein fehler, vor dem ihn niemand gewarnt hatte, weil keiner der anderen sich hatte vorstellen können, daß es möglich war, daß ein traum den träumenden überwinden konnte. Aber es war so, und er stürzte mit einem verzweifelten schrei, der quer durch das universum hallte, zurück in jene entsetzliche alptraumwelt, und skar fuhr fort, seinen ewigen traum zu träumen –

*

– und erwachte.

Es war eine völlig andere Art des Erwachens, als er sie je zuvor erlebt hatte – er konnte spüren, wie sein Bewußtsein aus dem Irgendwo zurückkehrte und wieder in seinen Körper schlüpfte, wie in eine für kurze Zeit abgelegte Hülle und wie sein Herz wieder zu schlagen und auch alle die Organe wieder zu arbeiten begannen, denn er war tot gewesen, für Augenblicke. Aber der Gedanke hatte nichts Erschreckendes an sich. Skar war nicht sicher, ob ihn jemals wieder etwas erschrecken konnte, nach dem, was er jetzt wußte.

Er öffnete die Augen, und das erste, was er sah, war Kiinas Gesicht, fassungslos und von einer Mischung aus Entsetzen und Unglauben erfüllt, die ein warmes, wohltuendes Gefühl der Dankbarkeit in ihm wachrief. Er hatte niemals gewußt, was es wirklich bedeutete, eine Menschen zu haben, der sich um einen sorgte.

Aber hatte er überhaupt etwas gewußt – *vorher*?

Skar setzte sich auf; es ging ganz leicht, er fühlte keine Benommenheit, keine Schwäche, keinen Schmerz, ganz im Gegenteil – auf eine schwer zu beschreibende *menschliche* Art fühlte er sich stark und ausgeruht wie selten zuvor.

»Skar?!« Kiinas Stimme zitterte. Für einen ganz kurzen Moment wurde die Angst darin fast übermächtig und vertrieb die Erleichterung. »Du ... du *lebst*?!«

Ja, er lebte. Er begriff es selbst noch nicht wirklich – das hieß, er tat es schon, aber in ihm war so viel Neues, ein so tiefes, schreckliches Wissen, daß er einfach Zeit brauchte, um all dies zu verarbeiten.

»Was ist passiert?« fragte Kiina. »Skar, was –«

»Später.« Er bedeutete ihr mit einer angedeuteten Geste zu schweigen und sah sich um. Sein Blick suchte den Thron und das *Ding*, das darauf gesessen hatte.

Es war tot. Er hatte es schon vorher gewußt, aber der Anblick erleichterte ihn trotzdem ungemein, und sekundenlang tat er nichts anderes, als einfach dazusitzen und die zerfallene Kreatur anzustarren. Das Netz war noch immer da, aber seine armdicken Taue waren grau geworden und begannen zu zerbröckeln, hier wie überall in der Festung, und zum ersten Mal überhaupt konnte er das Wesen in seinem Zentrum wirklich erkennen. Es war noch immer groß, und es war noch immer häßlich, aber der Tod hatte ihm seine entsetzliche Fremdartigkeit genommen – Skar sah nur noch einen aufgedunsenen, verquollenen Balg voller Narben und Geschwüre, ein verunstaltetes Ding mit zahllosen Mündern und Armen und Klauen, das nicht mehr bedrohlich wirkte, sondern einfach nur noch ekelerregend, wie eine große plumpe häßliche Spinne, die keine Giftzähne mehr hatte. Es zerfiel bereits.

Neben ihm ertönte ein mühsames Stöhnen. Skar wandte sich um, blickte einen Moment lang auf Del herunter und versuchte zu lächeln, als sich seine Augen öffneten. Es gelang ihm nicht. Vielleicht würde er nie wieder lachen können. Er spürte, daß sich etwas in ihm verändert hatte. Durch das Wissen, mit dem ihn die Verschmelzung mit *seinem* Geist erfüllt hatte, war etwas in ihm verbrannt. Ein Teil seiner Seele war zu hartem, schwarzem Narbengewebe geworden, aber er wußte noch nicht, wie groß dieser Teil war und ob er sich jemals wieder regenerieren würde.

Del hob langsam die Hände, starrte sie eine lange Zeit an und richtete sich dann ebenfalls auf. Auf seinem Gesicht und seinen Händen waren eine Anzahl winziger roter Punkte zurückgeblieben, wie Insektenstiche, aus denen nur ein einzelner Blutstropfen quoll, und in seinem Haar klebte noch ein Rest der feinen schwarzen Masse, schon tot, aber noch nicht ganz zerfallen.

Dann erkannte er Skar, und seine Augen weiteten sich erschrokken. Und wie Kiina zuvor brauchte er Sekunden, bis er reden konnte.

»Was ... was ist ...« Er brach ab, hob verwirrt die Hände ans Gesicht und tastete über seine Haut, befühlte mit spitzen Fingern sein Kinn, seinen Mund, die Wangen und Augen.

»Es ist tot«, sagte Skar leise.

»Tot?« Del starrte ihn an und begann zu stammeln. »Tot, sagst du. Aber wie ... wieso ...« Ein neuer, noch tieferer Schrecken glomm in seinen Augen auf. »Du hast es besiegt«, flüsterte er.

Skar war nicht sicher, ob es wirklich so gewesen war – vielleicht hatte es sich letztendlich selbst vernichtet, wie ein Feuer, das seine eigene Lebensgrundlage verzehrte. Aber er erwiderte nichts auf Dels Worte. Noch nicht. Es spielte keine Rolle, wie es gewesen war, jedenfalls nicht in diesem Moment. Es war besiegt, das allein zählte. So wie Del und er wieder frei waren, zerfiel es jetzt überall in der zyklopischen Festung und gab seine Opfer frei.

Er stand auf, streckte die Hand aus und half Kiina auf die Füße, und dann ging er langsam auf Titch zu, der reglos am Fuße des steinernen Thronsessels lag. Zögernd und mit klopfendem Herzen kniete er neben ihm nieder, streckte die Hand aus und versuchte Titch herumzudrehen, aber seine Kraft reichte nicht.

»Hilf mir«, forderte er Del auf. Del gehorchte, aber selbst zu zweit brauchten sie ihre ganze Kraft, um den Quorrl in seiner zentnerschweren Rüstung auf den Rücken zu wälzen. Fast behutsam löste Skar seinen Helm und legte ihn neben sich zu Boden.

Der Quorrl lebte. Seine Augen waren weit geöffnet und starr, aber es war nicht die matte Starre des Todes, die sie lähmte. Er stöhnte leise. Seine rechte Hand öffnete sich. Zerbrochenes Glas und Blut und Tropfen einer wasserklaren hellen Flüssigkeit regneten zu Boden.

»Faß es nicht an!« warnte Del erschrocken, aber Skar lächelte nur.

»Es ist nicht mehr gefährlich«, beruhigte er ihn, hob vorsichtig Titchs Arm hoch und streifte den gepanzerten Handschuh ab.

Seine Hand war gebrochen, und Skar wußte, daß sie nicht heilen würde, ganz einfach, weil die Wunden, die der *Daij-Djan* schlug, niemals heilten.

»Du hast... gewonnen, Satai«, flüsterte der Quorrl. »Du hattest recht und ich unrecht. Du hast es besiegt.«

»Nein«, antwortete Skar leise. »Es hat sich selbst besiegt, Titch. Es hat sich am Ende selber verzehrt.«

»Aber du hast es geschlagen«, murmelte der Quorrl. Seine Augen waren noch immer starr. Sie schienen Dinge zu sehen, die Skar nicht einmal erahnen konnte. »Es tut mir leid. Ich habe... alles falsch gemacht.«

Skar war wahrscheinlich der einzige, der die Worte des Quorrl *wirklich* verstand. »Es war nicht deine Schuld«, sagte er. »Es hat uns alle getäuscht, sogar mich.« Er überlegte einen Moment, versuchte Worte für Dinge zu finden, die sich mit Worten nicht beschreiben ließen. »Es... hat von unserem Haß und unserer Furcht gelebt, Titch, aber es hat uns gleichzeitig auch damit gefüttert.« *Wie Schlachtvieh,* fügte er in Gedanken hinzu, auch wenn er gleichzeitig wußte, daß dieser Vergleich nicht ganz stimmte. Die Kreatur war fremd, unendlich fremd und düster, aber gleichzeitig war sie auch ein Teil von ihm gewesen, von ihm und Del und Kiina und Titch, ein Teil jedes denkenden Wesens, sein Haß und seine negativen Kräfte, die durch die Magie der *Sternengeborenen* nur Gestalt angenommen hatte.

Titch hob stöhnend seine blutige Hand und betrachtete die winzigen Kupfer- und Glassplitter, die sich in sein Fleisch gegraben hatten. »Ich habe es versucht«, flüsterte er. »Du mußt mir glauben, daß ich es versucht habe, Skar. Aber er... er hat es vernichtet. Er hat es nur berührt, und es dadurch getötet. Ich habe... alles falsch gemacht. Ich habe versagt.«

Skar schauderte. Er war nicht sicher, ob er wirklich ermessen konnte, was der Verlust des heiligen Wassers für den Quorrl bedeutete. Es war mehr als nur eine Reliquie gewesen. Der Quorrl war bereit gewesen, seinen Glauben zu opfern, um die Bestie zu vernichten. »Nein, Titch«, widersprach er, »das hast du nicht. So wenig wie ich.« Er lächelte matt.

»Weißt du noch, was du mir gestern gesagt hast, unten bei den Felsen?« fragte er. »Du und ich, wir sind uns viel ähnlicher, als ich bisher geahnt habe. Wir sind beide viel zu lange Mensch gewesen, als daß wir noch zurück könnten.«

»Gewährst du mir eine letzte Gnade, Satai?« fragte der Quorrl.

Skar nickte. »Was immer du willst.«

»Dann töte mich«, bat Titch. »Gib mir einen ehrenvollen Tod. Verrate niemandem, daß ich versagt habe.«

»Das hast du nicht«, erwiderte Skar. »Und ich werde dich auch nicht töten, Titch. Ich brauche dich noch.«

»Wer braucht einen Quorrl, der kein Quorrl mehr ist?« fragte Titch bitter.

»Vielleicht ein Satai, der kein Satai mehr ist«, antwortete Skar. Und da war noch etwas, was er Titch sagen mußte, was er ihm längst hätte sagen sollen, aber er fand keine passende Überleitung, und so sprach er es einfach so aus, wie es war: »Da ist noch etwas, was du wissen solltest, Titch. Dein Vater ... Trash.«

Titch blickte ihn fragend an. Ein neuer Schmerz glomm in seinen Augen auf, und plötzlich hatte Skar Mühe weiterzusprechen. »Ich habe ihn nicht getötet«, versicherte er. »Es war der *Daij-Djan*. Aber ich verspreche dir, daß ich diese Bestie vernichten werde. Und ich will, daß du mir dabei hilfst.«

»Niemand kann den *Daij-Djan* vernichten«, erklärte Titch, aber er klang nicht mehr ganz überzeugt, seine Stimme zitterte, und nicht nur vor Schmerz und Schwäche.

»Ich werde nach Norden gehen«, verkündete Skar. »In das Land, von dem du mir erzählt hast, Titch. In das Land der Toten. Sie sind dort, und ich werde sie finden.«

Er stand auf, drehte sich um und sah Del an, sehr lange und sehr ernst, und abermals ging etwas in ihm vor, das ihn erschreckte und auf das er keinen Einfluß hatte. Und vielleicht las Del wirklich in diesem Moment seine Gedanken, einfach, weil sie sich so lange und so gut kannten und der eine vom anderen immer irgendwie gewußt hatte, was er dachte, denn er stellte genau die Frage, auf die Skar die ganze Zeit über mit klopfendem Herzen gewartet hatte.

»Wie hast du es getan?«

Skar blickte die tote *Sternenkreatur* an. Er wollte nicht antworten, weder Del noch irgend jemandem sonst, weder jetzt noch irgendwann, aber er wußte auch, daß er einfach zerbrechen würde, wenn er dieses entsetzliche Wissen mit niemandem teilen konnte.

»Sie konnte mich nicht besiegen«, sagte er. »Denn ich habe jetzt die Wahrheit erkannt. Ich bin ein Teil von ihr und sie ein Teil von mir. Ein Teil von uns allen, Del«, fügte er hinzu. Er drehte sich abermals um, sah erst Del und dann Kiina und dann wieder Del an, sehr lange, sehr, sehr lange.

»Sie war immer ein Teil von uns, Del«, wiederholte er. *»Denn die Sternengeborenen – sind wir.«*

BLANVALET

DRACHENLANZE

Der Fantasy-Welterfolg

Die legendären Abenteuer aus Krynn – der phantastischen Welt, in der Magie und Zauber, dunkle Mächte und tapfere Kämpfer regieren.

Die Zitadelle des Magus
24538

Schattenreiter
24673

Die Ritter des Schwerts
24887

Drachennest
24782